내
사랑
식스팩

# 내 사랑 식스팩

초판 1쇄 찍은 날 | 2013년 4월 16일
초판 1쇄 펴낸 날 | 2013년 4월 22일

지은이 | 우은솔
펴낸이 | 예경원

편집 | 유경화

펴낸곳 | 예원북스
등록번호 | 제396-2012-000132호
등록일자 | 2012. 7. 25
YRN | 제1-0021호

주소 | 경기도 고양시 일산동구 무궁화로 8-28 삼성메르헨하우스 712호 (우) 410-837
전화 | 031-819-9431  팩스 | 031-817-9432
http://cafe.naver.com/yewonromance
E-mail | yewonbooks@naver.com

ⓒ 우은솔, 2013

ISBN  978-89-98102-25-8 03810

우은솔 장편 소설

YEWONBOOKS ROMANCE STORY

# 내 사랑 식스팩

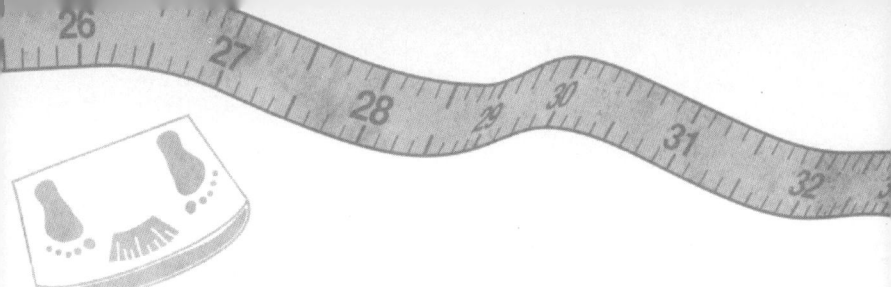

목차 ♥

 프롤로그

"사바아사나 송장자세 하겠습니다. 등을 바닥에 대고 누우시고 눈을 감습니다. 두 팔은 편안하게 벌려주시고 손바닥은 천장을 향하도록 하고 두 다리는 어깨 너비만큼 벌려주세요. 호흡은 되도록 복식호흡을 하시되 천천히 들이마셨다가 천천히 내뱉습니다."

레이나의 설명에 따라 모두들 요가 매트 위에 누워 숨을 고르고 있었다. 한 시간인 요가 수업이지만 달리기를 한 듯 땀이 비 오듯 흘러내렸다. 축축하게 상의를 적시는 땀에 불쾌감이 들 법도 한데 모두들 제대로 운동을 한 느낌에 기분이 개운해 보였다.

레이나는 잔잔한 요가음악 한 곡이 끝을 보이자 일어서서 오디오를 끄고 조용히 마무리를 했다.

"오른손을 머리 위로 올리시고 오른쪽으로 돌아눕습니다. 왼손으로 바닥을 짚고 상체를 일으킵니다. 몸을 돌려 앞을 바라보고 정좌하겠습니다."

손을 비벼 열이 나게 하고 눈 위에 손을 대주는 동작을 마무리로 요가수업을 마쳤다.

"수고하셨습니다."

레이나의 한마디에 6명의 사모님들은 이마에 맺힌 땀을 수건으로 우아하게 닦으며 수다에 들어섰다.

"레이나 선생님, 남자친구 있어?"

자신의 조카와 레이나를 엮고 싶어 하는 진성그룹 둘째 사모님이 레이나에게 물었다. 강사의 법칙 첫 번째, 회원들에게는 애인이 있어도 없다 하고 항상 싱글인 척한다.

있다고 하면 데이트니 뭐니 얼마만큼 진도가 나갔느니 쓸데없는 질문들이 쏟아져 나오기 때문, 자연스럽게 나 누구 주기 아까운 솔로요, 라고 답한다.

"없죠. 남자친구는커녕 주위에 남자도 없으니 저 시집이나 갈수 있을까 싶어요. 저 나름 괜찮은데."

레이나의 능청스러운 대답에 옆에 있던 방배동 사모님이 끼어들었다.

"그럼 내가 소개시켜 줄까?"

"정말요? 사모님께서 소개시켜 주시는 남자면 당장 만나죠."

레이나는 눈웃음을 치며 애교스럽게 대꾸했다. 순진한 여고생처럼 배시시 웃는 얼굴 속에 속으론 '회원님이 소개시켜 주는 남자는 절대 안 만나' 라고 외치고 있었다.

이런 소개팅 약속도 말뿐임을 알고 있다. 농담 아닌 진담이라할지라도 강사의 법칙 두 번째, 회원들이 소개시켜 주는 남자는 절대로 만나지 않는다. 강사와 회원의 관계가 깨어질 수 있기 때문, 더 이상의 사생활 터치는 노!

"그래? 그럼 내가 자리 한번 만들어볼게."

방배동 사모님은 얼떨결에 선수를 빼앗긴 진성그룹 사모님의 떫은 표정을 보며 이겼다는 표정으로 싱긋 웃었다.

"아참, 근데 이번에 미스코리아 진, 우리 레이나 선생이 관리했다며?"

옆에 또 다른 사모님이 다른 주제를 꺼냈다. 모두들 대단하다는 표정으로 레이나를 바라봤다. 그리고 그 대단한 사람이 자신들을 맡아서 한다는 자부심이 느껴졌다.

레이나의 수업은 요가뿐만 아니라 근력운동, 유산소운동으로 채워지고 매주 2회 수업에 시간당 몇백만 원이 들어가는 트레이닝이라 웬만큼 주머니 두둑하지 않은 사람은 '레이나'의 '레' 자도 구경하지 못할 지경이었다.

이렇게 6명이서 그룹으로 팀티칭을 받는 것은 수업비를 분담하기 위해 조를 맞춘 것은 아니고 레이나가 너무 바빠서 개인 트레이닝을 할 수 없다고 하자 친분 있는 사모님들끼리 모여 같이 수업을 해달라고 제안을 했다.

오늘은 첫 번째 통합 수업으로 나성호텔 회장 사모님 자택에서 이뤄졌다. 모두들 우아하고 기품 있는 태도와 가볍게 입은 운동용 티셔츠도 상류층 냄새를 풍겼지만 사모님들도 어쩔 수 없는 아줌마이므로 수다는 쉴 새 없이 이어졌다.

레이나는 다음 수업에 지장이 생기기 전에 떠나야 하므로 이 지겨운 수다들이 끝났으면 하는 바람이었다.

"아, 네. 제가 잠깐 봐드렸어요."

"잠깐은 무슨, 레이나 쌤 걔 사람 만든다고 6개월 동안 고생했잖아."

레이나는 또 이 방배동 사모님이 무슨 꼬리에 꼬리를 물 얘기의 물꼬를 틀지 저절로 미간이 좁혀질 것 같았으나 반복된 연습으로 자동으로 나오는 자연스러운 미소를 띠었다.

무슨 말인가 궁금한 나머지 사모님들이 방배동의 사모님의 다음 말을 재촉했다. 방배동 사모님은 신이 난 듯 들뜬 목소리와 과장된 제스처로 떠들었다.

"걔, 르제텔레콤 둘째 딸 아냐. 다들 알죠? 솔직히 걔가 미스코리아 나갈 몸매나 되니? 외국에 한 몇 년 있다가 오더니 완전 돼지를 넘어서 코끼리가 되어서 나타났잖아. 난 또 걔가 임신이라도 한 줄 알았지 뭐니. 어릴 적에 예쁘장한 모습에 며느리 삼을까 생각도 했었는데 작년에 르제파티에서 그 모습 보고 기겁했잖아. 옷은 분명 명품인데 몸이 반품이니 얼마나 끔찍하던지 걔도 거울은 보고 나왔을 텐데 거길 나온 용기만은 칭찬해 주고 싶더라고."

그녀의 신랄한 비유에 눈살을 찌푸릴 만도 한데 레이나를 제외한 모두가 그녀의 말에 동감한 듯 고개를 끄덕였다.

"걔가 이번에 미스코리아 진이라고? 어머 세상에! 걔 전신성형이라도 한 거예요?"

이때 계속 옆에서 대화를 조용히 지켜만 보다 오늘 처음으로 수업을 받은 현성금융의 사장인 도도해 여사가 입을 열었다.

"얼굴엔 조금 손을 댄 것 같긴 한데, 몸은 30킬로 이상은 뺐을 것 같던데. 그게 단기간에 성형으로 돼? 우리 레이나 선생이 6개월 신데렐라 코스로 변신시켰다던데? 비결이 뭐예요? 선생님, 우리도 그거 좀 해보자~ 걘 얼마 주고 했대?"

방배동 사모님이 자신을 띄어주며 이 코스, 저 코스를 받아보겠다는 심보로 레이나를 떠보고 있었다.

강사의 법칙 세 번째, 절대로 다른 회원의 정보와 계약금을 공개하지 않는다. 레이나는 또한 능숙하게 영업용 미소를 띠며 알아듣기 쉽게 차근차근 설명을 했다.

"죄송해요. 회원님의 사생활이 걸려 있는 문제라서 제가 함부로 말씀드릴 수가 없어요. 그리고 사모님 몸매 흠잡을 데 없으세요. 지금 제가 해드리고 있는 프로그램만 따라서 하시면 계속 유지할 수 있어요. 너무 무리하시면 오히려 독이 됩니다."

레이나의 칭찬에 으쓱해진 그녀는 애써 아쉬운 듯 동의를 하면서 다른 사모님들에게 자신의 몸매를 과시하는 듯 양손을 허리에 올리며 턱을 약간 치켜세웠다. 레이나는 더 이상 이들의 수다가 이어지지 않도록 재빨리 마무리 말을 내뱉었다.

"오늘 요가 수업의 포인트는요, 등과 가슴입니다. 다들 이번 주말에 모임 있으시죠? 제가 알기론 쇄골이나 등을 드러내는 의상을 많이 입으실 텐데 단기 집중 프로젝트로, 프로젝트라 하기엔 거창한 감이 있지만 이번 주는 드러내는 몸 부위 위주로 수업을 하겠습니다. 다음 시간엔 조금 강도를 올리는 웨이트 수업을 병행할 테니 힘들어도 잘 따라와 주세요."

레이나는 끝으로 6명마다 다르게 처방된 식단표와 주의사항들을 나누어 주며 다음 수업을 향해 나섰다. 나성호텔 사장의 끔찍한 정원 사랑에 주택의 대문이 현관에서 약 오십 미터나 멀리 떨어져 보였다.

'마당 한가운데 수목원을 만든 거야, 뭐야. 왜 이렇게 길어?'

사모님들 눈에 거슬리지 않게 차려입은 스커트와 각선미를 살려주는 킬힐은 레이나의 빠른 걸음에 방해물이 되었다. 대문까지 나서는 길에 돌길을 깔아놔서 잘못 짚다가 발목이라도 나가면 큰일이므로 바닥에 시선을 고정한 채 한발 한발 내딛어갔다.

"잠깐만! 레이나 선생."

우여곡절 끝에 대문을 열고 나가려는 순간 레이나는 자신을 부르는 소리에 윗입술을 코끝에 대며 얼굴을 찌푸린 뒤 곧바로 밝은 미소를 품고 뒤돌았다.

"네? 무슨……."

시끄러운 방배동 사모님인 줄 알았더니 오늘 처음 만나게 된 현성금융 도도해 사장이었다. 처음에 이름을 듣고 너무 도도해서 별명이 도도해 사장인가 생각했으나 성이 도씨 이름이 도해였다. 누군지 이름 한번 잘 붙였다고 생각했다.

아무튼 오늘 수업 나쁜 건 없었는데 도해의 부름에 의아해했다. 그것도 자신이 수업을 마치고 나가는 길에 부를 정도면 뭔가 따로 하고 싶은 얘기가 있다는 건데.

레이나는 도해의 표정을 살피니 시간이 오래 걸릴 것 같은 느낌에 뒤에 수업을 과감히 취소했다. 신규회원 관리도 기존회원 관리 못지않게 중요하니 말이다.

레이나는 도해의 차를 뒤따르며 도해의 집으로 향했다. 조용한 카페에서도 못할 얘기라며 도해가 집에까지 자신을 초대하자 레이나는 도해가 꺼낼 말이 더욱 궁금해지기도 했지만 또한 묘한 불안감이 밀려왔다.


"뭐 좀 마실래요?"

거실 소파에 자리를 잡자 도해가 미소를 띠며 물었다.

"홍초 있나요? 요가나 유산소 운동 후에 마시면 젖산 분해에 좋거든요."

아차!

레이나는 혀를 살짝 깨물었다. 이미 무의식적으로 내뱉은 말은 주워 담을 수 없는 법.

그냥 물이라고 말할걸. 처음 본 회원의 집에서 '감 놔라 배 놔라' 하는 실수를 하다니 어딜 가나 이놈의 직업병이 말썽이었다.

도해는 너그럽게 호호 웃으며 일하는 아줌마에게 홍초 두 잔을 부탁했다.

"미안해요. 나 때문에 다음 수업 취소하게 돼서."

"아니에요. 제 개인적인 수업이라 다음에 보충을 하기로 했어요. 전 사모님 말씀이 더 중요한데요."

레이나의 뻔한 대꾸에도 슬며시 웃음이 나오는 도해였다.

도해는 우리나라 손안에 꼽히는 기업 총수들의 아내를 휘어잡고 있는 레이나의 소문을 듣고 콧방귀를 뀌었다. 그래 봤자 일개 트레이너 주제에 수다나 떨며 얇은 귀를 가진 여자들을 꼬여내 장사를 하는 장사꾼이라 생각했다. 시간당 200만 원을 당당하게 부르는 돈 맛 좋아하는 여우라 상상했다.

그런데 우연히 오늘 레이나의 요가 수업을 듣고 그녀에 대한 선입견이 사라졌다. 그녀는 자신의 능력에 자신감이 넘쳤고 쉬운 설명과 말 한마디 한마디에 힘이 있고 그녀에게 빠져들게 만드는 매력이 있었다.

르제텔레콤의 둘째 딸은 소문에도 까탈스럽고 도도하며 누구에게 지기 싫어하는 자존심 강한 아가씨였다. 어떤 이유로 몸을 불렸는지 모르겠지만 살이 쪄도 누구든 감히 그녀를 욕하진 못했다. 르제라는 커다란 뒷배경 탓이기도 하나, 그녀는 자신이 여전히 아름답다고 생각하는 주관적 망상에 깊이 빠져 파티에서도 그 꼴로 나타날 정도였다.

그런 그녀를 레이나가 6개월 만에 바꾸어놓았다니 그것만으로도 뭔가 믿음이 갔다. 도해의 감은 예리했다. 분명 레이나가 해낼 수 있을 것 같은 감이 왔다.

"레이나 선생, 부탁이 있는데."

"말씀하세요."

레이나는 들을 준비가 되어 있다는 듯 허리를 곧게 세우고 비장한 표정으로 도해를 바라봤다.

## 01

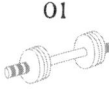

탈칵.

레이나는 초인종을 누르고 한참 동안 대답이 없자 다시 초인종을 눌렀다. 이번에도 대답이 없자 전화를 해볼까 싶어 휴대폰을 꺼내는데 그제야 작은 스피커에서 응답이 왔다.

[누구세요.]

굵직한 목소리가 들리자 레이나는 의아해했으나 이렇게 큰집에 같이 사는 사람이겠구나 생각했다.

"레이나입니다."

[뭐요?]

자신의 신분을 밝혔음에도 불구하고 문을 열어주지 않고 무뚝뚝한 반응을 보이자 레이나는 의아해하며 추가 설명을 덧붙였다.

"현성금융 사장님 소개로 온 레이나입니다."

[아, 뭐.]

틱.

드디어 문이 열리자 레이나는 심상치 않은 붉은 색깔의 대문을 넘어 작은 정원을 거쳐 현관 쪽으로 다가갔다.

대문 밖에서 보았던 원통형의 모던한 집의 외관에 비해 정원은 손본 지가 오래된 듯 작은 연못에는 이끼가 끼어 푸르팅팅한 색을 띠고 물 위를 덮고 있었다. 정원 전체의 모양을 감싸고 있는 동그스름하게 모양이 잡혀 있어야 할 나무는 제멋대로 자라 삐죽삐죽한 것이 손으로 뜯어내고 싶을 정도였다. 길인지 아닌지 바닥에 모양을 낸 듯 동그랗게 깔려 있는 디딤돌길이 잡초들에 가려 흔적만 보이고 있었다.

허벅지까지 내려오는 원피스를 입은 레이나는 맨살에 풀독이 오를까 걱정하며 조심스럽게 디딤돌을 찾아 걸어 들어갔다.

도도해 사장의 부탁은 의외로 가벼운 것이었다. 자신의 조카를 정상의 몸으로 찾아달라는 것. 르제텔레콤의 둘째 딸을 변화시킨 장본인이므로 자신의 조카도 바꿔줄 수 있음에 틀림없다며 부탁을 했다. 도해가 르제 딸 이수진을 언급하는 것을 보면 분명 그녀만만치 않게 조카가 한 싸가지 함에 전 재산을 건다.

솔직히 이수진을 맡았을 때 진짜 힘들었다. 정신병인가 의심 갈 정도로 먹는 것에 미쳐 있었고 살이 찌는 자신을 바라보며 아름답다고 외치던 그녀였다. 말은 더럽게도 안 듣고 헤어진 남친을 데려오라는 소동을 일으켜 정신적 육체적 고통의 시간이었다.

그래도 참고 참아서 인간 만들어놨더니 자신의 몸 관리는 타고난 것이라고 입에 침도 안 바르고 떠들고 다니더니만, 자신의 미모는 세계적으로 알려야 한다면서 미스코리아 선발대회에 나갔다. 그리고 기적적으로 미스코리아 진으로 뽑혀 버렸다. 한국을 대표하는 미와 지성의 아이콘이 된 그녀는 핫이슈로 떠오르며 방송계 러브콜을 받았다.

하지만 그 영광도 잠시, '미스코리아 진'이라는 타이틀 덕분에 미스코리아 이수진 과거 사진이 돌면서 몸매는 타고난 것이 아니며 그녀를 변신에 성공시킨 당사자가 레이나라고 소문이 났다.

그녀의 간접 홍보효과에 조금은 감사했지만 내키지 않는 텁텁함은 여전히 남아 있었다.

도도해 사장의 조카 도지원, 그녀는 어떤 사람일까? 도도한 도도해 사장님이 도와달라고 요구, 계약 따위가 아닌 부탁이란 친절한 단어를 써가며 자신을 고용하게 한 장본인이 궁금했다.

정말 이수진처럼 미친 여자일까? 6개월 동안 같이 한집에 살면서 그녀의 사생활을 함구하는 것은 당연한 조건이었다.

외출 시에는 반드시 도도해 사장이 붙여놓은 사람과 이동을 해야 했다. 일주일에 한 번씩 그녀에게 보고를 해야 하고, 그녀를 관리한다는 것을 절대로 소문을 내서는 안 된다는 조건들이 붙었다. 조건들이 까다로웠지만 레이나는 또 다른 누군가를 새로운 사람으로 바꾸게 한다는 설렘에 한껏 들떴다.


오래전 드라마 '여인천하'에 나온 도지원 그녀처럼 제 한마디에 '뭬야?'를 외칠지도 모르는 상상에 저도 모르게 웃음이 나왔다.

"빨리 들어오지 않고 뭘 꿈적거립니까?"

"꺅~"

레이나는 갑작스럽게 열린 현관문에 놀라고 형체를 드러낸 커다란 거구에 더 크게 놀라 강사 생활로 굳어져 온 침착함이 순식간에 깨졌다.

"뭐야, 자빠져선."

레이나는 현관 앞에 주저앉아 자신을 보자마자 반말을 찍찍 내뱉는 거구를 올려다보았다. 그는 굉장히 키가 큰 사람이라 한참 고개를 들어 올려도 얼굴이 나타나지 않았다. 자잘하게 얼룩덜룩한 흉터가 보이는 털 숭숭한 다리 위로 남색의 반바지에 아무렇게나 걸쳐 입은 듯 커다란 검정색 반팔 티셔츠는 그의 볼록한 배를 도드라져 보이게 했다. 드디어 그의 얼굴을 마주한 순간 레이나는 숨을 헉 하고 들이켰다. 얼굴이 없어? 눈 코 입은 제자리에 박혀 있으나, 족히 삼 년은 길렀을 듯한 긴 흑발과 콧수염, 턱수염은 5 대 5 가르마를 타고 입을 둘러싸며 연결이 되어 있었다.

순간 조카들이 무한 반복재생을 하며 보던 영화 해리포터 속 호그와트의 사냥터지기 해그리드가 떠올랐다. 거기에 뿔테 안경을 끼고 한국말을 내뱉는 해그리드.

"감상 다 했나?"

"네? 아, 죄송합니다."

해그리드의 쌀쌀맞은 말투에 번뜩 정신을 차리고 바로 프로 퍼스널 트레이너 레이나로 돌아왔다. 치마를 툭툭 털고 일어나 집 안으로 들어섰다.

"먼저 거실부터 치우고 다음 내 침실, 부엌순으로 치워. 그리고 내 작업실 맨 끝에 방은 건드리지 말고. 그럼 다 끝나면 불러. 작업실에 있을 테니."

세상에, 세상에나! 레이나는 그 남자가 무슨 말을 하는지 귀에 들어오지 않았다. 집안 꼴이 말도 안 되게 지저분하다 못해 끔찍했다. 쓰레기장도 아니고 집 안에 들어서자마자 청국장 냄새가 난다고 생각했는데 이 지독한 냄새는 뚝배기 속에 끓고 있는 청국장이 아니라 거실에 뒹굴고 있는 정체 모를 물건들에서 풍겨 나오는 것 같았다.

신발장에서 도저히 한 발짝도 나갈 수 없을 정도로 쓰레기들이 입구부터 복도 끝까지 채워져 있었다. 자신의 구두에 치이는 정체 모를 물컹한 것을 저도 모르게 집어 들고 중얼거렸다.

"이건 뭐야?"

그것의 정체를 파악하기 전에 절지동물 중에서 다리가 제일 많다는 지네가 레이나의 손을 타고 기어올라 왔다.

레이나는 무서움을 잘 느끼지 못한다. 공포영화를 볼 때 스크린 속 배우들이 피를 내뿜는 장면에도 덤덤하게 바라보며 팔다리가 잘려 나가는 게 사실적이지 못하다는 둥 피 색깔이 너무 붉고 점도가 없다던지 과학적인 평을 했다.

귀신? 귀신 잡는 해병대보다 무서운 아버지가 집에 계신데 놀랄 것도 무서워할 것도 없다. 고소공포증이나 폐쇄공포증 등 특이한 공포증 따위도 일 년에 한두 번 정도는 번지점프와 스카이다이빙을 즐기는 취미를 지니고 있는 그녀의 앞에선 공포라기보다 즐거움에 가까웠다.

그러나 그녀도 무서워하는 것 두려워하는 것이 있으니, 실같이 가느다란 다리들을 꼼지락거리며 이제 레이나의 팔꿈치를 향해 움직이는 작은 생물체였다. 다리 달리고 날개 달린 꿈틀거리는 벌레라면 질색을 하는 레이나의 팔 위로 지네가 기어오르고 있었다.

"아아아아아아아아아악~"

레이나는 미친 듯이 온몸을 흔들며 지네를 팔에서 떼어내려고 애썼다. 끈질기게 붙어 있던 지네가 광란의 손 털기로 겨우 떨어지자 곧이어 바로 언제 그랬냐는 듯 머리를 단정하게 쓸어내리며 옷매무새를 가다듬었다. 그리고 자신을 어이없다는 듯 무표정으로 바라보고 있는 해그리드에게 애써 태연한 척 물었다.

"도지원 씨는 어디 계시죠?"

"여기 있는데."

빨리 도지원을 찾아서 앞으로의 계획을 통보하고 이 쓰레기장을 벗어나고 싶은 마음이 굴뚝같았다. 말장난을 하려는지 쉽게 가르쳐 주지 않는 해그리드 때문에 안 그래도 억지 영업용 미소의 입꼬리가 슬슬 떨려왔다.

"여기 어디요?"

레이나는 고개를 기웃거리며 집 안을 둘러보았다. 지금 그녀가 서 있는 곳에서 제일 가까운 방에 그녀가 있기를 바랐다. 복도 제일 끝에 보이는 방이 그녀의 방이라면 이 쓰레기 바다를 헤엄쳐 가야 하는데 한 발 디딜 때마다 다리에 벌레가 기어오를지도 모른다는 생각에 상상만 해도 소름이 돋았다.

"당신 앞에, 내가 도지원인데?"

오 마이 갓.

레이나는 평창동 사모님들이 제일 닮고 싶은 레이나 쌤 섹시한 발목으로 꿈틀거리며 올라오는 지네들을 느끼지 못할 정도로 굳어 있었다.

❖

"아아아아아악~ 떨어져 떨어져!"

지원은 청소부치고 너무나 화려하게 차려입은 데다 좀 전엔 손을 털며 이상한 동작을 하더니 이젠 발을 동동 구르며 폴짝폴짝 뛰다가 이상한 개다리 춤까지 추는 미친 여자를 바라보며 별 희한한 구경을 다 한다고 생각하고는 작업실로 들어갔다. 아침에 잠결에 받은 고모님의 전화에 자신이 놓친 것이 있나 싶어 고모님에게 전화를 걸었다.

몇 초간 신호음이 들리고 바로 고모님의 목소리가 들렸다.

[어때? 마음에 드니?]

지원은 오랜만에 들뜬 고모님의 목소리에 의아해하며 시큰둥하게 대답했다.

"글쎄요. 청소하러 온 사람의 차림새도 요상하고 집 안에 들어오자마자 이상한 난리부르스를 추더군요."

또 저를 아래위로 훑는 시선 하고는……. 지원은 뒷말은 속으로 삼켰다.

지원은 현관 입구에서 자신의 몸을 훑던 그녀를 떠올렸다. 자신의 모습이 많이 망가져 있기는 하나, 한심하다는 눈으로 쳐다보는 그녀의 시선에 자존심이 상했다.

[무슨 소리니? 청소부라니?]

"아침에 저한테 전화하셔서는 레이나 청소업체가 올 테니까 집에 들여 보내라고 하셨잖아요."

[얘가, 내가 언제 그랬어? 레이나 퍼스널 트레이너가 갈 테니까 집 청소 좀 하라고 했지! 레이나 선생님 네 집 안 꼴 보고 놀라 기절한다고.]

기절까진 아니고 기겁은 하던데요.

잠결에 '클리너'라고 들었던 단어가 '트레이너'였었군.

그런데 퍼스널 트레이너라니, 이게 무슨 소린가?

[네가 먼저 선수칠 것 같아 하는 말인데 지원아, 이제 더는 너 그러고 사는 거 못 본다. 레이나 선생이 르제 이수진 양 다이어트 성공시킨 검증된 능력자야. 하루 일과가 출장 수업으로 꽉 차 있는 선생을 내가 부탁, 부탁해서 6개월 동안 널 맡아주기로 했다. 같이 한집에서 지내면서 하루 종일 네 관리에 들어갈 거야.]

"같이 살아요?"

그 여자도 제정신이 아니군.

[그래, 딱 6개월. 입 꾹 다물고 레이나 선생 시키는 대로만 잘하면 너 옛날 모습으로 돌아갈 수 있어.]

옛날 모습? 그때로 돌아가면 떠나갔던 사람들이 돌아올까?

자신이 사랑한다고 처음으로 말했던 여자조차 질린다고 했던 그 모습으로 돌아가라고?

지원은 오히려 자신에게 무관심해진 세상이 고마울 따름이다. 몸이 무거워져 둔해지긴 했지만 하루 종일 컴퓨터를 보며 책상에 앉아 자신의 일을 하는 것엔 아무런 문제가 되지 않았다.

"싫습니다. 전 레이니인지 레이나인가 하는 여자랑 6개월은커녕 단 하루도 같이 있을 이유 없어요. 지금 당장 내보낼 겁니다."

[지원아!]

지원은 이어지는 도해의 말을 자르며 통화를 거칠게 끝내고 거실에서 벌레들과 춤을 추고 있을 레이나에게로 향했다. 아무리 까다로운 도해의 안목으로 선택된 그녀일지라도 지원은 남자와 동거를 한다며 찾아온 레이나를 선뜻 받아들이기 힘들었다. 받아들일 마음도 없었고 그저 좋게 고운 말로 빨리 내보내는 게 상책이었다.

"레이…… 지금 뭐 하시는 겁니까?"

지원은 레이나가 쓰레기로 뒤덮인 거실을 납작한 무언가를 이용해서 휘젓고 있는 모습을 보며 소리쳤다.

"아…… 저, 빗자루가 안 보여서요. 그래서 이것 좀 이용해서."

그녀가 두 팔로 힘겹게 밀대처럼 쓰레기들을 밀고 있는 것은 가로 162.2센티미터에 세로 130.3센티미터의 직사각형 나무판자였다. 지원은 웬 나무판자가 저기 있었나 생각을 하다 문득 어제 대원전자 박 이사가 자신에게 주식과 함께 담보라며 준 아르헨티나 예술가 루치오 폰타나의 작품이 떠올랐다. 박 이사가 극찬을 하는 루치오 폰타나의 작품은 두 명의 보디가드와 함께 집으로 배달되어 왔는데 현관 앞에서 그 그림을 뜯어보곤 신발장 앞에 세워둔 것을 잊고 있었다. 어제 그림을 열어봤을 때 박 이사가 장난을 하나 생각을 했을 정도로 그림이라고 하기도 뭐한 그것의 정체는 애들이 장난을 친 듯 하얀 캔버스에 칼집이 세로로 세 줄로 나 있었다. 그것이 루치오 폰타나가 추구하는 공간주의라는 것이란다.

처음에 농담인 줄 알았으나 인터넷 검색을 해보니 찢어진 캔버스가 경매 시장에서 시가 2억을 호가한다는 사실을 알게 됐다. 그림을 안전한 곳으로 옮기기 위해 방을 나서다 때마침 레이나가 들이닥친 것이다.

그리고 지금 그 여자가 2억짜리 미술품으로 거실 바닥의 쓰레기를 밀고 있었다. 얼마나 힘을 줘서 밀었는지 캔버스 아래에는 거실 바닥에 붙어 있던 시커멓고 끈적끈적한 액체까지 딸려왔다. 레이나는 밋밋한 예술 작품에 야식으로 즐겨 먹었던 컵라면 종이 사발들을 덧붙이며 착착 그의 앞으로 다가왔다.

신발장 앞에 세워둔 것도 잘못이지만 제 것도 아닌데 함부로 남의 물건에 손을 대는 여자도 문제가 있었다. 그녀는 2억짜리 미술품을 빗자루 취급하며 거실을 쓸더니 허리를 곧게 세웠다. 그리고 조금은 걸어다닐 만해졌다는 말을 꺼내는 순간 곱게 돌려보내겠다는 다짐이고 뭐고 그의 넓은 아량은 순식간에 사라졌다. 몇 년 동안 밖으로 내보이지 않았던 분노가 왕창 쏟아져 나왔다.

"나가!"

"네?"

지원은 쓰레기고 뭐고 자신의 옆에 있는 물건들을 그녀를 향해 던지며 포효했다.

"잠시만요."

"나가라고!"

"저기 도지원 씨, 진정하시고 제 말 좀."

레이나는 두 팔을 벌려 진정하라는 표시를 하며 그에게 한 발짝 다가섰다.

"당장 내 집에서 꺼져!"

지원이 손에 잡히는 것 모조리 그녀를 향해 던졌다.

"꺄아~"

레이나는 귀 옆에서 유리 깨지는 소리가 나자 깜짝 놀라며 현관문을 열고 밖으로 나갔다.

그녀가 헐레벌떡 밖으로 나가자 지원은 빗자루가 되었던 2억 그림에 붙은 쓰레기들을 떼어내며 외쳤다.

"루치오 폰타나!!!"

그 소리가 어찌나 크던지 거실에서 몇 년간 빛을 비추지 못한 3,000개의 크리스털로 이루어진 샹들리에가 찰랑거렸다.

레이나는 어떻게 자신이 운영하는 피트니스 센터까지 운전해 왔는지 기억이 없었다. 그 정도로 정신없이 차를 몰고 왔다는 것이다. 지원의 집이 센터와 멀리 떨어진 곳에 있었다면 센터를 향해 운전해 온 길이 저승길이 되었을지도 몰랐다.

레이나는 자신에게 일어난 황당한 일에 어이가 없었다. 대학교 1학년 때부터 아르바이트를 시작으로 이 업종에 몸 담근 지 8년, 각양각색의 사람들을 만나왔지만 자신의 소개조차 한마디 제대로 못하고 쫓겨나기는 처음이었다.

일을 시작한 처음부터 부유층을 상대했던 건 아니지만 의사, 변호사, 고위 공무원 등 '나 좀 배웠소, 돈 좀 있소' 하는 분들의 건강 관리를 도맡아 했었다.

특히 인간의 모든 신체 부위를 달달 외고 있는 의사들을 관리했을 땐 여간 신경 쓰이는 게 아니었다. 몸에 근육을 만들고 체지방

률을 낮추는 과정에서 필요한 의학적 지식과 과학적 상식이 그들이 아는 것과 겹치지만 레이나가 쓰는 생활체육학의 용어들과는 조금씩 차이가 있었다. 그래서 의학과 전공서를 빌려 혼자 독학도 해보고 의학저널도 참고하고 조금씩 그들과 대화를 하려고 노력했었다.

자신의 노력에 보답하듯 마음을 열고 다가와 준 그들은 수업을 끝맺은 지 몇 년이 지났지만 가끔 만나서 식사도 하며 건강 관리에 대한 얘기도 하며 친분을 쌓았다. 그 덕에 그들이 주치의로 있는 부유층 사모님들에게 자신을 소개시켜 주기까지 하고, 지금의 건강 코디네이터의 1인자로 불릴 정도로 유명해졌다.

그러니까 레이나 자신은 의사들도 인정한 다이어트 전문가란 말이다. 변호사들을 상대하면서 회원들을 대할 논리적 설득 방법을 그들로 인해 배웠고, 부유층 사모님들을 대하기 위해 돈 주고 사기도 아까운 가십거리 잡지를 보거나 패션이나 메이크업에 대해서도 공부했다. 인맥과 사교성을 키우기 위해 회원들이 초대하는 지겨운 파티들은 빠지지 않고 다녔단 말이다. 부모 뒷배경 없이 자신만의 노력으로 이 자리까지 온 레이나였다.

자신은 항상 자신감에 넘쳐 있었다. 누구든 자신에게 맡겨지면 변화하는 모습을 보였다. 대표적으로 이때까지 맡아서 관리해 온 회원 중에 최고 말썽이었던 이수진 양도 결국에 자신의 손아래에서 고개를 숙였고, 소문으로만 듣던 도도해 사장도 자신에게 부탁이란 말을 써가며 자신과 계약을 했단 말이다. 힘든 케이스인 줄 짐작은 했지만 이렇게 털보 거인에 지저분함의 극치에 자신의 쓰레기들 좀 건드렸다고 정신병자처럼 발작을 하는 남자였다니!

그래, 도도해 사장은 날 속였다. 어쩐지 단순히 자신의 조카가 갑자기 살이 많이 쪄서 다이어트가 필요하고 성격이 조금 날카로울 뿐 본래 나쁜 사람은 아니다. 이런 간략한 설명만 하고 직접 가서 봤으면 좋겠다는 제안만 던졌다. 조카의 신분을 밝히지 않기에 조카의 망가진 모습을 외부 사람들에게 숨기고 싶어 하는 듯해 더 이상 묻지 않았는데 그것이 실수였다. 자신은 여성 전용 퍼스널 트레이너란 말이다!

도지원이라는 이름을 들었을 때 당연히 여자라 생각했다. 그것도 6개월간 동거하라는 제안에 쉽사리 동의한 건 그가 여자라 믿고 있었기 때문이다. 그래, 그 이유를 대자. 여성회원만 관리를 하니까 그 핑계를 대며 도도해 사장의 제안을 거절해야겠다.

"레이나 벌써 왔어? 레이나~ 레이나? 야! 최민수!"

책상 앞에서 턱을 괸 채 이런저런 생각에 자신을 부르는 소리를 듣지 못하고 멍하게 있다가 오랜만에 자신의 남성스러운 본명이 들리자 고개를 들었다.

"어어? 야! 내가 회사에서 레이나라고 하랬지?"

레이나는 버럭 화를 냈다. 트레이너란 회원들에게 동경의 대상이 되어야 하는데 거친 이미지가 강한 배우 이름은 전혀 도움이 되지 않기 때문에 사람들에게 항상 '레이나'로 불리길 원했다.

"아니, 뭘 그렇게 생각해. 몇 번을 불렀는데 오늘 오티 가는 날 아니었어? 새로운 타깃 어때?"

자신의 어깨를 툭툭 치며 다녀온 소감을 말해보라는 이 남자는 퍼스널 트레이너 협회 동료이자 대학동기이자 절친인 김지원이다.

"그러고 보니 너도 지원이잖아? 재수 없게."

레이나는 피트니스 센터의 팀장을 맡고 있는 지원을 '마틴 쌤'이라고 부르는 게 익숙해져 버려서 그의 본명을 잠시 잊고 있었다.

"뭐? 재수 없어? 갑자기 내 이름에 웬 시비야?"

무심결에 나온 말이 지원의 심기를 건드린 듯해 재빨리 변명을 했다.

"아니, 오늘 만나고 왔던 사람도 지원이거든. 도지원."

레이나는 되도록이면 회원들에 대해서 이러쿵저러쿵 떠들지 않지만 말하지 않으면 답답해 미칠 것 같은 경우엔 이렇게 지원에게 회원과 있었던 일에 대해 쉴 새 없이 쏟아냈다.

자신은 당황스럽고 어처구니가 없었던 자존심에 금이 가는 경험이었지만 지원은 자신이 말을 내뱉을 때마다 웃음을 터뜨렸다.

"야, 이게 웃겨?"

"그럼, 웃기지. 레이나 공주가 털보 거인 해그리드 앞에서 개다리 춤을 추고 청소를 하다가 쫓겨났는데. 큭큭큭."

제가 겪은 일 아니라고 지원의 웃겨 죽는다는 듯 배를 잡고 꺽꺽거렸다. 지원이 숨 못 쉬겠다며 가슴을 치는 것을 한심하게 쳐다보다 갑자기 무언가 생각이 난 듯 지원에게 물었다.

"너, 혹시 '루치오 폰타나'가 뭔지 알아?"

"화가 아냐? 무슨 공간주의가 뭔가를 표현했다던."

해그리드가 마지막에 큰소리로 외치던 단어를 혹시나 지원이 알까 해서 물어봤는데 의외의 대답이 들려왔다.

무슨 욕인 줄 알았는데 화가라니, 그 남자 진정 정신이 나간 것인가? 화가 날 때 화가 이름을 외치는 거야? 어이가 없어 헛웃음이 나왔다. 그런 정신병자는 나에게 맡길 게 아니라 의사에게 맡겨야 된다. 확실하게 도도해 사장에게 거절 의사를 밝히려 다짐하는 순간, 곧이어 지원의 입에서 흘러나온 말에 자신이 휘저었던 나무판자를 떠올렸다.

"나도 화가에 화 자도 모르고 살았는데 이번에 내가 맡은 회원이 아트 디렉터거든. 우연히 그분의 집에서 벽에 걸린 이상한 그림 보고 한마디 했더니, 구멍을 몇 개 뚫어놓은 캔버스가 일평생볼 수 없는 예술이라면서 2억인가 3억인가를 주고 사왔다던데. 무슨 공간주의의 대가니 예술의 시각을 바꾼 예술가니 하도 찬양을 해서, 그분 취향 좀 알게 '루치오 폰타나'에 대해 조사 좀 했지. 너도 봐봐. 캔버스 칼로 선 몇 개 그어놓은 게 예술이라니 웃기지 않아?"

지원이 조사해서 저장해 놓은 자료라며 자신의 스마트폰에 있는 루치오 폰타나의 작품 사진들을 보여주었다. 레이나는 자신이 쓰레기라고 생각했던 판떼기가 설마 그 예술 작품이 아니길 바랐다. 하지만 귓가에 맴도는 우렁차게 외치던 그의 목소리는 그 그림이 진품임을 말하는 것임에 틀림없었다.

유독 낯익은 사진 밑의 경매 가격을 보고 헉 하고 숨을 들이켰다. 그 그림은 자신의 전 재산을 다 털어도 살 수 없는 가격이었다. 아니다. 그 돈은 어떻게든 마련할 수 있다. 하지만 이때까지 쌓아온 신뢰는? 그건 2억이든 20억이든 살 수 없는 것이었다.

회원의 집에 들어가서 고가의 미술품을 빗자루로 사용하며 더럽혀 놨다는 소문이 돌게 되면 강사로서의 레이나의 인생은 끝이었다.

낭패다. 이런 시련이 나에게 닥치다니! 레이나는 혼란에 빠졌다.

그 남자에게 가서 빌어? 아니, 빈다고 해서 먹힐 사람이 아니었다. 그냥 그림을 산다고 해? 아니, 그림을 사면 그 남자가 조용히 있어줄까? 현성금융 사장님 귀에 들어갈지도 모른다. 그럼 소문은 쥐도 새도 모르게 퍼지고 쌓아놓은 레이나의 명성은 순식간에 무너질 것이다. 레이나는 점점 머리가 아파왔다.

"아아악~ ㅋ°F‰▷▶쇼♨㎖!!"

"너, 너 왜 이래?"

지원은 갑자기 머리를 쥐어뜯으며 알 수 없는 외계어를 내뱉는 레이나를 보며 당황했다.

"내 마음을 말로 표현할 수 없음을 나타내는 절규. 고맙다, 김지원. 나 나가봐야겠다. 다음에 보자."

레이나는 입을 벌리고 멍하게 자신을 바라보는 지원의 등을 가볍게 두드려 주고 단단히 결심을 한 듯 비장한 표정으로 도도해 사장에게 전화를 걸며 사무실을 나섰다.

"안녕하세요, 사장님. 저 레이나입니다. 잠시 통화 가능하신가요?"

[괜찮아요. 나도 마침 레이나 선생님한테 막 전화하려던 참이었어. 오늘 우리 지원이 수업 어떻게 됐어요?]

"도지원 씨께서 저랑 수업을 하시는 걸 모르고 계셨던 같아요. 심하게 거부감을 드러내셔서……."

쫓겨났습니다.

[아이고, 저런! 미안해요. 내가 대신 사과할게. 전달이 잘못돼서 그래요.]

"죄송하지만 저 대신 다른 트레이너를 소개시켜 드리면 안 되겠습니까?"

처음부터 저자세로 나가서는 실패하고 만다.

[아니, 왜? 나는 누구보다 레이나 쌤이 우리 지원이를 맡아줬으면 좋겠는데…….]

생각보다 도해는 뻔뻔한 것 같았다. 지원이 남자였다는 사실을 숨긴 걸 모른 척했다. 분명 계약서상에서도 레이나의 퍼스널 트레이닝 회원의 성별은 오직 여성이라는 것이 명시되어 있었다.

"사실 사장님께서 제가 여성회원만 수업하는 것을 모르고 계셨던 것 같아서 연락드렸습니다. 그리고 저희 협회에 실력 있는 트레이너가 저 말고도 많습니다."

[선생님, 우리 전화로 말고 만나서 얘기하는 게 어떨까?]

"계약서 들고 찾아뵙겠습니다."

레이나는 도해의 전화를 끊고 그녀가 알려준 장소로 향했다. 이번엔 그녀의 집이 아닌 현성금융의 사장실에서 만남을 가졌다. 이것도 도해의 계략인 것 같았다. 현성금융의 으리으리한 건물에 한 번, 사장실을 들어가기 위한 비서들의 제지에 두 번 레이나의 기를 두 번이나 꺾으려 작정을 했다.

"어서 와요. 이쪽으로 앉아요."

역시 사장님은 사장님이었다. 트레이닝복 차림의 깐깐해 보이던 첫 느낌과 달리 투피스의 검은 정장 차림의 도해는 더욱 냉철한 사업가의 기운이 느껴졌다. 레이나는 자리에 앉으며 본론부터 꺼냈다. 계약서를 탁자 위에 올려 펼쳤다.

"아니, 뭘 그리 서두르나. 차 한 잔이라도 하면서 천천히 해요."

도해가 웃으며 말했지만 레이나의 딱딱하게 굳은 얼굴은 느슨해지지 않았다.

"다른 트레이너 선생님에게 수업을 양도하는 경우 문제가 없지만 해지를 하게 되면 계약금의 10%를 주셔야 합니다."

조항을 어긴 건 도해였으니 레이나는 당당히 요구할 수 있었다.

"좀 전에도 말했지만 난 다른 사람 필요 없어."

"그럼 해지하시겠습니까?"

"아니, 레이나 선생이 우리 지원이 맡아줘. 대신 두 배의 수업료와 운영하는 피트니스 센터에 투자를 하겠네."

"네?"

레이나는 도해의 말에 흠칫 놀라며 되물었다.

"피트니스 센터의 실질적인 대표가 레이나 선생이 아니었어?"

도해는 레이나가 센터를 운영하는 사실까지 염두에 두고 있었다. 사실 그녀가 대표임을 아는 사람은 손에 꼽을 정도로 몇몇 안 됐다. 대부분 방문 수업을 맡아 퍼스널 트레이너로 활동하는 레이나는 대표 자리에 마틴을 세우며 회원들에게는 사실을 숨겼다.

구미가 당기는 그녀의 제안에 레이나는 잠시 생각을 정리했다. 원래 계획은 계약을 해지하고 도해가 속인 것에 보상으로 지원의 집에서 망친 예술 작품의 구매 흥정하는 것으로 마무리하려 했다.

"제가 도지원 씨 트레이닝을 맡으면……."

침묵을 유지하던 레이나가 입을 열었다.

"추가하고 싶은 거 있으면 말해봐요."

도해는 미리 준비해 놓은 새로운 계약서를 레이나 앞에 내밀었다.

"미술품 하나 구입하는 데 도움을 주셨으면 좋겠습니다."

그녀의 말에 도해는 의외라는 표정을 드러냈다.

"미술품? 레이나 선생한테 미술품 모으는 취미가 있었나?"

당연히 아니죠.

"제가 아니라 저희 부모님께서 미술품 수집을 하시는데, 몇 년 전부터 찾으시던 작품이 도지원 씨 댁에 있더군요."

"그래요? 걔가 그런 걸 모으는 애가 아닌데……."

"금액은 제가 지불하겠습니다. 그저 제 손안에 들어오게 해주셨으면 합니다."

도해에게 굳이 '루치오 폰타나' 작품을 빗자루로 사용해서 가치를 떨어뜨려 버렸다는 말까지 꺼낼 필요는 없었다.

"그건 쉽지. 또 다른 거 필요한 것 있어요?"

"없습니다."

그녀의 대답을 끝으로 도해는 속전속결로 일을 처리했다. 레이나의 요구가 추가된 계약서를 작성해 그녀의 앞에 내밀었다. 레이나가 꼼꼼히 계약서를 살핀 후 서명을 끝내자 도해의 표정이 밝아졌다.

"다행이네. 난 거절하면 어떡하나 걱정했거든."

"열심히 하겠습니다. 맡겨주세요."

"레이나 선생이 우리 지원이 다이어트를 성공시키는 것에는 믿어 의심치 않지."

레이나는 그녀의 말에 활처럼 눈이 휘었다. 지원의 트레이닝을 제가 맡기로 결심한 이상 누가 봐도 완벽하게 그를 변신시키고 말거라 자부했다. 도해에게 앞으로의 트레이닝 방향을 전체적으로 설명을 하고 자리에서 일어설 준비를 했다.

"레이나 선생님 부모님은 뭐 하시는 분이셔?"

사장실을 나서려는 레이나에게 도해가 불쑥 질문을 던졌다. 레이나는 도해의 뜬금없는 질문에도 능숙하게 대답했다. 가끔 남자를 소개시켜 준다면서 사모님들이 그녀의 부모님에 대해 묻기 때문에 항상 답은 준비되어 있었다.

"아버지께선 공무원이셨다 지금은 퇴임하셨고, 어머니께서는 슈퍼마켓을 하셔요."

레이나의 대답에 도해의 표정이 미묘하게 변했다. 입매가 틀어지며 뭔가 못마땅해 보였다. 레이나는 도해의 반응에 살짝 미간을 좁혔지만 금방 다시 얼굴을 평평하게 폈다.

"그래? 이렇게 예쁜 딸을 두셔서 얼마나 좋으실까?"

도해는 보통 회원들과 달리 누굴 소개시켜 주고 싶다는 말을 꺼내지는 않았다. 바쁜 사람 잡아둬서 미안하다며 인사를 건네는 도해에게 레이나는 꾸벅 허리를 숙여 인사한 뒤 밖으로 나갔다. 도해는 찰칵 문이 닫히는 소리가 들리자 참았던 웃음을 터뜨렸다.

"재밌어. 슈퍼마켓이라…… 틀린 말은 아니지."

❖

지원은 그 멍청한 여자가 망쳐 놓은 그림을 손에 쥐고 전화 통화로 아트 리스톨러에게 복구가 가능한지 여부를 물었다. 들려오는 대답은 힘들다는 말이었다.

미술품에 관심이 많은 것은 아니지만 벽에 한번 걸어보지도 못한 2억짜리 그림이 한순간에 100원짜리 폐휴지 처리가 될 처지가 됐다. 지원은 그냥 갈기갈기 찢어 눈에 보이지 않게 태워 버릴까 생각하다가 그래도 복구를 시도해 보겠다는 리스톨러에게 맡기기로 했다. 그림을 거실 소파 위에 던지려다 소파 위의 다양한 쓰레기 종류들을 보고 자신의 집에서 제일 깨끗한 작업실로 들고 들어왔다. 오랜만에 큰소리를 질렀더니 뒷목이 뻐근했다. 그는 책상에 앉아 뒷목을 주무르며 그를 오랜만에 흥분케 했던 그 여자를 떠올렸다.

그녀의 직업이 퍼스널 트레이너란 언급이 없었다면 청소부로 위장한 꽃뱀으로 생각할 정도로 그녀의 첫인상은 강렬했다. 늘씬한 팔다리를 시원하게 드러내며 차려입은 검은 원피스는 몸에 달라붙어 봉긋한 가슴과 가느다란 허리를 도드라져 보이게 했다. 포니테일로 묶은 머리에 시원하게 드러낸 이마를 따라 오뚝한 코, 종알대던 붉은 입술, 그리고 자신을 평가하듯 올려다보던 커다란 눈망울은 쉽게 잊혀지지 않았다.

분명 자신을 하찮게 보는 눈빛이 분명한데도 애써 표정을 다잡으며 미소를 띠는 그녀의 모습에 오래된 시간 동안 가슴 깊은 곳에 꽁꽁 싸매놓은 감정이라는 것이 한 가닥 삐져나오는 듯했다.

무슨 감정? 지원은 저도 모르게 냉소를 지으며 다시금 모니터 화면에 집중을 하려 했지만 곧이어 들려온 초인종 소리에 미간을 좁히며 일어섰다.

띵동—

그가 처음 소리를 듣고 거실로 나선 지 5초도 안 되어서 다시 또 한 번 소리가 들리자 지원은 누군지 성격 참 급하다 생각하고 인터폰 화면을 쳐다봤다. 약 3시간 전에 헐레벌떡 도망치던 레이나란 그 여자였다. 포기하고 돌아간 줄 알았더니 또다시 찾아와 문을 열어달라고 요구하고 있었다. 지원은 대답하지 않고 놔두면 알아서 돌아가겠지 하며 돌아섰다. 초인종 소리가 한 열댓 번 정도 울렸을 때 그제야 지쳤는지 더 이상 울리지 않았다.

이제 좀 조용해지겠지 싶었는데 곧이어 집 전화가 울렸다. 집 전화는 오래전에 쓰레기들 속에 파묻혀 있어서 어디에 있는지 눈에 보이지 않았지만 소리가 들리는 쪽을 바라보며 저기 있었구나 하고 생각했다. 집 전화 벨소리가 두세 번 울리고도 받지 않자 그녀는 포기를 한 듯 잠잠해졌다.

일부러 자신의 신경을 건들며 문을 열게 할 그녀의 계략에 쉽게 넘어 갈 도지원이 아니다. 지원은 드디어 자신의 생활패턴으로 돌아갈 수 있다는 생각에 가볍게 한숨을 쉬며 작업실로 향했다.

"어? 집에 계셨어요? 초인종 눌러도 대답도 없고 집 전화를 해도 아무런 반응이 없길래 밖에 나가신 줄 알았어요."

지원은 분명 헛것을 보나 싶었다. 자신의 눈앞에서 뭐가 좋은지 싱글벙글인 그녀를 보며 몇 년 만에 처음으로 여자를 본 것이 그녀라 자신이 드디어 환영과 환청이 들리나 싶었다. 좀 전과는 다르게 트레이닝복을 아래위로 분홍색으로 맞춰 입고 온 그녀는 양손에 커다란 캐리어를 들고 있었다.

"오늘부터 같이 지내려고 제 짐을 싸오느라 시간이 걸렸어요. 대문 마스터 키는 사장님이 주셨어요. 혹시나 쓸 일이 있으면 쓰라고 하셨는데 첫날부터 쓸 줄은 몰랐어요. 제 방은 어디가 좋을까요? 전 현관과 가까운 곳이 좋은데 짐이 좀 무거워서 이쪽 방에다 일단 놔둘게요."

지원의 반응 따위 신경 쓰지 않는다는 듯 레이나는 계속해서 말을 이어갔다.

"아깐 죄송했어요. 제가 도지원 씨를 여자분이라 생각했거든요. 그래서 조금 당황했었나 봐요. 그리고 함부로 물건에 손대서 불쾌하셨죠? 제가 본능적으로 청소하는 것을 좋아해서요. 그리고 그 그림은 정말 제가 예술작품을 몰라보고 그냥 찢어진 종이가 붙은 나무판자로 생각해서……. 정말 죄송합니다."

고개를 숙이며 허리를 90도로 굽히는 레이나의 모습에 지원은 왜 이 여자가 다시 자신의 집으로 찾아오게 된 건지 짐작이 갔다. 자신이 망가뜨린 미술품의 정체를 알고 불똥이 튀기 전에 먼저 선수를 치려고 함에 분명했다. 고가의 미술품을 주인 허락 없이 훼손함은 법적공방으로도 갈 수 있는 일이었고, 이런 소문은 퍼지게 되면 이 여자의 강사 생활은 끝이 될 테니까.

"됐어. 복구할 수 있다고 했고, 이 일은 다신 입 밖에 안 낼 테니 이만 돌아가요."

지원은 심술궂게 '고소할 테니 꺼져!' 라고 말을 내뱉으려다 고개 숙여 사과하는 그녀의 모습에 진실됨이 보여 심드렁하게 말을 내뱉곤 돌아섰다.

"저 안 돌아가는데요? 방금 말씀드렸잖아요. 오늘부터 여기서 지낸다고."

지원은 좋게 좋게 해결하려고 하는 자신의 결정을 뒤엎을 심보인지 말귀를 못 알아듣는 멍청이인지 말을 내뱉는 그녀를 쳐다보았다.

"그럼, 고소할까?"

자신의 협박에 무릎이라도 꿇어 비는 흉내라도 낼 줄 알았던 여자가 자신의 눈을 똑바로 바라보곤 당당하게 말했다.

"하세요, 해요. 전 상관없어요. 제가 여기에 온 건 도지원 씨의 선량한 용서를 바란 것이 아니거든요. 이건 제 자신과의 약속을 지키기 위함이에요."

곧이어 이어지는 네 말 따위 듣고 싶지 않다는 듯 무시하며 돌아서는 지원을 보며 레이나는 단어 하나하나에 힘을 주며 말했다.

"우리 같이 한 번 해봅시다. 딱 6개월이에요. 저는 도지원 씨 고모님께 부탁을 받아서 온 일개 고용인일 뿐이에요. 하지만 제가 도지원 씨의 집에 다시 발을 들여놓은 순간부터 레이나는 단순한 일개 트레이너가 아니라 도지원 씨만의 유일한 가족이자 연인이자 친구가 되는 거예요. 같이 밥을 먹고, 같이 산책도 하고, 같이 TV를 보며, 지루한 하루 일과를 주절주절 떠들어도 따뜻하게 받아주는 사람. 슬픔, 괴로움, 기쁨을 진심으로 함께 나누는 존재요. 그립지 않나요? 그런 존재 가지고 싶죠? 그런 사람이 되어드릴게요."

레이나는 환한 미소 가득 담은 얼굴로 말을 끝내고는 지원을 향해 오른손을 내밀었다. 지원이 아무런 반응이 없자 레이나는 두 손으로 지원의 오른손을 잡아끌며 아이처럼 아래위로 흔들었다.

지원은 머릿속으로 '속지 마. 거짓말이야! 저건 회원을 꼬여내는 상술에 불과한 말이야' 라고 외치며 자신의 오른손을 잡은 부드럽고 따뜻한 두 손을 차갑게 뿌리치려 했지만 자신의 오른손은 제 뜻대로 되지 않고 레이나에 계속 흔들리고 있었다.

긍정적인 대답을 바라는 레이나의 꽃이 만개한 듯 화사한 미소에 덩달아 입꼬리를 올리다 쓰지 않던 근육이 당기는 느낌에 입매를 다잡았다. 지원은 굳은 표정으로 그녀의 손을 쳐내고 돌아섰다. 방 안에 들어선 그는 문에 등을 기대며 한숨을 내쉬었다. 그리고 천천히 가슴에 손을 올렸다. 콩닥콩닥. 정상적이었던 심장 소리가 빨라졌다. 대뇌 감각신경과 운동신경을 마비시켜 버린 레이나 바이러스가 돌처럼 굳어버린 지원의 심장을 톡톡 건드리고 있었다.

## 02

레이나는 분명 자신의 마음이, 진심이 그에게 분명히 전해졌다고 생각했는데 자신을 뿌리치고 아무 말 없이 들어가 버린 그의 방문을 노려봤다.

'이렇게 낯간지러운 말을 하며 고백을 했는데 아무런 반응이 없어? 싫으면 싫다, 좋으면 좋다 뭔가 되돌아오는 반응이 있어야 앞으로 어떻게 할지 계획을 세울 거 아냐?'

레이나는 자신의 발아래 굴러다니는 맥주 캔들을 팍팍 밟으며 죄 없는 맥주 캔에 화풀이를 했다. 그리고 쓰레기 더미 속에서 마땅히 앉을 곳을 찾지 못하자 자신이 가져온 트렁크를 꺼내 의자로 삼았다. 그리곤 쓰레기 집 안을 죽 둘러보았다. 이렇게 많은 쓰레기가 쌓이도록 내버려 두다니 도대체 이 남자는 어떻게 생활을 해 왔을까?

소파 앞쪽엔 빈병수거 공간인지 맥주병, 소주병, 와인병, 양주병 등등 다양한 병들이 뒹굴고 있었다. 소파 위에는 각종 과자 봉지와 술안주 오징어들이 포장되어 있던 비닐들이 흩어져 있었다. 아마 소파에 기대어 술을 마시며 안주를 먹고 난 쓰레기들은 소파 쪽으로 던져 버렸나 보다.

오른쪽으로 소파가 위치한 곳을 지나 유리문으로 거실과 구분된 베란다가 보였는데 유리라고 하기에 미안한 시커멓게 먼지가 쌓인 유리 벽면이 베란다에 놓여 있을 물건들을 가리고 있었다.

시선을 돌리니 소파를 마주 보는 벽 쪽에 커다란 스크린이 보였다. 이것도 본래의 색을 잃어버리고 하얀 천이 누렇게 변색되어 있었다. 그리고 스크린을 향해 술병을 던졌는지 스크린 앞에 부서진 유리 조각들과 CD케이스와 반으로 잘려진 CD들. 스크린으로 DVD로 무언가 보다가 화가 나서 던진 듯했다.

나머지 쓰레기들의 대부분은 인스턴트 식품들이 담겨져 있던 비닐봉지, 탄산음료 플라스틱 빈병 컵라면 종이사발 등등이었다.

현성금융 사장을 고모로 둘 정도면 지원도 당연히 어디 내놓아도 알 만한 집안 자제일 것인데 레이나가 아는 그들은 입에도 대지 않을 음식들을 그가 다 해치웠다고 생각하니 골머리가 아팠다.

체중관리에 가장 중요한 것은 식단인데, 이렇게 달달하고 자극적인 음식들에 길들여져 있는 그를 어떻게 빠져나오게 할지가 관건이다. 이제껏 관리했던 회원들에겐 해외 셀러브리티 다이어트 식단 얘기를 하면서 호기심을 유발했고 군중심리를 이용해서 자연스럽게 넘어갔다. 쓰레기들만 봐도 지원이 소화만 될 수 있는 것이라면 위 속에 다 넣을 것 같은 식습관을 지녔음에 틀림없다.

레이나는 앞으로 일어날 지원과의 갈등이 상상이 되자 얕게 한숨을 내뱉었다.

6개월 동안 지낼 곳인데 이렇게 쓰레기 속에선 살 수 없었다. 레이나는 지원이 허락을 하든지 말든지 청소를 하겠다 큰소리로 외치곤 캐리어에 넣어온 청소 도구들을 꺼냈다.

앞치마와 마스크는 당연히 착용하고 양손은 고무장갑에 집어넣고 양 발은 벌레 따위가 붙지 않게 모델하우스 등에 비치되어 있는 신발 싸개로 덮었다. 거실을 대충 다 둘러보고 청소 시작 부위를 정한 후 100리터의 커다란 종량제 봉투를 펼치고 큰 것부터 차례차례 담아 넣었다.

레이나가 쉬지 않고 움직인 덕에 어느새 3봉지를 꽉 채우고 네 번째로 봉투를 비벼서 여는데, 발에 뾰족한 것이 밟혀 짧은 신음을 내며 아픔을 선사한 정체를 바라보았다.

"유리 조각인가?"

깨진 유리치곤 정교하게 물방울 모양으로 세공이 되어 있었다. 각 맞춰 매끄럽게 다듬어진 것이 크리스털 같았다. 바닥을 자세히 보니 이것 말고도 여러 개가 보였다. 크리스털들이 떨어진 길을 따라 옆으로 쓰레기들을 치우니 보석함 같은 상자가 열려 있었고 그 안에 각종 패물이 놓여 있었다. 설마 이 남자 보석 숨기려고 이렇게 지저분한 거실을 만들어놓은 건 아니겠지? 하지만 숨겨놓았다고 하기엔 보석함의 상태가 좋지 않았다.

세게 던져서 억지로 열린 것처럼 벌어진 윗덮개는 왼쪽 연결부위가 떨어져 있었다. 보석함 밖 한쪽으로 쏠려 있는 목걸이와 귀걸이 그리고 반지까지 아기자기하고 번쩍거리는 것이 누가 봐도 여성 취향을 풍기는 것들이었다. 그런데 개인 보석함에 담겨 있는 보석치고 이상하게 태그가 붙어 있었다.

레이나는 지원의 허락 없이 청소를 시작하며 보석함을 발견하고 손에 대기 전에 그에게 바로 알려야 했지만 그것보다 목걸이나 반지에 붙여진 태그의 내용이 궁금했다.

당연히 가격이 적혀 있을 것으로 생각한 태그에는 숫자는 맞는데 가격이라고 보기에는 애매한 말이 덧붙여져 있었다.

'100일.'

옆에 있는 목걸이를 들자 그곳에는 '231일', 나머지 패물들에도 숫자 뒤에 '일'이 붙어 있었다. 레이나는 제일 궁금증을 유발한 보석함 가운데 유독 튀는 검정색 반지 케이스를 집어 들었다. 열어보니 엄지손톱만 한 알맹이를 박은 반지였는데 언젠가 방배동 사모님이 며느리에게 줄 다이아 반지라며 자랑하던 그것과 비슷해 보였다.

반지케이스 덮개 부분에 작은 쪽지가 끼워져 있었는데 봐서는 안 될 것 같았지만 보고 가지런히 넣어두면 된다는 생각에 조심스럽게 쪽지를 펼쳤다.

어렸을 적 어머니의 보석함을 갖고 싶어 몰래 열어보다가 크게 혼났다는 너의 말을 듣고 너만의 보석함을 내가 만들어주고 싶었어. 너와 함께한 1000일 동안 하나씩 모아온 것들을 여기에 담았다. 하지만 이 반지 하나만큼은 여기가 아닌 네 왼손 네 번째 손가락에 끼워져 있었으면 좋겠다. 사랑한다, 여운아. 나와 결혼해 주겠니?

레이나는 쪽지를 읽으며 이 보석함을 준비한 사람이 설마 이 집 주인 지원이 아닐 거라 생각했다. 이 남자가 이렇게 간질거리는 말을 글로 표현을 해? 상상이 안 갔다.

혹시 여운이라는 여자가 이 남자의 끔찍한 집 안 꼴을 보고 보석함도 팽개치고 도망간 것은 아닐까?

레이나는 쪽지를 제자리에 넣어두고 주변에 흩어져 있는 반짝이는 알갱이들을 모아 보석함에다 담고 거실 탁자 위에 올려놓으며 다시 청소 모드에 돌입했다.

그 후 몇 시간 동안 부지런히 움직인 덕에 각종 쓰레기들에 의해 가려져 있던 대리석 바닥이 드디어 드러났다. 진공청소기를 돌리고 다음 스팀청소기로 깨끗하게 밀어주고 걸레로 거실에 놓인 가구들을 닦아냈다. 마무리된 거실을 둘러보며 뿌듯함을 느끼고 이마에 맺힌 땀을 팔등으로 훔쳐냈다.

운동 기구 아닌 청소용품으로 한 운동은 레이나의 온몸을 뻐근하게 만들었다.

"아구구, 앗!"

드디어 앉을 수 있는 소파에 엉덩이를 걸치자 잠시의 휴식을 샘내듯 뾰족하고 딱딱한 것이 레이나의 등을 찔렀다.

이건 또 뭐야.

"오오~ 좋은데?"

남자가 상반신을 드러낸 세미누드 화보로 식스팩이 두드러진 사진이 담긴 액자였다. 팔의 이두근 삼두근 모양도 잘 잡혀 있고 어깨 각진 것도 예술인데?

뚜렷하게 보이는 6개의 복근과 골반에 아슬아슬하게 걸려 있는 바지는 묘하게 시선을 사로잡았다. 전문가인 자신이 보기에도 이 남자 정말 완벽한 바디를 지니고 있었다.

전문 모델인가?

흑발에 가려 한쪽만 드러난 남자의 눈은 레이나를 강렬하게 쏘아보고 있었다.

근데 남자 혼자 사는 집에 왜 이런 사진이…….

설마!

아니겠지.

여운이란 이름은 여자일 가능성이 높으니까 이 사진의 주인공은 여운이 아닐 거야.

그럼…… 도지원 씨인가?

그러고 보니 매섭게 쏘아보는 눈매가 닮은 것 같기도 하고.

레이나는 액자의 먼지를 손으로 닦아냈다. 그러자 사진 속 남자의 복근이 더욱 두드러져 보였다. 액자의 남자를, 그리고 지원이 있는 방문을 번갈아 바라보며 레이나는 입술을 말았다 폈다.

이 남자 왜 이렇게 자신을 미워하고 망가뜨렸을까?

레이나는 액자를 거실에서 잘 보이는 곳에 놓아두고 가볍게 허리를 두드리며 가득 찬 종량제봉투를 양손에 쥐고 집 밖으로 나섰다.

고급 주택이 밀집된 곳이다 보니 지원의 집에서 한참 걸어 내려가서야 쓰레기 수거장이 보였다. 낑낑대며 봉투를 던지고 나머지 봉투들을 버리기 위해 빠른 걸음으로 집을 향했다.

내려갈 때에는 쓰레기가 너무 무거워서 빨리 버려야겠다는 생각에 정신없이 걸어서 못 느꼈는데 지원의 집에서 꽤 먼 길이었다 (나중에 안 사실이지만 대문 앞에 놔두면 구역 관리인이 트럭에 실어 수거해 간단다).

'어? 누구지?'

레이나는 지원에 대한 앞으로의 계획을 생각하며 집 앞으로 다가가다 걸음을 멈췄다. 지원의 집 붉은 대문 앞에 어떤 여자가 서 있었다. 레이나는 가까이 가지 않고 조금 멀리서 그녀를 관찰했다.

초인종에 손가락을 대었다가 차마 누르지는 못하고 손을 내렸다가 대문 넘어 기웃거리다 다시 초인종에 손을 붙였다 떼어냈다 반복을 했다. 그 꼴을 몇 번이나 반복해서 보는 게 답답하기도 하고 안쓰러워 레이나는 그녀에게 다가갔다.

"저기, 지원 씨 찾아오셨어요?"

레이나의 물음에 그녀는 깜짝 놀라 어깨를 들썩이더니 레이나를 향해 돌아섰다.

가까이서 본 그녀는 매우 작았다. 자신의 키가 165센티인데 그녀는 자신의 어깨를 겨우 넘어서는 정도였다. 하늘거리는 피치색 시폰원피스를 입고 단발머리에 커다랗고 처진 눈을 가진 그녀는 중학생이라고 해도 믿을 정도로 어려 보였다. 하지만 그녀가 그 정도로 어리지 않다고 여긴 건 손에 쥐고 있는 조그마한 클러치가 말해주고 있었다. 그것은 샤넬 S/S 시즌 한정판으로 나온 신상이기 때문이다.

"아…… 아, 저."

갑작스런 질문에 당황스런 그녀를 위해 레이나는 따뜻한 미소를 보이며 기다려 줬다. 하지만 레이나의 배려에도 불구하고 그녀는 우물쭈물하며 불안해 보이다가 후다닥 뛰며 도망치듯이 가버렸다.

뭐야? 저 여잔.

그녀가 빠르게 시야에서 사라지자 레이나는 고개를 갸우뚱하며 지원의 정원으로 들어섰다.

집에 들어오자마자 바닥에 누워버리고 싶은 것을 참으며 자신의 방으로 정한 현관과 가장 가까운 방으로 들어갔다. 손님을 위한 방인지 침대와 조그만 원형 테이블만 덩그러니 놓인 곳이었다. 거실과 달리 쓰레기들이 쌓여 있지 않았지만 오랫동안 쓰지 않아 먼지가 수북이 뒤덮고 있어서 다시 걸레를 쥐어들었다. 레이나의 깔끔한 성격 탓에 대충대충을 용납할 수 없었다. 방이 될 이곳도 먼지 한 톨 없이 깨끗이 쓸고 닦아 습한 냄새를 털어냈다.

에고고, 삭신이야

이거 원, 건강 코디네이터 레이나가 회원 살 빼주러 왔다가 웬 청소나 하냔 말이다.

근데 이 남자는 청소하느라 시끄러울 텐데도 방 안에 콕 박혀서 나올 생각을 안 해. 아무리 제멋대로이지만 자신도 어찌 보면 고모님이 소개시켜 준 손님인데도 말이다. 그의 행동을 봤을 때 결정을 내리는 것에 시간이 많이 지체될 것이 뻔히 보였다.

쿵, 쿵.

아 고약한 냄새. 하루 종일 청소만 하다 보니 레이나의 몸에 지원의 집 처음 들어왔을 때 풍기던 쿰쿰한 냄새가 밴 듯했다.

껑껑거리며 온갖 잡동사니를 담아온 캐리어를 열었다. 여행용 팩에 담겨 있는 목욕 파우치를 꺼내 들고 욕실로 향했다. 생각했던 것보다 깨끗하고 넓은 욕조에 따뜻한 물을 받으며 노동의 피로를 풀 생각에 벌써 노곤함이 밀려왔다.

아차!

레이나는 트레이닝복 상의의 지퍼를 내리다 말고 욕실 밖으로 뛰어나갔다.

최민수 이 바보!

갈아입을 옷을 안 가져왔던 것이다. 아무리 그 남자가 방 밖을 나오지 않는다지만 '혹시'와 '만약'이 있었다.

레이나는 자신의 둔함에 스스로 머리를 콩 쥐어박고 캐리어에서 옷가지를 챙겨 들고 다시 욕실로 향했다.

또르르륵.

응?

문 앞에 도달하자 흐르는 물소리가 들렸다. 내가 물을 안 잠갔나? 다 받고 나왔던 것 같았는데……. 문을 벌컥 연 레이나의 눈앞에 집주인인 그가 보였다. 그녀의 두 배나 커진 눈동자와 머리칼 속에 박힌 그의 눈동자가 만났다. 시각이 청각의 우위에 있다 하였던가, 청각이 시각에 우위가 있다 하였던가. 소리의 근원이 되는 곳으로 저절로 눈이 다다르는 그녀였다. 그녀의 고개가 점점 아래로 내려가자 털이 숭숭하고 무시무시한 인체 수도관이 물줄기를 끊었다.

또르르륵 쪼록.

어, 어쩌지?

머릿속이 새하얘졌다.

뭐라고 말해야 할 것 같은데 너무 놀라 무슨 말을 해야 할지 떠오르지 않았다. 그도 놀라긴 마찬가지였는지 수도관을 쥐고 있는 자세 그대로 굳어 있었다.

"시…… 시원합니다."

레이나는 당황한 나머지 혀까지 꼬여 실례가 시원으로 변형된 지도 모르고 그 자리에서 냅다 도망쳐 버렸다.

「네 이년! 감히 전하의 것을 몰래 훔쳐봐! 네 죄를 네가 알렸다. 저년을 매우 쳐라!」

붉은 관복을 입은 소시지 사또가 소리쳤다. 그는 민머리에 입을 벌릴 때마다 핑크빛 속이 비쳤다. 레이나는 곤장 위에 묶여 있는 상황에서도 피식 웃음이 새 나왔다.

「웃어? 그래, 어디 그 웃음이 얼마나 갈지 두고 보마.」

명을 받은 포졸들은 커다란 목봉 대신에 소시지를 움켜쥐었다. 레이나는 다가오는 발걸음에 살기가 느껴지자 그제야 자신이 처한 상황이 실감났다.

「아, 아니, 잘, 잘못했어요.」

포졸 하나가 맥주 한 병을 벌컥 들이키더니 입에 한가득 담았다가 레이나의 엉덩이에 뿌렸다. 하얀 소복이 맥주에 의해서 엉덩이에 끈적끈적하게 달라붙었다. 고통을 극대화하기 위해 소금까지 뿌려졌다. 레이나는 묶여 있는 몸을 풀어내려고 몸부림쳤다.

「시작하라!」

「안 돼~!」

레이나의 목소리는 포졸들의 노랫소리와 엉덩이를 내리치는 곤장 소리에 묻혔다.


"아악!"

레이나는 눈을 번쩍 뜨고 상체를 일으켰다. 아직 꿈속에서 헤매는 듯 레이나는 엉덩이부터 살폈다. 소시지 곤봉으로 맞은 곳이 화끈거리는 것 같았다.

"이게 뭐야. 정말."

레이나는 땀에 젖은 머리칼을 쓸어 넘겼다. 잠자리가 바뀌어서 그런지 생전 잘 꾸지도 않던 꿈을 꿨다. 이게 다 도지원 때문이다. 왜 화장실 문도 안 잠그고 볼일을 보냐고!

레이나는 꿈속에서의 소시지들과 어제 실제로 봤던 지원의 것을 자신도 모르게 비교하다 세차게 고개를 저었다. 미술품 때문에 도도해 사장과 확실한 계약을 맺을 때만 해도 단순하게 생각했다. 집에 있는 오빠들과 같이 지내는 것처럼 생활만 잘하면 된다고 생각했는데, 첫날부터 화장실에서 그와 마주치는 사고를 저지를 줄이야. 레이나는 침대에서 일어나 가볍게 스트레칭을 하고 방을 나섰다.

쿵쾅~ 쿵쿵♪♩ 쿵 짝 쿵 쿵 짝♪♩♬

이게 무슨 소리인가?

새벽까지 모니터를 바라보느라 하늘이 푸르스름하게 밝아올 때 겨우 침대에 몸을 누울 수 있었다. 스르륵 감기려는 눈이 천장의 조명까지 흔들리게 하는 음악 소리에 의해 번쩍 뜨였다. 상체를 세우며 잔뜩 얼굴을 구겼다. 분명 시끄러운 음악이 귓가를 때렸음에 분명했다. 하지만 그를 놀리듯 소음은 재빨리 사라져 버렸다. 지원은 귀를 약지로 후비적거리며 침대에 누었다. 너무 피곤해서 환청이 들리나?

쿵쿵♪♩~ 쿠쿠쿵 쾅쾅♪♩

"아씨. 뭐야?"

지원은 좀 전보다 더 크게 들리는 음악 소리에 신경질적으로 상체를 세우며 거실로 나갔다. 그의 집안에서 소음 발생의 원인으로 레이나라는 이상한 여자가 분명했다.

"지금 뭐 하는 거……."

지원은 거실에서 맞닥뜨린 광경에 순간 말을 잃었다.

"오예~ 지원 씨, 일어나셨어요? 아침체조 같이 하실래요?"

그녀는 홀딱 벗은 것이나 다름없는 차림으로 음악에 리듬을 맞춰 팔다리를 흔들고 있었다.

그 모습에 그는 황당함과 당황스러움을 넘어 몸속 깊은 곳에서 뜨거운 것이 끓어올랐다.

"그만하시죠."

"네? 뭐라고요?"

"그만하라고!"

꾹 다문 어금니 사이로 부들부들 새 나오는 노기 어린 지원의 경고는 무참하게 소음 속에 묻혀 버렸다. 레이나는 천진난만한 미소와 함께 지원을 향해 팔을 휘저었다.

"헤이 헤이. 지원 씨도 어서 따라 해봐~ 악!"

쿵. 쿵. 쿵!

퍽!

음악 소리가 지원의 육중한 발길질과 함께 끊어졌다. 거실을 우렁차게 울리던 홈시어터의 오디오 플레이어는 지원의 무게를 이기지 못하고 으스러졌다.

"뭐, 뭐 하시는 거예요?"

레이나는 순식간에 벌어진 그의 난폭한 행동에 놀란 가슴을 부여잡고 그를 노려봤다.

"지금 당장 제 집에서 나가주시죠."

주객전도라고, 남의 집에서 멋대로 물건을 건드리고 소음공해를 일으키고선 뻔뻔하게 그를 바라보자 기가 찼다.

"도지원 씨!"

"꺼져!"

"폭력은 안 돼요."

"뭐?"

"지원 씨가 준비 안 되어 있는 상황에서 성급하게 운동을 시작하려 했던 것에 대해서는 죄송해요. 하지만 이런 폭력적인 행동으로 절 겁주려 하지는 마세요."

지원은 그녀의 꾸짖음에 입을 쩍 벌렸다. 도대체 이 여자 정체가 뭐야?

눈을 맞추며 시선을 피하지 않고 당돌하다 못해 목소리를 높이며 힐책하고 있었다.

"그리고 여기 리모컨 안 보이세요? 오디오 플레이어에 전원버튼 안 보여요? 왜 부수고 그래요?"

지원은 한숨이 나왔다. 맹랑하게 쏘아대는 그녀를 보니 급격히 피로가 몰려왔다. 지원은 눈을 질끈 감고 돌아섰다. 무시. 그녀가 무관심에 지쳐서 제 발로 걸어나가도록 하는 것. 최대한의 방도는 무시였다. 지원은 침실로 발길을 옮기며 돌아섰다.

레이나는 완전히 방으로 들어가는 그를 보며 긴장이 풀린 듯 스르륵 바닥에 주저앉았다. 아무리 강심장이라도 티를 내지 않았지만 조금 전의 지원은 레이나도 무서웠다. 거실에서 음악을 크게 틀어놓고 가벼운 모닝체조로 지원을 자극하는 계획은 실패로 돌아갔다.

너무 성급했나? 조금 더 기다려야 할지도 모르겠다. 동기부여를 주는 것이 레이나의 일이지만 다이어트 성공에는 무엇보다 그가 스스로 하겠다는 마음가짐이 제일 중요하니까 말이다. 레이나는 맘을 다잡고 가볍게 몸을 푼 뒤 어깨를 휙휙 돌렸다. 어제 마저 끝내지 못한 청소를 하기 위해 앞치마를 둘렀다. 빠른 몸놀림으로 집 안 전체를 휘젓고 다닌 결과로 거실은 먼지 한 톨 하나 남기지 않고 깨끗하게 보였다. 레이나는 뿌듯한 표정으로 거실을 훑었다. 정신없이 치우다 보니 벌써 해가 뉘엿뉘엿 지고 있었다.

마무리로 쓰레기봉투를 버리고 집에 다시 들어가는 길이었다.

지원의 집 앞에서 어제도 봤던 여린 여자가 오늘도 머뭇거리며 들어가지 못하고 서 있었다.

"저기 도지원 씨 만나러 오신 거 맞죠?"

등 뒤에서 들려오는 레이나의 물음에 움찔했지만 전과 다르게 도망가지 않고 돌아보며 고개를 끄덕였다.

"아…… 저…… 네. 여기 일하시는 분이세요?"

그녀의 물음에 그제야 자신이 어떤 차림을 하고 있는지 깨달았다. 양손에 고무장갑을 끼고 앞치마 두른 트레이닝복 차림을 하고 있음을. 그래도 뭐 일하는 사람은 맞으니까.

"네, 약속하고 오신 거죠?"

조금 전 그녀의 행동을 봤을 때 결코 약속하고 온 게 아님을 짐작했지만 지원에게 핑계 댈 거리도 만들 수 있고, 예의상 물었다. 더듬거리며 아니라고 하며 도망갈 여자 같았다.

그런데 예상과 달리 다른 대답이 들려왔다.

"네."

"그래요? 그럼 저랑 같이 들어가세요."

집에 제 허락 없이 아무나 데리고 들어왔다고 화낼 지원이 떠올랐지만 마냥 가녀리기만 한 여자가 거짓말을 하면서까지 그를 만나려고 하는 용기가 가상해 넘어가 줬다. 그리고 직감하건대 두 사람은 서로 아무나인 사이는 아닌 것 같았다.

이 여자는 얼마나 운이 좋은지 자신이 쓸고 닦아 번쩍번쩍하게 빛이 나는 거실을 만들어놓았을 때 방문을 했으니 혹시나 징그러운 지네 때문에 춤추진 않을 것 아닌가? 그녀를 소파로 안내를 하고 지원에게 누구라고 알릴까 물었다.

"어…… 저…… 이여운이라고 전해주세요."

"여, 여운 씨? 아! 잠시만 여기 앉아계세요. 곧 불러 드릴게요."

레이나는 여운이라 밝히는 여자의 말에 순간 말까지 더듬으며 잠시 멈칫했으나 불안해 보이는 그녀를 조금이나마 진정할 수 있게 미소를 띠며 돌아섰다. 하지만 속으론 자신도 불안불안하긴 마찬가지였다.

여운이라고? 설마 그 여운은 아니겠지? 반지 케이스 쪽지에서 읽었던 그 여자가 아니길 바라며 그가 작업실이라 일컫는 방의 문을 두드렸다.

"도지원 씨, 손님 오셨는데요."

문을 몇 번 두드려도 반응이 없자 문손잡이를 내렸다. 문이 스르륵 열리자 레이나는 방 안으로 들어섰다.

그의 작업실은 거실, 부엌과는 달리 매우 깨끗했다. 문을 열자마자 왼쪽으로 책들이 한 치의 오차도 없이 일렬로 가지런히 놓여 있는 책장이 보였고, 그 옆으로 오디오가 놓인 장식장이, 그리고 문과 마주 보는 곳에 적어도 5미터는 되어 보이는 기다란 나선형 책상이 자리 잡고 있었다. 그리고 그 책상 앞에 지원이 앉아 있었는데 4개나 되는 모니터 화면을 번갈아 보며 누군가와 대화를 하고 있었다. 불러도 대답이 없었던 것은 그의 머리에 끼워진 헤드폰 때문일 것이다. 레이나는 그의 대화가 끝나기를 기다렸지만 끊임없이 말이 이어지자 지원이 상대방의 이야기를 듣는 타이밍에 그를 불렀다.

"도지원 씨."

가까이 가서 외쳐도 대답이 없자 레이나는 지원의 어깨 위에 손을 올렸다. 레이나는 그가 어깨를 들썩이며 놀라는 것을 손으로 느꼈다. 드디어 지원이 고개를 돌려 자신을 바라보았다.

"뭐야?"

지원은 레이나의 손을 신경질적으로 쳐내곤 헤드폰의 마이크를 움켜쥐며 말했다.

"손님이 찾아오셨다고요. 계속 불러도 대답 없으시길래."

"이봐요. 지금……."

[무슨 일인가?]

지원이 잔뜩 얼굴을 구기며 그녀를 향해 쏘아댈 준비를 할 때 헤드폰에서 대화 상대의 목소리가 들렸다.

"사장님, 제가 나중에 연락드리겠습니다."

그가 헤드폰을 책상 위로 거칠게 던지며 벌떡 일어나 소릴 질렀다.

"손님? 날 찾아올 사람 없는데, 내가 잠자코 있으니까 주인 행세하며 아무나 내 집에 들이는 거 아닙니까?"

지원의 이런 반응을 미리 예상했기 때문에 겁주듯 으르릉거리는 모습에 레이나는 덤덤하게 대꾸했다.

"아니, 그분이 도지원 씨와 약속을 하셨다잖아요. 그래서 저 들어오는 길에 같이 왔어요. 이여운 씨라고 전해달라던데요?"

레이나는 '이여운'이 지원이 결혼하자던 그 '이여운'이 맞다는 확신에 그 이름을 듣고 지원이 당황하는 모습을 기대했다. 하지만 지원은 예상과 달리 놀라지도 않고 아무런 표정 없이 덤덤하게 말했다.

"바쁘니까 돌아가라고 해요."

"네? 지금 거실에 앉아 계시는데요. 잠깐이라도……."

"안 만난다고."

지원은 매정하게 말을 끊었다.

"그래도……."

"이제 그만 나가죠?"

지원이 레이나의 얼굴에서 시선을 거두었다.

"저."

"나가라고, 꺼져."

지원의 마지막 말에 레이나는 울컥했다.

보자 보자 하니까 이 사람 내가 무슨 가정부인 줄 아나. 아니, 가정부한테도 그렇게 말 안 해요. 나한테 말하는 투가 꼭 부리는 하인한테 명령하는 것 같잖아. 처음 만날 때부터 반말을 찍찍 하지 않나 회원이라고 조신하게 참아주고 있으니까 아예 대놓고 막 대하시겠다?

"저기요!"

"지원 씨?"

확실히 지킬 건 지켜야 된다는 말을 꺼내려 했다. 하지만 그녀가 지원의 방에서 한참이 지나도 나오지 않자 따라 들어온 여운의 등장에 레이나는 시도는커녕 꼬리를 내리며 둘만의 자리를 위해 비켜줬다.


"지원 씨, 지원 씨 맞아?"

이름을 부르며 한 발짝 다가오는 그녀를 지원은 손을 들며 더 이상 다가오지 마라는 표시를 하고 그녀에게 자신을 찾아온 이유를 물었다.

"무슨 일이세요, 형.수.님."

여운은 자신이 알고 있던 지원의 모습이 아니자 걱정스레 다가감을 멈추고 자신을 이름 아닌 친족관계의 단어인 형수로 칭하자 금세 눈을 내리깔며 울 것 같은 표정을 지었다. 적절한 호칭이었지만 왜 이렇게 서운하게 들리는지 가슴이 먹먹해졌다. 하지만 금세 자신이 여기 찾아올 수밖에 없었던 이유를 생각하며 고개를 들어 그의 눈을 똑바로 바라보았다.

"도련님, 우리 지혁 씨 도와주세요."

지원은 그녀가 찾아온 이유를 대충은 예상했지만 이렇게 대놓고 도와달라고 말할 줄은 몰랐다.

"내가 왜?"

예상했던 반응. 시리도록 날카로운 그의 목소리에 여운은 울컥 눈물이 나올 것 같았지만 두 손 모두 주먹을 꽉 쥐며 그에게 말했다.

"당신 형이잖아요."

"형은 형인데, 사촌 형이지 친형은 아니지."

"한 번만, 이번 한 번만 제발 부탁할게. 도와줘요."

지원은 자신이 알던 그 여운이 맞나 싶었다. 가녀리고 아이같이 덜렁대며 거절하는 법을 몰라 우물쭈물거리며 결국에 모든 걸 다 들어주던 그녀.

상대방의 눈을 마주 보며 하고 싶은 말을 당당하게 말해라. 여린 마음 때문에 이리저리 이용당하며 상처 입던 여운이었다. 확실하게 자신을 표현하는 법을 몇 번이나 가르쳐 주었지만 결국에 한마디도 못하고 제자리로 돌아왔던 그녀였다. 그런데 지금 남편을 위해 지원이 가르쳐 줬던 방법을 쓰고 있었다.

"이번에 어머님도 도와주시지 않으시겠데. 그래서 찾아왔어. 지혁 씨를 도와줄 사람 지, 아니, 도련님밖에 없어서."

"그러니까 내가 왜? 걔 뒤치다꺼리를 하냐고."

자신의 사촌 형이자 고모님의 아들이자 여운의 남편인 서지혁은 조용한 날이 없는 말 그대로 골칫거리이다. 여자, 도박, 폭행사건에 시도 때도 없이 문제를 터뜨리는 그는 엄마인 도도해 여사도 손을 놓은 사람이다.

이번에 자신의 신혼집을 담보로 한 건 터뜨려 볼 심보로 카지노 룰렛을 돌리더니 땡전 한 푼 없는 빈털터리가 되었을 뿐만 아니라 시비가 붙어 폭행사건에 연루되어 불구속 입건이 된 상태였다. 합의금을 마련하지 않으면 철창에 갇히는 신세가 될 것이다.

"정말 안 되겠어?"

"고모님도 손 떼신 일. 나도 나설 수 없어. 그러니까 이만 돌아가."

"나, 임신했어."

지원은 여운의 말에 미간을 좁히며 처음으로 반응을 보였다. 하지만 그게 자신과 무슨 상관이냐는 태도로 돌아와 그녀를 대했다.

"그래서?"

"어머님께도 말씀드렸어. 그러니까 지혁 씨 구해달라고 용서해달라고. 그런데 딱 잘라서 거절하시더라. 오히려 애 아빠가 될 사람은 더욱더 자신이 지른 일에 책임질 줄 알아야 한다면서. 근데 지원 씨도 알잖아, 어머님 나 별로 안 좋아하시는 거. 난 용기 내서 어머님께 처음으로 대들었어. 범죄자 아비를 둔 손자가 태어나면 좋겠냐고. 그러니까 어머님이 나보고 그럼 낳지 마라 그러시더라."

그의 앞에서 절대로 보이지 않으려 했던 눈물이 잘 참아왔던 눈물이 아이를 지우라는 시어머니의 말이 다시금 떠올라 여운의 양 볼을 타고 흘러내렸다.

"나 힘겹게 찾아온 이 아이 두 번 다시 놓치고 싶지 않아. 그러니까 지혁 씨를 위해서가 아니라 날 위해서도 아니고 태어날 조카를 위해서 내 부탁 한 번만 들어주라."

지원은 울고 있는 여운의 모습에 다시는 그녀에게 휘둘리지 않겠던 결심이 흔들리고 있음을 알았다. 자신이 그때 그렇게 애원을 했을 때 아무런 말도 하지 않고 그저 울기만 했던 그녀가 자신의 남편을 위해, 아이를 위해 자신에게 이렇게 도와달라 호소하는 모습이 낯설기도 했다.

"사실, 먼저 시외삼촌께 부탁하러 가려……."

"네가 거길 왜 가!"

지원은 자신의 아버지에게 가려 했다는 그녀의 말에 화를 냈다. 유독 사이가 좋지 않은 부자지간인데, 어쩌다 자신과 여운이 그를 만나게 될 때면 자신이 아버지의 사채업을 이어받지 않는 이유가 다 여운 탓이라며 그녀를 곱게 보지 않았다. 아니, 오히려 대놓고 타박을 주며 그녀가 겁에 질려 눈물까지 보이게 했다.

그런데 자신은 왜 그녀에게 화를 내는 것인가?

그녀가 내뱉은 끔찍한 고백이 가끔 꿈속에서도 들려오는데, 이제 그녀는 나에게 악몽이자 깨끗이 떨쳐 버리지 못할 트라우마 같았다. 그런데도 자신은 아버지에게 찾아가 두려움에 떨 그녀를 걱정하고 있었다. 자신이 생각해도 헛웃음이 나왔다.

"그래, 내가 무슨 염치로 뵈겠어. 그러니까 이렇게 찾아온 거야. 다시는 이런 부탁 하지 않을게. 이제 지원 씨 눈앞에 다신 나타나지 않을게. 도와줘."

"아니, 네가 나타나던지 않던지, 나랑은 상관없는 일이야. 착각하지 마. 아직도 내가 네 눈물 앞에서 안절부절못하며 네 부탁이라면 다 들어줄 도지원으로 보여? 난 네가 서지혁을 선택한 순간부터 너란 여자는…… 됐어. 그만 돌아가. 내가 할 말은 끝났어."

지원은 흥분해서 저도 모르게 튀어나오려 했던 구질구질한 말을 자르며 여운에게서 돌아섰다.

"그럼 지금 그 모습은 뭐야? 아직도 나 못 잊고 괴로워하는 그 거지꼴을 하고선. 나 처음에 당신 목소리 듣지 않았으면 당신인 줄 전혀 몰랐을 거야. 내가 못 알아볼 정도로 망가진 모습을 난 어떻게 받아들여야 해? 그딴 모습으로 집에 갇혀 있으면 내가 죄책감에 시달리며 괴로워할 것 같아?"

동정을 바라듯 애원을 해도 지원의 선택이 변하지 않을 것이라는 좌절감에, 다시는 찾지 않으려 했던 전 애인의 집에까지 올 수밖에 없는 비참한 현실에 여운은 마지막 발악을 하듯 악에 받쳐 그에게 외쳤다.

"뭐?"

지원은 자신의 귀에 들어온 말이 진정 그녀의 입에서 나온 소리인가 믿을 수 없었다.

"난 사촌 형수야. 나 지금 지원 씨 말은 곧이곧대로 따르던 그때 그 이여운으로 만나러 온 거 아니야. 아까도 말했지? 조카를 위해서 나서달라고. 착각은 바로 당신이 하고 있는데? 아직도 나에게 미련 남아 있는 듯 그런 모습을 하고 있으면 내가 괴로워할 것 같아? 그렇게 사는 것이 나에게 복수를 한다고 생각하는 거야? 천만에! 난 지금 지원 씨 꼴을 보니까 내 남편을 잘 선택했다고 생각해. 그는 무슨 일을 저지르든 항상 자신의 몸을 끔찍이 사랑하거든. 내가 당신을 떠난 것에 후회하게 하고 싶으면 멀쩡한 모습으로 질투날 정도로 아름다운 여자와 함께 떳떳하게 나서란 말이야!"

지원이 자신의 말에 충격으로 굳어지는 표정을 무시하며 여운은 목에 선명하게 보이는 푸른 핏줄이 발갛게 달아오를 정도로 온 힘을 다 짜내어 그에게 외쳤다. 지원에게 보일 눈물 한 방울조차 아까워하듯 눈가로 흘러넘치려는 그것을 두 손으로 거칠게 닦아 냈다. 그리고 거친 숨을 조금 고른 뒤 여운은 이제 지원이 어떤 선택을 하든 받아들이겠다 말하며 잘 지내란 말을 끝으로 그에게 돌아서 방을 나섰다.

지원은 멍하니 여운이 나간 문을 쳐다봤다. 그리고 그녀가 내뱉은 말들을 곱씹어 보았다. 정말 자신은 여운의 동정을 바라고 있었을까? 그에게 여운이 다시 돌아오길 기대하며 시간을 보냈나? 여운에게 복수를 하기 위해? 그래, 그렇게라도 해서 다시 돌아오기를 바랐을지도 모른다.

대학 후배로 만나 3년 동안 열애를 하다 1000일째 되던 날 프러포즈를 하는 나에게 자신의 사촌과 결혼을 한다고 내뱉었던 여운이었다. 거짓말하지 마라며 농담하는 거냐고 외치는 자신에게 그녀는 자신 몰래 지혁과의 지속적인 만남을 가져왔고 이젠 지혁을 더 사랑한다고 말했던 그녀다.

지원은 여운의 눈빛만 봐도 그녀가 거짓말을 하는지 아닌지 알수 있었다. 눈에 뻔히 보이는 거짓말에 자신은 속지 않는다면서 그녀에게 질투 유발하려는 장난 그만치고 오늘은 그만 헤어지고 다음에 얘기하자며 돌려보내려 했었다. 하지만 곧이어 들려오는 그녀의 외침에 그는 한순간에 나락으로 빠져들었다.

　"난 오빠하고 있으면 숨이 턱턱 막혔어. 오빠가 주는 사랑? 그건 사랑이 아니야. 구속하는 거고 사람을 질리게 하는 거야. 미안하지만 난 행복하지 않았는데? 그냥 오빠가 하자는 대로 이끌려 가는 꼭두각시 같았어. 오빠랑 같이 있는 하루하루가 끔찍했단 말이야. 싫다는데 왜 자꾸 거짓말이라고 그러는 거야? 내가 하는 말은 다 보잘것없고 헛소리로 취급하는 사람이랑은 더 이상 같이 있을 이유 없어!"

　2년 전 그녀가 했던 말이 한 자 빠짐없이 떠올랐다. 처음으로 자신이 마음을 준 상대가 매몰차게 뿌리쳤던 장면은 아직도 가끔씩 꿈에 나왔다. 질린다고 했다. 구속한다고 했다. 끔찍하다고 했다. 가슴이 무너져 내렸지만 다시 그녀를 찾아갔다. 하지만 자신이 잘못했다며 이젠 더 잘하겠다며 빌어도 그녀는 울기만 할 뿐 미안하다며 돌아가라고 했다. 매번 돌아오는 거절에 슬슬 지쳐 갈쯤 그녀는 사촌의 손을 잡고 결혼식을 올렸다.

　가슴 시리도록 아팠던 그때 그 일을 다시 떠올려 보니 여운은 자신이 하고 싶은 말을 한마디도 못 꺼낼 정도로 순진하고 여리기만 한 것은 아니었다. 남에게 상처 주는 말은 전혀 할 줄 모른다는 순진한 아이처럼 굴다가 적당한 타이밍에 완전히 자신에게 빠져든 상대방의 뒤통수를 치는 여운이다. 그런 그녀에게 뻔히 당해놓고 오늘 그녀가 보인 반응에 다시금 놀란 자신이 한심했다.

여운은 양의 탈을 쓴 여우임을. 그런데도 자꾸만 그녀가 남기고 간 마지막 말이 자신에겐 저주가 아닌 근심 어린 염려의 메시지로 들릴까? 이 꼴로 사는 건 자신에게 복수가 안 된다니. 웃겼다. 그렇게나 사랑한다는 남편이 감옥에 들어가 콩밥 먹는 신세가 될지 모르는 상황에서 자신의 꼬락서니 따위를 걱정하다니, 지원은 저절로 웃음이 나왔다.

"하하하하하하!"

눈가에 눈물이 맺힐 정도로 웃었다. 눈에 고인 물방울들이 흘러 그의 미련과 함께 자라온 수염을 적시게 하자 그는 웃음 멈추고 방 안에 딸린 조그만 화장실로 향했다. 자신의 모습을 애써 보지 않으려 얼룩으로 가려놓은 세면대의 거울을 손에 묻힌 물기를 이용해 닦아냈다.

거울에 비치는 자신의 얼굴을 바라보며 턱 아래로 자란 2년 동안의 괴로움을 움켜쥐었다. 그리고 언젠가 포장지를 뜯으려 놓아두었던 가위를 집어 들고 그의 미련과 괴로움을 잘라냈다. 어깨 위로 흘러내린 슬픔도 고통도 가위로 인해 잘려 나갔다. 오랜 시간 동안 닫혀 있던 쉐이빙 크림의 뚜껑을 열었다. 이제 그는 말끔히 떨쳐 버리기 위해 자신의 턱에 크림을 펴 발랐다. 갑작스럽게 찾아온 두 여자가 자신에게 이제 그만 과거를 버리라고 하고 있었다. 한 여자는 자신에게 복수를 하라고 하며 다른 한 여자는 그 복수를 도와주겠다고 했다. 지원은 기꺼이 그들의 제안을 받아들이기로 했다.

지원은 세수를 하고 매끈한 얼굴을 수건으로 닦아냈다. 그리고 밖에서 여운과 지원에 대해 온갖 상상의 나래를 펼치며 지원이 언제 나올까 그의 방문을 기웃거리는 그녀를 향해 밖으로 나섰다.

"어? 도지원 씨 얼굴이……."

지원의 방 밖을 나와 울먹이는 목소리로 자신에게 인사를 하며 여운이 나가고 정말 미친 정신병자처럼 집이 떠나갈 듯한 지원의 웃음소리가 들려왔다. 레이나는 갑자기 조용해진 그가 궁금해 방문에 귀를 대고 있다가 갑자기 문을 열고 나온 지원에 민망한 자세가 들통났다. 이런저런 핑계를 대는 말을 하려다 그의 달라진 모습에 놀라 다른 질문을 던졌다.

"그거 합시다."

"네?"

갑자기 튀어나와 그것을 하자는 말에 무슨 뜻인지 못 알아듣겠다는 표정의 레이나를 보고 지원은 좀 더 구체적으로 설명했다.

"당신이 같이 하자던 6개월 그거 해보겠다고."

## 03

레이나가 이끈 부엌의 식탁 위에는 각종 음식들이 차려져 있었
다. 다이어트에 좋다는 푸른 채소와 비타민이 풍부한 새콤달콤한
과일. 운동해 본 사람이라면 누구나 먹어봤을 법한 닭 가슴살 샐
러드와 삶은 달걀, 찐 고구마 등을 기대한 것은 아니지만 이건 아
무리 다이어트를 해본 적 없는 사람이라도 상식으로 알고 있는 다
이어트 시에 피해야 할 음식들이었다.

각종 토핑에 고구마 무스까지 끼얹은 피자, 양념에 간장까지 원
플러스 원 두 마리 치킨과 치즈를 듬뿍 뿌린 오븐 스파게티에, 보
기에도 매콤한 떡볶이와 그 소스에 찍어 먹을 튀김과 김밥 등등
각종 분식들이 놓여 있었다. 거기에 보너스로 원형 식탁의 한가운
데 조그마한 미니 초코케이크 위에는 기다란 핑크색 초 하나가 불
이 붙여지기를 기다리고 있었다.

"자~ 오늘만큼은 마음껏 드세요."

지원은 이 여자가 고모님이 칭찬을 거듭하던 그 트레이너가 맞는지 의심이 갔다. 같이 해보자는 지원의 말에 레이나는 어디론가 전화를 하며 바삐 움직이더니 이렇게 거창한 음식들을 차려놓았다.

여운의 말에 욱하는 마음과 더불어 레이나의 달콤하게 속삭이던 자신감 넘치는 말과 자신을 변신시킨다는 프로젝트에 그 실력한번 보자는 심보로 결심했다. 하지만 지금 이 상황에 자신과의 전쟁이 구멍 뚫린 풍선에 바람 한숨 불어넣은 듯 시도조차 허망하게 느껴졌다.

도대체 무슨 생각으로 이런 음식을 차려놓았는지 가늠조차 할 수 없었다. 여름철에만 잠깐 기획으로 비추는 다이어트 프로그램 속 음식의 유혹을 이겨내는 인내심 테스트를 따라 하며 자신의 끈기를 평가하려고 심술을 부리는 거라면 레이나가 '마음껏 먹어라'는 말을 꺼내지는 않았을 것이다.

레이나는 지원이 멀뚱하게 서서 식탁의 음식들을 그저 바라만 보고 있자 그를 이끌어 식탁의자에 앉혔다. 그리고 지원과 마주 보는 곳에 앉으며 초에 불을 붙였다.

생일 축하의 노래에 생일이란 단어를 '결심'이라던가 '시작'이라는 단어를 대신해 넣으며 보는 사람이 다 민망한 어깨를 좌우로 들썩이며 박수를 치는 율동에 맞춰 노래를 불렀다. 노래가 끝나자 레이나는 지원에게 불을 끄라고 권했다. 지원은 얼떨결에 입김을 불어 촛불을 껐다.

레이나는 말 잘 듣는 아이에게 칭찬을 하듯 지원에게 '참 잘했어요'를 내뱉으며 케익을 잘라 지원의 접시 위에 한 조각 올려주 었다. 자신의 덩치에 세 배 가까이 큰 지원을 아이 다루듯 하는 모 습이 어이가 없어 지원은 그저 그녀의 행동을 바라만 보고 있었 다.

"저기요? 안 드세요?"

레이나는 어서 망상에서 깨어나라고 젓가락을 쥔 손을 그의 눈 앞에서 휘저었다.

지원의 눈을 찌를 듯이 다가오는 공격에 그제야 정신을 다잡고 접시에 음식들을 조금씩 덜어 먹기 시작했다.

"마지막 만찬이니까 맛있게 드세요. 이거 먹고 바로 신체검사 를 실시하도록 하죠."

처음으로 함께한 자리에서 레이나는 묵묵히 음식을 밀어 넣는 지원과 달리 쉴 새 없이 조잘댔다.

오프라 윈프리가 다이어트를 성공하기까지 큰 도움을 줬던 헐 리웃 셀러브리티들의 워너비 트레이너 '밥 그린' 씨는 운동처방 에 앞서 3가지 질문을 던진다.

첫째, 당신은 왜 살을 찌웠습니까?

둘째, 당신은 왜 체중 감량을 원합니까?

셋째, 과거의 당신이 체중 감량에 실패한 이유가 뭐라고 생각하 십니까?

레이나는 밥 씨의 3가지 질문을 엄청 신뢰했다. 간단한 질문의 답을 통해 회원들의 심리 상태와 그 사람의 성격을 알 수 있기 때문이다. 간단하지만 대부분의 질문을 받은 회원들은 쉽게 답하지 못했다.

바빠서 운동을 못했다.
예쁜 옷을 입고 싶다.
먹는 유혹을 참지 못해서 실패했다.

쉬운 질문임에도 고민하다가 내놓은 그들의 답은 비슷비슷했다.

「회원님의 생활패턴을 봤을 때 30분 이상은 운동 가능한 시간이 비어 있어요. 예쁜 옷은 지금도 입을 수 있죠. 다만 회원님의 자신감이 없으실 뿐이죠. 먹는 유혹은 저도 참지 못합니다. 근데 저는 실패하지 않았죠.」

레이나의 꼬리에 꼬리를 무는 반박에 핑계거리를 찾는 회원의 입은 꾸욱 다물게 된다. 논리적으로 따져 들면 점점 레이나 쪽으로 기울게 되는 언쟁은 기싸움으로 번졌다. 항상 그 승리는 레이나에게 돌아갔다.

백전백승 무패기록에 지원은 당당히 도전장을 받아들였다.

"살을 찌우고 싶어서 찌운 건 아니었고 체중 감량을 바란 적도 없고. 과거에는 비만인 적이 없어서 실패한 적도 없습니다."

공격 준비를 하고 대답을 기다린 레이나에게 이렇게 의욕을 가라앉히는 대답이란……. 이 남자 뼛속까지 거만함이 묻어났다.

레이나는 지원의 단단하게 방어벽을 두른 마음을 열기까지 꽤 시간이 걸릴 것 같아 무겁게 한숨을 내쉬었다.

"앞으로 우리 같이 지낼 6개월 동안의 전체적인 계획을 말씀드릴게요."

레이나는 자신의 노하우가 모두 담긴 것이라며 지원이 잘 볼 수 있도록 책을 가슴 앞에 펼치며 한 장씩 넘겼다. 6개월 과정을 큰 맥락으로 몇 가지 단계로 이루어져 있는 스크랩북은 레이나의 트레이너로서의 자질을 의심한 지원의 걱정을 한 번에 덜어버릴 정도로 깔끔하고 꼼꼼하게 식단과 운동지침들이 사진과 설명들로 채워져 있었다.

그리고 앞으로 6개월 동안 지원에게 바라는 것이 있다며 레이나는 오른손 검지를 치켜세우며 지원을 향해 팔을 뻗었다.

"꼭 지켜야 할 3가지 약속이 있어요. 첫째, 아침 7시 기상 후 가볍게 스트레칭하기. 둘째, 어떤 음식이던 먹기 전에 나한테 물어보고 통과한 음식만 먹기. 셋째, 운동할 때는 레이나 쌤 말에 절.대.복.종.하기."

레이나는 검지부터 중지 약지까지 순서대로 펼치며 특히 세 번째 조건은 말에 힘을 주며 강조했다.

지원은 절대 복종 단어 하나하나에 힘을 주어 말하는 레이나를 향해 눈을 슬쩍 흘겼다가 다시 먹기에 집중했다.

"술, 탄산음료, 튀긴 음식, 빵이나 떡 그리고 면 종류 같은 가루로 만든 음식들은 오늘 이 순간까지만 반겨주자구요. 되게 간단하죠?"

레이나는 지원의 얼굴을 살피며 그의 반응을 기다렸다. 여전히 음식만 묵묵히 먹는 그.

"흠흠, 그럼 다 알아들으셨다고 믿을게요. 마지막으로 질문 있으세요?"

"그쪽 언제까지 이 집에 있을 겁니까?"

끝까지 말을 꺼내지 않을까 걱정했던 레이나는 그의 굵직한 저음을 반겼다.

"네? 아까도 말씀드렸다시피 6개월 동안 머무를 예정이에요."

"그럴 필요 없을 것 같은데. 불편하니까 출퇴근하거나 다른 남자 트레이너 붙여줘."

지원은 화장실에서 작은 볼일을 보다가 그녀와 마주쳐 당황스러웠던 순간을 떠올리며 미간을 좁혔다.

"꼭 필요해요. 제 역할은 운동 처방뿐만 아니라 도지원 씨의 생활패턴을 감시하는 것도 포함되어 있거든요. 여자라서 부담스러우세요? 저랑 운동 시작하게 되면 전혀 여자로 느껴지지 않을 걸요? 그리고 그쪽이니, 당신 말고 레이나 쌤이라고 불러주세요."

현성금융이라는 든든한 배경과 그에게 풍기는 서늘한 분위기에 사람들은 쉽게 다가오지 못했다. 이렇게 무턱대고 이래라 저래라 요구하는 것도 감히 눈을 마주치며 당당하게 말하는 사람도 없었다. 돈과 권력의 무서움을 모르는 여자다.

그녀의 검은 눈동자엔 생동감이 넘쳐흘렀다. 자신감과 자부심이 똘똘 뭉쳐 눈빛 하나로 그에게 말하고 있었다. 그녀는 과거의 자신을 마주하고 있는 느낌이었다.

슬며시 지원의 입꼬리가 올라갔다. 흥미로웠다. 그녀의 장단에 맞춰주는 것도 꽤 재미있을 것 같았다.

"그러죠."

레이나는 지원의 대답에 만족스러운 듯 배시시 웃었다.

"자, 다 드셨죠? 그럼 이제 측정을 시작해 봅시다."

레이나는 지원에게도 일어서라는 재촉을 하며 줄자와 체중계 그리고 기록을 할 조그만 노트가 준비되어 있는 거실로 걸음을 옮겼다.

"벌써? 차려놓은 것 반도 못 먹었는데?"

살이 찌면서 유독 먹는 것에 예민해진 지원은 레이나의 짝짜꿍에 맞춰주느라 평소 섭취량의 반의반도 위를 못 채웠는데 벌써 그만 먹자니, 제 배부르면 남도 배부르다고 생각하는 레이나가 얄미웠다.

"제가 보기엔 많이 드신 것 같던데……."

레이나는 걸음을 멈추고 돌아서서 지원의 배를 힐끗 쳐다보며 말을 흘렸다.

"좀 전에 마음껏 먹으라고 할 땐 언제고!"

지원이 조그맣게 중얼거렸는데도 레이나 귀에 들어가기에 충분히 큰 소리였다.

"그건 레이나 쌤 마음인데요? 지원 씨 마음이 아니라."

"지금 나랑 말장난하자는 겁니까?"

지원의 목소리가 높아졌다. 아까부터 약 올리며 아이 취급하는 레이나 때문에 얼굴이 붉으락푸르락해졌다.

"장난 아닌데요. 전 지원 씨의 입속으로 들어가는 음식의 양을 재고 있었는데, 지금 지원 씨는 배는 부르지 않지만 공복감은 해소된 상태예요. 조금 더 드시고 싶겠지만 참아요. 그리고 딱 그 느낌 기억하고 계세요. 한 끼 식사는 이렇게 조절할 테니까."

어떻게 계속 조잘대면서도 자신이 먹는 모습을 관찰했을지 의심스러웠으나 레이나의 말이 지금 자신의 상태와 딱 들어맞자 신기하면서도 한편으론 섬뜩했다. 헬렐레하며 우스운 짓거리를 보여주면서 설렁설렁 넘어갈 여자인 줄 알았는데 사소한 것도 놓치지 않고 계획적으로 파고들다니 더 이상 쉽게 휘둘리지 않게 조심해야겠다고 다짐했다.

레이나의 대꾸에 마땅히 따져 들 말이 없자 심통이 난 아이처럼 입을 꾹 다물고 조르륵 레이나를 따라나섰다. 레이나는 양손에 줄자의 끝에 쥐고 어깨와 팔, 가슴, 허리, 배, 허벅지를 차례대로 쟀다. 그리고 노트에 숫자들을 끼적이며 지원에게 물었다.

"키가 어떻게 되세요?"

"188."

"와, 숫자로 들으니까 엄청 더 커 보이네요."

레이나는 고개를 들며 지원을 바라보았다. 면도를 하고 산발이던 머리를 자르고 나니 지원은 생각보다 얼굴이 작았다. 그리고 덥수룩한 수염에 파묻혀 있던 목이 드러나 얼굴만 봤을 땐 그리 살이 쪄 보이지 않았다. 그리고 지원이 꽤 호감형 얼굴이라는 것.

도도해 사장이 말한 몇 년 전 멀쩡한 모습이었다면 지원의 근거 없는 자신감을 이해할 법했다. 확실히 전에 거실에서 봤던 사진의 주인공도 그였다.

레이나는 자신의 손아래에서 지원의 달라질 모습을 미리 머릿속으로 그려봤다. 살이 붙어 잘 보이진 않는 귀밑의 둥그런 턱 선을 따라 예측하건대 지원의 얼굴형은 조금만 감량을 해도 보일 연예인들이 양악수술까지 하며 만들려 하는 브이라인임을 알 수 있었다. 코도 제법 오똑하니 지금은 도톰하지만 살만 빼면 선명한 선을 띨 것이다. 뿔테 안경에 가려진 눈은 볼 살이 빠지게 되면 크기도 커지고 치켜 올라간 눈꼬리가 내려오며 조금은 선해 보일 것이다.

분명 과거의 그는 재력 있고 능력 있는 남자에 얼굴까지 반반하니 지랄 맞은 성격 하나쯤은 용서가 되는 여자들에게 꽤 인기가 많았을 것이다.

"이제 마지막으로 체중을 재볼까요? 여기 올라서 보세요."

레이나는 챙겨온 디지털 체중계를 지원의 발 앞에 내려놓았다.

지원은 거의 2년 만에 올라가는 체중계 위로 떨리는 심경에 한 발 한발 올렸다. 체중계의 숫자는 점점 올라가고 100을 금세 넘어 129.5에서 130.0이 되었다 깜빡깜빡거렸다.

"백…… 백이십구?"

"백삼십 점 영. 생각보다 적게 나가시네요. 내려오셔도 돼요."

지원은 자신의 몸무게의 숫자를 보고 믿기지가 않았다. 키가 있기 때문에 80킬로 정도로 유지해 오던 몸이 무거워진 건 알았지만 오십 킬로그램이나 더 나갈 줄이야! 충격이었다. 말도 안 된다. 자신이 130킬로라니!

"잠깐만, 왜 백삼십이야? '백이십구 점 오' 잖아!"

"소수점 한자리에서 반올림이에요. 이제 그만 내려오세요."

이렇게 많이 나가는 것도 서러운데. 끝에 십자리 수까지 바꾸다니! 29살과 30살이 다르듯이 129와 130은 천지 차이란 말이다!

"이건, 먹고 재서 그래. 적어도 일 킬로는 감안해 줘야죠!"

레이나는 체중계에서 내려오지 않고 계속 왔다 갔다 바뀌는 숫자들을 보며 배에 힘을 줬다 뺏다 하는 지원의 꼴이 우스워 크게 웃음을 터뜨릴 것만 같아 그를 살짝 밀며 내려오게 하곤 재빨리 체중계를 손으로 쥐며 가슴께로 올렸다.

"많이 나가면 더 많이 뺀 것처럼 뿌듯하다니까요. 백삼십 콜!"

지원은 레이나가 뭐라 하던지 간에 충격에 휩싸여 그저 백삼십을 중얼거리며 어정쩡하게 서 있었다.

레이나는 약속한 7시가 되기까지 10분도 채 남지 않았는데 거실로 나올 생각을 하지 않는 지원을 데려오기 위해 지원의 작업실로 들어섰다. 분명 침실이 따로 있음에도 불구하고 그는 작업실의 기다란 책상 앞에 노숙자처럼 이불을 깔고 누워 있었다.

"도지원 씨, 일어나세요!"

레이나는 이 더운 여름에도 이불을 둘둘 말고 움츠리며 자고 있는 지원의 어깨를 흔들었다.

"으…… 으음."

지원은 펀드매니저란 직업상 미국증시 개장시간부터 새벽 3시까지는 미국 시장 동태를 지켜보고 자기 때문에 레이나가 말한 오전 7시는 그에겐 한창 꿈나라에 빠져 있을 시간이었다. 어깨를 세게 흔들어도 도무지 깨어날 생각을 하지 않자 레이나는 검지와 중지를 구부려 지원의 코를 숨을 못 쉬게 세게 잡고 비틀었다.

"커, 커컥! 뭐…… 뭐야?"

"스트레칭할 시간이라구요. 빨리 옷 입고 거실로 나오세요."

지원은 갑자기 숨이 막히는 고통스러움에 버둥대다 벌떡 상체를 세우며 일어나서 그 고통의 원인을 제공한 레이나를 아직 덜 깬 눈으로 게슴츠레 쳐다봤다.

저 여자가 왜 자신의 방에 와 있는지 어리둥절했지만 어제 손가락을 펼치며 약속이 어쩌고저쩌고 조잘대던 것이 떠올랐다. 지원은 쏟아지는 잠이 다시 침대에 몸을 뉘게 유혹했지만 스스로 생각하기에 자신은 하겠다고 한 일에 책임을 지는 사람이므로 찌뿌듯한 몸을 일으켰다. 아랫도리에 천 한 장을 제외하고 홀러덩 옷을 벗고 자는 습관을 지닌 지원은 눈앞에 보이는 옷을 대충 껴입고 그녀를 따라 거실로 나섰다. 거실 한가운데에는 요가매트 두 장이 가로로 나란히 놓여 있었다. 레이나가 매트 위에 올라서며 마주 보는 쪽 매트 위에 서라며 지원을 이끌었다.

"일주일 동안 아침에는 가벼운 스트레칭만 할 건데요. 다음 주부터는 스트레칭 후에 가볍게 동네 한 바퀴를 돌고 오도록 하죠. 시작하겠습니다. 똑바로 서세요."

지원은 레이나의 매서운 목소리에 몽롱했던 정신이 깨어났다. 레이나는 그제야 지원이 제대로 자신을 바라보자 스트레칭 동작들을 설명하기 시작했다.

"스트레칭이 가볍고 쉬워 보이지만 운동하기 전에 가장 중요한 단계인 건 알고 계시죠? 머리부터 발끝으로 하향식 순서로 몸을 풉니다. 고개를 돌려 시선을 오른쪽으로 향하게 하시구요."

지원은 별거 아닌데 하며 레이나를 따라 고개를 돌렸다.

"스트레칭도 정확하게만 하면 유산소 운동 못지않게 칼로리가 많이 소모돼요. 예를 들면 지금처럼 고개를 돌리는 간단한 동작을 할 때 돌린 고개의 반대쪽 당기는 목선으로부터 어깨의 승모근으로 내려오는 근육들과 가슴을 곧추세우고 등 아래쪽 척추 기립근에 집중을 하면 근육이 더욱 자극되는 것을 느끼실 거예요. 움직이는 부위에 집중을 하면 더 에너지 소모가 많이 되죠."

레이나는 근육들의 위치를 더듬으며 지원이 알아듣기 쉽게 설명을 했다. 고개를 반대쪽도 돌려주고 곧이어 고개를 천천히 돌려주며 목 주위의 근육들을 가볍게 풀어줬다.

"다음 어깨 스트레칭입니다. 지원 씨처럼 장시간 의자에 앉아서 업무를 보는 분들은 특히 어깨가 많이 뭉치게 되죠. 인체에서 제일 먼저 피로를 느끼는 곳이 어깨입니다. 본능적으로 피곤하다고 느끼면 어깨를 툭툭 치잖아요? 양쪽 어깨를 천천히 귀 쪽으로 당겼다가 다시 천천히 등 뒤쪽으로 돌려서 내립니다."

자신이 알고 있는 스트레칭과 별반 다를 게 없는데 거창하게 대단하다는 듯 설명하는 레이나에 지원이 시큰둥한 반응을 보였다. 곧이어 고통스런 표정으로 자신에게 애원할 지원을 떠올리며 레이나는 속으로 웃으며 빠르게 다른 동작들을 설명해 나갔다.

어깨에 이어 가슴, 팔, 허리순으로 몸을 풀어주고 드디어 레이나가 기다리던 다리 스트레칭이 다가왔다.

"이제 매트 위에 앉죠. 그리고 두 다리를 양쪽으로 최대한 벌려주세요."

레이나는 시범으로 자신의 다리를 일직선으로 벌리고 지원에게 따라 하라며 눈길을 줬다. 레이나는 수백 번 수천 번을 찢으며 익숙해져 온 동작이지만 지원에게는 고작 직각 정도만 벌려도 고통이 다가왔다.

"허벅지 안쪽 내전근을 이완시켜 주는 동작이에요. 특히 유산소 운동 하고 뭉쳐 있는 허벅지 근육을 풀어주는 데 좋습니다. 조금 더 벌려주세요."

지원은 더 벌려주라는 레이나의 말에 두 손으로 바닥을 짚고 엉덩이를 들썩거리며 다리 사이 각도를 늘리기에 애썼다. 그러나 그 시도조차 지원의 몸은 따라주지 않고 직각삼각자처럼 꼿꼿이 90도를 유지했다.

"익숙하지 않으셔서 그런지 잘 안 되시네요. 제가 도와드릴게요."

레이나는 지원의 곁으로 다가와 지원의 다리 사이에 앉았다. 그리고 지원의 팔꿈치를 양손으로 잡으며 두 다리를 뻗어 지원의 허벅지를 밀었다.

"아~ 아아악!"

지원이 허벅지로 느껴지는 찢어지는 고통에 소리를 질렀지만 레이나는 더욱더 상냥하게 지원의 귀에 대고 느긋하게 말했다.

"호흡을 천천히 후~ 하며 길게 내뱉으세요. 후~후~"

지원은 레이나에게서 벗어나기 위해 잡힌 팔을 빼내려 버둥거렸지만 그 순간 밀고 들어오는 레이나의 강력한 발차기에 레이나를 두 팔에 덥석 껴안고 말았다.

"끄~아악!"

좀처럼 벌어지지 않던 지원의 다리가 레이나의 노력에 의해 120도가량 벌어졌다. 지원은 레이나에게 욕을 퍼부으며 밀쳐 내고 싶었지만 부들부들 떨리는 다리의 고통이 엉치뼈를 따라 척추까지 저릿하게 저려오자 그저 입만 뻐끔거렸다.

"제가 그렇게 좋으세요? 꽉 껴안아주시기까지 하고."

레이나는 자신을 껴안은 지원의 등을 토닥여 주며 사악한 미소를 지었다.

지원은 레이나의 '식사하세요' 소리에 맞춰 부엌으로 향했다.

뭔가 특별한 다이어트 식단이 놓여 있을 것 같았지만, 레이나는 항상 지원의 예상을 뛰어넘는 트레이너였다. 아침부터 무슨 삼겹살을 구워 먹냐고! 고기 굽는 냄새가 온 집 안을 휘저을 때 옆집에서 바비큐 파티 준비를 하는가 싶었다. 그런데 그 냄새가 자신의 집 부엌에서 풍겨오는 것이라니.

"어서 드세요. 어제 급하게 식재료들을 주문했는데 젤 중요한 쌀이 정오쯤 배달이 가능하대요. 그래서 오늘 아침만 특별히 즉석밥으로 근처 편의점에서 재빠르게 공수해 왔어요. 드실 수 있죠?"

네 입맛은 이미 버려진 쓰레기들로 다 알아봤으니 이런 즉석식품은 잘 먹지? 라는 의미가 담긴 레이나의 물음에 지원은 묵묵히 전자렌지에 2분 돌린 김이 솔솔 나는 즉석 밥의 비닐을 벗기고 있었다.

깻잎에 상추에 각종 야채들과 삼겹살을 싸서 한 손 가득 차지하는 큰 쌈을 입으로 밀어 넣는 레이나를 보며 지원은 저렇게 먹는데 어떻게 그런 몸매를 유지하는지 의아했다. 어제저녁에도 그렇게 통닭을 먹던 것을 보면 하루에 아침 한 끼만 먹는 것도 아닌 것 같았다. 결론은 레이나는 많이 먹어도 살이 잘 찌지 않는 체질인가 보다 하며 젓가락으로 밥을 깨작거렸다.

보통 일어나는 시간보다 두 시간이나 일찍 일어났을뿐더러 평소보다 적은 양으로 저녁을 때웠기 때문에 새벽 1시쯤 뱃속의 고동 소리에 못 이겨 컵라면을 하나 해치웠다. 지원은 아직도 라면 면발이 불어 위장을 가득 채우는 느낌에 삼겹살이 구수한 냄새를 풍겨도 손이 가지 않고 한입 넣은 밥알이 입안에서 돌아 칼칼하기만 했다. 그저 빨리 침대에 드러눕고 싶다는 생각만 가득했다.

"왜 이렇게 못 드세요? 아직 다리가 많이 아파요?"

레이나는 괜히 지원에게 다리를 무리하게 찢게 해서 밥을 못 먹을 정도로 아픈가 싶어 걱정스레 물었다.

"아침부터 무슨 삼겹살입니까? 이렇게 먹어서 살이 빠지겠어요?"

지원은 몰래 컵라면을 먹은 것이 들킬 것 같아 뜨끔하며 재빨리 말을 돌렸다.

"아침은 든든하게 먹어야죠. 점심이랑 저녁은 정말 다이어트식인데, 아침부터 그렇게 먹으면 서러워서 우울해져요. 빨리 드세요. 고기가 다 사라집니다."

레이나는 계속해서 큼직하게 쌈을 만들어 입에 넣으며 웅얼거렸다. 하지만 지원은 레이나의 권유에도 더 이상 밥이 먹히지 않자 자리에서 일어났다.

삼분의 일도 먹지 않고 일어서는 지원을 보며 레이나는 '내가 너무 심했나' 작게 중얼거리고는 지원이 남긴 즉석 밥을 가져와 남은 고기들과 함께 깨끗이 처리를 했다.

지원은 작업실에 들어와 모니터 앞에 자리를 잡았다. 컴퓨터의 전원 버튼을 누르고 부팅을 기다리며 왼손으로 자신의 턱을 괴었다. 그리고 주식 매도 가격을 체크하는 종이에 펜을 들고 저도 모르게 레이나를 써 내려갔다. 두세 번 반복해서 적다가 검게 지워 내고 동그라미를 그리다 지우다, 그 짓을 몇 번 반복하고는 펜을 놓으며 가볍게 한숨을 내쉬었다.

겨우 하룻밤 지났을 뿐인데 레이나는 오래 함께해 온 사람처럼 익숙하게 느껴졌다. 오랜 강사 생활의 노련함인가? 지원은 조금 혼란스러웠다. 자신도 일을 시작하고 다양한 고객들을 만나왔고 낯을 가리는 편이 아니지만 이렇게 친숙하게 다가가지는 못했다.

레이나를 떠올리자 저절로 입꼬리가 올라가니 이거 확실히 감염 초기 현상임에 분명했다. 회원들을 만날 때마다 가족이니 애인이니 친구라 칭하며 거리낌없이 다가가는 공략이 레이나의 특수 장비인 듯 지원의 2년 동안 쌓아놓았던 튼튼한 성벽을 하루 만에 뻥 뚫었다. 뚫린 구멍으로 슬슬 레이나 바이러스들이 꿈틀거리며 기어들어 오자 지원은 저도 모르게 몸서리를 쳤다. 가볍게 고개를 휘저으며 레이나를 떨쳐 버리고 마우스에 손을 올리려는데 자신의 책상 끝에 놓인 상자가 눈에 들어왔다.

새벽에 잠자리에 눕기 전까지 보지 못했던 것인데 아침에 레이나가 지원을 깨우러 들어왔다가 두고 간 것이라 여겼다.

천 일 기념으로 여운에게 프러포즈하며 주려 했던 보석함. 강한 충격으로 뜯겨져 나간 너덜거리는 보석함의 뚜껑을 열었다.

'이것도 다 처리해야겠지?'

지원은 자신이 정성스레 하루하루 모아왔던 각종 보석들을 눈으로 훑고 가장 심혈을 기울이며 골랐던 반지의 케이스를 열었다.

분명 케이스 안에 넣어두었던 쪽지가 안 보였다. 보석함 안을 뒤져 보고 엎어서 털어봐도 작은 쪽지는 보이지 않았다. 결국 지원은 보석함을 던지다가 빠졌나 보다 결론짓고는 책상 밑 서랍 속으로 보석함을 넣으려다 말고 쓰레기통에 던져 버렸다. 3년의 추억이 묻힌 그곳을 한참 응시하다가 아려오는 빡빡한 안구에 눈꺼풀을 내렸다. 한국 주식시장 개장 시간 9시에 맞춰 걸려오는 고객들의 전화에 지원은 하루 일과를 시작했다.

"박 이사님, 이번엔 정말 절 믿어주십시오. 저번에 크게 손해 보셨지 않습니까?"

[아니, 난 주변에서 오늘 코스피가 급락해서 손해를 많이 봤다고 해서 1700선 무너지기 전에 빨리 매도하려고…….]

"저한테 다시 맡기시면서 이번엔 제가 나설 때까지 기다려 주시다고 하셨지 않습니까?"

몇 달 전에도 찾아온 하락세로 팔랑귀를 가진 고객인 박 이사가 자신의 충고를 무시하고 매도를 해서 크게 손해를 봤었다. 그리고 후회를 하며 문제의 2억짜리 미술품을 담보라며 주고는 2만 주를 맡겼었다.

근데 한두 달도 아니고 고작 며칠 사이에 급락을 친 주가 소식에 오픈타임에 맞춰 바로 통화를 걸어오다니. 대원전자의 기획안을 검토할 때에도 이렇게 변덕을 부린다면 상사의 줏대 없는 결정에 시달릴 부하직원들이 가여웠다.

지원은 아직 적절한 시기가 아니므로 좀 더 지켜봐야 알 수 있는 상황이고, 적어도 한 달은 기다려 봐야 알 수 있다고 설득을 하며 통화를 마쳤다. 박 이사를 시작으로 연이어 지원이 관리를 하는 고객들이 맡긴 주식을 걱정을 하며 신규개좌 개설 상담을 해왔다. 지원은 친절하거나 상냥하진 않지만 정중하게 그들에게 설명을 해줬다. 자신의 아버지가 회장으로 있는 현성금융의 이사 자리를 돈 장난하기 싫고 사채업 따위 이어 받을 생각 없다고 단언하며 박차고 나온 지 3년째 들어섰다. 아이러니하게도 돈 빌려주고 이윤 얻는 사채업을 뒤로하고 자신이 선택한 일이 주식이지만 결국 돈을 빌려와서 부풀리는 직업을 하고 있었다. 방식은 다르지만 결국은 자신도 돈 장난을 하고 있었다.

사채업자가 되었다면 이렇게 하루 종일 모니터 앞에 앉아 있을 이유도 고객들과 말씨름을 할 일이 없겠지만 지원은 펀드매니저라는 직업을 가진 자신이 꽤 마음에 들었다. 대학생 시절 멋모르고 투자한 주식이 대박을 터뜨렸다. 그 후 한두 번 사소한 실패도 있었지만 자신의 손에서 몇 배씩 수익률이 커져 가는 희열감은 엄청났다. 그리고 그만큼 자신감도 붙었다.

고객들의 상담전화가 한바탕 지나간 후 겨우 숨 돌릴 여유가 생겼다. 점심시간에 맞춰 배에서 항상 정확히 울리는 꼬르륵 소리에 시계를 보니 벌써 오후 한 시를 가리키고 있었다. 아침도 적게 먹고 이제 밥을 먹어야 할 시간임을 인지한 순간 극도로 배가 고파졌다.

지원은 작업실을 벗어나 부엌으로 향했다. 거실에 적막이 흐르는 것을 보니 레이나는 외출한 것 같았다.

식탁으로 다가가니 그 위에 레이나가 차려놓은 음식들이 보였다. 그녀의 말대로 점심은 닭 가슴살 샐러드에 생식두부 몇 조각 그리고 바나나 한 개와 두유 한 잔이 놓여 있었다. 너무너무 배가 고픈 상태인데 이렇게 맛없는 음식들을 먹으라니. 지원은 다이어트고 뭐고 과감하게 등을 돌리고 컵라면이 박스 채로 담긴 싱크대 수납장을 열었다.

"뭐…… 압수?"

하루에 하나씩 꺼내 먹으려고 3개월 분량을 한꺼번에 인터넷으로 주문한 라면이 담긴 박스들 대신 그것이 놓여 있던 곳에 핑크색 하트모양 포스트잇이 '압수'라는 글을 담고 지원을 놀리고 있었다. 지원은 설마하며 과자들이 잔뜩 담긴 바로 옆의 수납장을 열었다.

그곳에도 역시 하트모양의 쪽지가 붙여져 있었다. 냉장고를 열었다. 체감 온도 30도를 웃도는 뜨거운 여름이라 녹지 않게 신선함을 유지하기 위한 초코바들이 사라졌고 그곳에도 '압수'라고 적힌 쪽지가 붙어 있었다.

황급히 열어본 냉동실에도 1년은 거뜬히 먹을 수 있는 각종 냉동식품들 피자, 파이, 케이크들 대신 또 압수 쪽지가 지원의 시야를 핑크로 물들였다.

감히 겁도 없이 남의 물건에 손을 대? 고약한 취미를 지닌 레이나 짓이 분명했다. 지원은 자신의 식량을 싹쓸이해 간 레이나에게, 그리고 그녀가 남긴 하트모양 분홍색 쪽지들이 마치 차압딱지 같아 끓어오르는 분노에 온몸을 부들부들 떨었다. 그때 기막힌 타이밍으로 주머니 속 휴대폰이 진동을 울렸다. 레이나의 문자였다.

「지원 씨~ 점심 드셨어요? 아침도 제대로 못드시고……. 배가 많이 고프실 텐데 싱겁고 텁텁해두 제가 차려놓은 것만 드세용.」

지원은 레이나의 문자를 제대로 끝까지 읽지도 않고 바로 통화 버튼을 눌렀다.

300명 수용 가능한 대강의실은 빈자리 하나 없이 학생들로 가득 차 있었다. 제시간에 맞춰 들어왔지만 부족한 좌석 수 때문에 가장자리 계단과 강단 앞에도 신문지를 깔고 자리를 잡은 학생들도 많이 보였다. 그들은 불편함도 개의치 않고 레이나의 말 한마디 한마디에 그녀의 몸짓 하나하나에 집중했다.

"오늘은 '식품 교환표'에 대해서 알아볼까요? 여러분들 '식품 구성 탑'은 대부분 알죠? 병원이나 보건소에 가면 다양한 음식들이 피라미드 형태로 층층이 나눠져 있는 그림이나 탑처럼 쌓여 있는 거 본 적 있죠? 왜 그렇게 분류를 해놨을까요? 아시는 분?"

레이나의 질문에 학생들은 서로 눈치만 볼 뿐 선뜻 나서지 못했다.

"제일 아래층에 있는 음식들을 많이 섭취할수록 몸에 좋기 때문입니다."

그때 강의실 가운데서 한 남학생이 손을 번쩍 들더니 굵직한 목소리로 답했다.

"맞아요. 탑도 젤 아래층이 튼튼해야 높게 쌓을 수 있고 무너지지 않고 안정적이죠? 학생, 수업 마치고 이름 남기고 가요. 가산점

드릴게요."

가산점을 준다는 말에 기회를 놓쳐 아쉬워하는 학생들의 웅성웅성거리는 소리가 들렸지만 레이나는 스크린 화면을 레이저 포인터로 가리키며 강의를 이어갔다.

"'식품 교환표'란 일상생활에서 섭취하고 있는 식품들을 영양의 구성이 비슷한 것끼리 6가지 식품군으로 나누어 묶은 표예요. '식품 구성 탑'에 1층에 있는 곡류 군을 예를 들면 밥 한 공기 대신에 식빵이나 감자, 고구마, 옥수수로 섭취 가능하죠. 여러분들이 다이어트식단을 만들고 싶다 하면 대부분 칼로리를 먼저 계산하겠죠? 성인 여성을 예로 들면 하루에 2000kcal 정도가 적당하다고 해요. 그럼 2000kcal를 삼등분해서 약 700kcal를 한 끼에 섭취한다면 매끼 같은 음식을 먹지는 못하죠? 이럴 때 '식단 교환표'를 이용하는 거죠. 밥 1공기 대신에 식빵 3쪽, 옥수수 하나, 고구마 두 개 정도……."

석사과정으로 체육 교육학을 선택한 레이나는 지도교수님의 추천으로 계절학기 교양수업을 맡게 되었다. 대학원생으로서 후배들 앞에서 강의를 한다는 것이 거의 드문 일이지만 레이나만의 좀 더 실질적인 피트니스 트레이닝 강의 취지 덕에 레이나는 최연소 교수님이 되었다.

그녀가 맡은 〈운동과 영양〉 수업은 수강 정원을 반도 채 못 채우고 매년 폐강 위기 리스트에 올랐던 강의지만 이번 계절학기만큼은 어느 때보다 학생들의 수강신청 경쟁이 치열했다. 처음엔 80명 정원이었던 수업이 수강신청 후 330명으로 늘어났다. 솔직히 수업 내용은 기존의 커리큘럼과 별반 다른 것이 없지만 생활스포츠 업계에선 유명인사라 다이어트나 웰빙에 관심 있는 학생들이 대거 신청을 했다.

레이나는 학생들과 소통할 기회가 생겨서 흥분도 되고, 이렇게 많은 학생들의 성적평가를 해야 하기에 부담도 컸다. 세 시간 동안 일방적인 강의를 끝마치자 속이 허했다. 시계를 보니 벌써 오후 한 시가 넘었다.

지원 씨도 지금쯤 점심을 먹고 있겠지?

레이나는 지원에게 간단한 점심확인 문자를 보내고 넓은 강의실을 쭉 훑어봤다. 학생들이 강의실을 모두 빠져나간 것을 확인하고 그녀도 뒷정리를 하고 밖으로 나섰다.

"저기 혹시 민수?"

등 뒤에서 들려오는 자신의 본명에 움찔했지만 학교에서도 '레이나 최'로 아이들에게 강의를 하고 있는지라 본명을 알고 있는 사람이 드물다는 것을 떠올리고 다시 걸음을 옮길 때였다.

"민수 맞지?"

"어? 준우…… 선배?"

돌아보니 그가 서 있었다. 서글서글한 눈매를 지닌 그는 8년 전 봉사동아리에서 만난 법학과 학생이었다. 종종 소식은 들었으나 이렇게 직접 마주친 적은 단 한 번도 없었다. 그때나 지금이나 준우는 여전히 멋졌다. 레이나의 기억 속에 부드러운 이미지에 호리호리하고 가녀린 몸매를 지닌 선배였지만 지금 눈앞에 있는 남자는 반팔 티셔츠 아래에 드러난 탄탄한 팔 근육이 제법 남성미를 풍겼다.

"오랜만이다, 민수야. 너 예뻐졌다는 소문은 들었는데 못 알아볼 뻔했어."

"에이, 못 알아볼 정도는 아니죠. 여긴 어쩐 일이세요?"

"오늘 교수님 뵈러 왔다가 네 소식 들었거든. 혹시 마주칠까 싶어서 와봤는데 운이 좋았네."

"참, 나도 선배 소식 들었어요. 이번에 K&S 로펌에 들어갔다면서요?"

법학과에서 3학년 때 이미 사법고시를 패스한 그는 판사로 재판을 해오다 법복을 벗어던지고 대형 로펌에 입사했다. 지금은 잘 나가는 변호사인 준우는 큰오빠와 연수원 동기였고 간간이 그의 소식도 오빠를 통해 들을 수 있었다.

"벌써 네 귀에까지 들어갔어? 역시 나 좀 인기남인가 봐."

"뭐예요."

장난스럽게 던지는 그의 농담에 레이나의 입술은 긴 호선을 그리며 가지런한 하얀 이를 드러냈다. 수줍고 부끄러운 마음에 준우에게 말 한마디 제대로 못했던 적이 있었다. 이렇게 그를 눈앞에 마주하고 단둘이 대화할 수 있는 날이 오다니 꿈만 같았다. 스무 살 적 풋풋한 첫사랑의 추억이 새록새록 솟아났다.

"전화 오는 거 아냐?"

레이나는 준우의 시선을 따라 자신의 손을 바라봤다. 그와의 대화에 얼이 빠져 손에 쥐고 있던 휴대폰의 진동조차 못 느끼고 있었다. 액정화면에 발신인 '도지원'이 부르르 떨며 그녀를 재촉했다.

"선배, 잠시만요. 네, 지원 씨."

[왜 자꾸 내 물건에 손을 댑니까?]

"네? 무슨 말씀인지?"

[라면이랑! 과자들이랑! 내 파이!]

"아, 그거 아침에 치웠죠. 쪽지 붙여놨었는데? 근데 그걸 왜 찾으셨데요? 설마 그거 드시려고…….."

[설마. 포크 찾으려고 하다가 없어진 거 봤거든요?]

"포크를 냉장고에서 왜 찾아요. 그리고 제가 차려놓은 음식 옆에 수저 놔두었는데…….."

[없었어. 정신을 어디다 두는 겁니까?! 끊어요!]

뭐야. 레이나는 제 말만 하고 끊어버린 지원을 보듯 볼에 공기를 가득 품고 휴대폰을 노려봤다.

"에휴……. 정말 애 같다니까."

"남자친구?"

"아니요. 이번에 맡은 회원님이에요."

레이나는 한 치의 망설임도 없이 단호하게 대꾸했다.

"남자도 관리해 줘?"

"네?"

"나도 한번 너한테 배워볼까 싶어서."

"오래 기다리셔야 될 텐데요. 제가 좀 인기가 많아서 대기하고 있는 분들이 서울에서 부산까지 줄을 섰답니다."

"하하하. 그래? 아쉽네. 점심 전이지? 시간 괜찮으면 같이 할래?"

갑작스럽지만 고마운 초대에 레이나는 잠시 망설였지만 거절했다.

"죄송해요. 수업 끝나고 협회에 바로 가보기로 해서요."

"뭐 오늘만 날인가? 여기 내 명함."

준우가 명함을 내밀자 레이나도 지갑을 뒤져 자신의 것을 건넸다.

"아, 저두요. 여기."

명함 하나 쥐어주는데 이렇게 손이 떨릴 줄 몰랐다. 레이나는 애써 웃음으로 떨림을 감췄다.

"레이나……. 너한테 잘 어울린다."

준우가 명함을 보더니 레이나의 이름을 부르며 또 가슴 떨리게 만드는 미소를 보여줬다.

"고마워요."

"연락할게."

돌아서는 뒷모습도 어쩜 그리 멋있는지, 연락한다는 그의 말에 심장이 콩닥콩닥 뛰었다.

레이나는 앞으로의 트레이닝을 위한 기구들을 가져오기 위해 피트니스 센터 사무실을 찾았다. 그리고 또 다른 지원에게 자신이 맡고 있는 회원들의 관리를 넘겨주어야 했다.

"아, 뭐. 암튼 회원관리 좀 부탁할게. 삼성동 박 회장님 댁 사모님은 옷차림을 되게 신경을 쓰시니까 네 차림도 중요하고 의상에 맞춰 체형 관리를 해드려. 그리고 골프에 관심이 많으시니까 필드 나가기 전에 무리하지 않게 가볍게 맞춰주고. 청담동 장 의원님 댁은 집이 빌라기 때문에 되도록 스텝박스는 피해줘. 테라스에 러닝머신이 있으니까 유산소는 그것 이용하고. 또 이분은 하루 종일 아드님 얘기를 꺼내는데 절대 부정적인 말 말아줘, 동의를 구하는 말에도 절대 대꾸하지 말고. 저번에 다나 쌤이 담당할 때 말 한마디 잘못 꺼냈다가 이 일에서 손 떼게 된 거 알지? 다른 회원님들은 주의사항 없어. 다들 잘 대해주시니까."

레이나는 회원들의 프로필과 운동 기록들이 담긴 파일들을 보여주며 마틴에게 일일이 설명을 했다.

"센터에는 일주일에 한 번 정도 올게."

"너 정말 괜찮겠어?"

꽤 많은 회원들을 한꺼번에 지원에게 넘기니 6개월이 지나서 그 회원들을 다시 레이나에게 돌려주기엔 번거로울 것이다. 다시 받기도 뭐하고……. 그런 의미에서 걱정을 해주는 지원에게 레이나는 괜찮다며, 오히려 네가 더 고생이라며 수고해 달라고 마틴의 등을 가볍게 두드렸다.

"야, 내가 더 미안하지. 송이 씨한테 나 원망 사는 거 아냐? 네 일거리를 늘려줘서. 예정일이 언제냐?"

생체과 입학 후 벌써 8년간 함께해 온 마틴은 스물셋인 어린 나이에 결혼을 했다. 그 후 6년 만에 처음으로 들어선 소중한 아이이므로 아내인 송이와 더 함께 있어줘야 할 텐데 곧 예정일도 다가오고 불안해하는 송이를 두고 마틴에게 일을 맡기는 것이 미안했다.

"다음달, 그러니까 난 돈을 더 벌어야 돼. 가족이 하나 더 느는 거잖아. 내가 말한 '괜찮냐'의 의미는 그 도지원 씨와 6개월 괜찮겠냐고. 아무리 회원일지라도 남자랑 단둘이 한집에 살면 뭐라도 안 일어나겠어?"

레이나는 마틴의 말에 무슨 헛소리냐며, 절대 그럴 일 없다며 그런 걱정 전혀 할 필요 없다고 대꾸했다.

"무슨, 야, 내가 덩치만 큰 애를 키운다. 나보다 세 살이나 많은데도 내 눈에 그저 세 살짜리 꼬마로 보이는데?"

마틴을 뒤로하고 레이나는 사무실 창고로 향했다. 덩치만 큰 정신연령 세 살 지원에게 필요한 운동기구를 이것저것 챙기며 가져온 상자에 담았다.

"그래도, 남자들은 다 늑대니까 조심해. 넌 너무 회원들에게 감정적으로 다가가니까 회원들이 너를 믿고 따르지만, 남자는 오해한단 말이야. 네가 자기를 좋아하는 줄 알고."

레이나는 따라 들어와서 늑대니 어쩌니 하는 마틴에게 상자를 넘기며 절대! 그럴 일 없으니까 다신 그 얘기 꺼내지 말라며 못 박고는 짐이나 옮겨달라 했다.

"둔해 빠져서는."

손사래를 치며 나서는 레이나를 보며 마틴이 중얼거렸다. 사실 그도 레이나의 친절함과 따뜻함에 빠져 혼자 말 못하고 끙끙 앓던 적이 있었다. 그때 송이가 곁에 없었으면 레이나와 이렇게 절친으로 남아 있기는 힘들었을 것이다. 둔팅이 레이나에게 제 마음조차 못 알리고 신경쇠약에 걸렸거나 대놓고 고백을 해서 지금처럼 동업을 하지 못했을지도 모른다. 빨리 포기를 하고 송이와 함께 가정을 꾸린 것이 정말 다행이라고 생각했다.

## 04

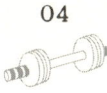

"아가, 병원은 잘 다녀왔니?"

오랜만에 한자리에 모인 저녁식사 자리에 수저 움직이는 소리조차 조심스럽게 적막이 흘렀다. 음침한 분위기를 바꿔보려고 여운의 시아버지인 정배가 먼저 운을 뗐다.

"네, 아버님. 심장 소리두 잘 들리구요. 씩씩하게 잘 자라고 있대요."

항상 조용하고 두려움에 음울한 기운이 맴도는 여운에게 생소한 설렘 가득한 목소리가 울리자 정배는 옅게 미소를 지었다.

"그래? 입덧은 좀 어떠니?"

"많이 괜찮아졌어요."

"따로 먹고 싶은 건 없어?"

여운은 지혁의 눈치를 살폈다.

"네. 특별히 먹고 싶은 건 없어요. 신경 써주셔서 감사해요, 아버님."

여운과 정배의 간단한 대화는 더 이어지지 못했고 식탁에는 다시 어색한 공기가 맴돌았다. 도해와 지혁은 묵묵히 반찬과 입으로 수저만 나르고 있었다.

"저 먼저 일어나겠습니다."

지혁이 먼저 자리를 뜨자 도해의 날카로운 눈빛이 지혁과 여운을 스쳤다. 헛기침을 두어 번 내뱉으며 서 회장도 곧이어 자리를 떴고, 도해와 여운만이 식탁에 마주 보고 앉았다.

여운은 도해와 단둘이 한곳에 있다는 사실만으로 숨이 막혔다.

"지원이는 만나고 왔니?"

여운은 도해의 물음에 어깨를 흠칫 떨었고 자꾸만 숙여지던 고개를 들었다.

"네?"

"지원이가 이번에 지혁이 도와줬다던데?"

사실 지원 덕분에 지혁이 가석방으로 풀려날 수 있었는지는 몰랐다. 그저 시어머니가 한풀 꺾여 그를 집으로 데려온 줄 알고 있었다.

"저, 그러니까 부탁할 곳이……."

"어떠니?"

"네? 무슨 말씀……."

여운은 도해의 말이 끝나는 순간 온몸이 떨려왔다. 지혁과의 결혼 후에 우연이라도 지원을 마주치지 않으려고 외출도 자제했었다. 어쩔 수 없이 자의로 지원을 만나긴 했지만 그것은 지혁을 위해서였다. 한때 연인 사이였지만 지금은 사촌 시동생인 그와의 사이를 아직도 의심의 눈초리를 받아야 할 정도로 못 미더웠을까?

"오랜만에 지원이 만난 소감 말이다."

여전히 도해의 날카로운 시선이 여운을 향했다. 여운은 왜 도해가 지혁을 내버려 두었는지 이제 이해가 갔다. 어머님은 지원이 망가진 모습을 제 눈으로 확인하기를 바랐던 것이다.

"그게 저랑 무슨 상관이죠?"

의외의 공격적인 말이 여운의 입에서 튀어나오자 도해는 순간 당황했지만 워낙에 감정을 드러내지 않는 그녀라 여운이 눈치채지 못하게 빠르게 숨겼다.

"어머님, 저 이 집 사람이에요. 제 뱃속에 지혁 씨와 어머님의 핏줄이 자라고 있구요. 저 결혼하고 나서 한 점 부끄럼 없이 지혁 씨 아내 역할, 며느리 역할 해왔다고 생각해요. 제 남편이 철창에 갇히게 생겼는데 뭔들 못하겠어요. 죄송하지만 저 도련님 봤을 때 조금 놀라긴 했지만 죄책감 같은 거 전혀 들지 않았어요. 아이와 애 아빠만 위해서 뻔뻔하게 도련님 찾아갔을 뿐이에요."

여운이 처음으로 도해의 눈을 바로 마주하며 호소했다.

"제가 어떻게 해야 가족으로 받아들여 주실 거예요? 저 어머님한테 인정받고 싶어요. 어머님 맘에 들지 않는 점은 고치고 부족한 건 배울게요. 알려주세요."

여운의 눈에 눈물이 스미기 시작했다. 2년이란 시간을 시어머니의 냉대와 홀대를 받으며 견뎌왔다. 얄팍한 희망으로 시작한 싸움이 진흙탕이 되더라도 주변에서 손가락질받더라도 여운은 태어날 아이에게만은 부끄러운 엄마가 되고 싶지 않았다. 도해는 아무런 말도 꺼내지 않았다. 여운을 남겨두고 자리를 떠날 뿐이었다. 사라지는 도해의 뒷모습을 한동안 그 자리에 앉아 바라보던 여운의 두 뺨에 또르륵 눈물이 흘러내렸다.

설거지를 하고 뒷정리를 마저 끝낸 후 여운은 기운이 다 빠진 몸을 이끌고 터벅터벅 이층으로 올라갔다.

"자요?"

지혁은 침실 끝자락에 등을 보이고 누워 있었다. 살얼음 같은 분위기에서 지혁이 조금만 돌아봐 줬다면 이렇게 괴롭지도 않았을 텐데……

여운은 그에게 다가가 침대 한 귀퉁이에 자리를 잡고 그의 어깨에 손을 올렸다. 손끝에서 움찔, 지혁의 움직임이 느껴졌다.

"안 자면 나랑 얘기 좀 해요."

지혁은 천천히 몸을 일으켜 세웠다. 공허함. 그의 눈빛엔 아무 것도 담기지 않았다.

"우리 아기 태명은 뭐가 좋을까요?"

여운은 애써 무시하며 밝게 말했다.

"무리하지 않아도 돼."

"태명 짓는 일이 뭐 힘들다고요. 지혁 씨는 생각해 놓은 것 없어요?"

"억지로 내 곁에 있을 필요 없어. 아이 때문이라면 지워."

여운은 지혁의 말에 한동안 입을 열지 못했다.

"당신들은 어떻게 그리 쉽게 지우란 말을 함부로 하죠? 그런 말을 내뱉을 때마다 뱃속에 있는 아이가 들을까 겁나요."

아무래도 눈물샘이 고장난 모양이다. 또다시 여운의 눈가에 눈물이 흐르기 시작했다.

"가, 더 이상 붙잡지 않을게."

"무슨 말이에요? 내가 어딜 가요?"

"네가 원하는 곳으로."

"원하는 곳?"

설마 이 사람 아직도 지원 씨와 나 사이를 의심하는 건 아니겠지? 붙잡지 않는다니! 무슨 자격으로 그에게 돌아갈 수 있냐고!

"그래."

여운은 울컥 화가 치밀어 올랐다. 뒷수습은 모조리 떠넘기고 이젠 떠나라니?

"알겠어요. 그전에 당신이 찾아와야죠."

"내가? 왜?"

"신혼집 도박으로 날려 버렸잖아요. 다시 찾아오세요."

이를 악 물고 잇새로 새어 나오는 울음을 애써 삼키고 있었다.

"그건……."

지혁은 여운의 말에 벌떡 상체를 세웠다. 본인도 피해자였다. 친구라고 믿었던 놈들이 술에 취한 틈을 타 그에게 뒤덮어 씌운 것이었다.

"억울해요? 그러게 거긴 왜 갔어요? 식구가 한 명 더 늘었으니까 지혁 씨가 좀 더 신중해졌으면 좋겠어요. 이제 충동적으로 일을 저지르기 전에 먼저 생각이란 것 좀 해봐요."

여운은 제 성질을 못 이겨 항상 욱하며 감정적으로 앞서는 지혁을 나무랐다. 그가 집을 박차고 나갔던 그날엔 부부싸움을 했다. 싸우게 된 이유도 기억이 나지 않았다. 여운은 더 이상 말을 잇지 못하는 지혁을 뒤로하고 자리에서 일어났다. 여운은 일기장을 넣어둔 화장대 서랍을 열었다. 그리고 일기장을 펼쳐 그 사이에 끼워두었던 조그만 쪽지를 꺼냈다.

어렸을 적 어머니의 보석함을 갖고 싶어 몰래 열어보다가 크게 혼났다는 너의 말을 듣고 너만의 보석함을 내가 만들어주고 싶었어. 너와 함께한 1000일 동안 하나씩 모아온 것들을 여기에 담았다. 하지만 이 반지 하나만큼은 여기가 아닌 네 왼손 네 번째 손가락에 끼워져 있었으면 좋겠다. 사랑한다, 여운아. 나와 결혼해 주겠니?

지원의 집에서 그를 만나기 전 거실 탁자에 놓인 보석함을 발견했다. 여운은 저도 모르게 손을 뻗고 있었다. 거칠게 떨쳐 내며 거부했던 보석함이 왜 궁금했을까? 세월의 흐름이 지원에 대한 죄책감을 무디게 만들었는데 상자의 뚜껑을 연 순간 먹먹함이 물밀듯이 몰려왔다.

그것은 판도라 상자였다. 여운은 망설임 끝에 보석함 속 반지 케이스를 열었다. 케이스에 끼워져 있던 작은 종이가 바닥에 툭 떨어졌다. 주우려 상체를 굽히는 순간 차를 대접하겠다던 레이나가 주방에서 튀어나왔다. 여운은 순간 당황하여 쪽지를 주머니에 넣고 가져와 버렸다. 버려야 하는데, 옛사랑의 추억을 간직하고 싶었던 걸까? 지저분한 미련이 남은 것처럼 일기장 사이에 끼워둔 것이 스스로도 이해가 되지 않았다. 여운은 쪽지를 찢으려 양손으로 그 끝을 잡았다. 주홍글씨처럼 지원의 자필이 가슴을 꾹꾹 찔

렸다. 차마 찢어버리지 못하고 꾸깃꾸깃 종이를 구기며 쓰레기통
으로 던져 버렸다.

❖

"지원 씨, 화장실 전등이 나갔나 봐요."

"지원 씨, 저 마트 좀 다녀올게요."

"지원 씨, 플라스틱 의자 없어요?"

"지원 씨, 그냥 키 큰 지원 씨가 전구 좀 갈아주면 안 돼요?"

레이나가 지원을 부르는 소리에 맞춰 몇 번이나 방문이 열렸다
닫혔다 하며 그의 신경을 건드렸다. 그녀와 지원이 한집에 머물게
된 이후 처음 갖는 주말이었다.

레이나가 지원의 일상에 비집고 들어오기 전까지 지원에겐 주
말과 평일의 경계가 없었다. 먹고 자고 나머지 시간은 모니터 앞
에서 키보드와 마우스를 두드리는 일이 전체 일과였다. 현관문을
나서는 경우는 택배를 받기 위해서라던가 까다로운 고객들이 직
접 그를 방문했을 때 정도? 그게 다였다.

그러다 운동 스케줄이 추가되면서 그의 생활패턴이 바뀌기 시
작했다. 모니터 화면보다 레이나의 얼굴을 마주하는 시간이 더 늘
어났다. 하지만 무작정 운동에만 매진할 수는 없었다. 그래서 서
로의 합의하에 그가 일하는 시간인 오전 9시부터 오후 6시까지는
레이나의 간섭이 허용되지 않는 그만의 자유 시간이었다.

"이봐요. 나 일하는 거 안 보여요?"

자꾸 들이닥치는 방해에 지원이 짜증 섞인 목소리로 외쳤다.

"죄송해요."

레이나가 풀 죽은 목소리로 뒤돌아서는가 싶었다.

"지원 씨, 우리 정원 청소 하면 안 돼요?"

어느새 지원의 옆으로 다가와 얼굴을 들이밀더니 사슴 같은 눈으로 그를 바라봤다.

지원은 갑작스런 그녀의 요구에도 태연하게 책상 서랍을 뒤지더니 종이 조각 하나를 찾아내고 전화를 걸었다. 아마 정원사에게 연락을 하는 듯했다.

"아니, 이런 좋은 기회를 왜 돈 주고 남한테 넘겨요. 같이 다듬어요. 풀 뽑는 것도 운동이니까."

레이나는 황급히 그의 휴대폰을 뺏으며 통화종료 버튼을 눌렀다.

"지금 방해되는 거 알죠? 그거 내려놓고 그만 나가주시죠."

지원은 빼앗긴 휴대폰을 돌려받기 위해 팔을 뻗었다. 레이나는 돌려줄 수 없다며 휴대폰을 등 뒤로 숨겼다.

"제가요, 주식이나 증권 이런 거에 완전 무지한데요. 일요일에 쉰다는 정도는 알거든요? 그러지 말고 같이 해요. 오늘 서킷 수업 대신 청소하는 걸로 하죠? 네?"

서킷 수업이란 레이나가 오후 트레이닝 수업으로 스텝박스와 가벼운 덤벨을 이용한 근력 운동을 섞어놓은 유산소와 무산소 운동으로 심박 수를 높여 효과적으로 체지방 감소를 도와주는 운동 프로그램이다. 땡볕 아래에서 잡초들을 뽑을 바에 집 안에서 땀을 흘리는 것이 덜 불쾌할 것 같았다.

"차라리 서킷 수업 합시다."

"이것 좀 봐봐요. 제 다리."

갑자기 레이나가 다리를 걷어 올리더니 지원의 눈앞에 들이밀었다.

"뭡니까? 저리 치워요."

"아이참. 자세히 좀 봐봐요."

지원이 계속 밀어냈지만 레이나의 두 손에 의해 강제적으로 돌아간 고개는 어쩔 수 없이 그녀의 다리로 향했다. 매끈한 다리에 울긋불긋하게 피어난 염증자국이 보였다.

"이거 지원 씨 마당 지나갈 때마다 풀독 올라서 완전 쓰라리거든요? 우리 지나가는 길이라도 풀 쳐냅시다."

"그래도 지금 당장은 무리……."

레이나 다리의 자잘한 상처들을 보자 괜히 언짢아지는 기분을 뒤로하고 말했다.

잡초들을 다듬을 도구들이 아무것도 없었다. 손으로 하기엔 한도 끝도 없을뿐더러 날카로운 도구라곤 고작 부엌칼이 다였다. 꿩 대신 닭이라고 부엌칼이라도 쥐고 베어야 할 노릇이었다. 그의 말이 끝나기도 전에 레이나는 후다닥 밖으로 나가더니 양손에 뭘 하나씩 쥐어 들고 나타났다.

"제가 아까 전구 사러 가면서 낫도 사왔어요. 잘했죠?"

낫과 호미를 들고 쇳덩어리를 자신의 얼굴 쪽으로 들이미는 레이나가 무서웠다. 이왕이면 휴대용 예초기라도 사올 것이지. 낫과 호미가 뭐야? 콩쥐 괴롭히기도 아니고, 레이나는 지원을 골려먹기로 작정한 사람 같았다. 지원은 레이나에 의해 질질 끌려 밖으로 나왔다.

긴 바지 긴 소매 셔츠 차림에 마스크에 야구모자까지 눌러쓰고 완전 무장한 레이나는 현관 앞에서 정원을 한 바퀴 눈으로 쓸었다.

"안 더워요?"

지원이 보기만 해도 땀이 나는 것 같은 레이나의 차림에 말을 건넸다.

"네, 피부 보호해야죠."

레이나는 호미와 낫을 지원의 손에 쥐어주고 기다란 막대 끝에 그물망이 달린 뜰채를 어깨에 이었다. 그에게는 몇 년간 풀 속에 파묻혀 있던 현관과 대문까지 이어진 길을 발굴하는 것을 맡기고 넓은 풀밭에서 흔적조차 찾기 힘든 거무스름한 연못으로 향했다.

"저는 연못부터 청소할게요. 젤 첨부터 저것 없애고 싶었어요."

뜰채로 두껍게 덮인 이끼를 걷어내기 위해 조심스레 한발 내딛었다. 생각보다 이끼 층이 두터웠다. 가장자리부터 원을 그리며 퍼내는데 무게감 때문에 손이 달달 떨렸다.

"아악!"

순간 레이나는 풍덩하고 연못에 빠져 버렸다. 빨리 끝내려고 욕심부리다 그만 돌이끼에 미끄러져 버린 것이다.

아씨. 더러워 죽겠네.

다행히 무릎 정도 오는 얕은 연못이라 바닥에 엉덩방아를 찧는 정도였다. 하지만 태양의 뜨거운 열기가 후끈하게 데운 물이 레이나의 속옷까지 침투해 왔다. 불쾌함에 눈살을 찌푸리곤 레이나는 재빨리 벗어나기 위해 팔을 뻗었다.

"으으어!"

몸의 길이는 6mm 정도이며 머리와 배는 누런 갈색이고, 가슴과 등 쪽은 검은 갈색이다. 날개는 투명한데 가운데에 검은 갈색의 얼룩점이 있는 모기의 유충들이 그녀의 하반신과 팔을 휘감았다.

레이나는 팔에 다닥다닥 붙어 있는 장구벌레들을 발견하고 온몸이 뻣뻣하게 굳어졌다. 혀까지 마비가 된 듯 말문도 막혀 버렸다.

요추에서 척추를 따라 온몸에 소름이 돋았다. 말려 올라간 상의 아래로 드러난 레이나의 살결을 차지하려 꼬물꼬물 몸을 흔들었고 손끝에서 꿈틀거리는 장구벌레의 느낌에 잠시 빠져나갔던 영혼이 되돌아왔다. 레이나는 연못에서 빠져나오려고 발버둥 쳤다.

"우읍!"

오늘따라 운도 지지리도 없지, 레이나는 헛발질에 이번엔 전신이 물에 잠겨 버렸다. 코끝에서 장구벌레가 코웃음을 쳤다.


지원은 무릎까지밖에 오지 않는 물에서 빠져나오지 못하고 난리 피우는 그녀를 바라봤다. 바로 연못 밖으로 나오는가 싶더니 다시 빠져 버리는 그녀를 보고 피식 웃음을 터뜨렸다.

왜 저러는가 싶으면서도 멀리서 봤을 때 허우적거리는 것이 사뭇 심각해 보였다.

설마……. 접시 물에도 빠져 죽는다더니 레이나가 딱 그 꼴이었다.

"살, 살려…… 으읍."

지원은 그녀의 희미하게 들리는 절박한 목소리에 심각함을 깨닫고 레이나 곁으로 뛰어갔다.

연못에서 레이나를 끄집어내는데 벌레와 사투를 벌이는 중인 그녀는 머리에 이끼를 두르고 있었고 눈썹 사이에는 송충이가 떡하니 자리 잡아 일자 눈썹을 만들고 있었다.

참자.

참어.

터지면 안 돼.

"크큭…… 하하하하하하하하하!"

결국 지원은 크게 웃음을 터뜨리고 말았다. 두툼한 살이 잡히는 배까지 쥐어 잡고 데굴데굴 굴렀다.

레이나는 죽다 살아나서 온몸의 신경이 곤두서 있었다. 귀도 간지럽고 온몸이 찝찝해 미칠 것 같았다. 지원이 웃는 소리도 벌레들과 이끼 떼어내는 데 정신이 팔려 귀에 들리지 않았다.

자외선을 차단하겠다고 불편함과 더위를 참고 껴입은 긴 소매 셔츠와 트레이닝 바지가 물에 젖어 몸에 착 달라 엉켜 붙어 한 걸음 내딛기조차 힘들었다. 그리고 레이나의 옷이 생명줄이라도 된 것처럼 도무지 떨어질 생각을 하지 않는 벌레들과 투쟁을 하느라 진이 다 빠졌다.

"왜 웃어요."

대충 벌레와 이끼를 털어낸 레이나는 이제야 지원이 눈에 들어왔다.

지금 이 상황에서 웃음이 나와?

레이나는 쌀쌀맞은 목소리로 쏘아댔다.

"눈, 눈…… 하하하하."

지원은 레이나의 화난 기색을 전혀 눈치 못 챘는지 여전히 낄낄 댔다.

"눈이 뭐요?"

레이나는 신경질적으로 눈두덩을 만졌다. 아무 이상 없었다. 물에 젖어 축축함만 느껴질 뿐.

"아, 아니. 하하하. 눈썹에……."

지원의 말에 눈썹을 만지는 레이나. 그녀의 손에 뭉클거리며 느껴지는 송충이 벌레.

"꺄아아아~"

레이나는 송충이를 떼어내고 껑충껑충 뛰었다. 그 모습에 지원의 웃음소리가 한층 더 크게 울렸다.

"울어요?"

지원은 훌쩍거리는 소리가 들리자 웃느라 눈가에 맺힌 눈물을 닦아내고 물었다.

"아니요. 안 울어요."

"눈물 흐르는데?"

"안 운다니까요."

너무 대놓고 웃었나.

괜히 미안하고 어색해서 레이나를 향해 손을 뻗었다.

"울긴 왜 울어요."

레이나는 지원의 손을 매섭게 쳐냈다. 그리곤 그를 제치고 집 안으로 성큼성큼 걸어 들어갔다.

"안 운다니까. 비켜요."

"거짓말."

지원은 레이나를 쫄쫄 뒤따라와서는 그녀의 신경을 톡톡 건드렸다.

"그래 운다. 울어. 쪽팔려 죽겠으니까 그만 봐요. 으어어어어엉!"

레이나는 철퍼덕 거실에 퍼질러 앉고는 결국 참아왔던 울음을 터뜨렸다.

"푸하하하하!"

지원은 일그러지는 레이나의 얼굴에 참아왔던 웃음보가 빵 터져 버렸다.

레이나의 일상은 몸이 두 개라도 모자랄 정도로 빡빡하게 돌아가고 있었다. 지원과 함께 모닝 스트레칭과 가벼운 조깅을 하고 그의 아침을 챙겨준 후 오전엔 대학교에서 계절학기 수업을 끝낸다. 오후 한 시부터는 '피트니스 센터'에 들러 회원관리와 신규고객 상담을 하고 고액의 수업을 위해 강북과 강남을 가로지르며 서울 한 바퀴를 돌아 개인지도를 끝낸다. 그 후 지원의 집에 도착해서 그와 저녁을 함께 한 뒤 바로 수업을 시작한다. 2년 전만 해도 퍼스널 트레이너로서의 역할만 해왔던 레이나는 몇 달 전부터 꿈을 실현하기 시작했다. 그녀의 꿈에 다가서기 위한 첫 발걸음은 고등학교 때부터 벌써 십 년 지기 친구인 은아와 '피트니스 센터'를 운영하는 것이었다. 대형기획사의 이사 자리를 맡고 있는 그녀는 이름만 대도 알 만한 대기업의 고명딸이지만 가진 것을 우쭐대며 자랑한 적이 없었고 오히려 꼬장꼬장한 것이 구두쇠나 다름없는 친구였다. 그런 그녀가 강남 한복판에 피트니스 클럽과 목욕 시설을 갖춘 피트니스 스포츠 센터를 꾸리려는 레이나에게 과감하게 거액을 투자해 줬다.

아무리 친한 친구라도 빚지고 못사는 성격의 레이나는 한 푼이라도 더 벌기 위해 수업의 비용을 높게 책정했다. 높게 부르면 부를수록 높아져 가는 레이나의 인기 덕에 수업비와 센터 삼분의 일 정도는 은아에게 돌려주었지만 다 갚으려면 아직 갈 길이 멀었다.

너의 미래에 대한 기부일 뿐이라면서도 은아가 레이나 통장에서 매월 자동이체로 송금되는 돈이 자신의 통장에 찍히는 것을 보면서 실실 쪼개는 것을 레이나는 똑똑히 보았다. 그리고 은아는 거리낌없이 자신의 소속사 연예인들을 레이나의 피트니스 센터에 등록시켰다.

기부 같은 소리 하고 있네.

은아는 '피트니스 센터'를 빌미로 레이나를 요긴하게 써먹고 있었다. 벌써 레이나의 손을 거쳐 간 연예인만 해도 열 명이 넘었다. 그것도 무상으로!

"에취!"

레이나의 기침 소리가 엄숙했던 회의실 분위기를 깨트렸다. 은아는 레이나를 힐끔 쳐다보더니 다시 서류에 눈을 돌렸다. 레이나가 고개를 주억거리며 자신에게 쏟아지는 열 쌍의 눈동자에 사과를 했다.

"에에에에취!"

"뭐야, 너 감기 걸렸어?"

하지만 일 분도 채 지나지 않아 다시 터지는 레이나의 기침 소리에 다시 한 번 방해가 되자 은아는 레이나에게 짜증 섞인 말투로 말했다.

연못에 빠져 벌레들과 사투를 벌인 것에 플러스 지원을 맡고 나서부터 더 빡빡해진 무리한 스케줄 덕에 감기와 몸살이 겹친 것 같았다. 몸이 으슬으슬 떨려왔다.

"아, 미안. 계속해."

레이나는 코를 훌쩍이며 티슈 한 장을 뽑아 들었다.

"연습생 9명 부탁하려고."

"9명이나?"

레이나는 먹먹한 목소리로 대꾸했다. 아홉 명이면 트레이너도 아홉이 빠진다는 건데…….

"이번에 데뷔할 걸그룹 애들이야."

"컨셉이 어떤데?"

"청순 소녀 이미지?"

은아가 9명의 연습생의 프로필을 레이나에게 건넸다. 레이나는 종이를 한 장씩 넘기며 전신사진을 쭉 훑어보았다. 비슷한 체형끼리 3명씩 묶어서 그룹 트레이닝을 해도 될 듯했다. 협회 트레이너들이 한꺼번에 우르르 퍼스널 트레이너로 빠져나가 버리면 센터 운영에도 타격을 입기 때문이었다. 소속사 관계자들과 트레이너들의 회의가 마무리되고 레이나와 은아가 단둘이 회의실에 남게 되자 은아가 입을 뗐다.

"참, 너 준우 선배 만났어?"

"엉. 어떻게 알았어?"

레이나의 기억으론 은아에게 준우 얘기를 꺼낸 적이 없었다.

"이번에 준우 선배가 이혁이 변호 맡았어. 너랑 학교에서 봤다며?"

"응."

이혁은 은아 소속사의 대표 연예인으로 가수 활동으로 시작해서 연기, 예능까지 두루 섭렵한 한류 스타였다. 악성 댓글에 시달리다 못해 루머까지 번지자 은아 소속사 측에서 고소를 결심한 모양이었다. 레이나는 코를 팽 하고 풀었다.

"그 선배 너한테 관심 있는 것 같더라. 이것저것 캐묻던데."

선배가 나한테 관심이 있다고?

"나를?"

"그렇다니까. 그러고 보니 너, 스무 살 때 준우 선배 좋다고 몰래 사진 찍어서 지갑에 넣어 다니고 그러지 않았어?"

"뭔 소리야. 그런 적 없어."

사실이다.

까맣게 잊고 있었는데 요 기집애 별걸 다 기억해. 레이나의 광대가 불그스름하게 달아올랐다.

"뻥치시네."

"야. 너 애 엄마 말투가 왜 그래?"

은아는 스무 살에 연예인 뺨치게 잘생긴 정형외과 의사선생님과 결혼해 7살 난 여자아이를 두고 있다.

"내 말투 핑계 대며 은근슬쩍 넘어갈 생각 말고 이번엔 잘해봐."

"뭘?"

"뭐긴 뭐야. 준우 선배랑 쩝쩝 쭉쭉."

"쩝쩝 쭉쭉?"

"연애 말이야, 연애. 얘가 한 번 말하면 척하고 알아들어야지. 입맛 다시고 빨아들이는 거."

은아를 알아온 지 십 년이 넘었지만 가끔 그녀만의 언어세계에 자신을 끌어들일 때면 어찌할 바를 몰랐다. '쩝쩝 쭉쭉'이 연애라니, 입맛 다시고 빨아들이는 건 또 뭐람.

"톡톡 찔러보고 내 꺼다 싶음 확 낚아채 버려. 너는 딱 봐도 연애 세포가 많이 죽어 있어. 줄기세포를 이식해야 할 지경이야."

하긴, 트레이너 일을 시작하고 워커홀릭이라 불릴 정도로 일에만 몰두해 왔다. 낼 모레면 서른을 앞둔 레이나에게 연애는 다섯 손가락 안에도 못 들 정도로 그 횟수가 보잘것없이 적었다. 레이나 입장에서는 남자와 단둘이 밥 한두 끼 먹는 정도도 연애에 속했으니까 그 미미한 숫자 안에서도 제대로 된 연애는 없었다.

"근데 나 준우 선배 진짜 8년 만에 처음으로 학교에서 우연히 마주친 것뿐인데……."

"그거 우연 아니다. 의도적인 거지. 너 선배 본 지 며칠 됐어?"

"한 삼 일 지났나?"

레이나가 손가락을 하나씩 접으며 말했다.

"그럼 오늘 반드시 연락 온다. 백발백중! 십 중 십(十中十)."

십중팔구도 아니고 십 중 십을 외쳐 대는 은아에게 레이나는 말도 안 된다며 웃어 넘겼다.

그때 레이나의 휴대폰에 진동이 울렸다. 레이나는 액정화면에 뜨는 이름을 확인하곤 놀라 눈을 동그랗게 떴다.

"은아야, 너 연예인 키우지 말고 신촌에 돗자리 깔아."

레이나는 은아의 어깨를 툭 쳐내곤 흠흠 목소리를 가다듬었다.

"여보세요?"

[여보세요. 최민수 씨 휴대폰 맞습니까?]

최민수 씨라니……. 준우가 '씨'를 붙여서 제 이름을 불러주니 기분이 이상했다.

"네, 선배. 저예요."

[지금 통화 가능해?]

"그럼요."

은아가 휴대폰 가까이 얼굴을 들이밀자 레이나는 그녀를 얼굴을 밀치며 몸을 틀었다.

[지금 피트니스 센터 지나가는 길인데 너 있나 싶어서 전화해 봤어.]

"정말요? 그럼 6층에 올라오실래요? 제가 카운터에 연락해 놓을게요."

레이나의 피트니스 센터는 철저하게 회원관리를 하고 있었다. 그래서 회원의 추천이 없는 손님은 센터의 입구에서부터 출입을 통제하고 있었다.

[아니, 괜찮아. 너 점심은 먹었어?]

"아뇨, 아직."

[약속 없으면 같이 먹으러 가자. 지금 내려올 수 있어?]

"지금요?"

예정대로면 은아와 점심 약속이 잡힌 상태였다. 레이나가 슬쩍 은아를 바라봤다.

'만나자 그래?'

'응.'

'언제?'

'지금. 근데 너랑 점심……'

'어허, 당장 가.'

떼어내려 애써도 달라붙어 그들의 통화 내용을 엿듣던 은아는 고개를 끄덕이며 입모양으로 당장 승낙하라고 권했다.

[아, 미안. 내가 말도 없이 갑자기 찾아왔지? 그럼 다음에 볼까?]

레이나가 잠시 망설이는 듯하자 준우가 아쉬운 목소리로 말했다.

"아니에요. 내려갈게요."

은아와 티격태격하던 레이나는 준우의 말에 재빨리 응하며 준우에게 잠시만 기다려 달라 말했다.

레이나는 이방인으로 만들어 버린 트레이닝복 차림이 원망스러웠다. 훤칠한 외모와 몸에 착 달라붙은 슈트 차림의 준우 옆에 서 있으니 더욱더 도드라져 보였다.

"예약하셨습니까?"

점심시간이라 호텔의 뷔페는 유독 사람들이 붐볐다. 입구에 들어선 그들에게 직원이 다가와 물었다. 말끔한 검은색 정장 차림의 직원이 곁눈질로 레이나를 훑는 것을 느꼈다.

"예."

레이나는 준우의 대답에 그를 슬쩍 올려다봤다. 언제 예약까지 했데? 거절하면 어쩌려고. 진짜 은아 말처럼 나한테 관심 있나?

"성함이 어떻게 되세요?"

"박준우입니다."

직원의 안내에 따라 창가로 걸음을 옮겼다. 한강의 야경을 즐길 수 있는 스카이라인으로 유명하기도 한 곳에서 점심식사도 나쁘지는 않았다. 분위기는 좋은 듯한데…. 레이나는 처음으로 함께한 준우와의 식사가 썩 맘에 들지는 않았다. 음식들이 문제였다.

"여기 와본 적 있어?"

"아뇨. 처음이에요."

레이나는 양상추 샐러드와 두부조림을 포크로 꾹꾹 찌르며 말했다.

"어때? 입맛에 맞아?"

"네. 맛있어요."

레이나의 대답에 준우가 슬며시 미소를 띠었다. 덩달아 입꼬리를 올린 레이나의 심정은 겉과 달리 바싹바싹 타들어가고 있었다. 준우가 레이나를 데리고 간 곳은 호텔의 채식 뷔페였다. 레이나는 맡은 회원이 다이어트를 시작하면 덩달아 본의 아니게 다이어트를 하게 됐다. 지원의 식단이 곧 레이나의 식단이었고 그의 운동 프로그램도 레이나에게 똑같이 적용됐다. 서로 생활하기도 편하고 동질감이 생겨 끈끈한 우정으로 혹독한 다이어트를 버틸 수 있다는 레이나만의 신념 때문이었다. 하지만 지원의 집을 벗어나서는 예외였다. 지원이 모르는 그가 절대 알아선 안 될 그녀의 유일한 낙은 자극적이고 몸에 해로운(?) 고칼로리 맛있는 점심을 먹는 것이란 말이다.

고기. 고기가 먹고 싶다고!

불갈비맛 콩고기가 있었지만 씹는 식감이나 달달한 끝맛이 미묘하게 달랐다.

"트레이너 일은 힘들지 않아?"

"처음엔 힘들었지만 지금은 괜찮아요."

레이나는 요리조리 포크를 피하는 검은 콩을 노려보다 준우와 시선을 맞췄다.

"그래? 난 네가 경제학과에 복학할 줄 알았는데…… 의외였어."

"저 원래 경제 쪽에 관심 없었어요."

아쉬운 목소리로 준우가 말하자 레이나는 저도 모르게 미간을 좁혔다.

"그래도 부모님께서 많이 서운해하시겠다."

"그렇겠죠? 제가 선택한 길에 이해해 주시지만 한편으로 서운해하실 거예요."

"대학원 졸업하면 교수 쪽으로 갈 생각이야?"

준우는 가볍게 던진 말일지 모르겠지만 레이나는 불쾌하게 들렸다. 점점 준우와의 자리가 불편해지는 느낌이었다.

"아직 거기까지는 생각 안 해봤는데요? 학위를 따기 위해서라기보다 체육 교육을 좀 더 학문적으로 공부해 보려고 시작했거든요."

"트레이너는 교육 쪽보다 서비스 업종이지. 사람들 상대하기 힘들지 않아? 교수 쪽으로 학생들 가르치는 것도 나쁘지 않을 것 같은데……."

　체육학과라면 단순하고 무식하게 육체미를 가꾸는 그런 부류라고 은연중에 깔려 있는 편견이 준우에게서도 느껴졌다.

　"음…… 고마워요, 선배. 그쪽으로도 생각해 봐야겠어요."

　레이나는 더 이상 자신의 직업에 대해서 이러쿵저러쿵 떠들고 싶지 않았다.

　"선배는 요즘 은아 일로 바쁘다면서요?"

　준우가 말을 꺼내기 전에 레이나는 재빨리 다른 주제로 화제를 바꿨다. 레이나는 피식 웃음이 나왔다. 첫사랑은 이뤄지지 않는다더니. 준우에 대한 동경과 풋풋한 설렘이 조금씩 수그러져 갔다.

05

미칠 것 같다. 배가 너무 고프다. 자극적이고 매운 숯불구이 통닭, 라면, 떡볶이, 햄버거. 혀가 얼얼할 정도로 정말 단것들. 달달한 생크림이 듬뿍 발린 케이크와 치즈크림을 듬뿍 올린 스테이크가 눈앞에 아른거렸다.

출출할 때면 간식으로 먹던 젓가락으로 한입에 한 주먹 집어서 쏙 넣을 짜장면이 생각났다. 면의 윤기가 자르르 흐르며 달달한 양파와 쫄깃하게 씹히는 돼지고기들⋯⋯. 먹고 싶다.

지원은 자신의 방에서 나와 부엌으로 향했다. 여전히 레이나가 차려놓은 점심이 보였다. 닭 가슴살 볶음에 자몽 두 조각, 고구마한 개. 격일제로 바뀌는 메뉴이지만 벌써부터 지겨워졌다. 요리법은 매번 다르지만 재료는 항상 같았다. 세상에 맛있는 음식이 얼마나 많은데 돈이 없어서 못 먹는 것도 아니고 당장 주문만 하면 자신에게 갖다 바칠 쉐프가 없는 것도 아닌데 왜 이렇게 망설이고 있나?

레이나가 못 먹게 해서?

아니지, 레이나가 먹지 말라는 얘기는 꺼내지 않았다.

그저 자기가 차려놓은 음식을 먹으라고 했지. 그리고 왜 내가 그녀가 한 말에 연연하는 거지? 한 달. 벌써 한동안이나 고분고분 차려주는 음식을 받아먹고 있었다.

내가 먹는 음식을 내 돈으로 사먹는다는데 도저히 못 참겠다.

이 지긋한 닭 가슴살도 단맛 전혀 없는 시고 떫은 자몽 따위 텁텁한 고구마 따위 눈앞에서 치워 버렸다. 내가 왜 레이나 따위에 신경을 쓰며 눈치를 보며 음식을 주문해야 해?

지원은 114에 전화를 해 근처 중국집을 연결했다. 가장 빨리 오는 짜장면을 시켰다. 이왕 먹을 것 더 맛있는 간짜장으로 주문했다.

10여 분 뒤 집으로 배달 온 짜장면 한 그릇. 랩을 벗겨내고 나무 젓가락을 뜯어 돌돌 말았다. 짜장 소스를 면에 부었다. 열심히 비비며 이제 한입에 넣으려는데 식탁 위에 올려놓은 휴대폰의 진동이 울렸다.

「지원 씨~ 점심 드셨나요?

저는 오늘 호밀샌드위치 먹었어요.

저칼로리 생과일 소스를 뿌린 신선한 채소와 닭 가슴살을 곁들인 샌드위치네요.

그릴에 구운 닭 가슴살이라 많이 텁텁하지 않네요.

지원 씨 입맛에도 맞을 것 같아 하나 포장해서 갈게요.」

어느 순간부터 지원의 휴대폰에 '마녀'로 저장되어 있는 레이나의 문자였다. 곧이어 연속으로 날라온 문자에는 지겨워서 냄새만 맡아도 토할 것 같은 닭 가슴살을 품은 호밀샌드위치의 사진이 첨부되어 있었다.

지원은 답장을 하지 않으면 집으로 돌아왔을 때 종일 조잘대며 괴롭힐 레이나를 겪었기 때문에 바로 답장을 했다.

「ㅇㅇ」

이응 두 개. 누가 봐도 엄청 성의 없는 답장이었지만 지원에겐 장족의 발전인 셈이었다. 레이나의 곧바로 날라온 답장을 무시한 채 지원은 레이나가 돌아오기 전에 빨리 짜장면을 해치워야 한다고 결심하고 면을 젓가락으로 후루룩 마셨다. 그녀가 제안한 약속 따위에 동의는 하지 않았으나 이렇게 몰래 먹는 것을 들키면 도지원 체면이 말이 아니게 된다. 이 무슨 쪽팔리는 일인가? 지원은 단무지를 짜장면 위에 뿌리며 면과 같이 한입에 넣었다. 5분이 채 안 되어서 깨끗하게 건더기까지 마시며 한 그릇을 뚝딱 비웠다.

너무 급하게 먹은 듯해 가슴을 치며 트림을 내뱉고 여유롭게 레이나의 답장 문자를 확인했다.

「방금 지원 씨 집 앞에서 신속반점 오토바이가 지나가던데요. 혹시 짜장면 드셨나요?」

뜨끔했다. 이 여자 지금 집 앞인가? 5분 전에 보낸 문자인데. 허둥지둥 먹은 흔적들을 치웠다. 일회용 스티로폼 그릇과 나무젓가락은 부서서 쓰레기통에 넣고 조금이라도 짜장을 흘렸을까 봐 식탁을 깨끗이 닦았다. 이 정도면 완전범죄다. 증거인멸 완벽하다. 지원은 배도 든든하고 레이나에게 들키지 않고 스릴 넘치게 먹었다는 만족으로 저도 모르게 입꼬리가 올라갔다.

"맛있게 드셨어요?"

헉, 레이나가 지원의 앞에서 웃으며 양손엔 샌드위치 담긴 봉지를 들고 있었다. 자신의 하는 모양을 끝까지 지켜본 듯했다. 그래도 못 봤을지도 모른다.

"어, 어언…… 언제 왔어?"

"지원 씨가 짜장면 그릇을 잘게 부수고 있을 때요."

"뭐? 짜장면 그릇? 잘못 봤겠지. 난 택배 온 물건의 스티로폼 쓰레기를 부쉈을 뿐인데."

웃는 레이나. 순간 등이 서늘해지며 소름이 돋았다. 입은 웃고 있는데 흑요석같이 짙은 눈망울은 서늘하기 짝이 없었다.

"택배로 온 물건이 짜장면이었나 봐요?"

레이나의 시선이 지원의 입 근처에 머물자 그는 손으로 입가를 쓸었다. 손에 검정색 짜장이 묻어 나왔다. 젠장.

순간적으로 잘못했어라며 용서를 빌 뻔했다. 하지만 내가 내 돈 주고 사먹는데 지가 뭐 어쩔 거야? 라며 뻔뻔하게 생각했다. 뭐라고 하면 약속한 적 없다고 하면 된다.

"어. 그럼 난 이만 일하러."

이럴 땐 재빨리 피하는 게 상책이다.

미소를 띠는 레이나에게서 뒤돌아섰다. 그녀에게 풍기는 냉랭한 한기가 뒷목에서 느껴졌다.

"잠깐만요, 지원 씨. 오늘 우리 밖에서 운동할까요? 매일 집에만 있으니까 답답하죠?"

레이나의 나긋나긋한 목소리가 흘러나오자 저도 모르게 그녀를 돌아봤다.

"어?"

"바로 나갈 테니까 옷 갈아입고 나오세요."

그녀가 무슨 꿍꿍이로 야외수업을 제안하는지 알 수 없었으나 여전히 미소를 띠는 그녀가 눈빛만은 매섭게 쏘아대자 조종당하듯 고분하게 따르며 집에서 입고 있는 차림과 비슷한 옷을 대충 껴입고 나왔다.

레이나가 주차장에 멀쩡한 차를 놔두고 이왕 운동하는 참에 걸어서 버스 타는 곳까지 내려가자고 제안했다. 속이 더부룩해 숨 쉬는 것도 힘든데 걸어다니자는 레이나의 말에 반대를 외쳤으나 어찌나 팔 힘이 세던지 팔짱을 끼고 자신을 끌고 가는 레이나에 의해서 내리막길을 뒤뚱거리며 내려왔다.

버스를 타고 가까운 지하철역에서 내려 대학 졸업 후 처음으로 지하철을 탔다. 사람들이 가득 찬 지하철에 케케묵은 냄새가 코를 마비시켜 더 이상 향을 느끼지 못한 지 30분 정도 지났을까? 내리라는 그녀의 말에 사람들이 북적거리는 출구를 따라 지상으로 나섰다. 그녀가 말한 야외수업이 어떤 이벤트를 담고 있는지 모르겠으나 가장 먼저 도착한 곳은 백화점이었다.

그녀가 제일 먼저 이끈 곳은 뷰티샵이었다.

"머리 깔끔하게 다듬어주세요. 지원 씨, 저 2층에서 옷 구경 좀 하고 있을 테니까 끝나면 연락해요."

그녀는 미용사에게 멋대로 자신의 머리 스타일을 주문하고 사라졌다. 어차피 가위로 대충 자른 머리를 다듬을 생각이었으니까 미용사가 안내하는 곳으로 따라갔다.

보랏빛의 요상한 가운으로 갈아입고 거울 앞 의자에 앉았다.

피슉.

의자에서 이상한 소리가 났지만 개의치 않고 그저 미용사의 손 길을 기다리며 조용히 앉아 있었다. 지원을 담당하게 된 머리를 샛노랗게 물들이고 곱상하게 생긴 남자가 자신이 이곳 매니저라 소개를 하며 다가왔다.

"어? 왜 안 올라가지?"

그는 높낮이 조절 레바를 밟으며 중얼거렸다.

매니저는 의자가 고장난 것 같다며 죄송하지만 옆의 의자로 옮 겨달라고 했다. 지원은 귀찮게 오라 가라 하냐며 속으로 투덜거리 며 자리에서 일어섰다.

아니! 이런 개망신이! 완전 쪽팔려.

일어선 순간 지원의 엉덩이와 함께 의자도 벌떡 바퀴를 들었다.

앉을 때 의자가 좁아 엉덩이가 불편했는데 의자에 허벅지와 엉 덩이가 끼인 것이다.

매니저는 그 모습을 보며 참지 못하고 손님 앞에서 무례하게 웃 음보가 터졌다.

"푸훗—"

지원은 부끄러움에 얼굴이 벌겋게 달아올라 엉덩이를 의자에서 떼어내기 위해 배에 힘을 주며 엉덩이를 좌우로 비비적거렸다. 겨 우 의자를 빼내 옆자리로 앉고 드디어 머리를 다듬을 수 있었다.

매니저는 VIP인 레이나가 데려온 손님에게 연신 고개를 주억 거렸다. 사과를 하며 긴장과 함께 그의 특색인 방정맞은 수다 한 번 없이 지원의 머리를 매만졌다.

엄숙한 분위기 속 머리 손질을 끝마치고 지원은 후다닥 가운을 벗으며 샵을 나섰다.

다시는 이곳을 찾지 않으리 다짐을 하며 레이나가 있다는 2층으로 향했다.

여자들은 미용실에 다녀오면 기분전환도 되고 들뜬다 하던데 의자가 엉덩이에 끼여 우스운 꼴을 보인 지원의 얼굴에 드러나는 그의 심경은 한마디로 최악이었다. 레이나가 유독 신경 쓰며 손으로 다림질해 주는 미간의 삼지창이 두드러지게 보였다.

"어? 지원 씨 왔어요? 멋지다. 진작 할 걸 그랬어요."

다가오는 지원을 발견한 레이나가 말끔한 머리를 보며 칭찬을 하자 조금은 기분이 나아진 듯 얼굴을 폈다.

레이나는 혼자 이것저것 많이 봐두었는지 옷을 하나씩 몸에 대며 자신의 의견을 물었다. 패션에는 전혀 관심 없고 옷은 그저 걸치는 대로 입고 다니는 지원은 그저 레이나의 물음에 '괜찮네'를 연발했다.

사실 레이나도 그의 반응에 별 신경을 쓰지 않고 두세 벌 정도 옷을 고른 뒤 계산대에 올렸다.

"계산은 어떻게 하시겠어요?"

지원은 갑자기 매장 직원이 자신에게 다가오자 황당했다.

내 옷도 아닌데 내가 왜 계산을 해?

지원의 표정이 굳어지자 직원은 어쩔 줄 몰라 하며 레이나를 쳐다봤다. 레이나는 그 상황을 즐기듯 덤덤하게 웃으며 카드를 내밀고 3개월을 외쳤다.

결제 후 쇼핑백을 받아 자신의 어깨에 걸치며 나서는 레이나를 뒤따라 걸음을 옮기다 의도치 않게 그 매장 직원들의 아주 작게 들리는 수군거림을 듣게 되었다.

"여자가 아깝다. 여자는 몸매도 얼굴도 예쁘고 싹싹하기까지 하던데 남자는 정말 영 아니다. 그지?"

"생긴 거 보고 돈 많아서 여친 잘 만난 줄 알았는데 계산은 또 여자한테 맡기고, 아까 정말 당황했어. 짐도 안 들어주고 힘세 보이던데……. 여자는 뭐가 아쉬워서 그런 남자랑……."

"뭔가 있겠지."

두 여자가 던지는 자신의 평가에 대해 신경 쓰이지 않는다면 거짓말이다. 기분이 나빴다.

내가 그따위 잡소리를 들으려고 야외수업이니 뭐니 나가자고 하는 레이나를 따라 집 밖을 나선 게 아니란 말이다!

욱하는 성질을 꾸역꾸역 속으로 밀어 넣고 '다음 데이트 코스 고고' 외치는 레이나에 이끌려 남성복 매장을 들렀다. 신기하게도 그곳은 지원이 살이 찌기 전에 즐겨 입던 브랜드였다.

"에휴……. 지원 씨한테 맞는 사이즈가 안 보이네요. 여기 120은 없어요?"

옷을 뒤적이며 사이즈를 찾다 옆에 서 있던 직원에게 물었다.

"죄송합니다. 최대 110까지밖에 나오지 않아서……."

남자 직원은 곁눈질로 지원을 훑으며 레이나에게 안타까움을 표했다.

"110은 좀 작은데, 알겠어요. 수고하세요. 지원 씨 가요."

지원은 이번엔 상냥하게 배웅을 하는 남자 직원의 '여자가 아깝다' 표정을 알아챘다. 그리고 옷의 선택의 폭이 급격하게 줄어든 상황이 갑자기 서럽게 느껴졌다.

복잡한 감정들이 뭉텅이로 뒤엉켜 어떻게 표현할 방법이 없었다.

그녀가 말한 두 번째 코스도 마무리 짓고 이제 백화점을 나섰다.

지원은 이런 기분으로 하는 대체수업이라면 더 이상 진행시키고 싶지 않았다.

집에 들어가고 싶었다.

"이제 그만 가지."

지원의 목소리가 떨렸다.

"벌써요? 아직 멀었는데."

레이나의 아쉬운 표정을 무시하고 지원은 택시를 잡기 위해 도로가로 나섰다. 지원의 도발 행동에 뒤늦게 따라나선 레이나는 지원이 고갤 밀어 넣는 택시에 가까스로 올라탔다.

레이나가 왜 그러냐며 어디 아프냐며 말을 걸었지만 지원은 입을 꾹 다문 채 집 앞에 도착할 때까지 침묵으로 일관했다.

현관을 지나 집 안으로 들어서서도 옆에서 조잘대는 레이나를 무시하며 방으로 들어갈 때였다.

"즐겁게 막 시작했는데 왜 그러세요. 백화점 들렀다가 지원 씨 옷 사러 동대문도 가려 했는데."

결국 터져 버리고 말았다. 꾹꾹 눌러 터지지 않게 압박을 한 엉킨 응어리가 잘게 부서지며 거세게 쏟아져 나왔다.

"네 옷은 백화점 명품관에서 사고 내 옷은 시장바닥에서 산다고?"

"네?"

"당신, 일부러 야외 수업인지 뭔지 나불대며 나 망신 주려고 집 밖으로 끌고 나갔지?"

놀람, 당황함, 미안함 이런 표정을 드러내는 레이나를 기대한 건 아니지만, 어떻게 알았냐며 자신을 비웃고 있는 듯 말없이 희미하게 띤 그녀의 미소에 너덜거리며 간신히 붙잡고 있던 이성이 끊어져 나갔다.

"네가 뭔데, 네가 그렇게 대단해? 나 현성금융 외아들이야. 내가 그딴 시선을 받으며 미용실을 들락거리고 시장에서 옷을 산다고? 미쳤어?"

너무 화가 나 증오할 정도로 입에 담지 않던 현성금융을 내뱉었다.

"그런 평가하는 말 들으면, 맞는 옷 사이즈가 없으면 의욕을 불태우며 네 말을 잘 들을 거라 생각했어? 오산이네, 당장 나가!! 꺼져!! 내 눈앞에서 사라지란 말이야!"

지원이 끓어오른 화를 주체를 못하고 레이나의 멱살을 움켜쥐고 흔들었다. 거실 천장이 흔들릴 정도로 크게 소리쳤다. 부들거리는 주먹이 그녀를 한 대 칠 기색이었다. 겁에 질려 도망갈 만도 한데 그녀는 약 올리듯 느긋하게 변화 없는 미소로 그에게 말했다.

"포기하시는 건가요?"

"포기? 내가 왜? 난 너랑 안 한다고 했지, 포기한다는 말 안 했어. 이 세상에 트레이너가 너 하나밖에 없는 줄 알아? 귀 막혔어? 아님 뇌에 구멍이라도 뚫렸어? 꺼지란 말 이해 못해?"

"알겠어요. 나갈게요. 이거 푸세요."

레이나는 옷깃을 움켜쥔 지원의 손을 가리켰다.

지원은 내던지듯 그녀를 손에서 뿌리치곤 그대로 방으로 들어갔다.

너 까짓게 뭘 안다고!

나도 고무줄 바지만 입고 싶어서 입는 거 아니란 말야!

지원은 급하게 갈아입고 나간다고 바닥에 벗어놓은 옷을 발로 찼다.

안다고!

내가 뚱뚱한 거 나도 알아!

짜장면 한 그릇 몰래 먹었다고 치사하게 끌고 다니며 비참함을 느끼게 하냔 말이다. 꼬박꼬박 제 말 따라 운동도 하고 주는 대로 잘 받아먹으니까 만만하게 봄이 틀림없다. 정도껏 무시를 해야지!

힘들다고……. 나 몇 년 전만 해도 누구나 부러워할 정도로 잘 나가던 사람이라고! 내가 이렇게 뚱뚱해지고 싶은 줄 알아? 너는 먹어도 살 안 찌는 체질이니까 내 심정 결코 이해 못할 거야.

그래. 몸무게를 줄이려면 적게 먹고 많이 움직여야 된다는 상식 정도는 안다고. 그런데 내 마음이, 몸이 입에 대서는 안 되는 맛있는 음식들을 기억하고 자꾸만 떠오르게 하고, 못 먹으니까 금단현상처럼 짜증이 솟구치는 걸 어떻게 해.

다이어트 하는 사람의 심정도 모르고 뭘 어떻게 도와준다는 거야?

지원은 레이나가 자신에게 속삭였던 말을 떠올렸다.

"같이 밥을 먹고, 같이 산책도 하고, 같이 TV를 보며, 지루한 하루 일과를 주절주절 떠들어도 따뜻하게 받아주는 사람. 슬픔, 괴로움, 기쁨을 진심으로 함께 나누는 존재요. 그립지 않나요? 그런 존재 가지고 싶죠? 그 사람이 제가 되어드릴게요."

거짓말쟁이. 슬픔, 괴로움, 기쁨 알지도 못하면서 어떻게 나눈다는 거야?

그녀가 없는 첫째 날.

오랜만에 늦잠을 잤다. 주체할 수 없이 끓어오르는 화를 식히느라 잠을 설친 탓인지 늦게까지 잠을 자버렸다. 매일 아침 그를 깨우러 방문을 두드리는 레이나가 정말 떠났다. 아침부터 시끄러운 음악 소리로 그의 단잠을 깨우던 홈 오디오도 조용히 거실을 지키고 있었다.

지원은 레이나가 머물 동안 한 번도 들어가지 않은 방의 문을 슬쩍 밀며 열었다. 한 달 동안 이곳에서 지냈다는 사실이 믿기지 않을 정도로 깨끗하게 정리하고 나가 버렸다.

"이제 좀 살 것 같군."

조잘대며 하루 종일 그를 방해했던 그녀가 없으니 숨통이 트이는 것 같았다. 그의 행동반경, 식단 하나하나 간섭하며 얼마나 성가시게 구는지 몰랐다. 거기에 옷차림에다가 헤어스타일까지……. 참견의 정도가 지나쳤다.

뱃속의 꼬르륵거리는 소리에 맞춰 밥을 먹으러 부엌에 들어갔다. 냉장고를 열었다. 눈앞에 제일 먼저 들어온 건 호밀샌드위치. 그녀의 흔적들을 냉장고 속에서 발견했다. 초록빛을 띠는 각종 야채들, 해동시키기 위한 냉동 닭 가슴살, 허기질 때 먹는 간식용 방울토마토와 색색의 파프리카. 그가 끔찍하다고 느꼈던 음식들이 가득 차 있었다. 지원은 냉장고 문을 소리나게 닫아버렸다.

그리고 휴대폰을 꺼내 들었다. 그의 손가락이 재빠르게 움직였다.

"빅맥 버거 세트 두 개랑 불고기 버거 세트 두 개 배달해 주세요."

그의 일상은 레이나가 오기 전으로 돌아가고 있었다. 지원은 배달 온 햄버거를 한입 베어 물고 컴퓨터 앞에 앉았다.

그녀가 없는 둘째 날.

띵동띵동.

끊임없이 시끄럽게 울리는 초인종 소리에 지원은 무거운 눈꺼풀을 들어 올렸다. 찌뿌듯한 무거운 몸을 이끌고 인터폰 앞에 섰다.

"누구세요?"

목소리가 갈라져 나왔다. 인터폰 화면엔 웬 남자 얼굴이 비쳤다.

"저 레이나 선생님 대신 온 마틴이라고 합니다."

포기하지 않는다고 했으니 레이나가 다른 사람을 보냈나 보다. 잠시 화면을 노려보며 망설이다가 문을 열어줬다.

"안녕하세요? 마틴입니다."

그가 손을 불쑥 내밀었다.

마틴이라는 남자는 부드러운 인상과는 달리 우락부락 근육질 몸매는 민소매 티셔츠를 뚫고 나올 기세였다.

"도지원입니다."

지원이 그의 손을 잡았다. 손에서도 탄탄함이 느껴졌다.

"바로 운동 들어갈까요?"

거실에 기구들을 하나둘 놓고 속전속결로 수업을 마무리해 버렸다. 마틴과 나눈 대화는 먹은 음식들을 나열해서 알려주는 것이다였다. 오랜만에 체중계에 올랐다. 레이나와 처음 무게를 쟀을 때보다 무려 십 킬로그램이나 빠져 있었다.

"오전과 오후 하루에 두 번씩 방문을 하겠습니다. 레이나 쌤처럼 합숙은 못해 드립니다. 제가 며칠 전에 아빠가 되었거든요. 죄송하지만 식단관리는 기록으로 대신하겠습니다."

아빠란 말에 저절로 행복한 미소를 띠는 그에게 지원은 뭐라 불평할 것도 없었다. 그가 성의 없이 트레이닝을 한 것도 아니다. 하지만 지원의 얼굴은 좀처럼 펴지지 않았다. 잔뜩 인상을 구긴 채저도 모르게 머릿속으로 마틴과 레이나의 커리큘럼을 비교하고 있었다.

"참, 레이나 선생님은 다른 분의 홈 트레이닝 시작하셨을 거예요. 레이나 쌤 수업에 워낙 대기자가 많아서 거절한 분도 몇 분 계시거든요."

마틴은 레이나 소식을 툭 하고 던져 버리고 나갔다. 지원은 굳이 그녀 얘기를 꺼내는 마틴이 의뭉스러웠다. 놓친 걸 아쉬워하란 뜻인가? 현관을 지나 긴 복도를 걷다가 멈추곤 그녀가 머물렀던 방을 돌아봤다. 살짝 벌어진 문틈 사이로 텅 빈 침대만 덩그러니 놓여 있었다.

❖

레이나는 하루아침에 텅 비어버린 스케줄 덕에 간만에 피트니스 센터 홀을 기웃거렸다. 회원 추천제로 이루어지고 있는 레이나의 피트니스 센터는 그녀가 한 번쯤 담당을 했던 회원들이 대부분이다. 우리나라의 경제를 짊어지는 상위 1%에 속하는 대기업의 사모님들을 주축으로 그들의 자녀들, 또 다른 상위 1% 사자 직업 지니는 인재들과 은아 소속사 연예인과 연습생들이 모두 센터의 우수고객들이었다.

"안녕하세요."

레이나는 사이클을 타면서 신문을 넘기고 있는 남자에게 다가가서 인사했다.

"어? 이게 누구야?"

"오랜만이죠? 그동안 잘 지내셨어요?"

"하도 안 보여서 레이나 쌤 그만둔 줄 알았어."

껄껄 웃으면서 반겨주는 머리가 반쯤 벗겨진 중년 남성은 조카와 소개시켜 주고 싶다고 했던 진성그룹 사모님의 남편이었다.

레이나의 뇌가 재빨리 굴러갔다.

진성그룹 둘째 아들 이갑용. 만 55세, 당뇨가 있어 저염식을 생활화. 저혈당쇼크로 쓰러진 적 있음. 후유증으로 말이 어눌함.

그리고 또 뭐더라. 아! 조기축구. 사모님이 남편이 나이와 체력 생각도 못하고 아침부터 젊은 사내직원 총각들이랑 공을 찬다고 혀를 내둘렀었지.

"요즘 조기축구 계속 나가세요?"

"아니, 그만뒀어. 나이가 들어서 그런지 뛸 때마다 숨이 턱턱 막히더라고. 무릎도 삐걱거리는 것 같고."

"에이 설마요. 이렇게 정정하신데, 조기축구 대신 이참에 사모님이랑 등반 어떠세요?"

"우리 마누라랑? 됐어."

그는 고개를 설레설레 흔들었다. 레이나는 속으로 웃음을 삼켰다. 하긴 사모님의 잔소리가 어지간히 심해야지.

"그럼 부부동반 등산은 어떠세요? 덕원전자 사장님도 사모님이랑 매일 앞산에 오르신대요."

"이 사장이?"

남자는 잠시 고민하는 듯했다. 레이나는 자연스럽게 이쪽 세계 사람들을 연결시켜 주기로 유명했다. 이어줄 사람과 절대 엮여서 안 될 사람을 구분할 줄도 알았다. 덕원과 진성이 이번에 스마트폰 개발에 협력하기로 한 사안을 그녀가 어떻게 알아채고 제안을 했는지는 모르겠으나 해가 되는 것은 아니었다. 오히려 덕이 되었지. 레이나는 긍정적인 대답을 듣고 돌아섰다.

레이나는 건식 사우나에 들어가기 전 찬물에 적신 수건을 얼굴에 감쌌다. 가로로 길게 놓여 있는 나무 의자 끄트머리에 앉아 후끈하게 달아오른 열기 속에서 서늘한 한숨을 내뱉었다.

피곤하다.

오랜만에 머리를 굴려 회원들의 신상을 떠올린다고 진이 다 빠졌다.

쉴 새 없이 떠들었더니 입이 바싹바싹 마르고 침을 삼킬 때마다 목구멍이 따가웠다.

기분이 좋지만은 않다.

기분이 나쁘다.

한 달 동안 비워뒀던 오피스텔에서 쉴 수 있었다. 하지만 자꾸만 도지원 씨 생각에 가슴이 답답해져 왔다. 잠시나마 잊어보려고 센터에 들렀지만 웨이트 머신과 유산소 운동 기구들이 눈에 스칠 때마다 머릿속엔 그가 기구에 앉아 있었고 러닝머신을 달리고 있었다.

지원이 잘 따라와 준다고 생각했는데 결국 터져 버렸네. 레이나는 지원이 멱살을 움켜쥐었던 것이 떠올랐는지 그 자리에 슬쩍 손을 올렸다.

"참, 요즘 도도해 사장은 안 보이네?"

"그러게요. 뭔 일 있나?"

사우나에 세 명의 아줌마들이 우르르 몰려들어 왔다. 수건 사이로 힐끔 눈알을 굴렸을 때 시야에 들어온 건 낯익은 회원들이었다. 그녀들은 바닥에 수건을 깔고 앉으며 얼음이 동동 떠 있는 식혜를 덜어 마시고 있었다. 레이나는 인사를 하며 아는 척하기에도 모른 척 빠져나가기에도 적절한 타이밍을 놓쳐 버렸다. 구석에서 숨을 죽이며 몸을 더욱 움츠렸다.

"요즘 도 사장 며느리 가르친다고 정신없어."

"며느리요? 어느 집 여식이더라?"

"진성인가? 우석이던가?"

"몰랐어? 도 사장 며느리 형편없이 가난한 집 딸인 거?"

"에이 설마요."

셋 중 가장 어려 보이는 여자가 손을 휘저었다.

"나도 아들 결혼 소식 들었을 때 얼마나 깜짝 놀랐던지. 사실 도 도해 사장 아들이 그렇게 망나니라고 소문이 자자해서 어느 집안이랑 정략 맺을지 화두에 올랐었잖아. 딸 가진 부모들은 아무리 현성금융이라고 해도 직계 후계자도 아니고 워낙 흉흉한 소문이 도니까 다들 꺼려하고 했잖아. 누가 짝이 될까."

"맞다. 그래. 아들 이름이 서지혁인가? 아무리 허우대만 멀쩡하게 생기면 뭐 해. 행실은 도 사장이랑 완전 딴판이더만."

"근데 며느리가 원래 도 사장 조카 애인이었대."

"뭐라고? 나 처음 듣는 소린데?"

레이나는 본의 아니게 엿듣게 된 사실에 놀라 숨을 헛들이켰다.

"그 영악한 계집이 도 사장 아들이랑 조카 사이에서 저울질하다가 결국 아들의 애를 배서 어쩔 수 없이 결혼했다던데?"

"그래도 그렇지, 어떻게 그런 애를 받아들여? 아무리 애를 뱄다고 해도."

"워낙 현성에 씨가 말랐잖아. 도 사장은 남편 때문에 고생을 많이 해서 아들이 첩실 두는 거 못 볼걸."

그녀들은 동시에 긍정의 의미로 고개를 끄덕였다.

"암튼, 도 사장 아들이 결혼하겠다고 난리치고, 그 조카, 그러니까 도지원인가? 걔는 우울증에 대인기피증까지 걸려서 집 밖으로 안 나온 지 2년이 넘었다더라."

"아이고, 도 사장도 맘이 편치만은 않겠어. 아들처럼 키워온 조카 아니야?"

"그렇긴 하죠. 근데 사장님은 왜 그런 며느리를 이제 와 갑자기 가르친대요?"

"글쎄, 그건 나도 모르지."

레이나는 이야기를 들으면 들을수록 숨이 턱턱 막혀왔다. 너무 오래 땀을 빼고 앉아 있어서 그런지 현기증도 일었다. 그녀들이 떠날 때까지 기다렸다가는 질식해 죽을 것 같았다. 모래시계도 벌써 다섯 번이나 뒤집었다.

못 참겠다.

레이나는 벌떡 일어나 뛰쳐나가 버렸다.

"어머, 우리 말고 또 누가 있었나 봐요. 얘기 다 들었으면 어쩌죠?"

"틀린 말 한 것 없잖아."

"맞아. 근데 누군지 몰라도 몸매 좋네."

그녀들은 금방 다른 주제로 넘어갔다. 모그룹의 회장이 내연녀에 건물을 넘겼고 본처는 어쩌고…… 사랑과 전쟁 방불케 하는 이야기로 넘쳤다.


레이나는 사우나를 벗어나자마자 재빨리 냉탕에 몸을 담갔다. 덜덜 이가 떨리고 몸에 오도독 소름이 돋았지만 눈물이 날 정도로 시원했다.

'우울증.'

'대인기피증.'

　사람들에게 비춰지고 있는 도지원은 망가진 패배자였고 자신은 그를 더 몰아쳤다. 미안함과 죄책감에 발갛게 눈이 달아올랐고 코끝이 찡해져 왔다. 차가운 물속에서 그녀의 체온은 서서히 식어갔지만 가슴만큼은 뜨겁게 달아올랐다.

## 06

그녀가 없는 셋째 날.

오늘도 늦잠을 자버렸다. 마틴의 비중 높은 근력운동으로 뻐근하게 죄어오는 근육통 때문에 잠을 설쳤다. 시계를 바라보니 오전 시간이 다 지나가고 있었다. 어두컴컴한 침실에 습한 기운이 맴돌았다.

장마가 시작된다더니 비가 오려나 보다. 결국 짙은 구름이 태양의 존재를 가리려 애를 쓰더니 굵은 빗방울을 톡톡 떨어뜨렸다.

지원은 침대에서 꼼짝도 하기 싫었다. 점점 마틴이 방문할 시간은 다가왔지만 물 먹은 솜 마냥 침대가 그를 빨아 당기고 있었다. 하지만 어김없이 정확한 시간에 울리는 초인종 소리에 천근만근 걸음을 옮겼다.

"어쩐 일이야?"

"할 말이 있어서 왔어."

뜻하지 않은 손님이 찾아왔다.

지혁의 말에 지원의 한쪽 눈썹이 높게 올라갔다. 남자의 얼굴은 검은 그림자로 가득 차 있었다. 바늘로 찔러도 피 한 방울 안 나올 것 같던 매서운 그의 눈매는 애처롭게 휘어 처져 있었다. 며칠 동안 면도도 하지 않은 까끌까끌한 수염이 그를 우울해 보이게 했다.

그 모습에 매정하게 쫓아낼 수 없었다. 지원은 들어오라는 의미로 한 발짝 비켜섰다.

"여운이 돌려줄게."

"그게 무슨 말이야?"

지원은 그의 말에 눈꺼풀을 무겁게 누르던 졸음이 싹 달아나 버렸다.

"더 이상 결혼이란 족쇄로 옭아매지 않을 거다. 나도 지쳤어. 데려가."

"네 아이는?"

여운이 아이 때문에라도 지혁을 도와달라는 말이 귓가에 맴돌았다. 애절하게 외쳐 댔던 여운은 지혁이 쓰다 버린 물건처럼 던져 버리려는 것을 알고 있을까?

지원은 저도 모르게 주먹을 꽉 쥐었다.

"난 필요 없어."

"뭐라고?"

"너 가져."

부들부들 떨리던 주먹이 허공을 갈랐다. 온몸의 힘을 주먹에 끌어 모았는지 그의 뺨을 때린 후 지원의 다리가 휘청거렸다. 지혁은 반작용으로 지탱할 수 없는 몸에 바닥으로 엎어졌다.

"그래 좋아. 지금이라도 여운이 돌려줘서 고마워. 이날만을 기다려 왔다. 하! 이럴 줄 알았어? 너한텐 아내가 실컷 갖고 놀다가 지겨워지면 버리고 새로 사는 장난감이야? 그리고 난 더 이상 걔한테 남은 감정 따위 없어. 나 끌어들이지 말고 부부문제는 니들끼리 알아서 해."

지혁이 입안에 고인 피를 퉤 하고 뱉더니 주머니에서 꾸깃꾸깃 접힌 종이를 지원의 얼굴로 던졌다.

"거짓말하지 마. 이렇게 화내는 것도 내 아내에게 남아 있는 연정 때문 아니야?"

지원은 아직도 '내 아내'란 말을 담을 정도로 소유욕 넘치는 티를 내는 주제에 데려가라는 헛소리를 내뱉는 그가 어이가 없었다. 욱하고 치솟은 열기에 씩씩거리며 노려보다가 구겨진 종이를 폈다.

이건…… 여운에게 프러포즈할 때 반지 케이스 사이에 넣어두었던 쪽지였다. 이게 왜 그의 주머니에서 나온 거지? 지원은 당황한 듯 눈이 동그랗게 커졌다. 하지만 당황함도 잠시 그는 지혁이 보는 앞에서 종이를 갈기갈기 찢어버렸다.

"무슨 오해를 했을지 상상도 하기 싫다. 가. 가서 형수한테 무릎 꿇고 바짓가랑이라도 잡고 빌어."

지혁은 피식 실소를 터뜨렸다.

"진짜…… 아무 감정 없는 거냐?"

"이봐, 서지혁. 죽고 싶어?"

지원은 눈을 부라리며 이를 갈았다.

"여운이 널 만났다는 소릴 들었다."

그제야 이해가 된다는 듯 지원이 고개를 끄덕였다.

"아! 너는 확인하고 싶었던 거지? 형수는 나한테 악담만 퍼붓고 갔지. 죄책감? 미련? 이딴 거 없었어. 그저 동정 가득한 눈으로 불쌍하게 쳐다보더군. 그녀는 널 좋아해."

내가 왜 여운의 시선이 누구를 향하고 있는지 고해바쳐야 하는 거야?

지원은 자신의 입으로 구구절절 설명을 할수록 불쾌하기 짝이 없었다. 그토록 입에 붙지 않았던 형수라는 단어도 곧잘 튀어나왔다. 지혁이 자신의 말에 눈에 띄게 안도하는 표정을 읽을 수 있었다.

사랑이 커지면 불안도 커지기 마련이다. 우연이라도 마주치게 되면 멱살을 쥐어 흔들고 멍석을 깔아 죽을 만큼 패주고 싶었다. 막상 눈앞에 지혁이 고양이처럼 발톱을 드러내 과거 부스러기를 긁어댔지만 그에 대한 증오와 배신감이라기보다 안쓰러운 마음이 드는 건 케케묵은 미련들이 한 꺼풀씩 벗겨지고 있음일 것이다.

"이제 그만 정신 차려! 쓸데없이 사고 치면서 고모 가슴에 못 박는 짓 하지 말고……. 할 말은 다 끝났으니까 이만 나가."

지원이 등을 보이며 돌아섰다. 지혁에게 이렇게 길게 말해본 적이 없었던 것 같다. 정신 차리라는 충고까지 서슴없이 던질 정도로 친하지도 않았다. 돌이켜 보면 그때 여운의 배신보다 지혁에게 여운을 빼앗겼다는 사실이 더 분했었을지도 몰랐다. 한심하기 짝이 없는 한량 같은 사촌 형에게 처음으로 느낀 패배감이랄까?

똘똘 뭉쳐져 있던 응어리가 느슨하게 풀어져 버린 것은…….

'지원 씨, 지원 씨.'

결국 그녀 때문인가? 지혁이 여운을 떠올리는 듯 희미한 미소를 보이자 저도 모르게 욱하고 화를 내고 무시해도 배시시 미소를 짓던 레이나가 떠올랐다.

"난 네가 싫다."

"나도 너 싫어."

"지원 씨, 저 왔어요. 어머! 손님이 계셨네요."

남자들의 대화 사이에 불쑥 여자 목소리가 끼어들었다. '헉! 저기요, 피나요. 설마 설마! 지원 씨가 때렸어요?' 눈을 동그랗게 뜨고 호들갑을 떨며 지혁에게 다가가서 그의 얼굴을 매만지며 지원을 꾸짖는 그녀는 분명 레이나였다.

"뭐야?"

지혁이 자신의 얼굴로 서슴없이 손을 내미는 레이나의 손을 쳐내곤 지원에게 물었다.

"도지원 씨 퍼스널 트레이너 레이나입니다. 볼이 찢어진 것 같은데 잠시만요. 구급상자가 어디 있더라?"

레이나는 지원 대신 '내가 조선의 국모다' 비장한 말투로 자신의 정체를 밝혔다. 그리곤 양손에 쥐고 들어온 커다란 캐리어들을 거실에 펼치더니 온갖 살림살이들을 꺼내놓으며 뒤지기 시작했다. 핑크 트레이닝복, 핑크 실내화, 핑크 덤벨까지 캐리어에서 족족 핑크빛이 쏟아지니 강렬한 핑크에 눈이 아플 지경이었다.

허둥대는 레이나의 모습에 지원의 입꼬리가 나선을 그리며 저절로 올라갔다. 그의 눈매도 사랑스럽게 휘어졌다. 지원은 분명

나사 하나가 풀린 것처럼 헤벌쭉 웃고 있었다. 마치 사랑에 빠진 남자처럼.

지혁이 수상하다는 눈빛으로 그를 바라봤다.

"너."

"뭐?"

"아니다."

재빨리 숨기며 다시 굳어진 얼굴을 보이는 지원의 모습에 지혁은 피식 웃었다. 그리고 자리에 일어나서 바지를 털었다. 지혁이 살짝 턱을 끄덕이며 인사를 하고 돌아설 때였다.

"찾았다."

레이나는 그것마저도 핑크색인 구급상자를 들고 그를 쫓아왔다.

"저기요. 지혈이 안 된 것 같은데 솜이라도 물고 계세요. 아, 그리고 그다음 어떻게 하더라."

그녀는 구급상자 안을 뒤지면서 중얼거렸다.

"전 괜찮습니다."

"그래도……."

지혁은 딱딱하게 거절을 하며 그녀를 말렸다. 레이나는 걱정스러운 눈빛으로 그를 바라봤다. 처음 본 사람에게 지나치게 친절을 표하는 레이나의 모습에 지혁은 당황스러운 눈빛을 숨기지 않았다.

"괜찮아요. 그럼 전 이만."

"그렇게 가시면 안 되는데. 저기요, 일 분만 치료라도 받고 가시는 게 어떠……."

지혁은 레이나가 더 이상 다가오지 못하도록 재빨리 걸음을 옮겼다. 재미있는 것을 발견한 아이처럼 장난기 가득한 눈으로 지원을 쳐다보곤 밖으로 나가 버렸다.


주섬주섬 캐리어에서 꺼냈던 물건들을 다시 제자리에 넣어두는 레이나를 향해 딱딱한 목소리로 물었다.

"여긴 왜 다시 왔어? 마틴은?"

분명 사과하러 왔겠지? 잘못했다 다신 그런 일 없도록 하겠다고 용서를 빌면 못 이기는 척 받아주기로 했다.

"마틴 대신 제가 다시 왔어요. 그리고 저 도도해 사장님과 약속 못 지킬 것 같아서요. 제가 전에 망가뜨린 미술품 시가가 얼마죠?"

"그건 왜 물어."

짐까지 바리바리 싸들고 돌아왔으면서 좀 전엔 지혁에게 트레이너라고 밝힌 주제에 약속을 못 지킬 것 같다니 이게 무슨 소리인가?

"얼마냐고요."

레이나는 허리에 손을 올리곤 제법 당돌하게 물었다.

"아마 2억 정도?"

말해봤자 제 까짓게 어쩔 거야.

"계좌번호 불러주세요. 바로 송금시켜 드릴게요."

2억이 하늘에서 뚝 떨어지는 것도 아니고 갚을 능력이라도 되는지 의심스러운 그였다. 보상금은 받지 않겠다고 거절했지만 한사코 알려달라는 그녀의 요구에 은행이름과 숫자를 넘겼다. 결국 망가뜨린 미술품 때문이었나……

지원은 속으로 서운한 감이 있었지만 굳이 티를 내지는 않았다. 레이나는 지원이 알려준 계좌번호로 2억이란 거금을 입금하고는 확인 문자를 그에게 보여줬다. 그러곤 적금을 깨고 마이너스 통장을 털어내서 갚았다고 투덜댔다.

"그러니까 필요 없다고 했잖아."

"아니요. 캔버스 쭉 찢어놓은 예술품이 지원 씨 손에 쥐어지는 협박무기가 되는 거 싫어요. 저는요, 계약하고 싶어요. 도도해 사장님과 미술품을 담보로 한 계약 말구요. 지원 씨랑 직접! 저랑 다시 운동 시작해 볼래요?"

시작은 당돌하게 외쳤지만 끝은 혹 그가 받아들이지 않을까 걱정스러워 목소리가 줄어들지만 장기인 뻔뻔함은 그녀에게 다시 용기를 주었다. 그의 반응과 상관없이 레이나는 계약서라고 적힌 종이를 지원의 앞에 내밀었다.

그녀가 없는 셋째 날, 아니, 그녀가 다시 돌아온 첫째 날.

다시 그녀의 청아하고 달콤한 목소리가 집 안 가득 울려 퍼졌다. 그가 계약서에 도장을 쾅 찍은 이후에 말이다. 그녀가 다다닥 쏘아대기 시작했다.

"짜장면 한 그릇에 몇 칼로리나 하는 줄 아세요?"

레이나의 물음에 지원은 고개를 저었다.

"평균 700kcal예요. 지원 씨가 한 시간을 쉬지 않고 열심히 달

143

려도 짜장면 한 그릇만큼 칼로리를 소모할 수 없는 열량이에요. 물론, 제가 아침에 차려 드리는 일반식도 어떨 때는 700kcal가 넘어요. 하지만 그 성분이 달라요. 밀가루로 만든 음식은 그러니까, 가루로 만든 면류, 떡 같은 음식들은 탄수화물이 고농축되어 있단 말이에요. 지원 씨가 운동을 하기 위해 음식으로 얻어야 할 에너지가 과다 초과돼요. 그럼 운동하면서도 다 쓰지 못한 나머지 에너지들. 하늘로 날아가나요? 땅으로 꺼지나요? 지원 씨 뱃속에 지방으로 전환돼서 축적되죠. 그리고 자극적인 짠맛. 이거 정말 마약과 같아요. 한번 입을 대기 시작하면 멈출 수 없죠. TV광고에도 나오잖아요. 감자칩 선전에서 '한 번 열면 멈출 수 없어.' 그거 다 염분의 마력 때문이죠. 그동안 저염식을 해온 지원 씨가 자극적인 음식의 유혹을 뿌리치지 못한 것 이해돼요. 하지만 저한테 거짓말 해선 안 돼요. 먹은 것은 어쩔 수 없죠. 먹은 만큼 빨리 에너지를 소모하고 땀으로 빼내야죠. 그리고 먹고 싶으신 음식 미리 말씀해 주세요. 아침에 해드릴 테니까. 알겠죠?"

레이나는 본격적으로 지원의 몸에서 짜장면 짜내기를 실시했다. 몸을 푸는 스트레칭을 시작으로 레이나의 구령에 맞춰 상복부, 하복부로 나눠 복근 운동을 집중적으로 수행했다.

"하나. 둘. 셋. 배에 힘주고! 허리는 바닥에 붙이고! 다리 더 들어요!"

땀은 비 오듯 쏟아지고 상의는 땀에 젖어 본래의 색을 잃었다. 잠시 휴식도 없이 곧바로 당겨오는 배를 부여잡고 하체운동의 하이라이트인 스쿼트를 했다. 말이 30번이지, 스쿼트의 묘미는 천천히 근육을 자극시키는 운동이라며 느린 속도로 카운트를 세는 레이나에 의해 100번 넘게 앉았다 일어섰다를 반복한 듯했다.

후들거리는 다리로 겨우 몸을 일으켰는데 레이나는 유산소를 꼭 해줘야 한다며 스텝박스를 들고 오더니 발 앞에 내려놓았다. 한 시간 동안 스텝을 밟으며 오르락내리락을 반복하니 이제 더 이상 서 있을 기운조차 없었다.

"하, 이제 그…… 그만…… 하죠? 하아."

바닥에 퍼질러 앉아서 가쁜 숨을 내쉬었다. 땀을 닦을 기력도 없고, 이미 전신은 땀으로 샤워를 하고 있었기 때문에 굳이 닦아 낸들 땀범벅은 마찬가지였다. 운동기구들을 정리하는 레이나를 보며 드디어 끝났구나 생각했다. 하지만 레이나가 분홍색 요가 매트 두 장을 나란히 바닥에 까는 순간 아직도 할 운동이 남았음을 깨달았다.

"마지막이에요. 근육을 근력운동으로 많이 뭉쳐 줬으니까, 이제 풀어줘야겠죠? 스트레칭하고 마칠게요."

레이나는 분명 지원과 모든 과정을 함께했음에도 불구하고 지친 기색 없이 멀쩡했다.

지원은 레이나의 설명에 따라 힘없이 팔다리를 움직이며 다짐했다.

내가 다시 짜장면을 먹으면, 도지원이 아니라 똥지원이다.


지원은 흘린 땀을 말끔히 씻어 내리고 맨몸에 아래만 비치타올을 두르고 침대에 엉덩이를 걸쳤다.

"지원 씨!"

벌컥, 레이나가 지원의 방문을 열고 들어왔다.

"이봐요. 노크 좀 하고 들어와요."

그는 재빨리 두 팔로 상체를 가렸다.

"에이. 우리 사이에 무슨."

우리 사이가 무슨 사이였던가? 지원의 미간에 주름이 세 갈래로 파였다. 레이나는 나가달라는 지원의 무언의 압박을 무시하고 그에게 다가갔다.

"지원 씨 배가 많이 들어갔네요."

레이나의 손이 지원의 배로 불쑥 다가왔다.

"어딜 손을 대요!"

지원은 소스라치게 놀라며 레이나 손을 쳐내곤 침대에서 벌떡 일어났다.

"눈으로 보는 거랑 손으로 만져 보는 거랑 다른데……. 잠시만 가만히 좀 있어봐요."

"뭘 만져요."

지원이 배와 몸을 팔로 휘감아 감추며 한 발짝 물러섰다.

"거참, 지원 씨 일곱 살 배기 애기들처럼 왜 그래요?"

"당신이 이상한 거야."

"이상한 건 지원 씨예요. 병원에서 여자 의사 쌤이 심장 소리 들어보자며 옷 속에 청진기 내밀어도 이렇게 과민반응할 거예요? 이리 와봐요."

요리저리 피해 도망가는 지원의 비치타올 끝자락을 레이나가 움켜쥐며 당겼다. 지원은 부리나케 풀어지는 하체 보호막을 붙들어 맸다.

"레이나!"

결국 레이나의 손이 지원의 배 위에 닿았다. 레이나는 지원의 뱃살을 쥐고 조물거렸다.

"말랑말랑한데."

"이제 됐죠?"

지원은 레이나의 손을 거칠게 떼어냈다. 지원은 온몸이 벌겋게 달아올랐다. 부끄러움과 동시에 그녀의 손길이 아랫배에서 느껴질 때 발끝에서 꼬물거리며 올라오는 간지러운 느낌에 어쩔 줄 몰랐다.

"다행히 지방이 단단하게 굳어 있지는 않네요. 그럼 더 뱃살 빼기 힘들거든요. 갑자기 살이 쪄서 그런지 튼 자국도 보이네요. 튼살 때문에 살이 빠지고 처질 가능성이 높거든요. 튼살 크림도 발라야겠어요."

"이제 그만 나가죠?"

짐짓 심각한 표정을 짓는 레이나에게 지원은 퉁명스럽게 말했다.

"제가 바르는 법 가르쳐 드릴까요?"

물 만난 물고기처럼 레이나의 눈이 반짝반짝 빛났다.

"이래 봬도 저 스포츠 마사지랑 경락마사지 자격증 가지고 있거든요. 만져 주면 뱃살이 더 쏙쏙 빠질 텐데."

"됐고. 빨리 나가기나 해요."

지원은 레이나 앞에서 발가벗은 맨몸에 수건 한 장 두르고 있는 상황이 너무나 불편했다. 머리에서 떨어지는 물방울도 온몸을 찝 찝하게 간질이자 빨리 닦아내고 싶었다.

"어때요? 할래요? 마사지?"

레이나의 웃음기 섞인 목소리가 그를 놀리려는 의도임을 알려주었다. 지원은 장난기 가득한 그녀의 얼굴에 씩씩거리며 침대 위의 베개를 쥐었다.

"안 나가요?"

레이나는 위협적인 지원의 모습에 여전히 웃음기를 담고 그를 놀렸다.

"지금 거절하면 나중에 아쉬울 텐데."

베개를 쥔 지원의 손이 어깨까지 올라가자 레이나는 재빨리 그의 방문을 나섰다. 하지만 다시 그의 방문을 열고 얼굴을 빼꼼히 내밀었다.

"진짜 던져요!"

지원이 베개를 들고 협박을 했다. 레이나는 그의 으름장을 가볍게 무시하고 부드럽게 말을 꺼냈다.

"그리고 지원 씨. 미안해요. 제가 알아채지 못해서. 운동하는 것보다 음식조절이 참을 수 없이 힘든 거요. 너무 잘 따라와 줘서 잊고 있었어요. 다시 받아줘서 고마워요. 앞으로 우리 끝까지 잘 해봐요."

레이나가 제 할 말을 빠르게 하고 문을 닫고 나가 버리자 지원은 닫힌 문에 시선을 고정하고 피식 웃음을 터뜨렸다.

"안 한다니까요."

지원은 레이나에게 질질 끌려 온 욕실 문 앞에서 버티며 실랑이를 벌였다.

"이것도 나름 운동이에요. 제가 저번에 말씀드렸죠? 다이어트에 피트니스 운동도 중요하지만 생활습관을 바꾸는 것이 요요 방지에 필수라구요!"

"그건 알겠는데……."

"아는 분이 왜 이러실까. 빨리 와요."

"그러니까 도대체 왜! 때 묻지 않은 멀쩡한 이불을 욕조에 넣고 빨래를 합니까?"

그가 머물고 있는 원기둥 모양의 주택에 입주 당시 리모델링한 곳은 넓은 정원과 아득한 연못 그리고 집 안의 거실을 연회장처럼 화려하게 밝혀주는 엔틱 샹들리에와 함께 유독 심혈을 기울인 곳은 바로 2미터가량의 큰 키를 지닌 그의 몸을 품고도 남을 정도로 큰 욕조가 한쪽 벽면을 차지하고 있는 넓은 욕실이었다.

지극히 개인적인 공간을 선호하는 지원의 성격상 남들과 뒤섞이는 워터파크 따위는 불쾌하기 짝이 없었다. 유독 따뜻한 물에 몸을 녹이는 스파를 좋아하는 그는 집 안에 스파 욕조를 설치했다. 사생활 보호 베테비타 필름으로 처리한 유리 벽면으로 비치는 정원의 전경을 배경으로 독서도 하고 와인도 홀짝이며 휴식을 취하는 것이 그의 취미이자 유일한 안식이었다.

한동안 음식들에 파묻혀 살면서 간단히 샤워만 하기 위해 들락거려 물곰팡이까지 거무스름하게 끼인 욕조 물속에 레이나는 어디서 찾아냈는지 모를 겨울용 두꺼운 극세사 이불 몇 채와 불과 몇 분 전만 해도 자신의 몸을 둘둘 감고 있던 녹색의 삼베원단 이불이 이미 잠겨 있었다.

"어허! 자꾸 토 달지 말고 지원 씨도 어서 들어와요."

"런드리(laundry) 서비스에 맡기면 되는 것을……. 이건 시간 낭비."

"런더리? 지원 씨 자꾸 조잘조잘 반항하는 거 넌더리나요."

레이나는 어이없다는 헛웃음을 내뱉는 지원을 뒤로하고 먼저 트레이닝 바지를 허벅지까지 걷어 올리고 욕조 안으로 들어섰다. 폭폭 밟을 때마다 미끌거리는 섬유유연제 사이로 부드러운 극세사 감촉이 발끝에서 느껴지자 저절로 기분이 좋아졌다.

물에 푹 젖은 이불들 위에 올라서니 마치 밸런스 보드(동적 밸런스를 향상하기 위한 윗면은 평평하고 아래는 둥그런 원형모양인 도구) 위에 서 있는 느낌이었다. 욕조 크기도 적당하고 지원과 둘이서 나란히 서서 간단한 동작들을 행하기에 반경도 넉넉하니 딱 좋았다. 빨리 들어오라고 재촉하는 레이나의 손짓에 지원은 마지못해 욕조 안으로 발을 내딛었다.

"생각보다 좋죠?"

지원의 반응은 여전히 시큰둥했지만 개의치 않고 레이나는 지원의 양손을 잡고 발을 굴렀다. 멀뚱히 바라만 보고 있는 지원에게 레이나는 눈짓으로 따라 하라는 신호를 보이고 둘은 이불을 자근자근 밟았다. 보통의 드라마나 영화에서 본 연인끼리 코에 거품을 묻히며 무게중심을 맞추려고 서로의 팔을 은근슬쩍 밀고 당기며 묘한 열기가 피어오를 만도 했다. 하지만 둘 사이에서 거친 호흡은 미끄러운 이불 위에서 균형을 잡기 위해 온몸의 긴장으로부터 생겨난 것이고, 전신에 흐르는 땀은 좁은 공간에서 이뤄지는 불타는 하체운동의 결과라 할 수 있었다.

"좀 더 엉덩이 뒤로 빼고 더 앉아요."

레이나의 칼 같은 목소리에도 지원은 부들부들 떨려오는 다리는 더 이상 굽혀지지 않았다. 결국 더 이상 견디지 못한 그는 벌떡 자리에서 일어났다. 그 순간 반동에 의해 레이나가 지원의 품에 안겨 버렸다.

"읍. 뭐예요."

지원의 가슴에 얼굴을 묻어버린 레이나가 벗어나려고 버둥댔다.

"이제 그만합시다."

그는 장난기가 돌며 레이나가 품속에서 움직일 때마다 저항하지 못하게 더욱 옭아맸다. 두텁고 커다란 두 손이 그녀의 등을 감쌌다. 레이나의 봉긋하면서 말랑한 가슴이 그의 상복부에 더욱 밀착했다. 레이나는 코끝에서 은은하게 풍기는 쿨 워터 향과 땀 냄새와 섬유유연제의 달콤한 향이 섞여 묘하게 야릇한 느낌이 들자 이상하게 저절로 저항을 멈추게 됐다. 향기에 마법이라도 걸린 듯 온몸이 딱딱하게 굳어버렸다. 지원은 발버둥 치며 더 격한 반응을 기대했지만 이상하게 조용한 레이나 때문에 팔을 느슨하게 풀었다. 그녀의 어깨를 감싸며 어리둥절하여 물었다.

"왜 그래요?"

"아, 아무것도 아니에요. 이제 그만 행궈내고 이불 널어요. 오늘 날씨가 참 좋네요. 이불 빨래 금방 마르겠어요. 그죠? 하하하하 아~악!"

레이나는 허둥지둥 욕조를 벗어나다 그만 다리 하나를 하늘로 치솟으며 원을 그리곤 욕실 바닥에 엉덩방아를 찧고 말았다.

"이봐요. 괜찮아요?"

아 증말. 짜증!

왜 이 남자 앞에서 매번 망가지는 모습만 보여주는 거야?

지원의 부축으로 자리에서 일어난 레이나는 그와의 시선을 맞추지 않기 위해 고개를 요리조리 돌렸다.

"괜찮아요. 고마워요."

"안 괜찮은 거 같은데 얼굴이 왜 이렇게 빨개요? 아까 머리는 안 부딪혔는데, 뇌진탕은 아니고."

"아! 전화. 저 죄송하지만 뒷정리 좀 부탁할게요."

오늘따라 이상하게 친절한 지원의 손이 레이나의 이마에 닿는 순간 레이나의 휴대폰이 울렸다. 레이나는 이때다 싶어 후다닥 자리를 박차고 뛰어나갔다.


"네, 레이나입니다."

어색하고 묘한 현장에서 탈출하게 해준 고마운 분은 지원의 고모인 도도해 사장이었다. 괜히 목소리가 이상하게 들리지 않을까 걱정이 됐다.

[레이나 쌤, 잠시 통화 괜찮아? 바쁜데 전화한 거 아닌가 몰라.]

"아니에요. 말씀하세요."

[우리 지원이 데리고 운동하느라 힘들지?]

"힘들긴요. 저보다 도지원 씨가 고생이 많죠. 잘 따라주셔서 제가 오히려 고마울 따름이에요."

[호호. 거짓말이라도 그렇게 말해주니 듣기는 좋네. 다름이 아니라 내가 부탁할 게 있는데…….]

도도해 사장의 부탁이란 말에 레이나의 미간이 저도 모르게 찌푸려졌다. 이불 빨래를 마치고 이불을 둘둘 말아 어깨에 짊어지고 뚜벅뚜벅 거실로 나오는 지원과 눈이 마주쳤다. 그 순간 레이나는 싱긋 미소를 띠며 등을 돌려 버렸다.

"뭐든 말씀만 하세요."

[며늘아가가 아이를 가졌는데, 이제 막 안정기에 접어들었어. 요즘은 임산부라고 집 안에만 두는 것보다 조금씩 걷고 가벼운 웨이트닝 운동을 해주면 임신중독증도 피해가고 산모랑 태아한테도 좋다고 하네.]

"네. 맞는 말씀이세요. 그럼 며느님의 담당 트레이너를 알아봐 드릴까요?"

설마 나한테 맡기겠어? 비뚜름한 생각과 달리 최대한 공손하게 질문했다.

[아니. 나는 레이나 쌤이 우리 며느리도 봐줬으면 하는데…….
아참, 너무 바빠서 시간이 안 나려나.]

"저……."

지금도 벅찬 스케줄에 웬만해서 끄떡없던 체력이 조금씩 무너져 가는 것을 느끼는 참이었다. 꽤 단호한 도해의 요구에도 조심스럽게 거절을 하려고 입을 떼었는데.

[맞다. 잊어버릴 뻔했네. 센터에 대원의료기기 물건 하나 필요하다 그러지 않았나? 대원 들렀다가 레이나 선생 생각이 나서 슬쩍 귀띔은 해두었다만…….]

도씨 집안은 사람을 어쩔 수 없게 만드는 요령을 타고난 사람들 같았다. 레이나는 마지못해 승낙했다.

07

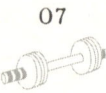

"지원 씨 저 잠깐 나갔다 올게요."

지원은 방문을 톡톡 두드리는 소리에 고개를 돌렸다. 가볍게 고개를 끄덕이고 모니터로 시선을 향하는 찰나, 레이나의 차림이 예사롭지 않음을 깨닫고 다시 몸을 틀었다. 매일 위아래 트레이닝복에 화장기 없고 머리를 넘겨 하나로 질끈 묶은 모습만 봐왔는데 오늘따라 유난히 꾸민 차림이었다. 옅은 화장에 곱슬거리며 어깨까지 내려오는 웨이브 그리고 러블리한 아이보리 시폰 원피스를 입고 시원하게 다리를 드러낸 모습이 마치…….

"선보러 갑니까?"

"아니요, 데이트하러 가는데요?"

"남자친구…… 있었어요?"

"그럼요."

지원의 눈에 레이나가 정말 행복해 죽겠다는 표정으로 대답을 하자 얼굴이 일그러지며 실망감을 감추지 못했다. 잠시 잊고 있던 배배 꼬인 꽈배기 투정이 튀어나왔다.

"근데, 남자친구가 나랑 동거하는 건 알아요?"

"동거요? 우린 동거가 아니라 합숙이거든요. 우리 남친은 이해심이 넓어서 아무렇지도 않다던데요?"

아무렇지도 않다니! 그놈은 날 남자로 취급할 가치조차 없다고 여기는 거야, 뭐야? 얼마나 잘난 놈이길래 이 여자가 홀딱 빠져서는 헬렐레거리는 거지?

"그러고 보니 지금 오후 운동시간 아닌가? 지금 엄연히 업무 중 이탈이에요."

지원은 신경질적으로 손목시계를 눈으로 훑고는 말했다.

"네? 제가 어제 말씀드렸잖아요. 점심때 하는 근력운동 혼자 할 수 있는 프로그램으로 짜드렸으니까 오늘만 혼자서……."

"그건!"

지원은 어제 분명 중요한 일이 생겨서 잠깐 밖에 나갔다 온다길래 그저 가족이나 회원에 관련된 일인 줄 알고 선뜻 알겠다고 동의했는데 남친이랑 데이트를 가? 날 집 안에 버려두고?

"소리 지르지 마요! 귀 떨어지겠어요. 아무튼 저녁 운동시간에 맞춰서 들어올 테니까 점심이랑 저녁은 차려놓은 거 시간 맞춰 꼭 드세요."

레이나는 지원이 괜히 핑계를 대며 외출을 못하게 할까 봐 말을 꺼내면서 재빨리 현관문으로 다가섰다. 오늘따라 유독 지원이 날카롭게 가지 말라는 목소리가 들렸지만 가볍게 무시해 주며 밖으로 나섰다.

사실 레이나는 데이트를 하러 가는 것이 아니라 회원분의 초대로 런칭파티에 참석하기 위해 오랜만에 차려입고 나섰다. 해외 명품 브랜드의 옷들과 자신이 디자인한 옷을 부유층을 대상으로 판매를 하는 회원인데, 유독 레이나를 마음에 들어해 자신의 옷을 무상으로 대여를 해주거나 선물로 주었다. 그리고 이런 행사가 있을 때마다 레이나에게 초대장을 보낸다.

겉으론 초대란 말로 레이나를 불러들였지만 실상 그녀를 파티에 데려 오는 이유는 그저 홍보용 마네킹임을 알고 있다. 모델같이 마른 몸매는 아니고 일반인보다 운동으로 다져져 군살 없이 매끄러운 그녀에게 신상을 입힌다. 그러면 진짜 초대를 받은 부유층 사모님들이 레이나가 입은 옷에 반해 구매를 유도하는 전략이다. 레이나도 그 사실을 모를 정도로 순진하진 않다. 그들이 자신에게 옷을 입히며 전시용으로 취급할지라도 그녀도 그런 자리에 나설 때마다 '트레이너 레이나'를 알릴 기회가 주어지기 때문이다. 어떻게 보면 상부상조라 생각해도 그런 자리에 레이나로서 나서는 일이 마냥 쉽지는 않다.

레이나는 택시를 타고 회원이 운영하는 청담동의 부티크로 향했다. 몇 분 뒤 이름도 거창한 '셀러브리티' 부티크의 간판을 바라보다 호흡을 크게 한 번 하고 유리문을 열고 들어갔다.

"레이나 쌤 왔어?"

레이나가 들어가자마자 세련된 의상을 차려입고 약간 날카로운 인상을 지닌 중년 여성이 그녀를 반겼다.

"네, 사모님. 오늘 멋지신데요?"

레이나는 미소를 띠며 그녀에게 다가갔다.

"아니, 사모님 말고 선생님이라고 해줘."

"아, 선생님. 아직 익숙하지 않아서 죄송해요."

선생님이라고 부르라는 이 여성은 레이나가 지난 1년간 꾸준히 관리를 해드렸던 회원이다. 장 여사는 모 기업의 둘째 며느리로 있다가 이혼 후 하고 싶은 일을 한다고 시작한 일이 부티크를 여는 것이었다. 집에선 사모님 부티크에선 선생님으로 불러달라는 부탁이 아직 적응 안 돼 선생님이란 말이 입에 달라붙지 않았다.

"그러니까 익숙해지게 자주 좀 들러. 부티크에 레이나 쌤한테 어울리는 게 얼마나 많은데. 그리고 레이나 쌤은 나의 인스피레이션(inspiration)이니까 시간 날 때마다 자주 와."

분명 칭찬인 것 같은데 칭찬으로 들리지 않는 찝찝함에 그저 레이나는 영광이라며 감사의 뜻으로 얼굴에 미소 꽃을 피웠다.

레이나는 장 여사의 안내로 오늘 입을 의상이 있는 곳으로 향했다.

장 여사는 이번에 입을 옷은 자신이 직접 디자인한 것으로 아직 샘플밖에 나오지 않은 신상이라며 레이나에게 선물로 주겠다고 했다. 바디라인이 드러나는 화이트 탑 드레스로 심플하면서도 깨끗한 상의의 디자인과 다르게 사선으로 처리된 스커트 주름 장식이 레이나의 경쾌함을 더해줬다. 밋밋하지 않게 넥라인을 감싸는 라운드형 목걸이의 크리스털이 가슴골에 닿았다. 의상에 맞게 메이크업과 헤어를 완벽하게 다듬고 레이나는 장 여사와 함께 파티 홀로 향했다.

발이 넓은 장 여사의 주최로 이루어진 런칭 파티는 정재계를 막론하고 유명 연예인까지 고급스런 의상을 갖춰 입고 참석을 했다. 그들의 주된 가십은 정치, 경제, 여가에 대한 내용이 대부분이지만 가장 인기 있는 주제는 단연코 사생활 뒷담화이다.

하지만 레이나는 관심 없는 뒷담화가 귀에 들려도 한쪽 귀로 흘려버리며 장 여사에 의해 소개받은 우아한 차림의 중년 여성들에게 몸매 유지 비결에 대한 팁을 선보이고 있었다. 누구나 건강관리에 관심이 많으므로 레이나의 설명에 흠뻑 빠져들었다. 그리고 완벽한 몸매를 지닌 레이나에게 호감을 느끼며 쉽게 다가서는 그들은 곧 레이나의 고객이 될 가능성이 컸다.

"레이나?"

레이나는 자신을 부르는 소리에 대화를 잠시 멈추고 양해를 구하는 눈빛을 보내며 뒤돌아섰다.

짜악—

그 순간 연회장의 웅장한 관현악 연주가 멈출 정도로 큰 소리와 함께 레이나의 고개가 돌아갔다. 갑작스레 찾아온 강한 충격에 눈앞이 하얘지며 귀가 멍해졌다. 자신의 뺨을 사정없이 날린 사람의 정체를 파악하기도 전에 레이나의 머리는 다시 반대쪽으로 무기력하게 돌려졌다. 무자비하게 다시 돌아온 공격에 의해 볼 안쪽 여린 살을 저도 모르게 물어뜯어 입안에 피가 고였다. 그녀는 자신에게 비릿함을 선사한 얼굴을 확인하기 위해 고개를 들었다.

"이수진 씨."

축하를 위해 모인 파티장에 파열음과 함께 어울리지 않은 상황이 일어나자 무슨 일인가 싶어 웅성웅성 모여드는 시선의 중심엔 르제텔레콤 둘째 딸 이수진과 레이나가 놓여 있었다.

"어디 감히 더러운 입으로 내 이름을 내뱉어?"

레이나는 또다시 자신의 뺨으로 다가오는 그녀의 손목을 붙잡았다.

수진은 레이나에게 붙들린 손을 빼내려 애쓰다 자유로운 다른 한쪽 손을 그녀의 뺨을 향해 뻗었다. 하지만 두 번째 공격도 레이나가 그녀의 손목을 막아내 시도에 불과했다.

"이거 못 놔? 그 천박한 손으로 내 몸을 만지다니! 네가 미쳤구나?"

이수진은 레이나에게 잡힌 두 손을 빼내려 버둥거렸다.

"무슨 일이시죠?"

레이나는 잔잔한 런칭 파티에 어울리지 않는 가슴골이 깊이 파인 붉은색 이브닝드레스를 차려입은 수진을 위아래로 훑어보며 물었다.

"무슨 일? 네가 내 인생 망쳐 놓고 무슨 일?"

"이수진 씨, 진정하시고 일단 여기 나가서 얘기하죠."

화기애애한 파티장이 수진과 자신에 의해 분위기가 가라앉자 레이나는 덤덤하게 수진의 흥분한 상태를 파악한 후 조심스럽게 그녀를 밖으로 나가게 했다.

"허? 왜? 쪽팔려? 개망신당하니까? 네 추악한 명성에 하나 더 얹어봤자 지저분한 건 마찬가지잖아?"

"나가시죠."

레이나는 억지로 버티며 많은 사람들 앞에서 주목받는 수진의 행패를 도저히 두고 볼 수가 없어 손에 힘을 주며 그녀를 강제로 이끌었다. 하지만 악에 받친 수진의 힘은 레이나도 감당하지 못하고 그녀의 손을 놓치고 말았다.

그 순간 자유로워진 손을 이용해 수진은 옆에 지켜보던 웨이터에게서 샴페인 잔을 뺏어 레이나의 얼굴에 부었다.

"더럽고 천한 근본도 모르는 주제에 감히 날 모욕해? 네가 뭔데 나에 대해서 지껄이고 다니는 거야? 남의 남자한테 꼬리쳐 빼앗아간 화냥년이!! 오늘은 뺨 두 대 맞은 걸로 넘어가지만 다음에 만나면 너 다신 입방정 못 떨게 그 주둥이 꿰매어놓고 갈 테니까 내 눈앞에 띄기만 해봐!"

레이나는 얼굴에서 목선을 따라 가슴골에 흐르는 차가움을 느끼며 그녀가 왜 자신을 찾아와서 악담을 퍼부었는지 깨달았다. 수진이 뚱뚱했던 과거가 레이나의 입에서 나왔다 생각하고 자신에게 화풀이하러 왔음을……. 하지만 도무지 이해하지 못할 단어가 맴돌았다. 남의 남자? 화냥년?

"괜찮아요?"

그저 멍하게 수진의 뒷모습만 바라보는 레이나에게 조금 전까지 레이나와 수다를 떨던 무리 중 전국 각지에 지점을 가진 에벤 마트 회장 김순희 여사가 그녀에게 다가왔다.

레이나는 그녀에게 정중하게 괜찮다고 대답하고 빠른 걸음으로 수진을 따라 연회장 밖으로 나섰다. 마침 도어맨에 의해 자신의 차에 올라타려는 수진을 붙잡았다.

"수진 씨!"

레이나를 무시한 채 수진은 도도하게 차에 올라타며 운전기사에게 출발을 명령했다. 하지만 1미터 채 앞으로 나가지 못하고 차의 앞을 가로막은 레이나에 의해 멈추었다. 죽고 싶어 환장했냐고 수진이 차창을 내려 소리쳤다.

"저는 이수진 씨가 쟁쟁한 미녀들 사이에서 가장 마지막으로 호명되며 눈이 아릴 정도로 빛나는 티아라를 머리에 얹었을 때 누구보다도 기뻐한 사람 중 한 명입니다. 왜 줄 아세요? 전국적으로 홍보할 길이 생겨서? 당신으로 인해 제 명성이 하늘을 뚫고 치솟을 것 같아서? 다 틀렸어요. 저는 더 이상 홍보할 필요가 없을 정도로 이쪽 세계에서 퍼스널 트레이너의 일인자라고 할 수 있어요."

수진은 뺨을 그렇게 맞고도 정신을 못 차린 레이나가 뻔뻔스럽게 어깨까지 들썩이며 제 자랑을 늘어놓으니 기가 찼다.

"뭐라는 거야?"

"6개월 동안 함께 다이어트하면서 수진 씨가 얼마나 많은 땀과 눈물을 흘리며 고생했는지 몸소 느끼고 가까이서 직접 눈으로 봐온 사람이 바로 저예요. 누구보다 기뻤고 TV화면 속에 베이지색 드레스를 입은 수진 씨의 아침이슬 한 방울이 또르륵 부드럽게 흘러내려 갈 것 같은 어깨라인과 도드라져 보이는 쇄골라인이 어찌나 아름답던지 눈물이 나려 했어요."

레이나는 손등으로 눈물을 찍어내는 연기까지 보였다.

"야! 너 도대체 하려는 말이 뭐야?"

"오해하고 계신 것 같아서요. 수진 씨, 전 절대 아니에요. 회원님들의 신상과 가족정보 등 절대로 제 입 밖으로 내뱉지 않습니다. 그리고 수진 씨가 언급한 남자분이 누군지는 모르겠지만 제가 화냥년이라고 들을 정도로 꼬리를 친 남자는 제 기억 속에 없습니다."

"몰라? 이게 어디서 모른 척이야?"

레이나는 마음속으로 참을 인을 외치며 다섯 살이나 어린 건방진 아가씨가 던지는 반말을 묵묵히 받아내고 있었다.

"한준수! 네가 빼앗아갔잖아!"

아! 그녀의 전 남친.

그 빌어먹을 놈이 소름 끼치게 능글맞은 눈빛으로 전신을 훑어내리던 과거 한편의 기억이 떠올랐다. 미스코리아 당선 이후 수진과 다시 사귄다는 말이 돌았는데 어이없게도 헤어질 때 내 핑계를 댔나 보다. 레이나가 듣기로 바람둥이인 한준수라는 놈이 찝쩍대는 여자들은 많았다. 대부분 이름만 대면 알 만한 집안의 자녀들이었고, 그녀들의 이름을 꺼내면 부메랑처럼 자신에게 피해가 돌아올까 봐 수진의 끈질긴 채근에 젤 만만한 레이나의 이름을 댄 것 같았다.

결국 수진은 떠도는 악소문의 근원을 벌한다는 핑계로 한준수에게 차인 화풀이를 레이나에게 하고 있었다. 휴……. 나는 굴러다니는 쇠똥보다 못한 존재인가. 이리저리 채이고 6개월 동안 정주고 가꿔났던 회원에게 발톱의 때만큼의 신뢰도 쌓아주지 못했던 걸까?

레이나는 푸스스 숨을 내뱉고 씁쓸한 피 맛이 도는 침을 삼켰다.

"결코 한준수 씨와 사적으로 만난 적 없어요. 그분은 제가 일하는 피트니스 센터의 회원일 뿐이에요."

레이나는 차창을 통해 수진의 전신을 눈으로 쓸어내리고 특히 아랫배에 시선을 고정했다. 클러치에서 명함 하나를 꺼내 그녀에게 내밀었다.

"수진 씨 어머니께서 걱정을 많이 하세요. 사모님들한테 과거 사진과 미스코리아 사진을 비교하며 자랑하시곤 했는데…… 지금은 슬슬 요요가 오는 것 같다고. 여긴 추천제니까 제 명함 프론트에 보여주시면 바로 등록해서 운동하실 수 있어요. 꼭 오세요."

진심으로 수진이 걱정된다는 안타까운 표정으로 그녀를 배웅했다. 똑똑한 수진이니 다 알아들었기를 바랐다. '더럽고 더러운 더럽게'를 외친 그 입방정이 낳아준 어머니를 향한 발언임을 깨닫기를 바라며 레이나는 떠나가는 그녀의 차를 향해 가운뎃손가락을 날려줬다.

하지만 자신의 잘못도 있었다. 회원의 정보를 공개하지 않는다는 철칙을 스스로 깨버린 거나 마찬가지니 방배동 사모님이 르제 수진 양을 언급할 때 모르쇠로 일관했어야 하는데 '잠깐 봐줬다'는 말을 흘렸으니 자신의 생각이 짧았다. 후회하면 뭐 하나, 이미 엎질러진 물인걸……. 레이나는 다시 연회장으로 들어가 장 여사에게 오늘 일은 정말 죄송하다며 사죄를 했다.

"아효. 저 기집애. 성깔 더러운 건 알고 있었지만 이렇게 막나올 줄 몰랐어."

"제가 잘못한 것도 있었어요."

"아니, 레이나가 뭘 잘못했어? 지가 미스코리아 된 거 다 자기 덕 아니야?"

장 여사가 말도 안 된다며 버럭 화를 냈다.

"맞아. 그때 르제 박 여사가 정신병원을 알아볼 정도로 심하게 미쳐 있었다던데."

"쟤는 격 떨어지게 왜 여기 와서 난리를 치고 가는 거야? 저럴수록 자기 얼굴에 침 뱉기 아니야?"

장 여사의 옆에서 다른 사모님들도 한마디씩 거들기 시작했다.

"레이나 쌤, 일방적인 폭력행사에 명예훼손으로 고소해 버려. 내가 증인 서줄게."

"아니에요. 사모, 아니, 선생님이 아니라는 거 알아주시는 것만으로도 감사해요."

트레이너를 하찮은 직업으로 취급하며 무시하는 부류도 분명 있지만 이렇게 든든한 내 편이 되어주는 분들도 있어 억울한 일도 쉽게 잊어버리고 덤덤하게 일상으로 돌아간다.

그들의 위로에 가슴에 울컥거리는 것이 올라왔다. 레이나는 그들에게 양해를 구하며 연회장 밖으로 나갔다.

화장실에 들러 거울을 보며 얼굴에 끈적끈적하게 남아 있는 샴페인을 씻어냈다. 찌릿하며 욱신욱신거리던 뺨이 점점 빨갛게 부어올라 손으로 쓸어내릴 때마다 따끔거렸다. 뚜렷하게 손자국도 보였다. 내일쯤이면 손 모양을 따라 퍼렇게 멍이 들어 있을 것이다. 그렇게 고개를 돌리며 뺨의 상태를 확인했다.

오늘 장 여사가 준비한 음료가 와인이 아닌 투명한 샴페인임을 감사하며 레이나는 세면대에 가까이 몸을 대며 샴페인으로 젖은 옷을 물기로 조금씩 닦아냈다.

"너 이 일 언제까지 할 거야?"

레이나는 분명 아무도 없는 화장실임을 확인하고 들어왔는데 갑자기 들리는 목소리에 깜짝 놀랐다. 뒤돌아 그 정체가 누군지 확인을 하자 레이나는 놀란 가슴을 쓸며 잠시 멈추었던 샴페인 씻어내기를 행했다.

"평생 해야지요. 이게 내 천직인데."

레이나를 놀라게 한 정체는 좀 전에 그녀에게 괜찮나 걱정스레 말을 꺼내었던 에벤마트 김순희 회장이었다. 그녀는 장 여사를 통해 소개받아 오늘 처음 본 사이임이 분명한데 레이나는 친근하게 그녀에게 투정부리듯 말을 건넸다.

"당장 그만둬. 난 내 딸이 이 꼴로 사람들 앞에서 망신당하는 거 절대로 못 봐."

"사모님, 누가 들음 정말 딸인 줄 알아요. 아무리 딸같이 여기셔도 내 딸이라뇨."

레이나가 무신경하게 말을 던지자 순희는 답답한 마음에 소리를 높였다.

"지금 농담이 나와?"

"아이참. 여긴 보는 눈과 듣는 귀가 많아요."

레이나는 다시 한 번 화장실 안을 훑고는 드디어 그녀를 제대로 바라봤다.

"너 언제부터 맞고 다녔어?"

이런 모임이 있을 때마다 어쩌다 우연히 마주쳐도 레이나를 모른 척하며 지나가는 순희이지만 자신의 귀한 딸이 수십 명이 보는 앞에서 뺨을 맞는 것을 지켜보는데 레이나와의 약속이고 뭐고 이수진 고것의 멱살을 쥐고 흔들 뻔했다.

"오늘 처음이에요. 이수진 걔 원래 좀 한 성격 하잖아요. 내가 뚱뚱했던 모습 관리해 줬다고 퍼뜨리고 다닌 줄 알았나 봐요. 다른 분들은 절대 안 그래요. 저한테 얼마나 잘 대해주시는데요."

"어쨌든, 당장 그만둬. 그냥 엄마 밑에서 오빠들이랑 경영이나 해. 트레이닌가 뭔가 남 좋은 일만 하지 말고 때려쳐. 그 짓 해서 얼마 번다고, 남 뒤치다꺼리나 하는 일에 이렇게 무시를 당하질 않나. 감히 내 딸한테 더럽고 천하다니! 화냥년? 이수진 그걸 그냥 매장시켜 버리던지."

"엄마! 무슨 말이 그래. 그 짓이라니! 내가 하는 일이 어때서 딸이 하고 싶은 일 한다는데 그렇게밖에 말 못해요?"

"아니, 난 네가……."

순희는 민수가 레이나로서 나서게 된 과정을 다 지켜봐 왔기 때문에 에벤마트 고명딸임을 숨기는 것에 동의를 했다. 영 내키지는 않지만 민수가 진심으로 하고 싶어 하는 일이었기 때문에 말없이 뒤에서 지켜만 봤다. 하지만 이렇게 망신을 당하면서까지 이 일을 할 필요가 있을까?

"김순희 사모님. 전 경영 쪽에 관심이 없거든요? 그리고 오빠들이 알아서 잘들 하고 있는데, 경영에 경 자도 모르는 내가 뭘 하겠다고."

"너 경제학 전공했잖아."

"경제학 공부 손 놓은 지가 언젠데. 잊었어, 생체과로 편입한 거? 그리고 같은 경 자 붙었다고 경영이랑 경제가 같아요?"

"휴……. 알겠다. 네 고집은 나도 못 이기지. 이런 얘기 한다고 먹혀들 것도 아니고. 입만 아프지. 넌 왜 그런 것만 아빠를 닮았니? 그런 질긴 쇠고집은 안 닮아도 되는데."

일부러 다른 얘기로 돌리며 더 이상 어머니가 마음 아파하지 않게 하려고 하는 레이나의 의도를 파악한 순희는 계속해서 딸이 아닌 레이나로서 응원해 주기로 했다.

"아빠 딸인데 별수 있나."

"근데 너 언제 집에 들어올 거니?"

레이나를 뒤로하고 돌아서려다 문득 생각난 듯 물었다.

"당분간 못 간다고 말씀드렸잖아요. 같이 합숙하는 회원이 있다고."

"지금 그 회원도 이수진처럼 미친년은 아니지?"

걱정스레 바라보는 엄마의 모습에 레이나는 지원을 감당하기에 애는 먹어도 이수진만큼 힘들지는 않으니까, 그리고 여자가 아닌 남자이므로 미친 여자는 아니라 말하며 그녀를 안심시켰다.

"아니에요. 그리고 이수진만 저러는 거라니까요? 다른 분들은 절대 안 그래요. 다들 얼마나 절 예뻐해 주시는데요. 헤헤."

"그래. 그래도 하루 정도는 나와서 지내도 되잖니? 집에 안 들어온 지 두 달쯤 됐으니 다음 주 주말에 집에 와. 애들이 너 보고 싶대."

"알겠어요. 이제 그만 들어가 보세요. 저 때문에 망친 분위기 엄마가 가서 좀 띄어줘요. 제 자랑도 좀 해주시고요. 레이나 짱 멋있다고."

순희는 제 어미 안심시키려고 농담을 내뱉으며 억지로 웃는 딸을 보며 울컥했다. 점점 뺨이 부어 입꼬리가 올라가지 않아 웃는 모양이 어색해지는 딸이 너무나 안쓰러웠다. 눈물을 보이면 힘들게 시작을 하고 이제 겨우 이름을 알리며 유명세를 타는 딸의 결심이 약해질까 봐 뒤도 돌아보지 않고 빠르게 나섰다.

레이나는 슬프게 돌아서는 엄마의 등을 바라보며 저도 모르게 흐르는 눈물을 손등으로 훔쳤다. 이런 모습까지 보여 드려야 하는 자신이 미웠다. 하지만 사람을 상대하는 것이 쉽지만은 않은 일임을 알고 시작했으니 부모님 실망시켜 드리지 않게 끝까지 열심히 해낼 거라고 흔들리는 마음을 다잡았다.

번진 화장을 정리하고 옷매무새를 다듬고 거울 속 자신을 향해 파이팅을 외쳤다. 그리고 집에서 기다리고 있을 지원에게 지금 출발한다는 문자를 보내며 화장실 밖으로 나서는데 마침 들어오던 누군가와 어깨를 부딪쳤다.

"죄송합니…… 어? 여운 씨? 여기서 다 뵙네요."

"레이나 씨…… 맞죠?"

"네."

용케 자신이 레이나임을 알아본 여운을 보며 말했다. 그녀는 이상하게 요리조리 레이나의 눈길을 피했다.

"여운 씨도 눈치채셨겠지만, 저 지원 씨 퍼스널 트레이너예요. 이거 일급비밀이거든요. 소문나면 저 지원 씨에게 뺨 맞을지도 모르니까……."

"도련님은 절대 여자한테 폭력 휘두르는 그런 분 아니에요!"

갑자기 크게 외치는 여운의 목소리에 놀라 눈이 동그래진 레이나는 말을 더듬고 말았다.

"물론, 농, 농담이죠. 암튼 제가 지원 씨 관리해 드리는 거 비밀로 해주세요. 부탁할게요."

레이나는 고개를 끄덕이며 동의를 하는 여운에게 고개를 살짝 기울여 가볍게 인사를 하고 여운에게서 멀어졌다.

여운은 레이나의 모습이 시야에서 사라질 때까지 멍하게 그녀를 바라보다 무의식적으로 고민할 때마다 나오는 습관인 왼손 검지손톱을 입에 물고 뜯었다. 사람들의 건강관리를 해준다는 레이나의 소개를 흘려듣고 레이나가 지원의 가정부가 아닌 트레이너임을 예상했다. 그런데 뜻밖에도 새로운 사실을 알게 됐다. 르제이수진의 등장으로 어수선해진 파티 홀을 벗어나 화장실로 들어서는데 누군가의 대화 소리에 선뜻 안으로 발을 내딛지 못했다. 여운은 순희와 레이나의 대화를 빠짐없이 다 들었다.

도대체 왜 상류층 자녀인 그녀가 그런 일을 하게 된 걸까? 어머님은 그녀의 정체를 알고 지원 씨 퍼스널 트레이닝을 맡겼을까? 여운은 뭔가 찝찝한 기분이 들었지만, 뱃속의 아이를 생각해 더 이상의 머리 아픈 고민은 하지 않겠다며 고개를 휘저었다.

"아가씨, 다 왔어요."

택시기사는 두 뺨이 퉁퉁 부어 빨갛게 달아올랐지만 그 모습조차도 예쁜 장한 아가씨가 잠에서 깨어나지 못하고 있자 미터기를 끄고 십여 분을 기다려 줬지만 일어날 기미가 보이지 않자, 벨트를 풀고 일어나 그녀를 흔들어 깨웠다. 그제야 무거운 눈꺼풀을 들어 올리며 어리둥절한 표정을 짓는 아가씨가 잠에서 깨어나서 몸을 일으켰다.

"앗, 죄송합니다. 제가 깜빡 잠이 들어버렸네요. 얼마예요?"

레이나는 택시요금과 함께 삭막하고 무서운 세상에서 친절하게 목적지까지 운전해 주신 택시기사님께 감사의 인사를 건네고 차에서 내렸다.

또각또각.

오랜만에 신은 하이힐이 돌담길을 두드리며 소리를 냈다.

한 걸음 한 걸음 내딛는데 개미걸음만큼 느렸다. 지원의 집 정원을 가로질러 현관까지 향하는 길이 이렇게 길 줄 몰랐다.

몇 달 만에 엄마 얼굴을 봐서 그런지 더욱더 걸음이 무거웠다. 지금이라도 당장 돌아서서 집으로 가고 싶었다. 김순희 여사의 유일한 특기인 칼칼한 매운탕도 먹고 싶고, 무뚝뚝하지만 따뜻한 눈빛으로 반겨주는 아버지도 보고 싶고, 무심한 척하면서도 항상 뒤에서 든든하게 챙겨주는 오빠랑 곰살 맞은 새언니도, 다섯 살 배기 조카들의 포동포동한 뺨을 부비며 아기 살내음도 맡고 싶고……. 가족 하나하나 떠올리자 뻑뻑했던 안구에 눈물이 차올랐다. 눈망울에 맺힌 액체가 볼을 타고 흘러내리기 전에 레이나는 고개를 뒤로 젖혔다.

"왔으면 들어오지 않고 거기 서서 뭐 해요?"

현관문을 열고 지원이 불쑥 나타나자 재빨리 고개를 숙였다.

이런 모습 보여주기 싫어.

"아, 다녀왔습니다."

레이나는 현관 입구를 가득 차지하고 있는 지원을 비집고 들어섰다.

"잠깐! 얼굴이 왜 그래요?"

지원은 레이나의 팔을 붙잡았다. 순식간에 떨어지는 얼굴을 어찌나 빨리 포착했는지 그는 고개를 숙이며 좀 더 자세히 보려고 머리카락으로 가려진 얼굴로 손을 뻗었다.

"네? 아무것도 아니에요."

레이나는 다가오는 지원의 손길에 흠칫 뒤로 물러서며 고개를 더 푹 숙였다.

"맞았어요?"

하지만 지원은 더 가까이 그녀에게 다가서며 물었다.

"아무것도 아니라니까요."

"누구예요? 이렇게 만든 사람!"

불과 몇 시간 전에 잔뜩 치장을 하고 나서던 레이나의 뒷모습에 온갖 상상의 나래를 펼쳤었다. 남자친구와 분위기 좋은 레스토랑에서 스테이크를 썰며 서로 한입씩 주고받아 먹는 모습이라던가, 손을 잡고 나란히 길을 걸으며 가볍게 버드키스를 한다던가, 헤어질 때쯤엔 차 안에서 뜨거운 키스를 나누고 있는 끔찍한 상상들 속에서 레이나가 물에 빠진 생쥐 꼴 마냥 축 처진 어깨에 퉁퉁 부운 얼굴로 나타나는 상황은 없었다.

"남자친구가 때린 거예요?"

"아니에요. 저 남자친구 없어요. 농담으로 해본 말이었어요."

"아니긴 뭐가 아니에요?! 어떻게 여자 얼굴에 주먹 휘두르는 미친놈이랑 사귀어요?"

지원의 목소리가 점점 높아지며 노기를 띠었다. 그녀 앞에서 화난 모습을 보이기 싫었지만, 뽀얗고 보들보들해 보이는 아기 같은 피부의 솜털조차 감히 건드리지 못한 지원은 부글부글 화가 끓어올랐다.

"남자친구 정말 없어요."

"거짓말 말아요. 이렇게 맞고도 가만히 있었던 건 아니죠? 지금 레이나 쌤 행동을 보니까 그냥 당하고만 있었을 게 뻔해요. 그 자식 어디 있어요? 앞장서요! 내가 배로 갚아줄게요. 얼굴을 완전 아작 내줄 테니까 빨리 어딨는지 말해요."

"아니라니까요."

자신의 남자친구라고 감싸는 모습에 더욱 화가 난 지원은 레이나의 팔을 잡고 현관 앞으로 이끌었다.

"왜 안 믿어주는 거예요. 내가 하는 말은 다 거짓말처럼 들려요?"

아니라는데도 끈질기게 캐묻자, 레이나는 덩달아 버럭 화를 냈다. 세게 움켜쥔 지원의 손을 거칠게 뿌리쳤다.

"정직하다구요! 저는요 누구에게나 떳떳하게 부끄럼 없이 사는 것이 삶의 목표인 사람이에요. 단 하루라도 맡은 회원님들한테만은 진심을 다해서 하나라도 더 알려 드리려고 애쓰는데 고맙다고 말 한마디, 아니, 따뜻한 눈길이라도 주지 못할망정 의심하고 돈독 오른 꽃뱀 취급이나 하고! 제가 그렇게 못 미더워요? 제 말은 하나같이 다 거짓부렁이에요?"

종로에서 뺨 맞고 한강에서 화풀이한다더니 레이나는 수진에게 당한 설움을 지원에게 모두 쏟아내고 있었다. 지원은 제 울분에 못 이겨 눈물이 그렁그렁 맺힌 눈으로 그에게 따져 드는 레이나의 모습이 낯설었다.

"술 마셨어요?"

"그래요! 한잔했어요."

"한잔이 아닌 것 같은데……."

지원이 킁킁거리며 냄새를 맡았다. 레이나의 몸에서 달달하면서도 알싸한 알코올 냄새가 풍겼다.

"그리고 말이에요! 저랑 같이 운동하기로 결심했으면 그냥 순순히 따라주면 안 돼요? 어차피 할 거, 시작부터 기분 좋게 하자구요. 매번 투덜투덜 토 달고 안 한다 그러면서도 결국엔 다 하잖아요. 설득하는 것도 한두 번이지 저도 점점 지친다구요."

레이나는 샴페인을 한 모금도 입에 대지 않았지만 술기운인 척 여태 쌓여왔던 분을 풀어내며 그가 오해하도록 내버려 두었다. 처음 만났을 때 보자마자 반말을 찍찍 내뱉질 않나, 매사 신경질이며 짜증에 욱하는 성격까지, 겉으론 생글생글 웃으며 티를 내지 않았지만 자신도 감정을 느끼는 사람인지라 그를 다루는데 쉽지만은 않았다.

운동할 때 최대한 간편한 차림인 탑과 짧은 핫팬츠를 즐겨 입는 자신이 지원의 앞에선 온몸을 꽁꽁 싸맸다. 여성회원들에겐 자신의 몸매가 운동에 집중하기에 자극제가 될 수 있어도 남자인 지원에겐 방해가 될 것 같아서였다. 아무리 애 같은 남자이지만 혹여나 자신을 여자로 느끼지 않게 하기 위해 일부러 꾸미려 하지 않았다. 아기자기하게 치장하는 것이 취미인 자신에게 민낯과 펑퍼짐한 트레이닝복 차림이 얼마나 곤혹스러운지! 이 남자는 과연 내 심정이 어땠을지 알고나 있을까?

"전에 운동해 봐서 알죠? 지금 페이스로 가다간 6개월 안에 체중 감량만 하는 다이어트로 끝내 버린다는 거. 다시 저 몸매로 돌아가고 싶지 않으세요?"

레이나가 거실 한복판에 떡하니 걸어둔 액자를 가리켰다. 울퉁불퉁 근육이 도드라져 보이는 과거 지원의 세미누드였다.

"저 남자 당신 취향입니까?"

지원은 레이나의 손끝을 따라 액자를 쳐다보곤 말했다.

"'저 남자'요? 사진 속 주인공은 지원 씨잖아요."

"지금 애인보다 매력적이에요?"

"무슨 소리예요? 나 남자친구 없다니까!"

이 사람이 진짜! 가뜩이나 솔로도 서러운데 누굴 약 올리나! 레이나는 신경질적으로 말했다.

"그럼 '저 남자'가 당신 좋아한다고 하면 연애할 의향 있어요?"

"자꾸 '저 남자' 하는데…… '저 남자'가 지원 씨이고 그러니까, 날 좋아……? 아니, 네?"

이, 이게 무슨 소리야……. '저 남자'라고 3인칭으로 지적하는 그는 본인 도지원이고…… 지금…… 나 좋아한다고 말하는 거야? 나 고백받은 거지?

레이나는 고백이라는 단어가 머릿속에 인식이 되자 온몸의 교감신경 신호가 보내졌는지 온몸이 벌겋게 달아오르며 심장 뛰는 소리가 귓가를 때렸다.

"어…… 저 그러니까. 어."

술술 잘만 나오던 말문도 막혀 버렸는지 레이나는 어떻게 이 상황에 대처를 해야 할지 몰랐다. 지원은 이리저리 눈알을 굴리며 당황스러움을 숨기지 못하는 레이나의 모습에 눈매를 부드럽게 휘며 슬며시 돌아섰다.

"여기 와서 앉아봐요."

우물쭈물 그녀가 거실에서 굳은 자세로 서 있을 동안 지원은 정수기 얼음을 비닐 팩에 두 군데 나누어 담아 얇은 수건으로 감싸고는 소파에 앉아서 그녀를 불렀다. 그의 부름에도 가만히 바라만 보고 있자 지원이 그녀를 이끌고 소파에 앉혔다.

"많이 부었네. 벌써 푸르스름하게 멍까지 들었어."

지원이 양 볼에 얼음주머니를 갖다 대며 걱정스런 말투로 말했다. 레이나는 지원의 눈을 똑바로 마주칠 수 없었다.

"누가 이렇게 만들었어요? 끝까지 말 안 해줄 거예요?"

윽박지르고 화난 목소리가 아닌 너무나 부드러운 목소리로 물어보자 레이나는 순간 순순히 모든 일을 고해바칠 뻔했다. 잠시만 얼음주머니를 받치고 있어달라는 부탁에 레이나는 양손에 얼음주머니를 쥐었다. 자유로워진 그의 기다란 손가락이 조심스럽게 입에 물린 머리카락을 떼어주었다. 그리고 산발이 다된 머리를 손가락을 빗 삼아 넘겨주며 정리했다. 다정하게 어루만져 주는 그는 그녀가 생각해 왔던 정신연령 3살짜리 남자가 아니었다. 묘하게 설레고 두근거리는 기분이 나쁘지만은 않았다.

진심으로 날 좋아하는 거예요? 그가 장난스레 던진 고백을 다시금 확인하고 싶었다. 여자 마음이란 것이 쉽게 흔들리는 갈대 같다는 말, 지금 레이나에게 딱 어울렸다. 지원이 얄밉고 답답하고 포기하고 싶을 정도로 짜증났었던 감정은 잊혀져 버렸다. 좋아한다는 고백에 새삼 살이 빠지면서 드러난 턱 선이 유독 도드라져 보였다. 숄더 프레스와 업라이트 로우로 단련시킨 단단한 어깨라인과 이두근과 삼두근이 서서히 드러날 기미를 보이는 팔뚝도 예뻐 보였다.

"아파요?"

지원의 허스키한 저음이 레이나의 가슴에 잔잔하게 퍼져 나갔다. 짙은 눈썹 끝에 자세히 보아야 알 수 있을 정도로 작은 점 하나가 있었고 날카롭다고 생각한 안경 속 그의 눈매는 맹수보단 강아지에 가까웠다. 시원하게 뻗은 콧대도 매력적이고……. 찬찬히 살펴볼수록 지원은 참 잘생기고 멋진 사람이었다. 하지만 차가운 기운이 볼에 점점 스며들 때 몽롱했던 정신이 하나씩 돌아오기 시작했다. 나는 트레이너, 지원은 자신을 고용한 회원이었다.

"저는요, 남자볼 때 외모 재력 성격 이런 거 안 보구요. 딱 두 가지 금기사항만 제외하고 다 환영이에요. 첫째로, 내가 관리하는 회원님과 그들의 소개를 받은 남자예요."

"내가 언제 레이나 씨 이상형 물어봤습니까? 때린 사람 얼른 불어요."

지원의 고백에 간접적으로 거절의사를 내비쳤지만 그는 가볍게 무시하고 그녀의 대답을 요구했다.

"말하면 뭐 해요. 지원 씨가 뭐 어쩔 건데요."

"아까 못 들었어요? 얼굴을 아작 내준다고."

"됐어요. 말이라도 고마워요. 이수진 걔 얼굴이 얼마짜린데……."

레이나는 끝말을 나지막하게 중얼거렸지만 지원의 귀에 확실히 꽂혀 들어갔다. 이수진, 이수진이란 말이지. 이름만 들어선 여자 같았다.

레이나가 울먹이며 하소연을 하던 것을 되짚어보면 그녀의 손을 거쳐 간 회원 같았다. 그 여자가 레이나를 돈독 오른 꽃뱀 취급을 했단 말인데…….. 그가 직접 겪어본 레이나는 절대로 그런 여자가 아니었다. 2억짜리 미술품 앞에서도 눈 하나 깜빡하지 않던 그녀가 아닌가? 겁 없이 남자 방을 들어와 이불을 걷어내면서도 고작 품에 안겼다고 얼굴을 붉히며 줄행랑치며 달아난 그녀가 꽃뱀이라니 말도 안 된다.

"저…… 정말 나 좋아해요?"

"누가요?"

레이나가 심각한 표정으로 곤란하다는 듯이 물어보자 지원은 괜한 심술을 부렸다.

"누구긴요, 도지원 씨죠."

"제가 언제 좋아한다고 그랬어요?"

"아까, 좀 전에 말했잖아요. 나 좋아하니까 연애하자고."

"그건 '저 남자'가 한 말인데."

지원이 눈짓으로 사진을 가리키자 레이나는 한숨을 내쉬었다.

"장난치지 말구우…… 머 하는 거에여?"

지원이 레이나의 양쪽 볼에 대고 있는 얼음주머니를 꾹 눌렀다. 그러자 레이나의 입술이 열리며 상하로 길게 벌어졌다. 짓눌려진 얼굴 사이로 뻐끔뻐끔거리는 입술에 어눌한 발음이 새어 나왔다.

"붕어."

레이나는 지원의 손을 볼에서 떼어내려고 애를 썼지만 찰거머리같이 딱 달라붙은 그의 손은 꿈쩍도 안 했다. 그녀의 노력을 가상하게 여겼는지 지원의 손이 느슨해지자 이때다 싶어 얼굴을 빼내려 했다.

얼얼하게 시린 얼음주머니가 떨어지고 따뜻하고 부드러운 지원의 손이 양 볼에 닿았다. 순식간이었다. 지원의 시선은 레이나의 입술에 머물더니 결국에 그의 입술을 그녀의 입술에 포갰다. 말랑한 입술 감촉이 전해오자 지원은 조금 더 욕심을 내며 벌어진 입술을 가르고 파고들기 시작했다.

놀란 토끼눈을 하며 굳어 있던 레이나가 지원의 혀가 입안으로 밀고 들어오자 얼음땡하고 마법이 풀린 듯 벗어나려고 몸부림쳤다. 아무리 강도 높은 웨이트닝을 지속적으로 해온 레이나이지만 남자의 힘을 넘어설 수 없었다. 하지만 레이나는 순간적인 힘을 발휘하며 지원의 배를 세게 차버렸다.

"윽!"

신음 소리와 함께 지원이 소파에서 굴러 떨어졌다.

"장난치지 마요!"

"으윽……. 너무 세게 찬 거 아닙니까?"

지원이 배를 움켜쥐고 고통스러운 목소리로 말했다.

"장난도 정도껏 해야지. 어떻게…… 어떻게 키…… 키스를!"

그가 아프거나 말거나 레이나는 목소리를 높이며 흥분해서 방방 뛰었다. 지원은 씩씩거리며 손으로 입술을 문지르는 그녀를 보며 쓸쓸한 미소를 띠었다. 이렇게 격하게 거부반응을 보이며 거절당할 줄이야.

"흠흠, 그나저나 두 번째 금기사항은 뭐예요."

레이나는 눈을 흘기며 입을 삐죽이 내밀더니 지원에게 폭탄을 던지며 방으로 들어가 버렸다.

"식스팩 없는 남자요."

## 08

레이나와 지원이 만난 지 어느덧 4개월째.

뜨겁게 내리쬐던 햇볕은 열기를 감추고 거실을 미지근하게 데웠다. 그들의 일상도 쳇바퀴처럼 돌고 돌아 매번 같은 일상이 반복되는 듯 보였지만 그의 몸은 눈에 띄게 탄탄하게 변해갔다. 넓은 유리창 밖의 서늘한 바람이 정원의 노랗게 물든 잎사귀들을 흔들 때 레이나의 몸짓도 바람을 따라 조금씩 흔들리기 시작했다.

여느 때와 다름없이 지원의 거실 바닥에는 핑크색 요가 매트가 나란히 두 장 깔려 있다. 한 장엔 지원이 다른 한 장 위엔 레이나가 있었지만, 오늘은 하나의 매트만이 두 사람의 열기를 고스란히 받아들이고 있었다.

"그만 흔들어요."

그의 부탁에도 불구하고 엉덩이를 좌우로 실룩거리며 발을 굴렸다.

"조금만 더요. 허리에 힘 더 줘요."

"헉헉, 이제…… 한계예요."

지원은 숨이 벅차올라 말을 내뱉기도 힘들었다. 매트 위로 그의 땀이 뚝뚝 흘러내렸다.

"벌써요? 이제 30초 지났는데요. 일 분은 버텨야죠."

레이나는 상체를 숙여 지원의 귀에 속삭였다. 그녀의 뜨거운 입김이 바들바들 떨며 균형을 유지하던 다리를 무너뜨렸다. 결국 매트 위에 지원은 쓰러지고 말았다.

"헉헉……."

지원은 엎드린 채 가쁜 숨을 몰아쉬었다. 레이나가 등에 올라타면서 그녀의 탄탄한 엉덩이가 짓누르고 있는 묘한 압박과 그녀의 맨다리의 부드러운 살결이 슬쩍 팔에 닿을 때 느껴지는 두근거림은 3초 이내 싹 달아나 버렸다.

"뭐예요. 다시 해요! 플랭크 하나 제대로 못해서 어떻게 식스팩을 만들어요?"

레이나는 지원의 배를 검지로 툭툭 건드리며 일어나기를 재촉했다. 지원은 오기가 발동해 다시 숨을 가다듬고 상체를 세웠다. 하지만 이번에도 쉽지만은 않았다. 제 몸무게도 감당하기 힘든데 거기에 레이나의 무게까지 더해지자 두 번째 버티기도 실패로 돌아갔다.

"다시!"

"헉헉. 좀 쉬었다 해요."

"안 돼요. 쉬지 않고 바로 해야지 효과가 있죠. 달랑 한 세트 해놓고 숨어 있는 근육에 자극이 가겠어요?"

레이나의 꾸짖음에 지원은 이를 악물고 다시 시도했지만 아직 복근의 힘이 부족해 또 와르르 무너져 내렸다.

"다시!"

레이나의 큰소리에 지원은 참다못해 몸을 일으키며 레이나를 등에서 떨어뜨렸다. 식스팩 없는 남자가 금기라고 하더니 그 이후 복근 운동만 강행이었다. 그녀는 자신의 고백을 용이하게 써먹고 있었다. 조금이라도 꾀를 부리고 느슨해지면 '식스팩'을 외쳐 대니 자존심 때문에라도 군말 없이 시키는 대로 따랐다. 하지만 점점 강도가 높아지는 운동 프로그램으로 의도적으로 그를 괴롭히려는 것에 대해서는 참을 수가 없었다. 레이나의 소심한 복수는 그의 인내심을 극에 다다르도록 시험하고 있었다. 지원은 재빠르게 레이나를 당겨 매트 위에 눕혔다. 상하가 바뀌고 상황이 뒤집어졌다. 그녀를 양팔 사이에 가두고 얼굴을 맞대었다.

"왜 이래요?"

강한 힘에 의해 눕혀진 레이나가 몸을 일으켜 세우려 하면 지원은 팔을 굽혀 상체를 숙여 빠져나오지 못하게 더욱 밀착했다.

"다른 운동 하죠? 푸쉬 업 어때요? 카운트 세요."

"지금 복근 운동 중이거든요? 얼른 비켜요."

레이나가 그의 어깨를 밀쳤지만 튼튼하게 세운 팔 기둥은 꿈쩍도 안 했다. 지원은 그녀의 푸시업 바에 가느다란 팔목을 밀어 넣고 두 다리도 꼼짝없이 지원의 양 발 사이에 가두어 버렸다.

"안 해요? 그럼 내가 하지 뭐. 하나, 둘."

그가 팔을 굽히며 아래로 상체를 내리자 지원의 상복부와 레이나의 가슴이 종이 한 장만큼 간격으로 아슬아슬하게 닿을 듯 말 듯하더니 땀으로 젖은 온기가 그녀에게 전해졌다. 지원이 숫자 셋을 셌을 때 이마를 타고 볼을 지나 턱 끝에 맺힌 땀방울이 그녀의 이마에 떨어졌다.

"아, 미안."

지원이 이마를 손으로 문지르며 닦아주었다. 땀을 닦아주느라 균형이 흔들리며 지원의 가슴이 레이나의 어깨에 닿았다. 어깨만 닿았나? 그녀의 치골에 살포시 닿은 것은 쏙 들어가 버린 지원의 똥배도 아니고 겉보기에 단단해 보이던 허벅지 근육도 아니고 그럼 이것은? 무시무시한 소시지 나라의 대왕마마가 아니신가?

볼록 솟은 대왕마마를 촉각으로 알아차린 레이나는 온몸이 뻣뻣하게 굳어져 갔다. 지원은 저항을 멈추고 얼굴이 벌겋게 달아오르며 사슴 눈알을 요리조리 굴리며 안절부절못하는 그녀를 보며 장난기 가득한 미소를 지었다.

지원이 다시 자세를 바로잡고 팔을 굽히는데 이번엔 땀방울이 레이나의 목에 떨어졌다. 뜨거운 것이 목덜미에서 느껴지자 레이나는 움찔거렸다.

"이…… 이제 그만해요."

짙은 그의 눈길이 닿은 곳이 활활 타오르는 것 같았다. 그저 땀 한 방울인데 그의 체온을 나눈 것처럼 뜨거워지며 야릇한 상상까지 하게 만들었다. 그는 그저 팔굽혀펴기를 하고 있을 뿐인데 말이다. 왜 이 상황에서 은아의 말이 떠오르는 건지.


"나는 우리 자기가 땀에 젖어 가쁜 호흡을 내쉴 때가 젤 섹시하더라."

정신 차려!

암, 그거랑 이거랑은 다른 상황이지!

레이나는 고개를 세차게 흔들고 사지는 붙들려 있으니 박치기라도 해서 벗어나려고 고개를 들어 올리는데 지원의 동작이 불과 0.1초 차이로 더 빨랐다. 그가 고개를 목덜미에 묻더니 혀로 살짝 흐르는 땀방울을 핥았다.

"뭐, 뭐 하는 거예요?"

"땀 닦아준 건데."

레이나는 당황스러우면서도 이상야릇한 느낌에 말을 더듬고 몸을 부르르 떨었다. 음성에는 장난스러움이 묻어났지만 먹잇감을 눈앞에 둔 짐승처럼 뜨거운 그의 눈빛은 그녀의 심장을 더욱 두근거리게 만들었다. 지원의 머리카락을 타고 내려온 물방울이 이번엔 절묘하게 귓불 끝에 떨어졌다.

설마! 귀에도?

레이나는 눈을 질끈 감고 고개를 돌려 버렸다. 그녀의 기대에 응해주듯 지원은 귓불을 향해 입술을 가져가더니 이번엔 살짝 물고 귓속으로 혀를 집어넣었다.

"흐응."

축축한 혀의 촉감이 귀에 닿자 저도 모르게 이상한 소리를 내버렸다.

아~악!

이렇게 부끄러운 소리가 진정 내 입에서 나온 것이냐?

지원이 큰소리로 웃으며 그녀를 비웃을 것 같은 생각에 너무 창피했다. 그의 웃음소리는 도저히 들을 수 없어 귀라도 막고 싶은데 양손은 묶여 있고 이러지도 저러지도 못하는 상황에 눈꺼풀을 꾸욱 눌러 닫고 있었다.

"눈 떠봐요."

"왜요?"

"주름 생겨요."

"뭐라구요?"

지원의 한마디가 야릇한 분위기 속에 긴장감을 깨뜨려 버렸다. 레이나의 눈이 번쩍 뜨이고 그를 노려봤다.

"싫으면 고개 돌려요."

이번엔 웃음기 하나 없는 지원의 목소리가 울렸다. 그의 말이 떨어지자마자 턱 끝에 아슬아슬하게 맺혀 있던 마지막 땀방울이 그녀의 입술을 향해 떨어졌다.

"뭐 하려구요?"

"닦아내기."

두근. 아무렇지도 않을 거라 생각했는데 장난스럽게 입을 맞추던 그때와 달리 레이나의 심장은 쿵쾅거리기 시작했다. 지원의 입술이 살포시 그녀 입술 위에 겹쳐졌다. 이어 그의 혀가 그녀의 입술을 열고 안으로 밀려들어갔다. 맞닿은 그의 숨결이 너무나 뜨거웠다. 푸시업 바로 몸을 지탱하던 지원의 무게중심이 레이나에게 옮겨갔다.

그의 손이 그녀의 머릿결 사이로 파고들며 그녀와 한 치의 틈도 허락하지 않겠다는 듯 더 가깝게 옥죄어왔다. 레이나의 눈이 어느

순간 스르륵 감겨 있었다. 혀가 몇 번이나 얽히며 그의 더운 숨을
받아들일 때마다 머릿속이 하얗게 비는 것만 같았다. 목선을 따라
내려오는 그의 손가락이 그녀의 쇄골을 지나 그녀의 상의 끝자락
에 다다랐다. 돌돌 말려 올라간 천 아래의 봉긋한 가슴에 그의 손
이 덮였다. 손끝에서 전해지는 부드럽고 말캉한 촉감과 코끝을 간
질이는 그녀의 향긋한 살내음이, 그의 다리 사이에 자리 잡은 그
녀의 한쪽 다리가 그의 중심을 뜨겁게 달구었다. 지원의 터질 듯
한 흥분을 느낀 레이나는 몸을 들썩이는 저항과 함께 눈을 뜨고
그를 바라봤다. 끈끈하게 이어졌던 그들의 입술도 떨어졌다.

욕망, 갈등, 불안, 그리고…… 두려움.

그녀의 눈동자가 흔들렸다.

"저……."

"아무 말 하지 말고 잠시만 이렇게 있어요."

지원은 그녀를 일으켜 세우며 입을 막았다. 양팔로 감싸 품 안
에 가두며 껴안고 말했다. 빠르게 뛰는 그의 심장과 레이나의 심
장이 박자를 맞추며 화음을 이루었다. 뜨거운 열기는 여전히 그들
을 감싸고 있었다.

"내가 참고 견딜 거니까. 도망가면 안 돼. 계속 옆에 있어요."

지원은 그녀의 온기를 모조리 거두어가는 듯 힘껏 끌어안은 뒤
느슨하게 풀어주었다. 그리고는 아무 일도 일어나지 않은 것처럼
표정을 다듬고 다시 매트 위에 엎드렸다. 그녀의 거절 혹은 승낙.
거절에 가까운 대답을 듣기엔 이제 겨우 딱지가 가라앉아 아물고
있는 상처가 너무나 깊었다. 흘리듯 던져 버린 고백도 거짓 같던
키스도 다시 겪을 아픔에 대한 두려움이었다. 이번만은 놓치고 싶

지 않아서 더욱 조심스러웠다.

"마무리 운동은 혼자서도 잘하실 수 있죠?"

레이나는 애써 담담한 척하려 했지만 목소리가 떨리는 건 어찌할 수 없었다. 지원은 그녀가 시야에서 사라질 때까지 애꿎은 푸시업 바를 눌러가며 팔을 굽혔다 폈다 반복했다.

❖

"선물이요?"

레이나는 두 손 안에 들어올 정도로 작지만 적어도 10킬로 정도 무게가 느껴지는 선물박스를 넘겨받고 앙증맞게 묶인 리본의 끝을 만지작거리면서 물었다.

"풀어봐요."

지원이 무심하게 말했다. 레이나는 선물이라고 던져 주고 관심 없는 듯 휙 돌아서 버리는 그의 뒷모습에 혀를 내밀었다. 상자를 흔들어보며 귀를 갖다 대어보고 냄새도 맡아보았지만 그 정체를 알아챌 수 없었다.

상당히 묵직한 것을 보아 밀도가 높은 물건인데……. 설마? 레이나는 지원의 쓰레기소각장 같던 그의 거실에서 발견한 보석함이 떠올랐다.

"쥬얼리인가? 이런 거 딱 질색인데……."

이 남자. 여자라면 반짝거리며 주렁주렁 달린 것들을 좋아한다고 생각하는 유형인가 보다. 목걸이 귀걸이 반지 등 액세서리들을 회원들에게 가끔 선물받은 적은 있다. 예의상 받기는 했지만 실질적으로 몸에 두르고 다닌 적은 없었다. 직업상 헬스기구들을 손에 쥐고 어깨에 두를 때도 있는 레이나에겐 값비싼 장신구들은 거추장스럽기만 할 뿐이었다. 그리고 무엇보다 상자의 묵직함이 마냥 순수하고 소녀 같던 여운이 떠올라서 떨치고 싶은 거부감이 들었다.

"저 이거 못 받아요."

"뭔지도 모르면서 거절이에요?"

지원은 포장을 뜯어보지도 않은 채 불쑥 내밀어진 상자를 보며 미간을 좁혔다.

"음⋯⋯. 안 열어봐도 알 것 같아서요. 다시 가져가세요."

"필요 없으면 버려요."

"네? 버리라고요? 엄청 비싸 보이는데, 환불해요."

아무리 돈의 개념이 없다지만 멀쩡한 금덩이들을 왜 버리느냔 말이다. 레이나는 지원의 손에 상자를 쥐어주며 거듭 말했다.

"환불해요. 알았죠?"

"됐어요. 얼마 안 나가는 물건이니까 버리든지 팔든지 당신 마음대로 해요."

지원은 몇 시간 동안이나 웹서핑을 하며 겨우 구해온 것을 레이나가 포장을 뜯기도 전에 거절을 하자 서운함이 물밀듯이 밀려왔다. 그녀에게 고백 후 나름 서프라이즈 선물이었는데 이렇게 매정하게 거절당할 줄은 몰랐다. 지원은 다시 상자를 레이나의 품으로 넘겼다. 하지만 레이나가 팔을 뻗으며 곧장 돌려주었다.

"어서 환불해요."

"알아서 하라니까요. 선물 몰라요? 이제 내 꺼 아니에요."

"못 받는다니까요. 이런 선물은 선물이기보다 뇌물 같아요."

"뇌물?"

"그래요. 나 이런 거 받으려고 지원 씨랑 같이 홈 트레이닝 하는 사람 아니에요."

유독 날카롭게 쏘아붙이는 그녀의 말에 지원은 그녀가 뭔가 오해를 하고 있다는 생각이 들었다. 뇌물치고는 값싼 물건이었다. 지원은 그녀에게 상자를 건네며 조심스럽게 말을 건넸다. 여운에게 보석함을 선물할 때와 비슷한 상황이 어렴풋이 떠올라 레이나와 여운이 겹쳐지면서 이번에도 거절당하면 가슴이 쿵 하고 내려앉을 것만 같았다.

"안에 든 거 위험한 것 아니에요. 뭐를 예상하고 있는지는 잘 모르겠지만 당신 생각해서 고민하고 고른 거니까 사람 성의를 생각해서 모른 척 받아요."

"싫어요."

이번엔 강경히 레이나가 상자를 쳐냈다. 지원이 이제는 오기라도 그녀에게 준비한 선물을 보여주고 싶었다. 포장지를 거칠게 떼어내고 그녀의 눈앞으로 밀었다. 좋아하니까 뭐든 주고 싶고 더 챙겨주고 싶은 마음이 드는 건 당연하잖아?

"그럼 뭔지 보기라도 해요!"

"싫다니까!"

레이나는 눈을 질끈 감고 보지 않으려고 애를 썼다. 지원과 레이나는 서로 상자를 밀어내기 바빴고 거칠게 오가는 손길 가운데 상자 안에 조용히 주인을 기다리고 있던 동그랗고 새까만 흑요석 같은 눈과 핑크색 코를 지닌 고양이 캐릭터 케틀벨이 흔들렸다.

쿵.

흰색 고양이가 중력에 의해 레이나의 발등에 둔탁한 소리를 내며 떨어졌다. 레이나는 왼쪽 발등에서 또르륵 굴러가는 케틀벨을 바라보며 눈을 동그랗게 떴다. 당황스럽긴 그도 마찬가지였다.

"레이나! 괜찮아?"

지원이 먼저 상황을 파악하고 황급히 말을 뱉으며 그녀의 발을 매만졌다.

"으…… 윽!"

지원이 레이나의 발가락을 살짝 건드리자 그제야 발끝에서 전해져 오는 고통을 느꼈다.

"이런! 부어오르고 있어. 뼈 부러진 거 아니야?"

참아보려고 어금니를 꽉 깨물고 주먹을 쥐었지만 너무 아파서 온몸이 달달 떨려왔다. 발끝에는 감각이 없었다. 화르륵 타오르는 느낌이 화로에 발을 얹어놓은 것 같았다. 괜찮다고 말을 하고 싶은데 신음만 새어 나올 뿐 발목을 부여잡고 고통을 삭이려 애썼다.

"업혀. 병원 가자. 빨리 업혀요."

지원이 다급한 목소리로 그녀의 앞에 몸을 굽혀 등을 보이며 재촉했지만 레이나는 손 하나 까딱 할 수 없을 정도로 굳어 있었다. 일그러지는 얼굴에서 눈물이 또르륵 흘러내리자 그는 재빨리 이동 방법을 바꾸었다. 그녀의 겨드랑이와 무릎 사이에 팔을 끼우고 들어 올리고는 밖으로 뛰쳐나갔다.

지원은 정신없이 달렸다. 어떻게 응급실에 도착했는지도 몰랐다. 그녀를 침대에 눕히고 간단한 설명을 의사에게 전한 후 엑스레이를 찍기 위해 사라진 그녀의 빈자리를 보고는 그제야 숨을 돌렸다. 의자에 털썩 자리를 잡고 안도의 한숨을 내뱉었다. 아니, 안도라기보다 자책과 실망의 한숨에 가까웠다. 그녀를 기쁘게 해주겠다고 준비한 선물이 도끼가 되어 그녀의 발등과 발가락을 박살내버렸다. 지원은 손으로 얼굴을 쓸어내리며 마른세수를 했다.

바보 같은 놈.

그딴 걸 왜 선물이랍시고 준비해서는…….

'괜찮아요. 근데 키티 케틀벨은 어떻게 구했어요? 완전 갖고 싶었던 건데. 고마워요.'

시린 통증에 식은땀을 흘리면서도 레이나는 애써 미소를 지어보였다. 죽는 것 아니니까 걱정 말라는 그녀의 위로에 더욱 죄여오는 가슴은 쓰라림이 더했다. 차라리 자신의 발등 위에 떨어졌더라면, 케틀벨 따위 선물로 줄 생각 따위를 하는 자체가 병신 머저리 같았다.

"캐스트(cast)는 8주 정도 해야 될 것 같아."

"그럼 8주 동안 깁스한 채로 있어야 돼요? 운동은 언제쯤 가능할까요?"

지원은 레이나의 목소리가 들리자 벌떡 자리에서 일어났다. 휠체어에 앉아 있는 그녀는 흰 가운을 입고 있지 않으면 그의 직업이 모델이라 생각할 정도로 잘생긴 외모에 큰 키의 남자와 대화를 나누고 있었다. 그의 왼쪽 가슴에는 파란색 실로 '장시원'이 수놓아져 있었다.

"최민수 씨. 지금 발가락 뼈 하나와 발등 뼈 두 개가 부서진 사람이 할 소린가요?"

"네네. 죄송합니다. 진통제 맞고 나니 잠시 나갔던 정신이 돌아와서 그래요."

"정신 차렸으면 얌전히 뼈 붙을 때까지 쉴 생각부터 해야지."

그의 손가락이 레이나의 이마를 톡톡 건드리자 지원의 미간이 좁혀졌다. 그들은 단순한 의사와 환자의 관계가 아닌 것 같았다.

"근데 오빠, 혹시 우리 엄마한테 연락했어?"

"아니, 아직."

"휴……. 다행이다. 고마워. 울 엄마 트레이너 일 가뜩이나 못마땅해하시는데 다쳤다고 하면 당장 그만두라고 난리칠 게 분명하셔."

"은아한테는 말했는데……."

"뭐? 왜 그랬어!"

레이나가 발끈하며 외쳤다.

"말하면 안 되는 이유 있어? 왜 그렇게 과민반응이실까?"

시원은 레이나의 반응에 흥미로운 듯 한쪽 입꼬리를 슬쩍 올렸다. 저 표정. 장시원이 무슨 꿍꿍이가 있을 때마다 나오는 건데…….

"은아한테 뭐라고 했어?"

"그냥 너 우리 병원 응급실에 와 있다고……."

시원이 끝말은 조용히 흐렸다. 레이나가 어떤 남자 품에 안겨서 새벽에 응급실을 방문했다는 사실을 교묘하게 바꿔 은아에게 전해줬다.

그때였다. 호랑이도 제 말 하면 온다더니 거품이 가득한 긴 머리를 휘날리며 머리카락의 물이 뚝뚝 떨어져 색이 바랜 버버리 코트를 걸친 은아가 응급실 문을 열고 뛰어 들어왔다. 그들에게 다가가려던 지원의 시선도 그녀에게 돌려졌다.

"민수야! 최민수 어~엉엉. 이놈의 기집애. 아이고 우짜노…….
그러기에 진작 연애 좀 하라니까. 으허헝……."

눈물 콧물 범벅이 된 은아는 응급실을 두리번거리더니 교통사고로 의식을 잃은 환자의 심폐소생술이 이루어지고 있는 침대로 다가갔다. 커튼을 두르고 있어 막 안의 상황은 알 수 없지만 긴박한 의사들의 대화에 은아의 울음소리는 점점 커져 갔다.

"쟨 또 왜 저래요?"

레이나는 은아를 가리키며 시원에게 물었다. 시원은 레이나의 물음에 그저 킥킥거리며 터져 나오는 웃음을 삼켰다.

"엉엉……. 세상에 진짜 복상사가 있었노. 못 믿겠다. 민수야.
어~어어엉 죽으면 안 된다. 이래 가면 우짜노. 살아야 된다."

당황하면 사투리가 튀어나오는 은아는 이제 바닥에 주저앉아 통곡하기 시작했다. 다쳤다는 말에 저렇게 서럽게 우는 그녀를 보며 괜히 코끝이 찡했다.

가만! 이거 이상한데…….

죽는다니? 난 골절 때문에 응급실에 온 것뿐. 은아가 울먹이는 말을 되짚어봤다.

보…… 복, 복상사? 저 가시나가 미쳤나.

레이나는 이젠 배를 움켜쥐고 웃음보가 터진 시원을 노려보곤 휠체어를 빠르게 굴리며 은아에게 다가갔다.

"너 뭐 하냐?"

레이나는 오른발로 그녀의 등을 툭 건드리며 물었다. 위에서 내려본 그녀는 맨살에 코트 하나만 걸친 듯 속살이 고스란히 다 보였다. 샤워 중에 급히 뛰쳐나온 듯 샴푸 거품이 달콤한 향기를 풍겼다.

"응? 민수야아~ 아, 살아 있었네, 살아 있었다."

은아는 멀쩡하게 살아 있는 레이나를 발견하고 덥석 끌어안으며 울먹였다. 레이나는 휠체어 덕분에 비스듬하게 어깨를 감싸며 불편한 자세로 안겨오는 은아의 등을 토닥여 줬다. 손 박자에 맞춰 차츰 진정이 되는 듯해 시원이 뭐라 말해서 다급하게 뛰쳐나왔는지 물었다.

"크흡. 오…… 오빠가 네가 덩치 댑따 큰 육식남 품에 안겨서 복…… 복상사 일어나따아고오옥. 으어흥."

"복상사? 불상사겠지."

시원이 교묘하게 말장난을 치면서 또 은아를 놀렸음에 분명했다. 레이나가 시원을 노려보자 그는 슬쩍 딴청을 피우며 피했다.

이번엔 사람 목숨가지고 장난을 쳐? 그걸 곧이곧대로 믿는 너도 엄청 바보다.

레이나는 입매를 일자로 늘리고 은아에게 한심한 눈길을 보냈다.

"수움도 못 쉬고 못 일어난다고오 그랬단 말이야."

"운동하다가 발등 다쳐서 응급실 온 것뿐인데?"

울음에 들썩이는 가슴을 부여잡으며 주절대던 은아가 되물었다.

"발등?"

그제야 휠체어에 앉은 그녀를 알아차렸는지 은아는 품 안에서 벗어나며 위아래로 훑었다. 은아의 표정이 점점 사나워졌다. 샤워 중에 걸려온 시원의 전화를 화장실 인터폰으로 받을 때부터가 문제였다. 다급한 시원의 목소리에 죽어간다는 친구의 상황 설명까지 샤워기 물줄기에 묻혀 정확하게 전달되지 않았던 것이다. 응급실과 사(死), 그리고 도적 같은 남자에 연애 한 번 제대로 못한 친구 민수, 단어들이 복잡하게 얽히고설키다 보니 그녀의 마지막 판단은 절친 민수가 무시무시한 남자 때문에 복상사로 죽을지도 모른다는 것이었다.

"장시원 너……."

"난 거짓말한 적 없다."

시원은 레이나의 뒤로 슬쩍 몸을 숨기며 말했다.

"죽을래?"

은아는 마치 공포영화에 나오는 죽음의 인형처럼 눈을 부릅뜨고 손을 번쩍 들어 올렸다.

"진짜예요. 봐, 육식남도 있잖아."

시원이 슬그머니 한 발짝 뒤로 물러서며 그들 곁에 병풍처럼 서 있던 지원을 가리키며 말했다. 레이나도 한 편의 라이브 쇼를 보여준 은아 덕에 잠시 잊고 있던 지원이 눈에 들어왔다. 쌍꺼풀 없는 눈매만으로도 날카로운 느낌에 흐트러진 머리와 까끌까끌한 턱수염이 그의 인상을 더욱 무섭게 만들었다. 후줄근한 트레이닝복 아래에 덥수룩한 다리털을 따라 시선을 옮긴 은아는 남자의 정체가 뭐냐고 레이나에게 눈짓으로 물었다.

"덩치 큰 도지원입니다."

"에에? 조은아예요."

레이나의 대답보다 지원이 먼저 나서서 오른손을 내밀었다. 은아는 뒤끝 있는 지원의 소개에 당황해하며 얼떨결에 악수에 응했다.

"PT회원님이셔."

"아 그래요? 반갑습니다."

레이나의 부가적인 설명에 은아는 이제 이해가 된다는 듯 꾸벅 고개를 숙였다.

"근데, 민수 너 심야수업도 하는 줄 몰랐다."

은아가 자신에게 당한 사실을 잊고 지원에게 시선을 돌리자 기회를 놓치지 않고 시원이 불쑥 끼어들었다. 레이나가 회원이라고 소개를 할 때 지원의 살짝 일그러지는 표정을 감지한 시원은 단순히 회원과 트레이너 관계가 아님을 확신했다. 고통에 잠시 정신을 잃은 그녀를 꺼안고 다급하게 의사를 부르던 그는 마치 말기 암환자의 운명을 지키는 보호자처럼 굴었고, 엑스레이 결과를 기다릴 때는 보는 사람이 안쓰러울 정도로 초췌하고 수척한 모습이었다. 시원은 은근슬쩍 레이나의 이마를 튕겼다. 질투에 불타오르는 그의 화기를 뒤통수로 고스란히 받아내지 않았던가? 누가 봐도 사랑에 빠진 남자의 행동이었다.

"그러게, 그리고 말이야. 너 언제부터 남자회원도 맡았니?"

"어? 그게 어떻게 된 거냐면."

레이나의 말을 자르며 은아가 버럭 끼어들었다.

"내가 그렇게 우리 소속사 애들 혁이랑 지후 맡아달라고 했을 때 딱 잘라 거절하더니!"

"은아야, 그러니까."

"둘러댈 생각 마. 나 무지 실망했어. 너한테 내가 고작 이런 존재라니……."

정작 따져 물어야 할 사람은 시원임에도 주제가 레이나의 남자 회원 관리로 넘어가더니 은아는 방향을 틀어 레이나에게 따져들기 시작했다. 우정보다 돈을 택하다니 너와 함께한 10년은 쥐똥만큼의 신뢰도 쌓지 못할 정도로 짧은 시간이었니? 이런 것도 친구라고 죽어간다는 소리에 정신없이 샤워 도중에 옷도 제대로 못 껴입고 뛰쳐나왔어.

다다다 쏘아대는 은아의 말부리를 피하느라 다시금 머리가 쿡쿡 쑤셔오는 것 같았다. 오만 가지 생각이 머리에서 맴돌면서 솔직하게 얘기를 해서 은아의 입을 닫아버리든가 대충 둘러대고 친구 소속사의 남자 연예인들까지 맡을까 고민했다.

"그럼…… 사귀는 사이야?"

"아, 아니야!"

무심결에 던진 은아의 질문에 단번에 걸려든 레이나는 손사래를 치며 부인했다.

"강한 부정은 긍정이라는데……."

"그냥! 회원일 뿐이라고……."

레이나는 곁눈질로 지원의 반응을 살폈다. 괜히 신경이 쓰였다. 상처받은 눈으로 자신을 바라본다면 괜히 가슴이 먹먹해질 것 같았다. 하지만 힐끔 훔쳐본 그의 표정은 무색하게도 너무나 덤덤해 보였다. 묘하게 흐르는 정적 사이에 시원이 화제를 돌렸다. 시원과 은아는 레이나에게 특실 입원을 권했지만 극구 사양하며 일반 병실 귀퉁이에 자리를 잡았다.

새벽 두 시 응급실을 벗어난 정형외과 병동은 고요했다. 응급실 당직이라고 나가 버린 시원과 지원이 텅 빈 냉장고를 채우기 위해 마실 거라도 사오겠다며 자리를 비켜줬다. 레이나는 뚱한 표정으로 그녀의 곁을 지키면서도 서운한 기색을 숨기지 않는 은아에게 지원을 맡게 된 사정을 곱게 포장해서 설명을 했다.

"그래서! 지금 한집에서 살고 있다고? 성인 남녀 단둘이?"

방음 처리가 잘 되지 않는 2인 병실에서 은아의 목소리가 복도까지 울렸다.

"소리 좀 낮춰. 흥분하지 마. 네가 상상하는 일은 없었으니까."

"설마. 전혀 아무 일도 없었다곤 말할 수 없겠지?"

아무 일이라……. 레이나는 저도 모르게 지원과의 일이 떠오르자 불그스레 볼이 달아올랐다.

가벼운 버드키스와 현빈의 윗몸일으키기 키스를 능가하는 푸시업 키스도 나눴단다.

"음…… 없었어."

"거짓말. 아까 보니까 그 남자 널 바라보는 눈빛이 장난이 아니던데……."

뜸을 들이며 부정하는 레이나의 말에 은아는 콧방귀를 꼈다.

"사실…… 그 사람이 나 좋대."

레이나는 달싹거리는 입술을 마지못해 조용히 열었다.

"그래? 너한테 대놓고 고백까지 했어?"

"어? 어."

"그런데 사귀는 건 아니다?"

"응."

"너는 그 사람 어떻게 생각하는데?"

"글쎄……. 근데 나 회원이랑은 연애 안 하잖아."

'흠……. 요것 봐라. 모태솔로 주제에 연애 고수처럼 말하네.'

무슨 상상에 빠졌는지 얼굴이 벌겋게 익은 토마토가 되어선 수줍어하는 레이나를 보며 뒷말은 속으로 중얼거렸다.

은아는 혀를 끌끌 차며 병원 화장실에서 대충 씻어낸 머리의 거품기가 남았는지 머리카락 끝을 따라 가슴골로 향하는 미끌미끌한 액체를 손으로 털어내며 짜증스런 말투로 말했다.

"내가 보기엔 너 이미 반쯤 넘어갔어. 어찌 됐든 너한테 도지원은 단순한 회원 그 이상의 남자인 건 맞지?"

레이나는 곰곰이 생각해 본 적 없던 의문을 던지는 은아 덕에 지원이 자신에게 어떤 존재인지 되짚어보았다. 은아 말대로 처음부터 단순한 회원은 아니었다. 레이나의 여성전용이란 수식어를 첫 번째로 떼어버린 사람이니까……. 망가뜨린 예술품의 보상금을 갚고 수업료 또한 받지 않으니 돈으로 얽힌 관계도 아니다.

"솔직히 잘 모르겠어."

"너 분명히 해. 네가 넘치게 쏟아붓는 관심 때문에 애꿎은 사람 오해하게 만들지 말고 상처 주지 마. 애정이랑 동정은 다른 거라고."

동정이라니……. 동정은 아니야. 그에게 뭔가 더 해주고 싶은 마음은 가득하지만 애처롭고 가엾다 느껴지지는 않아.

"동정이라는 단어가 거슬려? 그럼 동감이라고 해야 하나. 탁 까놓고 말하면 너 도지원 씨에게 끌리는 것 그 남자에게서 네 과거가 보이는 것 때문 아니야? 예전에 한 번 봤을 때 느낌과 많이 달라서 긴가민가했는데 현성금융 도지원 맞지?"

레이나는 은아의 첫 번째 물음에는 고개를 저었고 두 번째 질문에는 고개를 끄덕였다.

"민수야, 네가 사교계에서 아줌마들이랑 다이어트 관련 수다만 떨다 와서 잘 모르겠지만 그 사람 이쪽 세계에서 그리 소문이 좋지만은 않아."

"알아."

"알고 있다고? 그런데도 같이 한집에서 지낸다고?"

은아가 눈을 동그랗게 뜨며 흥분해서 목소리를 높였다.

"결혼까지 생각한 여자에게 실연을 당하고 몸도 마음도 아픈 건 당연한 거야. 소문은 소문일 뿐 너무 과대해석하지 마. 그리고 소문처럼 나약한 사람도 아닌걸."

"너야말로 잘못 알고 있어. 누가 나약한데? 오히려 그 반대라서 문제지."

"반대?"

"그러니까! 도지원 그……."

은아의 목소리는 갑작스런 지원의 등장에 의해 끊어져 버렸다.

"제가 방해가 됐나요? 하던 얘기 마저 나누세요."

지원이 돌아서려 하자 은아는 그를 말렸다.

"아니에요. 저 막 나갈 참이었어요. 민수야, 나 그만 가볼게."

"어어. 그래야지."

은아는 헛기침을 내뱉으며 괜히 침대 난간을 만지작거렸다. 그녀 못지않게 레이나도 당황스럽긴 마찬가지였다.

언제부터 듣고 있었을까? 은아 목소리 엄청 큰데……. 다 들렸겠지? 하지만 평소의 무덤덤한 표정에 약간의 피로가 섞인 그의 얼굴에선 아무것도 읽어낼 수 없었다.

"내일 올 수 있으면 또 올게."

"응. 고마워. 잘 가."

은아는 도둑이 제 발 저린다고 지원의 눈을 맞추지 못하고 고개를 꾸벅 숙이는 것으로 인사를 대신한 그녀는 그의 등 뒤에서 전화로 대신한다는 뜻을 담은 손 모양을 귀에 대고 흔들며 병실을 빠져나갔다.

"지원 씨도 들어가 쉬세요. 저 혼자 있어도 돼요. 피곤하죠? 얼른 집에 들어가요."

그는 대답 대신 레이나가 누워 있는 침대 아래의 보조 침대를 꺼내며 그 위에 털썩 몸을 뉘었다. 190cm 가까이 큰 키의 소유자인 그가 차지하기엔 매트리스가 몹시 짧았다. 만약 보조 침대가 '프로크루스테스의 침대'였다면 그의 무릎 밑으로 종아리는 반이나 잘려 나갔을 거다.

2인실 병실에 그녀 혼자 입원한 상태라 비어 있는 침대를 가리키며 좀 더 편한 자리를 권했지만 지원은 삐걱거리는 매트 스프링을 무시하며 새우등을 만들어 몸을 구겨 간신히 보조침대에 몸을 맞추었다. 불편함을 감수하며 자리를 잡는 그를 말려야 한다고 머리로 외치지만 그로부터 전해지는 따스한 체온은 든든하게 느껴져 입을 다물어 버렸다.


새벽의 희뿌연 안개가 가로등 빛을 빌려 레이나의 얼굴 위로 은은하게 비추고 있었다. 분명 곤잠에 빠져들 시간이지만 그와 숨소리가 얽혀들어 점점 또렷해지는 의식에 레이나는 눈을 말똥말똥 뜨고 있었다. 한 공간에 나란히 천장을 바라보고 있으니 그의 곁에서 누워 스트레칭 동작 설명을 했을 때와는 또 다른 느낌이었다.

"조은아 씨, 많이 친한 친구인가 봐요?"

조용히 숨결만 흐르던 병실에 지원의 음성이 잔잔하게 울렸다.

"네. 십 년 지기 절친이에요."

"그…… 의사 선생도 친구예요?"

"의사 선생? 아, 시원 오빠요? 친구는 아니고……."

"그럼 뭡니까?"

뜸 들이는 레이나의 느긋한 말 속에 유독 오빠라는 단어가 그의 심기를 건드리고 있었다.

"오빠랑 나 무슨 관계인지 궁금해요?"

"……."

레이나가 상체를 굽혀 지원과 눈을 마주쳤다.

"궁금하면 오백 원, 아니, 천 원."

"지갑 안 들고 왔어요."

장난기 가득한 그녀와 달리 그의 목소리는 딱딱하기만 했다.

"이거 몰라요? 이거 유행언데."

"남자친구는 아니죠?"

"시원 오빠가요? 오빠가 남자친구라……. 오빠 같은 남자가."

"오빠 소리 좀 그만해."

순간 버럭 지원이 소리쳤다.

"왜요? 오빠를 오빠라고 하지 언니라 부를 순 없잖아요."

"하……."

"지금 질투하는 거죠?"

"맞아."

"너무 쉽게 인정해 버리면 재미가 없잖아요."

"사람 마음가지고 장난치면 재미있어?"

빈정거림 싹 빼버리고 나무라는 그가 어느 순간 코앞으로 다가왔다.

"질투할 것도 없어요. 7살짜리 딸도 있는 품절남인데요. 은아 남편이에요."

그녀의 말에 느슨하게 풀리는 듯했던 그는 레이나가 친구 남편을 오빠라 칭하면서도 서슴없이 스킨십을 하는 것과 무엇보다 조각처럼 잘생긴 시원의 얼굴이 떠오르자 다시 딱딱하게 굳어버렸다.

"그나저나 어떡하죠? 계획했던 운동 프로그램대로 못할 것 같은데."

레이나가 원하는 식스팩이 선명하게 배에 박혀 있지는 않지만 지원은 '육식남' 단어가 어울릴 만큼 그녀와 함께한 4개월 동안 단단한 몸매로 탈바꿈했다. 그가 스스로 운동하겠다는 결심이 확고히 서게 됐고 육체적으로 정신적으로 그는 건강해졌다. 자신감도 상승하고 무엇보다 자신을 사랑하게 된 그를 보며 트레이너로서 성취감에 뿌듯했다.

이제 막바지에 들어선 다이어트 일정에 전치 8주라는 예상치 못한 부상이 걸림돌이 돼버렸다.

"뼈 완전히 붙을 때까지 걱정 말고 쉬어요. 나 혼자서도 할 수 있으니까."

"안 돼요."

"잘해오고 있었잖아요. 이제 혼자 할 수 있어요."

"지금이 딱 그 시기라니까요. 거만의 시기! 다이어트에 흥미를 느끼고 몸매가 변화되는 모습이 보일 때쯤 다들 거만해지거든요. 혼자서도 잘할 수 있을 것 같고, 자극적인 음식도 먹으면 살 안 찔 것 같고 그럴 때 옆에서 따끔하게 조언해 주는 사람이 필요한데……."

쪽.

입막음엔 입을 맞대는 것이 최고다. 레이나는 지독하게 트레이너란 직책을 한순간도 잊지 않았다. 갑자기 들어온 입맞춤 공격에 당황하는 모습은 영상으로 남겨 평생 무한반복 재생할 정도로 귀여웠다.

"우리 민수 다크서클이 턱 끝까지 내려왔어도 예쁘네."

지원이 시트를 당겨 턱 끝까지 덮어주곤 손으로 평평하게 다듬었다.

"진지하게 말하고 있는데! 그리고 레이나라 불러요."

끝까지 숨기고 싶었던 본명이 그의 입에서 나오자 레이나는 새침하게 대꾸했다.

"굿 나잇 키스 한 번 더 할까요?"

"싫어요. 도지원 씨 왜 이리 능글맞아졌어요. 사람이 갑자기 변하면 죽을 때가 다 돼서 그렇다던데……."

"최민수 씨 얼른 자요. 나도 이제 자야겠어요."

지원은 말이 떨어지기 무섭게 바로 곯아떨어졌다. 규칙적인 숨소리가 쌕쌕 들려오자 레이나는 몸을 틀어 한 손으로 턱을 괴고 다른 손으로 그의 볼을 쿡쿡 찔렀다.

"진짜 잠들었어요?"

드르렁~ 이젠 코골이까지 했다.

은아가 알고 있는 지원 씨는 어떤 사람일까요? 마음속으로 중얼거린 말임에도 그가 목소리를 듣고 반응을 하듯 레이나를 향해 몸을 틀었다. 레이나는 희미하게 미소를 띠며 눈길로 그의 전신을 쓰다듬었다. 그녀가 고정한 시선 끝자락에는 가지런히 벗어둔 지원의 신발이 보였다.

피식.

저절로 웃음이 새 나왔다. 슬리퍼 한 짝과 구두 한 짝. 정신없이 현관을 뛰쳐나올 때부터 알아봤어.

'많이 길었네.'

레이나는 눈썹까지 길게 내려온 그의 앞머리를 조심스럽게 넘겼다. 몇 달을 옆에서 지켜본 그는 현성금융이라는 큰 기업의 회장인 아버지를 등에 업고 설렁설렁 일을 하는 한량이 아니었다. 홀로 기반을 다져 지금 그는 펀드매니저란 타이틀에 신임과 인지도가 높았다.

까칠할 것만 같았던 지원은 사람들을 대하는 데 예의를 갖추고 어느 것 하나 가볍게 넘기는 일이 없었다. 집 안에만 갇혀서 살을 불린 사람이라고 믿을 수 없을 정도로 그는 성실하고 꼼꼼한 사람이었다. 그에 대해서 좋은 기억으로만 남기고 싶은 건 큰 욕심일까? 솔직히 궁금하긴 하지만 타인의 시선과 편견으로 그와 지내온 시간들을 얼룩지게 하고 싶진 않았다. 인정해야만 한다. 나 역시 그에게 끌리고 있다는 걸. 하지만 지원과의 앞으로의 일보다 자신의 트레이너 생활이 걱정이 되니 그를 향한 마음은 작나 보다.

트레이너로서 자존심은 굽힐 수 있지만 쌓아놓은 경력에 대한 자부심은 꺾을 수 있는 용기는 없었다. 80% 이상이 남자인 이 세계에서 독보적으로 살아남은 독한 여자라 불리는 퍼스널 트레이너로서 감정에 휘둘리기엔 너무나 아쉬웠다.

"휴……."

레이나는 복잡한 한숨을 내쉬었다.

## 09

"레이나 쌤, 몸은 괜찮아요? 다치셨다는 연락 받고 깜짝 놀랐어요."

여운은 검은 양복을 입은 건장한 사내의 손에 들린 과일 바구니를 받아들고 침대 옆 작은 서랍 위에 올려놓으며 말했다. 레이나는 찾아온 손님에게 예의를 갖추며 상체를 세웠다.

"여운 씨 왔어요? 몸도 무거우신데 병문안까지……. 감사해요."

"아니에요. 당연히 와야죠."

도도해 사장의 부탁으로 레이나는 일주일에 한 번씩 센터에서 여운의 트레이닝을 맡고 있었다. 대원전자의 의료기기와 맞바꾸어 떠밀려서 맡은 수업이지만 까다로울 것이라 생각했던 도도해 사장의 며느리 이미지와 달리 순수하고 소녀 같은 여운은 현성금융의 작은며느리라는 호칭이 전혀 어울리지 않았다.

"아기는 잘 크고 있죠?"

"네, 덕분에요."

여운은 아기 질문에 저절로 행복한 미소를 띠며 볼록한 배를 쓰다듬었다.

"이제 32주 정도 됐죠? 체중은 얼마나 느신 거예요?"

"9킬로그램 정도 불었어요. 배는 불러오는 데 비해 체중은 계속 유지하고 있어서 걱정했는데 의사선생님이 아가는 잘 크고 있대요. 레이나 쌤이 가르쳐 준 운동과 식이요법 덕분이에요."

"제가 도움이 됐다니 영광인데요?"

피트니스 센터에서의 운동은 꾸준히 하고 있는지, 임산부 요가 교실에 등록을 했는지 운동에 관련된 주제부터 임신과 육아 이야기까지 이런저런 이야기가 나누며 여운은 본론을 꺼내기 위해 눈치를 살폈다.

"저기…… 우리 도련님 어떻게 생각하세요?"

여운이 자연스럽게 질문을 던졌다.

"지원 씨요? 어떻게 생각하다니……."

"남자로서 말이에요."

"네? 어, 멋있죠."

그녀의 짤막한 대답은 여운의 성에 차지 못했다.

"전 레이나 쌤이 도련님을 이성으로 어떻게 생각하는지 궁금해요."

다시금 던지는 질문에 레이나는 순간 말문이 막혔다. 그녀는 병문안을 핑계로 지원과의 관계를 확인하고자 자신을 찾아왔다는

207

생각에 섬뜩한 느낌이 들었다.

"사람들이 많이 오해들 하는데, 도련님 따뜻한 남자예요. 다정하고 매너 좋고 경제적 능력도 괜찮고. 잘생겼잖아요. 사실 지금 몸매가 많이 좋아졌긴 하지만 그전에는 훨씬 좋았죠. 길거리 지나가면 여자들 시선이 도련님한테 쏠려서 저도 그만큼 따가운 눈총을 받아……. 흠흠 아, 그리고 대형 소속사에서 길거리 캐스팅도 몇 번이나 받았어요."

여운의 말이 길어질수록 점점 굳어져 가는 레이나의 얼굴을 알아채지 못했다. 지원의 자랑을 주절주절 늘어놓는 그녀의 목소리는 레이나의 귓바퀴에서 점점 흐려지고 있었다.

차라리 흘려듣자. 왜 여운은 자신에게 과거의 연인이었던 지원의 장점들을 이야기하면서 추억에 잠긴 듯 표정을 짓느냐 말이다. 그렇게 좋아했으면 그때 끝까지 지켰어야지. 지원에게 온갖 상처를 남겨주고 떠나서 그의 사촌과 결혼한 주제에 아이까지 담고 있으면서 왜 자신에게 요란스럽게 지원에 대해서 나불대는지…….

레이나는 들으면 들을수록 표정관리가 안 됐다. 트레이너 주제에 그를 넘보지 마라. 나조차도 감히 가질 수 없는 남자였다. 그렇게 들렸다.

"이성으로 생각해 본 적 없어요. 전……. 제 자리에서 본분 잃지 않고 맡은 일 하고 있으니까 걱정 마세요. 제게 과분한 사람이에요. 지원 씨는."

최대한 차분하게 말을 이어가기 위해 떨리는 손으로 침대보를 꽉 움켜쥐었다.

"곧 좋은 짝 만나실 거예요."

그러니까 도도해 사장님께 안심하라고 전해주세요. 갈등을 숨기고 그녀에게 단호하게 말했지만 속이 쓰렸다. 은아도 그렇고, 여운까지……. 모두들 부정적으로 받아들이고 있었다. 그와 너는 어울리는 관계가 아니다. 외치며 그에게 향하는 마음을 억누르는 것 같았다.

"저기……."

여운은 꾸지람을 듣고 풀이 죽은 강아지 마냥 축 처진 모습을 보이는 그녀가 낯설어 갸우뚱하며 입을 열었다.

"형수?"

문 열리는 소리와 함께 여운의 등 뒤로 지원이 다가왔다.

"오셨어요?"

"여긴 어쩐 일이에요?"

지원은 여운의 반가운 인사에도 등을 돌리며 양손에 묵직하게 쥐고 있던 비닐봉지 속 물건들을 하나씩 냉장고에 넣기 시작했다.

"어쩐 일이긴요. 병문안 왔죠."

"둘이 아는 사입니까?"

"어머, 도련님 모르셨어요? 저 레이나 쌤한테 운동 배우고 있거든요."

"아, 그래요?"

친근한 여운의 말투와 달리 쌀쌀맞은 그의 말투가 괜히 거슬렸다. 그녀가 오랫동안 그의 여인이었던 사실을 몰랐다면 이렇게까지 신경 쓰이지 않았을 텐데 아는 게 병이라고 아직도 그녀를 마음에 두고 있어서 미움 섞인 말투로 떨쳐 내는 건지 의구심이 들었다.

어색한 분위기 속에 때마침 검은 양복의 남성이 들어와 여운의 출발을 알렸다. 조금 더 대화를 나누고 싶었던 여운은 아쉬운 표정으로 돌아섰다. 처음 지원의 집 앞에서 만난 여운과 지금의 여운은 다른 사람처럼 보였다. 총총 걸어가는 뒷모습에도 사랑받고 있는 여자의 행복이 묻어나 있었다.

레이나는 시선을 지원에게 돌렸다. 여운이 가져온 과일바구니의 과일들을 꺼내어 테이블 위에 올리며 정리를 하던 그는 뒤통수를 따갑게 때리는 뜨거운 시선에 고갤 돌렸다. 아랫입술을 깨물고 얼음장 같은 눈빛으로 그를 째려보는 레이나에게 턱짓으로 물었다.

'왜요?'

'아무것도 아니에요.'

'화난 것 같은데.'

그렇게 눈싸움을 하다가 레이나가 먼저 입을 열었다.

"저 잘게요."

시트를 머리끝까지 당겨 온몸을 덮은 그녀는 벽을 향해 돌아누워 버렸다.

"독하다, 진짜."

"뭐가?"

"여기에서까지 운동을 시키냐?"

시원은 친업(chin up: 등 근육 달련에 이용되는 운동기구. 일종의 턱

걸이 운동)머신에 매달려 있는 지원을 바라보며 말했다. 레이나는 병원에 입원해 있으면서 지원의 트레이닝을 멈추지 않았다. 병원의 직원 전용 피트니스 센터 출입권을 시원을 앞세워 얻어내고 아침부터 매일 지원을 데리고 3시간씩 고강도 트레이닝 수업을 했다.

"프리웨이트는 집에서 많이 했었으니까 지금 이 시기에는 머신 이용해서 중량을 늘리는 운동이 몸 만드는 데 효과적이거든."

"보호자로서 극진히 널 여왕처럼 떠받들며 보살펴 주는 도지원 씨가 불쌍하다."

"불쌍? 내가 강제로 시킨 것 아니거든?"

"쉴 틈 없이 달려온 것 같은데 저 정도 몸매면 잠시 쉬어도 되지 않나?"

"턱도 없는 소리! 아직 식스팩 만들려면 멀었어. 이제 겨우 여섯 개 중에 두 개 보인다."

레이나는 시원의 말에 콧방귀를 뀌었다.

"으이구. 너 아직도 식스팩 타령이냐?"

시원은 레이나의 남자 보는 기준 1순위가 배에 왕(王) 자 그린 놈이라는 걸 떠올리곤 혀를 찼다. 그런 그가 얄미운 레이나는 뱃가죽만 남았을 그의 배를 손으로 툭 쳤다.

비리비리한 놈 주제에 배에 살이나 붙일 것이지.

"윽!"

오버스럽게 배를 움켜쥐는 그에게 새초롬히 눈을 치켜들며 말했다.

"어쨌든 알지? 지원 씨 CT랑 체력검사랑 부하검사 다 받기로 한 거.”

병원은 마치 레이나가 바라던 꿈의 구장 같았다. 정형외과 옆에 재활의학과의 제활 센터에는 신기한 의료기기들이 가득 차 있었다. 이왕 눈에 들어온 기기들을 시원의 공권력을 빌려 모두 시험해 보고 싶었다. 보통 일반 피트니스 센터에 놓여 있는 생체전기 저항 측정기(대개 in body라 불리는 제품. 체수분량이 신체 전기저항 값에 역비례한다는 원리를 이용한 체지방 측정 기구)의 최신형 물론이고, 심폐지구력과 근지구력, 순발력 테스트 기구에 십억을 호가한다는 운동부하 검사 기구까지! 학교 체육센터에서도 예산 때문에 들여놓지 못한 것들을 보는 레이나의 눈이 반짝거렸다.

“그건 네 사비로 알아서 해라.”

“치사하게. 오빠가 안 해주면 이모부한테 가서 부탁할 거야.”

시원이 근무하는 병원에서 그가 병원장 아들이란 사실을 아는 사람은 다섯 손가락에 꼽을 정도로 적었다. 그가 행할 수 있는 권력 따위는 고작 아래 년차 레지던트들을 혼낼 수 있는 자격 정도가 다였다.

“그러던지. 그럼 우리 아버지가 어머니한테 너 입원한 사실 말하게 되고 그럼 이모한테 네 얘기가 건너가겠지? 그다음은 알지? 너의 상상에 맡길게.”

“진짜 치사하다. 정말 사촌 동생을 위해서 이 정도도 못해줘?”

김순희 여사가 딸이 골절로 입원해 있다는 사실을 알게 되면 발생할 후폭풍에 등줄기에 소름이 퍼졌다. 가뜩이나 뺨 맞은 사건에 속상해하시던 엄마가 부상소식이 귀에 들어가자마자 머리끄덩이를 잡고 질질 끌며 집으로 데려갈지도 몰랐다.

"미안하지만 다른 과 관련 검사는 내 영역 아니다. 나도 먹고살 아야지. 비루한 월급쟁이라서 말이다."

"그렇게 비루하신 분이 왜 이렇게 한가하실까. 가서 일이나 하 시죠, 장시원 선생님?"

시원이 실질적으로 도움이 되는 것이 하나도 없자 거슬리기만 하여 그를 쫓아내려 했다. 힘 있는 병원장 아들이 아닌 그는 눈치 없이 기웃거리는 방해꾼일 뿐이었다.

"원래 4년차는 전문의 시험 준비한다고 병원 안 나와도 돼."

"아, 알겠다. 저번에 장난친 것 때문에 은아 많이 화났지? 집에 서 쫓겨났구나?"

"아니야."

"맞구만 뭘."

"진짜 아니다. 여기서 공부가 더 잘돼서 그래."

말은 그렇게 하면서 슬슬 뒷걸음을 치는 시원이다. 그 바쁜 인 턴 때에도 딸 얼굴 보려고 꼬박꼬박 잠깐이라도 집에 가던 딸 바 보가 말이다. 매일같이 레이나 곁에서 알짱대는 이유가 뻔히 눈에 보였다.

"참 혹시나 말인데, 나 지원 씨 PT하는 거 어디 가서 소문내지 마라."

"어……. 당연하지."

"고마워. 나도 은아한테 오빠 그만 용서해 주라고 할게."

"진짜? 야 나 생각해 주는 건 너밖에 없다. 고맙다, 민수야!"

끝까지 아니라고 하더니 레이나를 덥석 껴안으며 기쁨을 감추 지 못했다. 휠체어에 앉아 있는 그녀를 엉덩이를 쑤욱 빼고 어정쩡한 자세로 부둥켜안은 그의 뒷모습은 마치 그녀 위에 올라탄 것처럼 보였다.

"레이나 쌤, 이것 좀 봐줘요."

등 뒤에서 뜨문뜨문 끊어져 들리는 그들의 대화가 신경 쓰여 한 세트를 겨우 끝낸 지원의 냉기 어린 목소리가 들렸다. 그의 마음 같아선 당장이라도 달려가 의사 양반을 떼어내고 싶었지만 어금니를 꽉 깨물고 참았다. 지원의 살벌한 목소리와 매서운 눈초리는 시원에게 한 톨의 관심도 받지 못했다. 그저 레이나의 말에 들떠 목적달성을 마친 그는 그녀가 말 바꾸기 전에 저만치 달아나 버렸다.

"3세트 다 했어요?"

"아니. 이제 1세트 마쳤어."

"그럼 계속해요."

그녀가 휠체어 바퀴를 굴리며 지원의 곁으로 다가왔다. 양팔을 뻗어 어깨 넓이보다 넓은 간격으로 손잡이를 움켜쥐었다. 그는 팔꿈치와 어깨를 구부리며 몸을 끌어 올리는 데 근육에 힘을 주는 방법을 터득하고 있었다.

"턱이 손잡이보다 높이 올라가야 돼요. 어깨에 너무 힘주지 말고, 등 운동이니까 광배근과 승모근 쪽에 더 집중하면서 끌어당겨요. 어딘지 알죠?"

다친 발만 아니었음 그의 등을 짚어가며 설명을 해주었을 텐데. 조금 아쉬웠다. 뭐 그도 이 정도 근육 이름 정도야 워낙 반복을 많이 해서 알고 있었으니까. 불과 몇 달 전만 해도 팔굽혀펴기 하나도 겨우 했었는데……. 정말 많이 변했다. 등 쪽 완벽하게 두드러져 보이는 울퉁불퉁한 근육은 아무나 가질 수 있는 것이 아니었다. 타고난 키와 체형에 따라 결정되는데 지원의 등은 너무 과하게 튀어나오지도 않고 적당히 부드러운 곡선을 유지하며 육체미를 뽐냈다.

내가 만들어줬다고 저거!

공들여서 만든 것 남 주기 무지 아깝지.

레이나는 턱을 한 손으로 받치고 혀로 마른 입술을 축였다.

"맛있어요?"

"네, 네?"

어……. 어떻게 알았지? 내가 당신 등 근육을 보고 입맛을 다신 걸? 지원의 얼굴이 바로 코앞에 다가오자 광대가 점점 핑크빛으로 변해갔다. 하지만 그건 그녀만의 오해일 뿐. 지원이 레이나의 입에 걸린 한두 가닥의 머리카락을 떼어주며 검지로 그녀의 촉촉한 입술을 쓸었다.

"머리카락 맛없을 텐데……. 가리는 것 없이 다 잘 먹어도 머리카락까진 아니다."

"아……."

레이나가 입을 쩌억 벌리고 멍한 표정을 짓자 지원이 놀리듯 작게 웃었다.

"뭡니까? 그 아쉬운 소리는?"

"아쉬워요? 뭐가요? 빨리 운동이나 해요."

잘 익은 토마토가 되어버린 레이나가 지원을 밀쳤다. 살짝 뒤로 물러난 지원은 긴팔을 이용해 레이나의 볼에 살짝 손을 갖다 대곤 검지로 톡톡 건드리며 작은 목소리로 속삭였다.

"레이나가 너무 아쉬워하는 것 같아서. 여긴 보는 눈이 많으니까 좀 있다가 둘만 있을 때 해줄게요."

"어허, 장난치지 말고! 너무 쉬는 시간이 길어요. 바로 복근 운동 들어가죠?"

뭘 해준다는 말인가? 온몸의 피가 얼굴에 쏠리는 것 같았다. 레이나는 체온이 낮은 손등으로 광대를 누르며 조금이나마 열기를 식히려 애썼다.

으이그! 능구렁이.

레이나가 휠체어를 돌리며 먼저 자리를 옮겼다. 그녀가 무엇을 상상하던 그가 갈망하는 바람의 반의반도 못 미칠 순진한 상상에 불과할 것이다. 지원은 개구쟁이처럼 얄궂게 미소를 띠었다.

한정판 케틀벨로 인해 트레이너 레이나로서 치명적인 부상은 죄책감에 그의 마음을 무겁게 만들었지만 한편으로 레이나와 더 가까워질 수 있는 기회가 되어서 염치없지만 병실에서 그녀의 곁을 지키는 일이 기뻤다. 매번 그녀의 구령에 따라 몸을 움직였던 그라면 병원에서는 레이나가 그에게 많이 의지하고 있었다. 그럭저럭 병원생활에 만족을 하고 있었지만 단 한 가지 유독 거슬리는 건 지나치게 간섭을 하는 담당의사 선생이었다. 친구 남편이라기엔 너무나 서슴없이 스킨십을 일삼는 그가 레이나의 사촌임을 알게 된 후 끓어올랐던 질투가 가라앉았지만 완벽하게 사라지진 않았다. 지원을 놀리기로 작정을 한 듯 서슴없이 레이나에게 들이대는 그가 정말 사촌 관계인지 의심스러울 정도였다.

"도지원 씨. 집에 안 가세요?"

병실보다 무선인터넷이 잘되는 복도로 나와 노트북으로 미국증시를 훑고 있는 그에게 시원이 다가왔다.

"낮에 다녀왔습니다. 장시원 선생님은 퇴근 안 하십니까?"

"오늘 당직이라서요."

"아. 그래요?"

당직이든 말든 관심 없다는 듯 노트북의 화면으로 시선을 옮겼다. 빠르게 움직이는 숫자를 따라 그의 눈동자가 쉴 새 없이 움직였다. 그런 그를 바라보며 입꼬리를 비튼 시원은 그의 옆자리에 털썩 엉덩이를 내려놓았다.

"도박을 좋아하시나 봐요?"

조용히 그가 집중하는 것을 바라보던 시원이 불쑥 말을 꺼냈다. 빤히 옆에서 지켜보는 시원이 신경 쓰여 매매가를 놓친 지원은 그가 자신에게 건넨 말을 곱씹으며 '도박'이란 부정적인 말에 무의식적으로 미간을 좁혔다 재빨리 무표정으로 유지했다.

"주가 낮을 때 사고 상승에 팔고 확률로 돈 부풀리는 도박과 다를 게 없잖아요."

"주식 투자해서 크게 손해 본 적 있으십니까?"

그가 일부러 자신을 도발하려 '도박'이란 단어를 끄집어낸 것을 눈치챈 지원은 담담하게 대꾸했다. 솔직히 대꾸할 가치도 못 느꼈지만 레이나의 사촌으로서 예의는 갖추어야 된다고 생각했다.

"아뇨. 난 명확한 답이 보이지 않는 일엔 절대 손대지 않거든."

따끔. 그의 말속에 가시가 있었다. 그가 하고자 하는 말이 무엇인지 감이 왔다. 지원은 이제 눈에 들어오지도 않는 주식시장의 화면을 덮었다. 밝은 빛이 갑자기 사라지자 새벽 두 시가 넘어선 병원 복도의 어둠에 적응하기 위한 지원의 눈이 희뿌옇게 흐려졌다. 검지로 콧등에 걸쳐 안경을 들어 올렸다. 복도 끝에서 은은하게 비추는 붉은 조명의 빛을 받아 점점 시원의 이목구비가 또렷하게 안경 렌즈를 통과해 눈에 들어왔다. 그의 얼굴엔 트레이드마크처럼 붙어 있던 장난기 하나 없이 건조함과 딱딱함이 드러났다.

"보이지 않는다 해서 시도조차 하지 않는 사람은 비겁한 겁쟁이일 뿐이죠."

시원이 레이나를 두고 '도박'이라 일컫고 있음을 알아챘다. 이제야 이해가 가기 시작했다. 그는 레이나의 상대로 자신이 마음에 들지 않았던 것이다. 잘 알지도 못하면서 거부감부터 드러내는 그에게 씁쓸함이 느껴졌지만 겉으로 티를 내지는 않았다.

"처음부터 다 알고 시작한 겁니까?"

당당한 지원의 발언에 시원이 비릿한 웃음을 드러내며 날카롭게 쏘아붙였다. 시원이란 이름처럼 시원하다 못해 얼음장처럼 차가운 목소리가 귓가를 때렸다.

"무슨 말씀이신지……."

"트레이너 레이나가 '최민수'라는 거."

"레이나의 본명이 '최민수'인 것 말입니까? 여자 이름치고 흔한 건 아니죠."

사소한 본명 하나쯤 알게 되었다고 이리 매섭게 덤벼드는 그가 의뭉스러웠다. 이름이라면 그녀가 송금해 준 통장에 2억이란 숫자 옆에 버젓이 찍혀 있어 일찍이 알고 있던 사실이었다.

"묘한 조합이지 않나? 전직 조폭 아들과 전직 검찰총장의 딸이라……."

지원의 얼굴에 희미하게나마 남아 있던 웃음기가 모조리 사라져 버렸다. 현성금융은 아버지 도도원이 맨 주먹으로 시작해 대기업과 정치계 인사들의 뒤치다꺼리를 하며 성장해 온 기업이라 할 수 있다. 과거 이미지 쇄신을 위해 어질 현(賢)을 따서 어둠의 조직에 담갔던 과거를 묻고 현명하게 이뤄내자는 뜻의 현성은 도 회장과 전혀 어울리지 않은 단어였다.

'현성금융 회장' 보다 '전직 조폭' 이 더 정감이 가는 말이긴 해.

나라에 미치는 현성의 규모가 커짐에 따라 도원을 자극할 만한 단어들은 점점 사라져만 갔는데 누구도 쉽게 던지지 못한 단어를 거침없이 내뱉는 시원의 대담함은 만만치 않았다.

"반응을 보니 거기까진 모르고 계셨나 봐요. 이제 확실히 알았으니 서로 상처 받기 전에 대비를 하시는 게 어떨까요?"

시원은 어울리지 않는 그들의 배경을 다시 한 번 강조를 하며 몸을 일으켜 세웠다. 아직까지 서로에 대한 확인이 없는 상황에서 너무 앞서 나가 쓸데없는 걱정을 한다고 따지기엔 찔리는 감이 없잖아 있었다.

"도박이라고 하셨습니까?"

그의 말대로 도박일지도 모른다.

"안정적이고 앞이 보이는 투자를 선호하는 편이지만 가끔은 위험한 배팅도 구미가 당기죠. 제가 운이 좀 좋습니다. 단 한 번도 실패한 적이 없거든, 운도 실력이라 하지 않습니까?"

"그건 숫자놀음에나 치중된 이론이죠. 사람 마음이란 운에 따라 흐르는 것만은 아니죠."

선입견과 편견 속에 거부감이 드러난 그의 말에 레이나가 망설이고 있는 이유가 그와 같지 않을까라는 불안감이 슬슬 피어올라왔다. 레이나를 향한 사랑은 점점 커지고 있었다. 더 이상 이런 감정 따위 느끼지 못할 거라 생각했다. 흉측해져 버린 외모 때문에 무너져 버린 자신감이 사랑할 자격조차 없다고 외치고 있었다. 하지만 그녀가 나를 탈바꿈시켰다. 다시 사랑하는 법을 깨닫게 해주고 삶에 활기를 불어넣어 줬다. 더 오랜 시간을 함께 했던 여운에게 느꼈던 것과는 확연히 달랐다. 그녀에겐 뭐든 해주고 싶고 여리기만 한 그녀를 감싸고 보듬어주고 싶었다면, 레이나에겐 다른 감정이 치솟아올랐다.

나만 바라봐 줬으면 했고, 그녀의 손길에 닿는 것도 오직 자신이어야만 했다. 언제부턴가 곁에 두고 품 안에 가둬두고 싶은 욕망이 지배적이었다. 레이나만이 지닌 촉촉하게 스며드는 따뜻함이 딱딱하고 차갑게 얼어버린 심장을 녹이는 경험을 어느 누구와 나누고 싶지 않았다.

그녀와의 먼 미래를 차근차근 그려 나가는 것은 배려가 우선이었다. 계약기간 동안 그녀의 역할을 존중해 주며 차분히 기다리는 것. 오직 그것만 염두에 두고 4개월을 버텼다.

조금씩 마음을 열고 있는 그녀를 보며 자만에 빠져 있었나? 그녀의 배경 따위가 걸림돌이 될 거라곤 생각지도 못했다.

"완벽하게 내 여자로 만들 겁니다."

그 과정이 더디고 예상치 못한 시련이 닥치게 될지도 모르지만 끝까지 해볼 작정이었다.

"뭐, 그건 당사자의 마음에 달린 거죠. 아무리 저한테 왈가왈부해 봤자 결정은 민수가 하는 거니까."

지원은 냉랭하게 쏘아대던 시원 말투가 부드러워졌다고 느꼈다.

"도와달라 부탁은 안 할 테니 방해나 마십시오."

"자신만만하시네요."

배척이 아니었나? 왠지 시원이 자신의 편에 서 있는 듯했다. 유비무환이라. 되짚어보니 경고라기보단 정보제공에 가까웠다.

"제가 알고 있다는 사실은 비밀로 해주십시오."

이유는 레이나에게 직접 듣고 싶었다. 우연히 알게 된 사실일지라도 그녀가 숨기고 싶어 한다면 모른 척 말을 꺼낼 때까지 기다리면 된다. 이제 기다림엔 달인의 경지에 이르렀으니 그 정도쯤은 허용범위에 들었다. 그의 말에 긍정적인 끄덕임으로 화답한 시원은 격려를 하듯 지원의 어깨를 가볍게 토닥여 주곤 사라졌다.

어김없이 병원에서의 일상은 반복적으로 이뤄지고 있었다. 아침식사 후 재활치료에 들어가는 레이나를 데려다 준 지원은 다시 병실로 돌아가는 길었다.

"여긴 왜 또 온 겁니까?"

지원의 목소리에 병실 앞을 서성이는 여운의 어깨가 들썩였다.

"아…… 저 레이나 쌤, 어디 가셨어요?"

"재활치료 받으러 나갔어요. 무슨 일이에요?"

놀란 가슴이 아니라 본능적으로 볼록한 배를 감싸는 그녀의 두 손을 힐끗 바라본 지원은 딱딱한 어투로 말했다.

"저……."

한참을 고민하다 용감무쌍하게 찾아온 곳이지만 무심하게 대꾸하는 지원을 마주한 순간 여운은 덜컥 겁이 났다.

"아, 아무것도 아니에요. 저 가볼게요."

그저 레이나와 지원을 엮어줄 생각에 들떠 저도 모르게 과거 연인이었던 사실을 털어놓은 듯한 찝찝함에 망설인 끝에 다시 레이나를 찾아온 것이다. 하지만 막상 병실 문 앞에 이르자 변명해 봤자 괜한 오해만 불어나 긁어 부스럼을 만들어 버릴 수 있다는 생각에 이르자 돌아서려 했다.

"무슨 일인데 그래?"

"어……."

사실 그녀는 도도해 사장의 특명을 받았다. 런칭 파티에서 레이나의 정체를 알아차린 후 시어머니에게 슬쩍 흘렸더니 묘하게 비릿한 미소를 그리며 이미 알고 있던 사실이라 말했다. 도해는 이미 계획을 세워두고 있었다. 얼마나 좋은 기회인가? 마음에 들었던 트레이너는 이름만 대면 알 만한 대기업 총수 딸이고 조카와 한집에 산다? 현성금융의 발전과 이미지 쇄신을 위한 최적의 방법이 떠올랐다. 그녀와 조카를 결혼이란 법으로 묶어두는 것.

그 첫 번째 시도는 먼저 며느리를 이용해 친근한 이미지를 심어두는 것이었다. 도도해 사장이 간과한 사실은 레이나가 여운이 지원의 예전 연인이었다는 걸 알고 있다는 것이었다. 당연히 여운도 모르고 있었다.

"다음 주말에 ○○그룹 창사 기념 파티에 참석하실 거죠?"

쓸데없는 오지랖 때문에 레이나가 오해하고 있을지도 모른다는 말은 저 구석으로 밀어 넣고 생뚱맞은 말이 튀어나왔다.

"내가 거길 왜 가야 됩니까?"

고작 그 이유 때문에 여기까지 찾아왔냐고 퉁명스럽게 대꾸했다.

"어머님이 이번엔 꼭 참석하시래요. 이제 모임이나 행사를 꼬박 챙기진 못해도 가끔 얼굴은 내밀어야죠."

여운은 덥수룩하고 지저분한 꼴에서 벗어나 제법 매력 있는 모습을 되찾은 지원을 사람들에게 알리고 싶었다. 가만히 입 다물고 묵혀두면 편견과 허무맹랑한 거짓들만 늘어나지. 그는 이제 세상에 나서서 해명할 때가 되었다.

"괜한 참견을 했군."

사교계든 사적 모임이든 사람들이 북적이는 곳을 극도로 싫어하는 지원은 점점 선을 넘어서는 여운의 참견에 슬슬 짜증이 나려했다.

"또……."

말을 흐리며 멈칫하는 여운을 막아서며 지원이 먼저 입을 뗐다.

"고모님께 잘 보이고 싶으면, 나 말고 네 남편에게 더 신경 쓰지 그래?"

"우린 이제 가족이잖아요. 가족으로서 걱정하는 것도 못해요?"

딱딱하고 메마른 말투였지만 시어머니 도해를 따라다니며 익숙해진 날카로운 시선과 푸대접에 면역이 생긴 여운의 가슴에 생채

기를 낼 만큼 매섭지는 않았다. 능수능란하게 쳐내는 법도 배웠다.

"그런 관심이 오히려 해가 될 수 있다고 생각은 안 해봤습니까?"

자꾸만 찾아오는 것도 이렇게 단둘이 복도에서 이야기를 나누는 것도 애써 담담한 척하고 있지만 솔직히 어떻게 그녀를 대해야 할지 난감했다. '도련님' 호칭이 입에 붙은 그녀에게 쌀쌀맞게만 대하자니 사촌 형수로서 지켜야 할 예의가 흐트러져만 갔다.

"도련님이 답답해서 가만히 있을 수가 없잖아요."

"......."

여운은 지혁과 이미 과거를 훌훌 털어버리고 부부의 연을 이어 갔지만 여전히 그가 과거에 매달려 있는 것 같아 머리가 지끈거렸다.

"솔직히 손도 제대로 못 잡아본 우리 사이에 연인이라는 단어가 어울렸나요? 친남매 같다는 말을 더 많이 들었어요. 오빠는 3년 동안 날 한 번도 여자로 본 적 없었어요."

여운의 말에 지원은 관자놀이를 짚으며 눈살을 찌푸렸다. 잠시 침묵이 흘렀다.

"그때....... 굳이 들춰내고 싶진 않지만, 난 너한테만은 진심으로 대했다."

지원이 씁쓸하게 입매를 길게 다잡으며 말했다.

"알아요....... 하지만 오빠가 준 사랑은 남녀 간의 애틋한 감정과 달라요. 이제 깨달을 때도 됐잖아요?"

여운의 말에 지원의 인상이 더욱더 무서워졌다. 그의 표정변화를 가볍게 무시한 그녀는 끝까지 말을 이어갔다.

"제가 전에 말했었죠? 질투날 정도로 아름다운 여자와 떳떳하게 나서라고. 이제 보여주셔야죠. 저도 지혁 씨도 어머님도 도련님이 좋은 짝을 만나 행복하길 바라고 있어요."

어느새 그녀가 자신을 칭하는 호칭이 '도련님'으로 돌아왔다. 그리곤 화사한 미소를 보이며 시선을 그의 어깨너머로 돌렸다. 그녀의 눈길을 따라 몸을 트니 그곳에 레이나가 서 있었다.

"어? 여운 씨."

멀리서 병실 앞에서 누군가와 이야기를 나누는 지원의 뒷모습이 경직되어 멀뚱히 지켜만 보다 지원의 등에 가려 보이지 않던 여운이 드러나자 양쪽 겨드랑이에 목발을 의지한 채 레이나가 터벅터벅 걸어왔다.

"안녕하세요. 오늘 정기검진 받으러 왔다가 레이나 쌤 생각나서 들렀어요."

"앉아서 기다려 주셔도 되는데……. 다들 왜 이렇게 서 있어요? 여운 씨 오래 서 있으면 힘들잖아요."

팔을 휘두르며 들어가란 시늉을 하자 여운은 고개를 저으며 거절했다.

"아니에요. 잠깐 얼굴만 보고 가려던 참이었는데 봤으면 됐죠."

"그래도."

"저 이만 가볼게요."

여운은 꾸벅 고개를 숙이곤 무거운 허리를 받쳐 뒤뚱거리며 걸음을 옮겼다. 병원 엘리베이터의 앞에 서서 내려가는 버튼을 누르고 고갤 들어 빨간색 숫자가 1에서 8로 바뀌기를 기다렸다. 눈에 숫자 3이 들어올 때 뒤돌아 슬쩍 레이나의 병실 쪽을 바라봤다. 레이나와 지원이 같은 자리에서 서서 티격태격거리고 있었다. 지원이 목발을 뺏으려 하고 레이나는 뺏기지 않으려 버티고 있었다.

"안 타세요?"

8층에 도착한 엘리베이터의 문이 열리고 먼저 타고 있던 승객이 여운을 재촉했다.

"아, 네. 타요."

엘리베이터에 몸을 싣고 문 쪽으로 돌아서자 닫히는 문 사이로 그들이 보였다. 결국 지원이 이겼나 보다. 두 개의 목발은 지원의 손에 쥐어지고 레이나는 그의 품에 안겨 있었다. 버둥버둥거리는 레이나의 다리가 멀리서도 역동적으로 보였다. 여운은 슬며시 입꼬리를 올리며 미소를 띠었다.

10

오늘은 2주간의 병원 생활을 끝내고 퇴원을 하고 집으로 향하는 날이다. 며칠간 병원에 입원해 있으면서 지원은 부담스러울 정도로 지극정성 레이나를 돌봤다. 그가 다친 왼발의 역할을 대신했다. 병실에만 있으면 답답할 그녀를 위해 하루에 두세 번은 휠체어를 끌며 산책을 나갔다. 투박한 손으로 그녀의 옆에서 과일을 보기 좋게 깎아 접시에 올리려는 그의 노력이 기특해서 껍질과 함께 두툼한 속살이 잘려 나간 사과의 달달한 꿀맛은 평생 잊을 수 없을 것 같았다.

"병원비 지원 씨가 냈어요?"

퇴원수속과 함께 병원비 납부까지 끝낸 사실을 알고 레이나가 쪼르르 달려와 물었다.

"신경 쓰지 마요."

휠체어에 앉아 있는 그녀가 못 볼 거라 생각했지만, 얇은 종이에 비춰 보이는 공 많은 숫자들은 고스란히 드러나 그녀의 눈에 박혔다. 지원은 청구서를 대충 접어 주머니에 구겨 넣었다.

"많이 나왔죠? 이리 줘봐요."

그의 바짓가랑이를 당기는 레이나의 손을 가볍게 떼어내며 지원은 휠체어 손잡이를 잡고 넓은 보폭으로 밀고 나갔다. 그가 재빠르게 몸을 놀린 탓에 몸이 기우뚱거리며 중심을 잡으려는 사이 수납 창구에서 멀어져 버렸다.

"드디어 집으로 가는 소감 어때요?"

병원 로비를 벗어나자 지원이 말했다.

"말 돌리지 말구요."

지원은 그녀의 입을 닫으려는 듯 외투의 지퍼를 목 끝까지 올려 채워주고 목도리를 휘휘 둘러 얼굴 반 이상을 가리게 한 뒤 끝으로 털모자를 눈썹까지 덮어 씌웠다.

"밖에 추워요."

"답답하잖아요."

숨 쉴 구멍조차 만들어주지 않는 그의 호의에 반항을 하며 틈을 넓히자 그 사이로 2주전보다 차가워진 바람이 볼을 때렸다. 눈치를 보며 슬며시 목도리를 끌어 올렸다. 짧다고 생각한 2주간의 시간이 병원 입구의 단풍나무들의 잎을 모조리 빼앗을 정도는 충분했나 보다. 앙상한 가지들만 남은 나무들이 다가온 겨울을 다시금 알려주고 있었다. 다가오는 크리스마스의 분위기를 물씬 풍기는 병원 화단에는 커다란 트리가 놓여 있었다. 삼각형 끝자락에서 금빛 별장식을 시작으로 작은 전구들이 나선형으로 감겨 내려와 노래에 맞춰 반짝이고 있었다. 예쁘다. 우리 집 거실에도 트리 장식 해놓아야겠다. 초록색 대문과 현관 앞에는 크리스마스 리스를 걸고…….

레이나는 저도 모르게 '우리 집'이라면서 지원의 주택을 머릿속으로 그리고 있는 자신을 발견하고 아차 싶었다. 언제부턴가 편해지더니 이젠 우리 집이라네. 고작 4개월 동안 지낸 곳인데 말이다.

"근데, 임직원 가족할인 같은 거 없었어요?"

"가족할인?"

"시원 오빠랑 나 사촌이라 했잖아요. 사촌까지는 할인 안 해주나?"

지원이 가볍게 맞받아치자 입매를 찡그리며 대답했다. 그러게 왜 몰래 진료비를 내냐고.

"콜택시 불렀어요. 10분 뒤에 온다고 했는데……."

"또 어물쩍 넘기려고 그러죠?"

"이제 병원비 얘긴 그만해요."

"왜요? 나 빚지는 거 싫은데……."

때마침 지원이 부른 택시가 그들의 앞에 섰다. 지원이 그녀를 안아 뒷좌석에 태운 뒤 그도 옆자리에 앉았다.

"나 때문에 다친 거잖아. 내가 내고 싶었어. 빚지는 거 아니야."

"그래도……."

"그만."

그의 단호한 말투에 레이나는 속의 말을 삼켰다. 지원 씨가 너무 잘해주니까 그렇죠. 다잡은 마음이 흔들리게 만들고 있잖아요.

창문으로 시선을 돌려 버린 그의 옆선을 바라보며 생각했다. 여운의 방문도 그를 내쳐야 한다는 다짐에 한몫해 거절의사를 내비쳐도 꿋꿋이 지원은 그녀의 곁을 지켜줬다. 든든한 호위 무사처럼 말이다. 정말로 공주가 된 느낌이었다고 할까?

어쩌면 지난 4개월보다 알코올 냄새가 알싸하게 풍기는 병실에서 보낸 2주 동안 그와 한결 더 가까워진 느낌이었다. 눈빛만 봐도 무슨 생각을 하는지 척척 알아맞히는 그가 신기했다.

자동차 바퀴가 굴러가는 움직임이 느껴지자 레이나도 고갤 돌려 반대쪽 차창을 바라봤다. 검은 코팅 유리에 비치는 그를 훔쳐보는 그녀의 입매의 끝자락이 부드럽게 나선을 그리며 올라갔다.

"잠시 기다려요. 휠체어 꺼내올게요."

"괜찮은데…… 목발 짚고 가면 돼요."

택시가 지원의 집 앞에 도착한 후 실랑이를 벌였다.

"익숙하지도 않은데 넘어지면 어떡하려고 그래요? 내 말 들어요."

"그러니까 연습해야죠."

"거참 쓸데없는 고집은……."

레이나가 문을 여는 시늉을 하자 지원은 재빨리 몸을 놀렸다. 트렁크에서 접혀진 휠체어를 꺼내 익숙한 동작으로 폈다. 퇴원하기 전 몰래 연습한 보람이 있었다. 뒷좌석의 문을 열고 그녀를 안아 들기 위해 어깨와 다리 사이로 손을 끼워 넣었다.

"혼자 할 수 있어요."

거절에도 지원은 가뿐히 그녀를 들어 올려 휠체어에 앉혔다. 평평한 평지인 정원을 지나 현관 앞 계단에 다다랐을 때 그는 향상된 폭발적인 근력을 발휘하며 휠체어째 그녀를 들어 집 안으로 이동시켰다. 레이나를 품에 안아 들고 그녀의 침실로 빠른 발걸음을 옮겼다. 조심스럽게 그녀를 침대 위에 올려놓고 꼼꼼한 손길로 베개를 다리 밑에 받쳐 주며 불편하지 않도록 몸을 눕혔다.

"배고프죠?"

레이나는 그의 말에 힐끔 벽시계를 바라봤다.

"조금요. 저번에 먹던 훈제 닭 가슴살 남아 있죠? 오늘 저녁은 그거 먹을까요?"

그녀가 몸을 세우며 일어나려 하자 지원이 말렸다.

"환자는 가만히 있어요. 내가 다 알아서 할 테니까."

"뭐 만들 건데요?"

그녀가 알기론 집에 뭘 만들어 먹을 식재료들이 없었다. 한 끼 식사를 위한 재료는 냉동실에 얼려둔 닭 가슴살과 박스째 창고에 박아둔 호박고구마가 고작이었다.

"연어 스테이크."

"연어스테이크? 그런 것도 할 줄 알아요? 그런데 집에 재료가 없는데……."

"다 준비해 놨어."

병원에서 한시라도 떨어지지 않고 노트북까지 챙겨와 그녀의 옆에서 주식시장을 검토했던 그가 어제 자리를 비우더니 그 이유가 장보기였나 보다.

"연어가 뼈 붙는 데 좋대."

"그래요? 연어에 칼슘이 많이 들어 있어서 그런가?"

"아마도."

"아마도?"

레이나가 지원의 말을 따라 하며 고개를 갸우뚱했다. 지원은 장난스럽게 입가로 손을 모으더니 소곤거리며 말했다.

"사실 내가 제일 잘하는 요리예요."

그가 뒤돌아서 방문을 닫고 나간 뒤 레이나는 말 잘 듣는 아이처럼 정말 침대 위에서 미동 없이 누워 있었다. 멍하니 천장을 바라보며 벽지의 기하학적인 문양을 따라 눈알을 굴렸다.

침대 위에 가만히 누워 있기는 그녀에게 가장 힘든 과제였다. 침대 위에서 몸을 이리저리 굴리다 결국 레이나는 상체를 벌떡 세웠다. 앉아서 움직일 수 있는 최대 반경에서 잠시나마 지루함을 달랠 수 있는 것들을 찾으며 침대 옆 작은 서랍을 열고 태블릿 pc를 꺼냈다.

레이나는 초록색 배경의 포털사이트를 열었다. 체육과 운동과 처방 수업의 과제를 위해 과 동기들과 아무런 사심 없이 순수하게 다이어트에 관한 지식을 나누고자 만들어놓은 카페였다. 6명의 회원으로 시작한 작은 온라인 카페는 사람들의 입소문 탓에 포털사이트의 우수카페로 선정될 정도로 규모가 점점 커졌다. 카페지기는 마틴이 맡았고 초창기의 기획 의도는 6명의 트레이너들이 올바른 다이어트를 일반 사람들에게 알려주는 것이었다. 누구나 따라 할 수 있고 실용적인 운동법과 영양적으로 균형이 맞은 건강식단 등을 공유했었다.

초창기엔 단순히 지식 전달용 카페였다면 몇 달 후 개설 9주년을 맞이하는 '트레이너들의 다이어트'는 다이어트 성공은 물론 몸짱 만들기에 관심이 많은 사람들의 커뮤니티로 확대되었다. 레이나가 이곳에서 맡은 임무는 간단한 웨이트닝 동작들을 동영상으로 올리는 것과 다이어트 고민 상담 게시판에 답변을 다는 정도였다.

그들의 고민을 읽어보면 항상 과거로 시간여행을 하게 된다. 어느 순간 트레이너가 되기로 결심한 그때로 가 있었다. 사람에게 상처받고 회의감을 느낄 때마다 초심으로 돌아가게 만드는 카페 활동이었다.

하지만 하루에 열 개 이상 올라오는 글들의 답변을 일일이 달기에는 이리저리 일이 늘어날수록 소홀해질 수밖에 없었다. 어쩔 수 없이 후배 트레이너들에게도 맡기긴 했지만 가끔씩 자투리 시간이 날 때마다 한 번씩 방문해 그들의 이야기를 듣고 간다.

평소 하던 습관대로 로그인부터 하고 '카페' 버튼을 누르려다 메인화면 [ '단독' 톱스타 A군과 걸그룹 B양의 열애] 기사 제목이 눈에 들어왔다. A와 B는 익숙한 이름인데? 기사를 터치하고 내용을 읽으니 레이나의 추측이 맞았다.

은아 소속사의 연예인들이었다. 소속사에서는 어떤 해명도 내놓지 않고 있다는 기사 속에서 갑자기 떨어진 불똥에 수습하느라 정신없이 뛰어다니는 은아의 모습이 눈에 선했다.

어쩐지 얘가 연락도 없고 통 얼굴을 안 비추더라. 솔직히 지원에 대해서 은아에게 듣고 싶었는데……. 좋은 얘기는 아닐 거야. 그래, 차라리 잘됐어. 좋은 것만 보고 기억하는 것도 나쁘지 않아.

레이나는 가볍게 한숨을 내쉬고 창을 닫았다. '트레이너들의 다이어트' 카페 메인에는 항상 회원들의 다이어트 성공 후기가 자리 잡고 있다. 그들의 사진은 연예인 다이어트 전후 사진만큼이나 인기가 많았다.

　오늘의 다이어트 성공기 주인공은 카페에서 드물게 나타나는 20대 남성이었는데 두 장의 전신사진은 동일 인물이 아니었다. 한쪽은 밋밋한 티셔츠와 청바지를 걸친 힙합청년이 자신 없는 포즈로 친구들 뒤편에서 큰 덩치를 숨기고 있었다. 다른 쪽은 몸에 딱 맞춘 듯한 정장슈트 차림에 턱은 사선으로 치켜들고 살짝 입꼬리를 올린 약간은 건방져 보이는 포즈로 모델 흉내를 내며 엘리베이터 거울에 비친 모습이 담겨 있었다. 진한 눈썹 밑의 좁쌀만 한 점이 두 사진 속의 남자가 같은 사람임을 증명하고 있었다.

　"남자들은 꼭 엘리베이터에서 안에서 셀카 찍더라?"

　레이나는 그의 후기가 담긴 글에 '다이어트 성공 축하합니다. 유지를 위해 꾸준한 운동과 식단조절도 잊지 마세요~^^'를 남기며 상담게시판으로 들어갔다.


[레이나에게 묻는다! : 레이나에게 다이어트에 관해 궁금한 것 다이어트의 힘든 점 마음껏 풀어주세요]


　오늘만 해도 화면의 한 페이지를 채울 정도로 많은 글들이 올라왔다. 레이나는 검은 글씨들 사이로 빨간색 제목이 반짝거리는 글을 클릭했다.


[작성자 : '목표48kg'

제목 : '언제 48kg이 될 수 있을까요? ㅠㅠ'

내용 : 제 남자친구는 여자 몸무게에 대한 환상이 있는 것 같아요. 몸무게 50kg가 넘으면 여자도 아니래요. ㅠㅠ 저 키 163에 53kg인데 남자친구한테는 48kg라 했어요. 괜히 거짓말해서 들키기 전에 살 빼려고 헬스 다닌 지 3달 됐는데 빠지기는커녕 오히려 1kg 쪘어요. 먹는 것도 줄이고 운동도 열심히 했는데 왜 40킬로 대가 안 될까요?]

뭐? 50킬로 위로는 여자가 아니야? 이봐요. 당신들의 워너비 섹시스타 이허리도 53킬로라고! 그런 되도 않는 말을 지껄인 놈과 당장 헤어져요. 라고 말하고 싶었지만 연애상담이 아닌 만큼 그녀는 답변에 최대한 주관적인 감정을 싣지 않으려 노력했다. 몇 년 사이 몸짱에서 깡마른 몸매로 트렌드가 바뀌었고 건강미로 인기몰이를 했던 여자아이돌이 하나같이 다이어트를 하고 컴백해 이슈를 몰고 다니니 그 영향도 유행에 민감한 여성들에게 크게 작용했다.

└레이나 : '목표 48kg'님 반갑습니다. 퍼스널 트레이너 레이나입니다. 목표 48kg님의 체형을 눈으로 직접 보지 못해 정확한 조언을 드리지 못해 아쉽습니다. 제 생각엔 운동과 식이요법을 꾸준히 잘 지키셨다면 늘어난 체중 1kg은 근육량이 증가한 것으로 짐작이 됩니다. 단순히 몸무게를 줄이기 위해서는 유산소 운동의 비율이 높은 프로그램으로 프로그램을 맞추는 것이 좋습니다. 한 시간 이상 러닝머신이나 사이클 운동을 하면 분명 일주일 안에 적어도 1kg은 몸무게가 줄어들죠. 하지만 너무 유산소 운동에만 치중하다 보면 몸무게는 줄지 몰라도 탄력 있

는 몸매를 만들기는 힘들어요. 유산소와 웨이트닝이 적절히 섞인 서킷 프로그램으로 매일 30분 정도 운동을 하면 더디지만 '목표 48kg'님의 목표에 달성과 더불어 탄력 있는 몸매를 가질 수 있을 거예요. 서킷 프로그램은 저희 카페 〈하루 30분 코어 트레이닝〉 게시판에 동작들을 찍은 동영상파일이 올려져 있습니다. 찾아보시고 꾸준히 따라 하면서 꼭 목표 달성하시길 바라요~^^*]

제일 좋은 방법은 눈으로 직접 판단을 내릴 수 있는 '목표 48kg' 님의 센터의 트레이너들에게 물어보는 것이지만, 추측하건대 이분은 아직 트레이너들과 어색하고 쑥스러움을 많이 타는 여자일 것이다. 상담을 한 번만 받아도 알맞은 프로그램을 짜주었을 텐데……

회원들이 운동을 시작할 때 적극적으로 그들을 가르쳐 주는 경우가 대부분이지만, 어떤 트레이너들은 회원들이 묻지 않으면 그들도 입을 닫아버릴 때도 있다. 트레이너가 조언을 해주면 회원들 중에 드물게 자신만의 운동 방식을 간섭한다며 불쾌감을 드러내 차라리 말을 말자는 식이 되어버린 경우라 할 수 있다.

트레이너에겐 또 회원들의 반응을 빨리 알아채는 것에도 재능이 있어야 하는데 그 능력이 부족한 트레이너를 만난 내향적인 성격의 회원들은 오해 아닌 오해를 받는다. 그럼 정확한 운동 방법을 배우지 못한 회원들은 오랫동안 센터를 다녀도 몸의 변화가 없고 물어보자니 트레이너들과는 서먹서먹하고 어색한…… 악순환의 반복이 된다.

이런 경우를 여러 번 경험한 레이나가 마련한 대책은 누구나 편하게 대화할 수 있는 온라인 상담이었다. 처음 피트니스 센터에 등록을 한 말 못 붙이고 숫기 없는 회원들이 온라인 게시판으로 상담을 많이 요청했다.

레이나는 작성완료 버튼을 누르고 다음 글을 읽어 내려갔다.

[작성자 : 살기위해뺀다

제목 :죽고 싶습니다.

뚱뚱하고 못생긴 제가 왜 이 세상에 살고 있는 걸까요? 전 왜 살이 쪘을까요? 왜 이렇게 돼버렸을까요? 누구에게 저는 눈앞에 보이는 것만으로도 괴롭다더군요. 끔찍하고 고통스럽대요. 그는 제가 멀리서 바라보는 것조차 허용하지 못하나 봐요. 그에게 조금이나마 잘 보이고 싶어서 다이어트를 결심했습니다. 하루에 한 끼만 먹고 하루 운동은 4시간으로 정하고 일주일간 꾸준히 지켜서 5kg정도 빠졌었어요. 그런데 그를 사랑하는 마음은 500원짜리 붕어빵보다 보잘것없었나 봐요. 제 인내심은 고작 붕어빵 하나에 끊어져 버린 가느다란 거미줄보다 약한 것이었어요. 붕어빵을 시작으로 눈에 보이는 대로 닥치는 대로 입안에다 밀어 넣었습니다. 지금은 다이어트 결심한 그때보다 오히려 3kg나 더 늘어난 상태예요. 출렁거리는 살덩어리를 볼 때마다 너무 끔찍해요. 진짜 죽고 싶어요. 제 자신이 너무나 한심해 죽겠습니다. 전 왜 사는 걸까요?

'뼈밖에 안 남았네.' 라는 말이 부러웠습니다. '살이 넘치네.' 보다 살갑게 들렸거든요. 제가 죽으면 정말 남는 건 뼈밖에 없겠죠?]

레이나는 글을 읽어내려 가면서 '죽고 싶다' 라는 검은 글씨가

계속 눈에 밟혔다. 죽음을 가벼이 생각하면서도 '살기위해뺀다'
는 작성자의 닉네임도 참 모순적이라 느꼈다.

ㄴ'살기위해뺀다' 님 너무 낙심하지 마세요. 다이어트는 누구에게나
힘듭니다. 조금 더 여유를 두고 일주일에 1kg씩 감량목표를 최대로 정
하고 장기간 계획을 세우셔야 합니다. 우리 몸은 원래 상태로 돌아가려
는 항상성 때문에 짧은 기간에 많은 체중을 감량하셨다면 그만큼 또 짧
은 시간 안에 체중이 불어나 버리거든요. 그리고 특히 겨울에 길거리
음식들의 유혹을 뿌리치는 것 저한테도 힘든 일이에요. 더군다나 하루
에 한 끼만 드셨다는 '살기위해뺀다' 님! 하루 세끼 든든하게 드셨으면
폭식으로 이어지지 않았을 텐데 안타깝네요. 우리 몸에 미네랄이 부족
하면 식욕이 증가하는 현상도 나타납니다. 제 생각엔 한 끼 식사로 충
분한 영양소를 섭취 못해서 충동적으로 붕어빵을 드시게 된 것 같네요.
일주일간 잘 참아오신 '살기위해뺀다' 님 끈기가 없으신 분 아니에요.
다만 다이어트 방법이 잘못됐을 뿐이죠. 제가 추천해 드리는 식단표 메
일로 보내 드릴게요.]

온라인으로 상담 후 실질적으로 조언을 받아들여 실천을 하는
회원은 드물다는 걸 알고 있지만 이것도 하나의 재미라 생각했다.
다양한 사람들의 이야기를 접할 수 있으니까.

붕어빵. 붕어. 연어. 연어스테이크.
레이나는 요리를 하기 위해 주방을 들어간 그가 슬슬 걱정이 되
기 시작했다. 시계의 분침은 한 바퀴를 넘어섰고 레이나의 배꼽시

계는 꼬르륵거리며 울어댔다.

그러고 보니 4개월 동안 한 번도 그가 식사 외에 주방을 들른 적이 없었다. 그저 레이나가 차려놓은 음식만 꼬박꼬박 챙겨먹을 뿐 요리하는 모습은 보지 못했다.

괜히 요리한다고 주방만 난장판으로 만드는 것 아니야?

레이나는 무릎으로 기어 침대 끝으로 향했다. 팔을 뻗어 문고리를 살며시 내려 조용히 문을 열었다. 동시에 문틈 사이로 고소한 냄새가 풍겨 들어왔다. 냄새만으로는 그의 요리는 합격점이었다.

"배고파."

레이나는 배를 문지르며 중얼거렸다.

꼬르륵~

말이 떨어지기 무섭게 후각으로 인해 자극을 받은 생리적인 천둥은 그녀의 뱃속에서 우렁차게 울려댔다. 결국 레이나는 침대 근처에 비스듬히 세워져 있는 목발 하나를 집어 들었다.

몸의 중심을 목발에 서서히 옮기며 침대에서 엉덩이를 뗐다. 한 발 한발 지원에게 다가가는 것을 들키지 않으려 조심스럽게 걸음을 옮겼지만 대리석 바닥에 닿는 목발의 끝이 톡톡 마찰음을 냈다. 맛있는 냄새를 따라 복도를 꺾어 주방으로 들어가자 지원의 커다란 등이 보이기 시작했다.

'풋!'

레이나는 지원의 뒷모습을 보고 저도 모르게 튀어나온 웃음에 놀라 손으로 입을 막았다. 못 들었겠지? 아직 안 들켰어.

그녀의 트레이드마크인 핑크 앞치마가 지원의 몸에 걸쳐져 있었다. 등을 고정시키는 앞치마의 벨크로는 짝을 찾지 못하고 날개

마냥 그의 등에서 파닥거리고 있었고 그의 허리춤엔 귀여운 리본 끈이 아슬아슬하게 매달려 있었다. 지원이 소스를 만드는 데 집중한 나머지 믹스 볼에만 시선을 고정하자 그를 깜짝 놀래주려고 발소리를 낮췄다. 한 걸음 두 걸음 마지막 한…… 발. 팔을 펼치면 그에게 닿을락 말락 한 가까운 거리에 이르렀다.

"얌전히 기다리고 있으라니까."

지원이 선수를 치며 갑자기 돌아서 버려 등이 아닌 가슴과 마주하게 되었다.

"헉, 깜짝이야. 놀랐잖아요."

그 덕에 등짝을 치려던 손은 레이나의 가슴을 쓸어내리고 있었다.

"그새를 못 참고 나왔어요?"

"맛있는 냄새가 나서요. 그리고 한 시간이나 지났거든요? 배고파요."

참을성이 없다며 꾸짖는 그에게 눈을 흘겼다.

"다 돼가니까 조금만 기다려요."

지원은 차분하게 달래듯 말하고 분주하게 손을 놀렸다. 레이나는 레몬 드레싱을 만들고 있는 그의 옆으로 놓인 둥그런 접시를 발견했다. 오늘의 메인 메뉴인 새싹채소와 단호박을 곁들인 연어 스테이크는 호텔에서 쉐프가 만들었다고 해도 손색이 없을 정도로 맛깔스럽게 플레이팅되어 있었다. 보기에 좋은 음식이 맛도 좋다던데 그가 준비한 요리는 영양적인 면에서도 완벽한 조화가 아닌가? 단백질, 탄수화물, 무기질이 빨강 노랑 초록 삼박자를 갖췄다.

"와~ 이거 다 지원 씨가 만들었어요?"

"식탁에 가서 앉아 있어요."

레이나는 감탄사를 연발하며 말 잘 듣는 강아지처럼 엉덩이를 실룩실룩 흔들며 자리에 앉았다.

"지원 씨, 원래 요리 잘했어요?"

"뭐 나름 자취 10년차예요. 웬만해서는 집에서 만들어 먹었어요."

3년 전까지는……. 지원은 뒷말은 속으로 삼켰다. 그는 음식 만드는 것조차 귀찮아하며 배달음식 맛에 길들여져 있었다.

"근데 왜 한 번도 안 보여줬어요? 이런 실력을 지니고 있었으면서. 그동안 내가 차려준 음식은 어떻게 먹었데?"

레이나는 입안에서 연어가 사르르 녹으며 느껴지는 고소한 맛이 저절로 행복을 채워주는 것 같았다. 그녀의 부드럽게 휘어지는 눈매가 지원을 기쁘게 만들었다. 오랜만에 시도한 요리라 자신이 없었는데…… 맛있게 먹는 그녀를 보니 뿌듯했다.

"다이어트 중이잖아요."

"어? 그러고 보니 지원 씨 거에는 소스 안 뿌렸네요."

지원의 연어스테이크 위에는 달짜근한 소스 대신 후춧가루가 뿌려져 있었다.

"싱겁게 먹어야지."

알면서 왜 묻냐는 그의 반응에 레이나는 깔깔 웃으면서 말했다.

"완전 다이어트 박사 다 됐어요. 짜장면 몰래 시켜먹고 들켰던 날 기억해요? 그리고 또 뭐가 있더라. 아, 인스턴트 음식들 쌓아놓은 거 치웠다고 막 화내고 그랬잖아요."

기억 속에서 영원히 삭제시키고 싶은 사건을 끄집어내는 그녀를 향해 지원은 시큰둥한 반응을 보였다.

"식욕을 참는 건 지금도 힘들어."

그의 말에 공감한다는 의미로 고개를 끄덕였다. 누구보다 인내가 강한 레이나도 특히나 여자들에게만 찾아오는 마법이 다가올 때쯤이면 제어할 수 없는 식욕 때문에 달달한 것 앞에서 속절없이 무너져 버렸기 때문이다. 패밀리 사이즈 아이스크림 한 통을 혼자서 다 해치울 정도로 미쳐 버릴 때도 있었다.

"근데, 꼬박꼬박 나는 존대하는데 지원 씨는 '요' 자 붙였다 뗐다 해요? 그거 알아요? 요즘 들어 더 심해졌어."

레이나는 마지막 남은 연어스테이크 조각으로 소스를 깨끗하게 닦아내 입에 쏙 넣고 웅얼웅얼 말했다. 구두이긴 하지만, 그와 다시 계약서를 작성할 때 레이나 쌤이라는 호칭과 높임말을 사용하는 것을 약속했다.

"신경 쓰여?"

"아니요. 네……. 조금."

레이나의 아니라 했다가 바로 수긍하는 솔직한 대답에 씨익 미소를 지었다.

"이별 연습 하는 거야."

서로 높임을 하면서 서로를 존중한다는 의미도 있지만 레이나한텐 그러고 싶지 않았다. 존중을 하기 싫어서가 아니라 거리감이 느껴졌다. 그가 생각하는 존대는 트레이너와 회원 사이의 낯설음이었다.

"뭐가요?"

도대체 무슨 말? 레이나가 고개를 갸우뚱했다.

"레이나랑 헤어지는 연습."

지원은 후식으로 준비한 오렌지 샤베트를 그녀의 앞에 놓아주고 다 먹은 그릇들을 치우기 시작했다.

"그러니까 저랑 계약한 기간 끝나면 낮춰서 말하겠다, 그런 뜻이에요?"

"비슷해."

"왜요? 난 서로 말 높이는 거 좋던데."

그녀의 중얼거림을 들은 건지 못 들은 척하는 건지 그에게선 가벼운 대꾸조차 흘러나오지 않았다. 지원의 말처럼 십 년 넘게 혼자 살아온 남자답게 자연스럽게 핑크 앞치마를 걸치고 이번엔 빨간 고무장갑까지 양손에 끼웠다. 딸기 모양의 아크릴수세미로 설거지를 하는 모습은 정말 안 어울렸다.

헤어지는 연습이라…….

턱을 괴고 멀뚱히 그를 바라보며 조금 전 대화를 곱씹어봤다.

'나 좋다고 기다린다 할 때는 언제고. 벌써 헤어질 준비를 한단 말이지?'

이별이란 단어를 떠올리니 서운함이 몰려왔다. 나보다 더 좋은 사람 만날 거라고 여운에게 선언하고선 또 갈팡질팡 마음이 변한다.

하트 무늬가 그려진 핑크 앞치마 사이로 드러난 그의 탱글탱글한 엉덩이를 바라보다 번쩍하고 기발한 아이디어가 떠올랐다. 레이나의 입술이 한쪽으로 슬쩍 올라갔다. 매번 능구렁이한테 당하기만 했지? 복수해 주마.

"어? 앞치마 리본 풀렸다. 이리 와봐요. 묶어줄게요."

그녀의 말에 뒤를 확인하고 그는 뒷걸음치며 다가왔다. 한 뼘 남짓 가까운 거리에 이르자 그의 허리를 재빨리 낚아챘다.

"뭐, 뭐예요?"

발가락 부상으로 인해 불편한 다리와 달리 100kg 바벨도 들어 올릴 수 있는 탄탄한 팔이 단단하게 그의 허리를 감쌌다. 그녀의 팔 안에 갇혀 버린 그는 벗어나기 위해 몸부림을 쳤다.

"지원 씨는 내가 왜 좋아요?"

그의 물이 뚝뚝 떨어지는 고무장갑 위로 고개를 배꼼 내밀며 물었다. 당황했다! 성공했어. 레이나는 속으로 킥킥거리며 양팔로 더욱 그의 허리를 조였다.

"말해줄 때까지 안 놓을 거예요."

대답을 들으면 갈대같이 흔들리는 마음을 다잡을 수 있을까?

"설거지 중이잖아요."

"말해봐요, 내가 왜 좋은지?"

"그러는 레이나는 나 왜 좋아해요?"

지원은 졌다는 의미로 고무장갑을 벗어 식탁 위에 올려놓고 몸을 틀어 그녀를 내려다봤다.

"제가 언제 지원 씨 좋다 그랬어요?"

"말로 꺼내지 않아도 다 들려요."

그의 허리를 단단하게 옭아맸던 팔이 스르륵 풀렸다. 가벼운 장난으로 시작한 것이 진지 모드로 바뀌어 버리자 레이나의 얼굴에도 사뭇 심각함이 내려앉았다. 점점 지원에게 기울어지는 마음을 고백해 버릴까? 레이나는 입술을 말았다 펴기를 몇 번 조심스레 입을 열었다.

"좋아…… 하는 것 같아요."

"알아요."

힘겹게 내뱉은 말을 지원은 가볍게 받아쳤다. 바닥을 향해 있던 시선을 올려 그의 얼굴을 바라봤다.

"근데 지원 씨가 남자로 좋은 건지 회원으로 좋은 건지 잘 모르겠어요."

"확인해 볼래요?"

"어떻게요? 앗."

지원이 레이나를 번쩍 안아 들고 식탁 의자 위에 앉혔다. 그의 위에 레이나가 앉혀져 서로의 허벅지가 맞닿고 시선을 마주하는 모양새였다.

"난 기다리려고 했어요. 먼저 도발한 건 당신이야. 잡아줄 테니 지금 떠오르는 것 해봐요."

그의 두 손이 레이나의 허벅지를 감싸며 미끄러지지 않게 고정시켰다. 지원의 의도를 전혀 알아채지 못한 레이나는 허벅지 위로 따뜻하고 단단함이 느껴지는 손으로 온 신경이 쏠렸다.

"뭐 하는 거예요?"

이번엔 레이나가 당황해 버렸다. 그의 다리 위에서 떨어지지 않으려 양손으로 그의 어깨를 움켜쥐었다.

"어떻게 하고 싶어요?"

그녀와 달리 지원은 느긋해 보였다. 레이나의 허벅지를 더욱더 단단하게 고정하고는 얼굴을 점점 가까이 들이밀었다. 닿을 듯 말 듯 종이 한 장 간격으로 그의 숨결이 입술을 간질였다.

"레이나였으면 재치 있게 넘겼을 것 같아. 윗몸 일으키기를 한다던지 이런저런 핑계를 대면서 끝까지 밀어냈겠지?"

지원의 입술이 슬며시 그녀의 입술을 스치듯 지나갔다. 그는 레이나의 인내심을 시험하고 있었다.

"지금은 뭘 하고 싶어?"

지원이 점점 멀어져 가는 레이나의 등을 당기며 쓸어내렸다.

"하, 하지 마요."

그의 손길이 지날 때마다 야릇하게 피어오르는 흥분에 이성이 흔들리고 있었다. 줄타기를 하듯 아슬아슬했다. 결국 레이나는 중심을 잡지 못하고 떨어졌다.

레이나가 양손으로 그의 얼굴을 감쌌다.

"하지 말라니까."

메말라 있는 입술을 혀로 촉촉하게 적신 후 그의 입술 위에 자신의 것을 눌러 찍었다.

그녀가 먼저 다가선 건 이번이 처음이었다. 한 번 맛을 보고 나자 뜨거운 입김을 내뱉으며 유혹했던 그의 입술을 망가뜨리고 싶은 욕구가 치솟았다. 그의 윗입술을 깨물고 잘근잘근 씹어 삼켜 버리고 싶다. 더 갖고 싶고 더 깊이 가지고 싶었다.

"나 욕심 엄청 많아요."

"알아. 당신이 얼마나 이 일에 자부심을 가지고 있는지 나랑 저울질하는 것. 지금은 어느 쪽으로 기울었지?"

이미 답을 알고 있는 사람처럼 웃고 있는 그의 모습에 레이나는 뾰로통 입을 삐죽이 내밀었다.

"다 지원 씨 때문이에요."

거짓말쟁이가 돼버렸어요. 잘 다듬어서 보내준다며 큰소리쳤는
데……

"내 탓 실컷 해버려. 대신 나한테만은 솔직해 줬음 좋겠어."

정말 그래도 될까요? 그녀는 검고 깊게 일렁이는 그의 눈동자
를 바라봤다.

"당신을 내가 얼마나 정성스레 가꿔놨는데 다른 여자한테 가버
리는 상상만 해도 화가 나."

그래, 이게 솔직한 심정이었다. 그녀의 주위에 남자들은 많다.
외모, 능력, 재력 모두 갖춘 준우가 가장 이상형에 부합하지만 몇
번의 만남에도 이성적으로 끌리지 않는 것은 부족함이 보이지 않
기 때문이다. 너무나 완벽해서 비집고 들어갈 틈이 보이지 않았
다. 모자란 부분을 채워주며 나만의 취향을 담아내는 것도 사랑의
일부가 아닐까?

"그게 다야? 너무하잖아. 버리긴 아깝고 가지고 있자니 부담스
럽고, 내가 계륵 같다고 들리는데?"

"아니에요."

고개를 세차게 흔들며 부정했다.

"솔직히 모든 게 처음이라 정말 이래도 되는지 잘 모르겠어요.
이제껏 여성회원들만 맡아서 일했고 PT로 맡은 남자회원은 지원
씨가 처음이에요. 당연히 고백받은 것도……."

레이나가 잠시 말을 흐리며 장난스럽게 고백하던 그를 떠올리
는 듯했다.

"단 한 번도 회원을 이성으로 생각해 본 적 없었어요. 은아가 말
하길 전 정을 지나칠 정도로 많이 주는 타입이래요. 그래서 상대

방이 쉽게 착각에 빠진대요. 지원 씨도 한때의 착각이 아닐까요?"

서서히 그를 향한 마음이 또렷해지자 불안감이 엄습해 왔다. 쉽게 끊어져 버릴 관계라면 트레이너로서만 자신을 봐왔다면⋯⋯. 막상 터놓고 나니 자신감은 사라지고 점점 작아져만 갔다.

"그거 위험한 발언인데? 나 말고 딴 놈 트레이닝 맡았다면 그놈 한테 빠질 수도 있단 말이잖아."

"얘기가 왜 그렇게 흘러가는 거죠? 묻는 말에 대답이나 해요."

레이나가 뚱한 표정으로 입을 삐죽 내밀며 말했다. 지원은 그런 그녀의 모습에 피식 웃음 내뱉고 힐쭉 올라갔던 입매를 굳은 일자로 다잡았다. 가볍게만 생각했다면, 인내심을 시험하며 그녀를 존중해 준답시고 몇 달을 기다리진 않았을 테지. 진즉 그녀를 덮쳤을 거다.

"눈치도 없어. 레이나는 둔치 천지야."

지원은 잠시 말을 멈추더니 그녀의 귓가로 다가가 한 자 빠짐없이 새겨두길 바라듯 속삭였다.

"난 착각이 아니라 사랑에 빠진 거야."

그의 고백이 굵고 낮은 음성으로 풀어지자 심장이 쿵쿵 뛰기 시작했다.

"나 소름 돋았어. 느끼해."

팔뚝을 문지르며 간질거리고 부끄러운 상황을 무마해 보려는 레이나의 노력은 진지하게만 받아치는 그에 의해 사라져 버렸다.

"그렇게 펑펑 쏟아붓는 사랑을 거부할 남자가 어디 있어?"

부족해. 더 확실해져야 했다.

"가식이라고 생각은 안 해봤어요? 고용인으로서의 예의요."

자꾸만 겉도는 레이나의 말에 지원은 한숨이 나왔다.

"나 진짜와 가짜 정도는 구분할 수 있어."

레이나의 입술 사이로 더 이상 말대답이 나오지 않았다. 지원의 입술이 레이나의 입술을 덮었기 때문이다. 새콤달콤한 오렌지향이 혀끝을 맴돌았다. 호흡도 잠시 잊은 채 서로를 탐했다. 줄곧 이러고 싶었을지 모른다. 더 갖고 싶고 놓쳐 버릴까 불안하고…….

찌르르 흐르는 흥분에 가슴의 정점이 톡톡 솟아올랐다. 단점만 보였던 그의 단단한 껍질을 한 꺼풀씩 벗겨내니 부드럽고 달콤한 속살이 드러났다. 한 입 베어 물고 달달한 맛에 중독되어 버려 속절없이 빠져들고 있었다. 이어졌던 입술이 가빠오는 숨을 고르기 위해 잠시 떨어졌다.

"받아줘. 난 레이나 선생이 아니라 이젠 레이나인 '최민수'에게로 다가갈 거니까."

이번엔 그의 입술이 가만히 다가와 달콤하게 그녀의 입술에 내려앉았다. 그의 혀가 그녀의 혀를 찾아 입안으로 밀고 들어왔다.

## 11

　오랜만에 피트니스 센터를 방문한 레이나는 콧노래를 흥얼거렸다. 그동안 미뤄놨던 서류들 결제를 하면서도 입가에 미소가 사라질 줄 모른 채 배실배실 웃고 있었다.

　"너 머리도 다친 건 아니지?"

　불쑥 마틴이 레이나 앞에 얼굴을 들이밀더니 자신의 귀 옆으로 검지를 세우며 뱅뱅 돌렸다. 너 돌았냐? 라고 그의 손가락이 말했다.

　꼭 기분 좋을 때 분위기를 망쳐요. 레이나는 그의 면상을 손으로 밀어버리고 다시 서류에 시선을 돌렸다.

　"이번 달 전기세랑 수도세가 지난달에 비해 너무 많이 나왔어. 20%나 더 나온 것 같은데?"

　"이번에 새로운 기기 몇 대 더 들여놔서 그래."

레이나는 마틴의 말에 고개를 끄덕였다. 처음에 피트니스 센터를 오픈 했을 때 위탁 관리가 아니라 모든 것을 제 손아래에서 해결하고 싶었다. 그래서 센터 아래의 목욕시설까지도 대출받아 시작한 지 2년 조금 덜 채웠지만 센터의 회원 수와 시설 공간의 활용도만큼 이윤이 남지 않았다. 그녀가 생각했던 것만큼 운영은 쉽지만은 않았다.

그냥 월급이나 받는 트레이너만 할 걸 그랬어…….

레이나는 후회의 한숨을 내쉬었지만 이미 엎질러진 물. 끝까지 흑자가 보일 때까지 몸이 부서지도록 달려보기로 했다.

"도지원 씨 PT도 이제 막바지에 들어갔지?"

마틴이 레이나의 계약도 슬슬 끝나감을 떠올리고 물었다.

"어. 지금 웨이트닝 비중 늘려서 근육 잡고 있어."

"생각보다 빠르네. 악바리인가 봐?"

"응. 가르친 보람이 팍팍 느껴져서 대견해."

레이나는 지원의 이름만 들어도 들뜨는지 얼굴에 감정을 숨기지 못했다. 조금 전 한숨을 내쉴 땐 언제고 순식간에 표정이 변했다.

"그래서 요즘 기분이 좋은 거였어?"

"티나?"

"어. 엄청 티나. 그리고 도지원 씨 다이어트 성공해서 기쁜 것만은 아닌 것 같은데……."

레이나는 덩치만 큰 애라며 말도 안 되는 상상 따위 절대로 하지 말라더니 자신이 던진 말은 그새 잊어버린 듯했다. 병문안을 갔을 때 그들은 사랑에 빠진 연인처럼 보였다. 성격상 모든 일에 남의 손을 거치는 걸 싫어하는 그녀가 모든 걸 지원에게 의지하고 있던 모습은 레이나를 알아온 8년의 세월이 무색하게도 낯설었다.

"뭐가? 마틴 팀장님, 회의 나가실 준비나 하시죠?"

마틴의 놀리는 듯한 말투에 레이나는 모른 척 자리에서 일어서며 그를 재촉했다.

회의실에 센터 트레이너들과 GX 프로그램 외부 강사들이 열 명 남짓 테이블에 둘러앉았다. 최고급을 추구하는 회원들을 위한 트레이너들은 그들의 경력 또한 다른 센터 직원들에 비해 화려했다. 체육지도자 자격증을 소지하고 대부분 적어도 5년 이상 경력이 있는 자들로 구성되었고 그중에 레이나의 과 동기 마틴을 포함해 3명의 생활체육학과 출신 트레이너와 과거 국가대표까지 활동했던 운동선수 몇몇이 끼어 있었다.

"오늘 저녁 회식 있는 거 다들 아시죠. 한동안 저 때문에 고생 많으셨던 선생님들께 감사의 의미로 제가 쏠게요."

레이나의 말에 모두 반색을 하며 환호성을 질렀다. 얼마 만의 회식이냐! 회식 메뉴는 뭐로 정할까요, 하는 물음에 다들 한우를 외쳤다. 오랜만에 입에서 살살 녹는 단백질을 맛볼 생각에 들뜬 분위기 사이로 불쑥 손이 올라왔다.

"저…… 못 갈 것 같은데요."

아침반 요가 담당인 유나가 죄송하다는 말을 뱉으며 여기저기 꾸벅 고개를 숙였다. 피트니스 센터의 열 명 남짓 트레이너들만의 공간인 사무실에서 야유가 쏟아졌다. 요가, 댄스, 스쿼시, PT 등등 각각 다른 전문 분야에 속한 트레이너들이지만 술자리만큼은

단합해서 즐기자는 이념이 단단히 박힌 이들에게 단 한 명의 이탈
도 허용할 수 없었다.

"유나 쌤, 일주일 전에 미리 얘기했잖아. 약속 잡지 말라고."

"간만에 회식인데 다 같이 가지?"

"죄송해요."

여기저기에서 참여를 권했지만 그녀는 끝까지 거절했다. 센터
의 트레이너들끼리 가족처럼 지내는 분위기에 유독 혼자 겉돌고
있는 유나라서 유독 신경이 쓰였지만 단호해 보이는 거절에 레이
나는 안타깝지만 사정이 있는 것 같으니까 다음엔 꼭 함께하자며
다독였다.

"전 수업 들어가 볼게요."

유나가 쌩하고 자리를 뜨자 남은 사람들은 그녀가 있을 때 꺼내
지 못한 말들을 한둘씩 내뱉기 시작했다.

"유나 쌤 요즘 무슨 일 있어?"

"얼마 전에 바뀐 남친 때문에 저러는 거예요."

유나는 요가로 다져진 늘씬한 몸매와 고양이처럼 살짝 올라간
눈매로 남성들을 유혹하며 달마다 애인을 갈아 치우기로 트레이
너들 사이에서 유명했다. 상대가 누구냐에 따라 그녀의 화장법부
터 의상과 헤어를 바꿔 버리니 주위 사람들은 그녀의 외모가 바뀌
면 남자도 바뀌었다고 어림짐작 했다.

"이번엔 거물급 하나 문 것 같아."

"봤어? 그저께는 에르메스 켈리백 메고 왔더라고."

외제차 한 대 값을 웃도는 명품가방을 떡하니 들고 나타나 트레
이너 사무실에서 패션쇼를 하며 여직원들의 질투 어린 시선을 받

앉었다.

"대박! 확실해? 이미테이션 아니고?"

"설마. 손도 못 대게 하던데?"

"나도 갖고 싶다. 켈리백. 그냥 나도 회원 한 명 콱 물어버릴 까?"

그럴 능력은 있고? 제니퍼는 누가 봐도 운동만 하고 다닐 것 같은 수수한 트레이닝복 차림이 그녀의 트레이드마크가 된 홀 트레이너에게 속으로 콧방귀를 꼈다.

"그게 무슨 소리예요? 유나 쌤 남자친구가 우리 센터 회원이에요?"

레이나는 그들의 대화를 잠자코 듣고 있다가 불쑥 끼어들며 말했다.

"자세한 건 모르구요. 제 생각엔 이번 상대는 유부남임에 틀림없어요."

"유부남?"

직원 사생활에 그리 관심을 가지지 않지만 유부남이라는 단어에 인상을 잔뜩 찌푸린 레이나가 되물었다. 제니퍼는 우연히 센터 지하주차장에서 멀리서 유나와 같이 차에 오르는 남자의 뒷모습을 얼핏 봤는데 꽤 나이가 있어 보여 불륜이 분명하다고 말했다. 레이나는 그녀의 말이 길어질수록 점점 표정이 험악해졌다.

"괜한 유언비어 퍼뜨리지 말고 어서 수업 준비나 해요."

가만히 그들의 대화를 듣고만 있던 마틴이 끼어들었다. 그의 말에 다들 흩어져 회의실을 빠져나가기 시작했다. 모두들 밖으로 나가고 둘만 남아 있을 때 레이나가 심각하게 입을 열었다.

"너도 알고 있었어?"

센터가 기업 총수들 간에 인맥을 넓혀주는 매개체가 되는 것은 허용되지만 불륜을 조장하는 공간이 되는 건 절대 용납할 수 없는 일이었다.

"지레짐작만 할 뿐 확증은 없어."

"만약 사실이라면 계약서에 명시된 내용으론 퇴출감인데……."

사내연애는 허용하지만 회원과의 사적인 접촉은 금지되어 있었다. 워낙 회원들과 직원의 신분차가 크기도 하고 한 번도 이런 경우가 발생한 적 없어 레이나는 막막함이 앞섰다.

"나도 캐묻고 싶지만 유나 쌤만의 사생활도 있고, 그리고 너…… 때문에 망설여지기도 하고."

"나……?"

"그래. 너야말로 조심해. 처음엔 가벼운 마음으로 홈 트레이너로 들어갔다고 핑계 댈 수 있었겠지만 지금은 아니잖아? 센터 대표이사가 회원이랑 동거하고 있다고 소문나면 뒷감당은 어떡할 거야? 우리가 쌓아온 이미지도 생각해야지."

레이나는 뒤통수를 망치로 맞은 느낌이었다. 까맣게 잊고 있었다. 마틴의 말대로 자신은 유나를 탓할 자격이 없었다.

"네가 연애하는 건 좋은데 되도록 빨리 도지원 씨 집에서 나와야 할 것 같다. 얼마 전에 어머님도 물으시더라. 너 지금 맡은 PT 회원 누구냐고."

"우리 엄마가?"

레이나는 저번에 뺨 맞은 일도 그렇고 골절 부상 때문에 집에 들르지 못한 자신 때문에 마틴을 붙들어놓고 이것저것 질문을 던겼을 순희의 모습을 쉽게 상상할 수 있었다. 아직도 순희는 레이나의 트레이너란 직업이 마땅치 않은 듯했다.

"내가 대충 둘러댔어."

"응. 고마워."

레이나는 지원과 만나기로 한 와인 바 입구에서 멈추며 거친 숨을 골랐다. 부어라 마셔라 하는 회식 분위기 속에서 빠져나오기가 쉽지 않았기 때문이다. 예상보다 길어진 자리에 점점 지원과 약속한 시간이 다가오자 마틴에게 결제 카드를 던져 두고 달려왔다.

약속한 시간에서 한 시간이나 훌쩍 지나 도착한 곳에 지원은 보이지 않았다. 먼저 들어갔나? 그녀가 입구에 발을 내딛으며 들어가려 할 때였다.

"지금 몇 시야? 전화는 왜 안 받아! 내가 몇 통이나 건 줄 알아?"

"휘익! 놀랬잖아요."

갑자기 옆에서 튀어나온 지원 때문에 레이나는 가슴이 들렸다 놓이며 화들짝 놀랐다.

"뭐 하다가 이제 나타난 거야? 회식 자리에 얼굴만 비추고 나온다고 했잖아."

레이나는 가슴을 진정시킨 후 차분함을 가장하여 느긋하게 말했다.

"폰은 진동으로 해놓고 가방에 넣어놨더니 전화 온 줄도 몰랐어요. 그래도 빨리 오려고 열심히 달렸는데…….”

땀이 송골송골 맺힌 이마를 손으로 쓰윽 닦아내는 레이나는 열기로 인해 얼굴에 홍조를 띠었다. 미안해서 눈도 제대로 못 마주치면서 뛰어왔으니 칭찬해 달라고 배시시 웃는 그녀를 향해 버럭 화를 냈다.

“미쳤어? 깁스 푼 지 얼마 됐다고!”

전혀 예상치 못한 그의 반응에 순간 아차 했다. 회식 장소랑 걸어서 20분 정도 떨어진 거리라 그저 늦었다는 생각에 뛰면서도 몰랐다.

“아, 한 발로 뛰었어요.”

레이나가 오른발을 들어 왼쪽 발로 콩콩 뛰는 시늉을 하자 지원이 기겁을 하며 그녀를 말렸다.

“다친 건 왼발이잖아!”

“아, 맞다. 헤헤헤.”

그녀가 재빨리 발을 바꿔 왼발로 섰다.

“지금 웃음이 나와?”

하지만 여전히 그의 표정은 풀어지지 않았다. 지원은 레이나가 늦은 것보다 뛰어왔다는 사실에 더 화가 났다.

“이제 안 아파요.”

“그래도. 이제 겨우…….”

레이나는 지원의 말이 길어질 듯해 도중에 말을 자르고 그의 팔을 끌며 와인 바 안으로 들어갔다. 그들이 함께 향한 와인 바는 지원이 차려입은 검정 정장 슈트 차림이 무안할 정도로 좋게 말하면 친근한 나쁘게 말하면 지저분한 분위기를 풍기고 있었다.

그녀와 첫 데이트라 생각하고 들떠 공들인 치장에 쏟아부은 시간과 돈이 아까울 정도로 허름한 이곳은 와인 바라 하기에 시끌벅적한 분위기에 매캐한 담배연기가 자욱한 것이 학생들이 붐비는 대학가의 맥주 바 같았다.

"엇! 지원 씨, 저기 자리 비었네요. 빨리 가요."

레이나는 꽉 차 있는 바에 커플이 일어서 나가는 모습을 가리키며 지원을 그쪽으로 이끌었다. 지원은 레이나와 함께 다가선 바텐 의자가 매우 좁고 불편해 보여 선뜻 자리에 앉기가 꺼려졌다. 그리고 의자 커버의 얼룩덜룩한 알 수 없는 흔적들이 불쾌하게 느껴져 미간을 찌푸렸다. 지원이 머뭇거리며 언짢은 표정으로 의자를 노려보자 레이나는 아이 다루듯 살살 달래며 그를 자리에 앉혔다.

"여긴 왜 온 거야? 와인 바라더니……."

"이래 봬도 여기 우리나라에서 다섯 손가락에 꼽히는 소믈리에가 운영하는 곳이라구요."

"여기가?"

지원은 의심스러운 표정으로 주위를 두리번두리번 살폈다. 벽면엔 해골 모양의 모자들이 칙칙한 색깔별로 뒤죽박죽 걸려 있었고, 와인병과 맥주병들이 그 사이사이를 메우고 있었다. 도끼나 창 칼 등의 모형이 군데군데 장식되어 있었고 이상한 전체적인 조명은 촛불 모양으로 붉은 빛을 희미하게 밝히고 있었다. 지원은 오늘 자신의 차림새를 볼 때 마치 음침한 해적선에 납치된 부유한 귀족 같았다.

"레이나 쌤 왔어? 자기 오랜만이네."

"잘 지냈어요? 오늘도 여전히 바쁘네요."

지원은 친근하게 레이나를 부르는 바텐더로 보이는 남자에 의
해 이름도 거창한 「[piRat](해적)」 와인 바의 내부 탐색을 멈추었
다. 그는 번들거리는 검은 긴 생머리를 하나로 묶고 셔츠는 반쯤
풀어헤쳐 가슴의 털이 덥수룩하게 보였다. 쌍꺼풀이 짙어 이국적
이면서 느끼하게 생긴 남자가 지원을 힐끗 쳐다보며 눈짓으로 레
이나에게 질문을 했다.

　"누구야?"

　"어……."

　"자기 이거야?"

　머뭇거리는 레이나를 향해 그가 새끼손가락만 추켜들고 흔들자
레이나는 고개를 끄덕였다. 그녀가 처음으로 지원을 애인으로 소
개했다. 지원은 말로 집적 듣고 싶었지만, 가벼운 고갯짓으로 인
정을 했다는 사실만으로도 기뻤다.

　"뭘 부끄러워하고 그래. 그럼 오늘 자기 마시던 거 말고 다른 거
줄 까?"

　"또 새로 나온 거 있어요?"

　"아니. '사랑의 와인'이라고, 한 잔에 뿅 간다니까."

　레이나는 그의 말에 얼굴을 붉혔다. 묘약과 같다고 했던 와인은
그의 애인과 사랑을 나누기 전에 꼭 한 잔씩 마신다면서 그녀에게
짝이 생기면 권해주고 싶다고 했었다. 하지만 이번에 이곳을 찾아
온 이유는 따로 있었다.

　"근데, 우리 다이어트 중이라……."

　"아, 그래? 그럼 그걸 선보여야겠네? 잠시만요."

　그는 흥미롭다는 미소와 함께 지원에게 살짝 윙크를 날리며 사

라졌다. 전혀 그쪽으로 관심이 없는 지원은 남자에게서 받은 윙크
는 처음이라 온몸에 소름이 돋았다.

"저 사람 뭐예요?"

"지원 씨가 맘에 들었나 봐요."

레이나는 팔을 문지르며 고개를 부르르 떠는 지원의 모습에 웃
음이 새어 나오는 것을 억지로 참았다.

"주문은 안 받아요?"

"제가 여기 자주 오는 곳이라 '레이진'이 알아서 가져다줘요."

"레이진?"

"아까 그분요. 프랑스서 와인공부 하셨거든요. 불어로 'raisin'
이 '포도'인데 영어식 발음으로 레이진이라고 하죠. 와인 소믈리
에 미스터 포도. 작명 센스 남다르지 않아요?"

"최민수보다 훨씬 낫군."

"아니, 여기서 제 이름이 왜 나와요?"

시도 때도 없이 본명을 언급하며 놀리는 지원이 얄미웠다. 정말
애도 아니고, 학창 시절을 끝으로 이름으로 놀림받을 일이 없다고
생각했는데…….

"그렇잖아. 소믈리에 미스터 포도. 트레이너 최민수. 이름만 들
어도 무서운 트레이너임에 틀림없지. 근데 '최 마녀'라고 했으면
더 좋았을 텐데."

"뭐예욧?"

레이나가 실처럼 가늘게 눈을 흘겼다. 지원은 그녀의 반응에 재
밌다는 웃음을 터뜨렸다.

"농담이야. 레이나도 괜찮은 이름인 것 같아. 레이나하면 레이

나 공주 떠오르잖아."

"공주요?"

근데 백설공주, 인어공주, 피오나 공주는 들어봤어도 레이나 공주는 뭐람?

"왜 있잖아, '백터맨'이라고 인기 스타들이 거쳐 갔던 어린이 드라마. 거기에 레이나 공주가 나오는데 외계나라 나쁜 공주 역으로……."

"결국 악당이란 말이네요."

반짝거리던 눈망울이 곧바로 실망으로 푸시시 가라앉는 레이나의 사랑스런 표정변화를 즐기는(?) 맛에 지원은 민수 이름 놀리는 재미가 쏠쏠했다.

"아니…… 그게 아니라."

나쁜 공주일수록 예쁜 거 몰라?

속으로 웃음을 참으며 그녀의 기를 살려주려 했다.

"와인 여기 한 잔씩 둘까요?"

지원이 이어 말하려 했던 뒷말은 소믈리에 미스터 포도 씨 때문에 내뱉지 못하고 다음 기회로 미뤄야 했다.

"네."

레이나의 대답에 레이진은 잔에 약간의 와인을 따르더니 시향을 부탁했다. 레이나의 긍정적인 끄덕임에 그녀의 잔을 채우고 지원의 잔에도 붉은 와인을 따랐다.

"더 필요한 건 없으시고?"

"까베르네 스비뇽 새로 들어온 건 없어요?"

"이번에 빈티지 2007 들어왔어. 근데 좀 많이 떫을 텐데?"

"음…… 일단 이것부터 마시고 그것도 시도해 보죠."

"알겠어. 그럼 필요할 때 불러."

레이진이 음흉한 웃음을 날리며 자리를 비켜주자 둘의 대화만 조용히 숨을 참으며 듣고 있던 지원은 저절로 안도의 한숨을 내쉬었다. 그 모습에 레이나는 저도 모르게 킥킥거렸다.

"웃지 마."

레이나는 와인 잔을 들어 살짝 시계방향으로 휘저어본 뒤 입으로 가져갔다.

"걱정 마세요. 레이진은 멋진 금발의 남자친구가 있으니까. 그리고 임자 있는 남자는 안 건드려요."

임자 있는 남자라는 말 듣기에 나쁘지 않았다.

"그런데 웬 술이야? 다이어트 중에 술 마시면 안 된다고 했잖아."

레이나는 지원의 질문에 와인 잔을 가볍게 내려놓고 와인 바에 들른 이유를 설명하기 시작했다.

"프랑스의 레드와인 생산 지역마다 장수마을이 있대요. 노화를 연구하는 과학자들이 왜 와인을 생산하는 곳에 장수하는 사람이 많을까 조사를 해봤는데, 그 지역의 사람들은 하루에 한 잔 정도 레드와인을 마신대요. 특히 그 와인에는 타닌이란 떫은 성분의 일종인 프로시아니딘을 함유하고 있는데요, 프로시아니딘이 혈관성 질환 억제에 도움이 되는 물질이거든요. 그러니까 그 지역의 사람들은 평소에 프로시아니딘을 와인을 통해 섭취해서 뇌졸중이나 동맥경화증의 발병빈도가 작아 더 오래 살게 된 거죠."

낯선 용어들이 쏟아져 나와 어렵죠? 그녀의 물음에 지원은 가볍게 고개를 저었다. 그녀의 말을 요약하자면······.

"기름진 음식을 많이 먹는 사람들에게 유용하겠군."

레이나는 간단명료한 그의 대답에 슬며시 웃으며 그를 기특하게 바라봤다.

"그리고 와인은 항산화제 역할도 해서 피부도 좋아져요. 그렇다고 같은 포도로 만든 음료라고 포도주스는 마셔도 효능이 없어요. 왜냐면 포도 씨에 프로시아니딘 함량이 많거든요. 지원 씨에게 다이어트에 좋은 레드와인 몇 가지 알려주고 싶었어요."

지원은 고개를 끄덕이며 자신도 와인을 시음해 보았다. 약간 떫은맛이 느껴졌지만 전체적으로 달콤했다.

"여기 해적선 안에 들어온 것 같죠? 해적들이 배 안에선 술을 격식 없이 즐겁게 마시잖아요. 다른 와인 바는 불편한 이브닝드레스에 우아하게 잔을 굴리며 값은 엄청나게 비싸면서 겨우 딱 한 잔 마실 뿐, 격식 차리기 바쁘잖아요. 여긴 몸을 관리해야 하는 트레이너인 저에게 딱 맞는 와인을 약 처방처럼 권해주거든요. 원하는 와인도 많고 무엇보다 저렴하고 그래서 자주 와요."

레이나의 눈길을 따라 가게의 손님들을 훑어봤다. 모두들 편한 차림에 즐거워 보였다. 미리 언급만 해주었다면 자신도 캐주얼한 차림으로 왔을 텐데 섞이지 못한 이방인처럼 튀어 보이는 자신의 지금 차림이 만족스럽지 못했다.

"이건 프랑스 와인은 아니고 이탈리아 와인인 '까테나 알타 말벡' 같은데, 블루베리에 오크향이 나는 달콤한 와인이죠."

레이나는 어느새 한 잔을 다 비우고 아쉬운 듯 빈 잔의 립(lip)을 검지로 문질렀다.

"매번 혼자 오다가 지원 씨랑 여기 오니까 좋은데요?"

"다음에는 '사랑의 와인'도 시도해 봐요."

이 사람이! 실컷 다이어트 와인 설명해 줬더니……. 레이나는 턱을 괴고 샐쭉 토라진 표정을 지었다.

"뽕 간다잖아."

엄지와 검지를 동그랗게 말아 쥐고 눈앞에 두고 튕겨내는 모양을 하자 레이나는 피식 웃음 터뜨렸다. 정말 안 어울린다. 시야를 가득 메울 정도로 덩치는 엄청 커서 하는 짓은 귀여운 강아지 같아.

'골드'가 떠올랐다. 골드는 부모님 댁 마당에서 기르는 골드 리트리버인데……. 안내견으로 훈련받을 정도로 지능이 높은 견종이지만 골드만은 달랐다. 특별했다고 해야 하나. 알아듣는 명령은 고작 '손'밖에 없었다. '골드 손'이라 외치면서 손을 내밀면 금빛 털이 감싼 앞발을 떡하고 올린 뒤 간식을 달라며 헥헥거리곤 했었다.

"지원 씨 손."

레이나가 불쑥 왼손 손바닥을 내밀었다. 그는 어리둥절하면서도 얼떨결에 그녀의 손 위에 오른손을 겹쳤다.

"아이, 착하네."

"뭡니까?"

지원은 이게 무슨 놀인가 싶었다.

"지원 씨 손 잡았다."

그녀는 손가락 하나씩 그의 손가락 사이를 가르며 곱게 접었다. 그녀의 작은 손이 그의 손을 덮기엔 너무 작았다. 작지만 찌릿찌

릿 손끝에서 전해오는 온기는 그를 설레게 하기에 충분했다. 손끝으로 교감한다는 것. 말을 하지 않아도 서로의 마음이 전해지는 듯했다. 시끄러운 와인 바에서 그들의 주위엔 모두가 검은 그림자였고 마주 보는 상대만이 빛이었다. 그는 자신의 손등이 위로 향한 손깍지를 틀어 올려 그녀의 손등에 가볍게 키스했다.

어떻게 와인 바에서 그의 침대 위로 앉혀졌는지 그 과정은 머릿속에 존재하지 않았다. 무릎을 바닥에 대고 허리를 세운 자세로 그녀의 목선에서 쇄골을 따라 입술도장을 찍어 내리면서 그의 손은 어느새 그녀의 면 티를 젖히고 있었다.

수업의 일부로 자세 교정 시 살짝살짝 닿기만 했던 봉긋한 그녀의 가슴의 촉감이 손끝으로 전해져 오자 지원은 가쁜 숨을 몰아쉬며 답답하게 가슴을 죄는 브라를 들어 올려 맨살의 부드러움을 느끼기 시작했다. 방해물인 거추장스러운 상체의 천 조각들을 거둬내자 뽀얗고 하얀 살결에 분홍빛 젖가슴이 드러났다.

그가 덜떨어진 사춘기 소년처럼 다급하게 굴며 그녀의 한쪽 가슴을 덥석 물고 정점을 핥으며 강렬하게 빨아대자 침대에 몸을 지탱하고 있던 레이나의 팔이 올라와 그의 어깨에 엇갈렸다.

"하아……."

그의 입술에 온몸을 맡기고 낯선 기분에 야릇한 신음이 저절로 흘러나왔다. 지원이 상체를 세워 무게중심을 그녀에게 이동시켰다. 그의 아래에 그녀를 가두고 자신의 티셔츠를 벗어 던져 버렸다.

그녀만큼 흥분으로 단단해진 그의 가슴을 따라 서서히 선을 드

러내는 그의 복근. 레이나는 저도 모르게 지원의 허리를 따라 손
가락으로 쓸어내렸다. 살결을 따라 선을 그려가는 그녀의 손끝에
닿는 부위마다 지원이 흠칫 힘을 주는 것이 느껴졌다.

"지금은 포팩(fourpack)이야."

그녀의 손을 움켜쥐고 배에서 떼어내며 아쉬운 목소리로 말했
다. '아직' 대신 '지금'이란 단어를 선택한 그는 끝까지 식스팩을
만들어 보여주겠다는 일념이 담겨 있었다. 레이나는 흥분에 달뜬
상황에서도 식스팩이 완성되지 못해 풀이 죽은 모양을 하는 그가
너무 귀여웠다.

곰곰이 생각해 보면 아마 그때부터일 것이다. 지금 남편을 유혹
하기 위해 잘 배워두어야 한다는 은아와 살색만 나오는 동영상을
봤을 때였다.

영상의 출처는 이웃섬나라였는데 얼마나 충격적이던지 눈을 뗄
수가 없었다. 남자들의 불끈불끈한 성기 때문에? 아니. 레이나가
충격에 휩싸인 것은 남자들이 하나같이 배가 볼록한 것이 끔찍했
기 때문이다. 그래서 어느 순간부터인가 무의식적으로 되뇌고 있
었을지도 모른다. 식스팩이 선명하게 박힌 남자를 만날 거야! 라
고.

"하복부 운동 더 빡세게 시켜야겠어요."

레이나의 입에선 괜찮다, 그 정도면 됐다는 식의 어중간한 말은
나오지 않았다. 없으면 만들면 되지. 웃음기 섞인 말투로 그를 놀
리며 그녀의 자유로운 나머지 손이 복부 아래쪽의 거뭇거뭇한 거
웃을 스치자 지원의 앞섶이 본능적으로 볼록하게 솟아올랐다.

"어머!"

레이나는 놀란 토끼눈을 하며 그의 몸에서 손을 뗐다. 지원은 그녀의 손을 잡더니 자신의 딱딱해진 중심부 쪽으로 가져갔다.

"당신이 날 이렇게 만들었어."

레이나는 한 번도 남자의 부분을 만져 본 적이 없어 볼록한 앞섶이 점점 부풀어 오르는 듯 손에 닿은 촉감만으로도 야릇한 감정을 불러일으켰다. 그가 바지와 팬티마저 벗어버리고 완전한 나체가 되어 꺼내달라 아우성치던 그의 것이 드러나자 레이나는 그만 눈을 꼭 감아버렸다. 그는 그녀의 눈꺼풀에 입을 맞추며 그녀 위에 몸을 겹쳤다.

콧등을 따라 입술도장을 찍고 코끝을 살짝 깨물었다가 인중 입술 차례로 내려오며 그녀의 하나하나를 맛보기 시작했다. 앙증맞게 솟은 정점을 그의 손아래에서 세게 쥐어졌다 다시 검지로 부드럽게 매만지자 레이나에게서 얕은 신음이 새어 나왔다.

"하아."

지원은 입술로 그녀의 신음을 삼키고 손을 아래로 움직였다. 그녀의 매끈한 복근 사이의 배꼽을 지나 검은 레이스 팬티에 이르자 그의 손이 부드럽게 언덕을 쓸었다. 그리고 가느다란 끈 사이로 손가락을 걸고 망설임 없이 팬티를 끌어 내렸다. 드디어 그녀의 비밀스럽고 소중한 곳이 뽀얀 속살을 드러냈다.

"엄청 야해."

레이나는 그의 말에 얼굴이 화끈 달아올랐다.

"보지 마요."

레이나는 두 손으로 그곳을 가리며 다리를 오므렸다. 4년 전인가? 미즈코리아 보디빌딩 대회를 참가할 때 처음으로 은밀한 부분의 무성한 숲을 다 밀어버린 후 지금까지 그 상태를 유지하고 있었다. 매끈한 둔덕이 부끄럽거나 야하다고 생각해 본 적은 없었지만 태워 버릴 기세로 그녀의 여성을 바라보는 눈빛에 뽀얀 살덩이가 발갛게 익어가는 듯했다.

"가리지 마. 예뻐."

지원은 천천히 다리를 가르고 방패가 된 손 위로 입술을 눌렀다. 그의 가벼운 키스가 손등 성벽을 차츰 무너뜨리기 시작했다. 스르륵 물러나는 그녀의 손 아래 마침내 숨어 있던 방울을 검지로 동그란 원을 그리며 애무했다.

그가 주는 자극으로 인해 레이나의 기다란 허리가 휘어졌다. 그의 숨결이 입구를 간질이자 발가락이 오그라들며 짜릿한 느낌에 부르르 몸을 떨었다. 촉촉하게 젖은 입구가 받아들일 준비가 된 듯 보여 그는 서서히 상체를 세웠다.

레이나의 상체를 덮는 그림자 아래로 뜨거운 것이 그녀의 여성에 닿았다. 흥분으로 멍하니 들뜬 눈에 들어온 그의 것은 무시무시해 보였다. 저렇게 큰 불덩이가 몸속에 들어온다고 생각하니 두려움이 앞섰다.

"아아!"

지원은 빳빳하게 고개를 들고 있는 자신의 것을 움켜쥐고 조심스레 끝을 밀어 넣었다. 겨우 끝에만 닿았을 뿐인데 레이나는 묵직하게 두꺼운 것이 좁은 문을 비집고 들어오는 찢어지는 아픔에 소리를 질렀다. 아프다는 말은 들었지만 이 정도일 줄은 몰랐다.

"흐으읍! 너무…… 아파."

끅끅거리며 참아내는 그녀의 신음에 거칠어지려 했던 그의 욕망이 잠시 주춤했다. 하얗게 질려 버린 레이나의 얼굴을 내려다보는 것도 고통스러웠지만 자신을 꽉 조이고 있는 그녀의 여성 때문에 터질 것 같은 본능을 참아내는 것도 곤혹이었다.

"미안. 아프게 해서."

"흐으윽."

그녀의 깊숙한 곳으로 들어가야 한다면서 아우성치는 불기둥보다 딱딱하게 경직되어 있는 그녀가 우선이었지만 멈추고 싶진 않았다. 지원은 아래에서 올라오는 저릿한 통증으로 일그러지는 그녀의 미간을 조심스레 핥았다. 콧등을 따라 도장을 찍어내듯 입술로 꾹꾹 눌러 내려가며 코끝을 살짝 깨물었다.

감겨 있던 그녀의 눈꺼풀이 스르륵 올라가며 물기로 일렁이는 검은 눈동자가 드러났다. 그와 그녀의 시선이 얽혀들었다. 그녀의 두려움과 고통을 달래기 위해 아랫입술을 물어 잘근잘근 깨물어 보기도 하고 빨아들이기를 반복하면서 손으론 가슴의 정점을 희롱했다. 그녀의 아픔을 덜어보겠다는 노력이 통했는지 가쁜 숨을 몰아쉬는 사이로 신음이 새 나왔다. 잠시 풀어진 긴장의 틈을 기회로 지원은 그의 전부를 깊숙이 밀어 넣었다.

"으읏!"

"미안해."

레이나가 눈을 질끈 감자 아슬아슬하게 걸려 있던 눈물이 볼을 타고 흘러내렸다. 그녀 안을 가득 메운 불기둥이 움직임을 가할 때마다 흥기가 뱃속을 뒤집는 느낌이었다.

"그만…… 앗!"

그녀는 손톱이 박힐 정도로 그의 단단한 어깨를 꽉 쥐었다. 그가 밀고 들어왔다 빠져나갈 때마다 연약한 아래가 뜯겨 나가는 듯 얼얼한 느낌이 들었다.

"울지 마."

그가 눈물을 핥아 닦아주며 입을 맞추었다. 그녀가 힘들어하는 걸 알았지만 움직임을 멈출 수는 없었다. 그의 움직임이 빨라졌다. 빡빡하고 좁은 통로는 흥분을 극에 달하게 만들고 있었다. 살과 살이 맞부딪히는 색스러운 소리가 울렸다. 더욱더 격렬하게 움직였고 마침내 절정에 다다른 그는 레이나의 몸 위로 쓰러져 버렸다.

"그렇게 좋아요?"

레이나는 땀으로 번들거리는 그의 등을 쓰다듬으며 말했다. 고통 속에 그를 밀어내고 싶었지만 자신에게 정신없이 빠져들며 쾌락을 향해가는 그의 모습이 나쁘지만은 않아 묘한 성취감을 느꼈다.

지원은 몸을 틀어 옆으로 침대에 기대고는 품 안에 그녀를 끌어당겨 안았다. 헝클어진 그녀의 머리를 정돈해 주며 볼을 쓰다듬었다.

"응. 미안……. 많이 아팠지?"

지원은 멈추고 싶지 않은 욕심 때문에 그녀를 아프게 했다는 사실이 마음에 걸렸다. 저 혼자만 발정난 짐승처럼 헐떡이느라 그녀가 환자였다는 사실도 잊고 말았다.

"지금도 아프거든요?"

코를 찡긋거리며 톡 쏘는 말을 내뱉었다. 여자라는 존재가 처음을 받아들일 때 이렇게 고통스럽기만 하다니 신은 불공평했다. 레이나는 괜히 얄미워 지원의 코를 꼬집어 비틀었다. 지원은 아프다며 코맹맹이 소리로 외쳤지만 그녀를 말리진 않았다.

"처음은 아프더라도 두 번째부터는 괜찮아진다니까."

지원의 손이 슬금슬금 가슴 위로 올라왔다. 다시 딱딱하게 발기한 그것이 레이나의 등을 콕콕 찌르고 있었다.

"아직 욱신거리고 쓰라려요."

"만지기만 할게."

그의 말이 진짜인지 가짜인지 두고 봐야 알 일이지만 몸을 더듬는 손길을 뿌리치지는 않았다.

"처음 트레이너 일을 시작한 건 언제야?"

"생활체육학과 들어가고 나서 바로 시작했으니까 아마 21살 때부터일 걸요."

"원래 운동하는 거 좋아했었어?"

그의 손이 가슴에서 벗어나 허리의 곡선을 따라 움직였다.

"아니, 전혀요. 저 초중고 학교 다닐 때 젤 싫어하는 과목이 체육이었어요."

"그런데 어떻게 이 길에 접어들게 됐어?"

"음…… 제가 좀 많이 뚱뚱했거든요."

"그래? 못 믿겠어."

아무리 많이 먹어도 살이 찌지 않는 체질처럼 보였던 레이나가 뚱뚱했었다니. 지원은 지분거림을 멈추고 손으로 턱을 받치고 상체를 비스듬히 세우며 그녀의 이야기를 귀담아들을 준비를 했다.

"후후, 진짜예요. 사실 20년 동안 뚱뚱하다고 생각해 본 적이 없었어요. 아무도 저한테 뚱뚱하다고 지적해 주는 사람이 없었거든요. 거짓말 같죠? 진짜예요. 충분히 애들의 놀림거리가 됐을 텐데 아무도 말을 꺼내지 않았어요. 선생님도 아이들도 주변의 모든 사람들이 복스러워 보여 좋다, 귀엽다, 예쁘다, 기분 좋은 말들이고 어느 순간 세뇌돼서 제가 세상에서 가장 아름다운 사람인 줄 알았어요."

"그때 당신도 내 눈엔 가장 아름다운 사람이었을 거야."

물론 지금의 몸매도 아름답지만 뽀얀 속살에 토실토실한 속살을 맛볼 수 있는 통통한 레이나를 상상하는 것도 나쁘지 않았다. 레이나는 농담하지 말라며 그의 어깨를 찰싹 때렸다.

"핏, 거짓말. 암튼 그게 사실은 부모님과 오빠들 영향이 컸던 거였어요. 동네에서 우리 오빠들 모르면 간첩이라고 할 정도로 유명했어요. 잘생기고 키 크고 공부 잘해 뭐 하나 빠지는 것이 없었거든요. 근데 굳이 약점 하나를 꼽자면 여동생을 너무 극진히 아낀다는 거. 그래서 친구들은 오빠들에게 잘 보이기 위해 저를 타깃으로 삼은 건지도 모르죠. 다들 너무 친절했거든요. 선생님들도 마찬가지였죠. 아마 그때 부모님이 학교에 후원을 하고 계셔서 눈치를 봤던 것 같아요. 그렇게 착각 속에서 학교 집만 오가던 제가 대학생 새내기가 됐을 때, 그때 처음 제가 엄청 뚱뚱하다는 것을 알았어요."

"어떻게?"

"나한테 냄새가 난다는 거예요."

아마 처음이었을 거다, 남자에게 관심을 보였던 것이. 그래서 그만큼 더 상처받았다는 걸. 누구보다 잘 챙겨줬고 다정했던 그가 술에 취해 내뱉었던 말과 행동의 기억이 아직도 생생하게 남아 있었다.

"돼지우리 악취라던가? 그 선배가 한 말이 아직도 잊혀지지가 않아요. 그때 충격이 너무 심해서 한동안 앓아누웠던 것 같아요."

아무리 술에 취했다 할지라도 팔과 다리를 심지어 옆구리 뱃살까지 손가락으로 꾹꾹 찌르며 '살 좀 빼라. 인간되게.'라고 지껄였던 그가 떠오르자 상상만으로도 불쾌해 얼굴이 일그러졌다.

"지금 생각해 보면 그때는 괴로웠지만 한편으로 고맙기도 해요. 현실을 깨닫게 해줬으니까. 그 후로 가려져 있던 것이 보이기 시작했죠. 사람들의 시선은 시기와 질투가 아닌 한심하고 안타까움이 섞여 있다는 걸 알게 됐고, 전 점점 마음을 닫아버렸어요. 부모님과 오빠들의 보호막을 벗겨내자 난 아무것도 아닌 존재였어요. 왜 날 이렇게 만들었냐고 가족들에게 원망도 하고 화를 냈다가 울고 허탈하게 웃기도 하고 완전 제정신이 아니었죠. 보통 그런 일을 겪으면 굶기부터 한다는데 전 매일 방 안에 박혀서 먹을 수 있는 것들 모두 꾸역꾸역 밀어 넣고 토하고 또 정신없이 먹기만 했어요. 한 달 정도 그렇게 지냈나? 문득, 내가 왜 이러고 있지? 이런 생각이 드는 거예요."

"그때부터…… 운동 시작하게 된 거야?"

레이나가 고개를 끄덕였다. 악담을 퍼부은 그에게 달라진 모습을 보여주며 신랄하게 비웃어주겠다는 복수도 다짐했었다.

"당당하고 솔직했던 나는 어디로 갔지? 내가 왜 다른 사람 시선들 때문에 숨기만 하고 도망가려 하는지. 혼자 점점 벗어나려고 몸부림치는 과정에서 부모님은 점점 망가져 가는 딸의 모습을 가만히 두고 보지는 않으셨어요. 온 가족이 다이어트 전쟁을 선포했죠. 처음엔 심리 상담부터 시작했어요. 나 자신을 받아들이는 게 먼저였거든요."

지원은 그때의 레이나의 심정이 이해가 갔다. 몸이 무거워지니까 사람들 만나기가 무서웠고, 날카로운 시선들로부터 숨고만 싶었다. 그래서 집안의 도우미들을 다 쫓아내고 음식 쓰레기들로 외부인 출입을 막기 위해 단단한 성벽을 만들어 버린 거였다.

"그리고 다이어트 전문가들에 의해 운동과 식이요법을 시작했어요. 중간중간 포기하고 싶은 마음도 있었지만, 점점 변해가는 내 모습을 보니 운동에 재미가 붙는 거예요. 하루 종일 피트니스 센터에서 살았어요."

"다이어트에 성공했다고 해서 트레이너를 직업으로 삼기엔 쉽지 않은 결정인데……."

"그런가요? 전 저와 같은 입장에 놓인 분들 도와주고 싶었어요. 다이어트에 관한 고민을 나누며 조언도 해주고. 그러려면 좀 더 전문적으로 배워야 된다고 생각해서 결정하자마자 바로 전공을 바꿔 버렸어요."

지원은 기특하다며 레이나의 머리를 쓰다듬었다.

"잘 선택했어. 그래서 우리가 이렇게 만날 수 있었던 거잖아. 고마워."

그가 이마에 가볍게 입을 맞추자 그보다 더한 것도 겪은 레이나가 부끄러워하며 얼굴을 붉혔다.

"지원 씨 취향도 참 독특해요."

"뭐가?"

"난 예전에 다이어트할 때 나 가르쳐 주던 남자 트레이너가 너무 싫었는데……. 이것저것 막 시키면 때려주고 싶을 정도로 얄미웠다구요."

레이나가 주먹을 쥐며 때리는 시늉을 하자 지원이 하하 소리를 내며 웃었다.

"그러게. 민수가 레이나 쌤이 되면, 진짜 마녀 같다고 느낀 적…… 윽!"

그녀의 주먹이 지원의 명치를 제대로 가격해 퉁하고 흉강의 소리가 울렸다. 정확하게 꽂혔다. 지원은 재빨리 좁혔던 미간을 펴며 애써 태연한 척했지만 명치가 저릿저릿 아팠다.

"어머, 죄송해요. 오늘따라 오른손이 말을 안 듣네."

레이나는 손가락 관절을 꺾으며 뿌드득 소리를 냈다. 새초롬하게 눈을 치켜뜨며 다시 한 번 공격태세에 들어서자 진심 그녀가 무서웠다.

"내가 잘못했어요."

지원은 그녀를 다독이며 끌어안았다.

"뭘 잘못했어요?"

"말실수."

"실수는 무슨! 뭐 나 마녀 맞아요. 매일 독약 먹이면서 괴롭히고…… 운동하는데 힘내라고 목도 아픈데 막 큰소리로 윽박지르고……."

그녀가 말한 독약이란 아침마다 갈아준 치커리 녹즙으로, 다이어트 중인 지원에게 변비예방에 좋다며 꼬박꼬박 챙겨주었는데 그 씁쓸한 맛과 향은 아직까지도 적응 못해서 끙끙 싫은 소리를 내며 마신다.

"아니야. 엄청 좋다. 다 좋아. 정말 난 취향이 독특해. 약간 마조 성향이 있나 봐. 막 다뤄줘."

"으~ 뭐예요?"

지원은 또다시 레이나의 주먹공격이 날아올까 두려워 잽싸게 그녀의 입을 맞추었다. 그리고 벌떡 몸을 일으켜 그녀의 위에 올라탔다.

"사랑해."

레이나는 점점 이 남자의 행동을 예측할 수 없게 돼버렸다. 이렇게 기습공격이 쉴 새 없이 들어오면 저릿하게 조여오는 가슴은 곧 터질 것 같았다.

"사랑해."

지원은 다시 한 번 귓가에 조곤조곤 속삭이며 손으로 레이나의 머리를 쓸어 올리고 다른 손으로는 봉긋한 가슴을 부드럽게 감쌌다.

12

피트니스 센터의 오전의 모든 GX 프로그램이 끝나고 회원들로 북적거렸던 홀에서 시끄러운 수다 속에 가려졌던 흥겨운 댄스 음악이 울려 퍼졌다. 점심시간 때부터 오후 퇴근 시간 전까지 한산한 편이라 이 시간대를 활용해서 트레이너들은 누구보다 돋보여야 할 자기 몸매의 유지를 위해 운동기구를 하나씩 차지했다.

직원들 빨간 유니폼 사이로 홀로 몸의 울퉁불퉁 곡선을 고스란히 드러내는 검은색 쫄쫄이 티셔츠를 입은 남자가 바벨을 들어 올리고 있었다. 루마니안 데드 리프트. 바벨을 허벅지 위까지 들어 올린 후 골반 너비로 발을 벌리고 선다. 고개를 들어 정면을 바라보고 무릎을 거의 편 상태에서 허리를 구부려 바벨을 내린다. 숨을 들이마시고…….

'흐읍.'

몸통 중심 근육에 힘을 준 상태를 유지하고 천천히 들어 올리며 숨을 내쉰다.

'하아.'

등은 곧게 펴주어야 하고 힘이 들어가는 근육에 집중을 해야 한다. 허리와 다리, 그리고 엉덩이……. 지원은 레이나가 강조했던 조언들을 되짚으며 거울 속 자신의 모습을 바라봤다. 모든 근육들은 각각의 덩어리로만 움직이는 것이 아니라 여러 근육들이 겹치고 이어져 있기에 복근을 만들고 싶다 하여 복근운동만 해서는 안된다. 복근과 이어진 흉근, 대퇴근(허벅지 앞쪽) 등을 함께 발달시켜야지만 균형 잡힌 식스팩이 탄생한다.

"총각."

한 세트를 마치고 가벼운 스트레칭과 물 한 모금을 들이켰다. 레이나와 단둘이 운동을 하면서 점점 변해가는 모습에 자신감을 가졌지만, 자신의 몸은 우물 안 개구리나 다름없었다.

레이나가 운영하는 피트니스 센터엔 식스팩은 기본이고 팔다리에는 커다란 알통들이 탄탄하게 박힌 남자들이 수두룩했다. 말 근육 그들에 비하면 자신의 근육들은 망아지 수준이었다. 이래서 피트니스 센터를 등록하게 되는 건가? 비교가 되고 자극이 되니 더 열심히 할 수밖에…….

"총각!"

지원은 뒤에서 어깨를 톡톡 치며 부르는 소리에 그제야 자신의 옆에 누군가 다가왔다는 것을 알아챘다. 뽀글뽀글 파마머리에 헤어밴드를 두르고 눈이 부실 정도로 반짝이는 스팽글 민소매와 핫팬츠 차림인 그녀는 거침없는 말투와 중년 여성회원들을 단숨에 휘어잡는 리더십으로 오전 댄스반 회장을 맡고 있는 모대학 병원장 사모님이셨다.

'오 여사와 사모님들' 줄여서 '오사' 라고 트레이너들 사이에서 부르는 암호는 '요령껏 잘 피해라' 와 같았다. 손가락을 모두 쫙 폈다가 엄지만 하나 접어 까딱이는 '오사' 의 의미를 전혀 알 리가 없는 지원은 트레이너들이 뿔뿔이 흩어진 공간 속에 아주머니 셋에 의해 포위당했다.

"열심히 운동하는데 방해되잖아요."

"그래. 방해 말아."

"지금은 쉬고 있잖아. 괜찮다니까."

"총각 쉬고 있는 중이여?"

오 여사와 사모님 원(one)과 투(two)는 그를 앞에 두고 저마다 의견을 논하더니 '사모님 원'이 번뜩 고개를 추켜들고 지원에게 물었다.

"예? 아…… 잠깐."

"한 번 만져 봐도 되나?"

"예?"

느닷없는 질문에 한 번, 승낙 없이 가슴으로 들어온 손에 의해 또 한 번 당황한 지원이 쇼윈도의 마네킹처럼 딱딱하게 몸이 굳어졌다.

"요고 탄탄한 가슴 한번 만져 보장께."

"나도."

이미 손을 대고 있으면서 물어보는 건 뭔가? 그녀들은 지원의 가슴을 손끝으로 톡톡 건드리더니. 이번엔 '사모님 투' 가 지원의 팔을 쓰다듬기 시작했다.

"아이고~ 팔뚝도 참외같이 단단하네."

"참외가 뭐야. 수박 같구먼."

"그건 아니지~ 수박은 아니고 멜론쯤 되려나."

"멜론 그거 딱이네! 오호호."

사모님들 이건 성추행이요. 갑작스런 그녀들의 행동에 당황한 나머지 멀뚱히 손길을 받아내던 지원이 자신의 몸을 과일로 비유하며 웃음거리가 되자 불쾌함에 얼굴이 일그러졌다. 그가 그녀들의 손길을 뿌리치려는 순간 멀리서 잔뜩 인상을 쓰고 있는 레이나가 보였다. 그녀의 온몸이 부들부들 떨리며 주먹을 꽉 쥔 모습이 질투에 불타는 여인 같았다. 그녀의 얼굴이 벌겋게 달아오르며 곧 터질 것같이 부풀어 올랐다. 지원이 그녀들을 뿌리치기 전에 레이나가 먼저 펑 하고 터져 버렸다.

"푸우읍. 아하하하하하!"

그녀의 웃음소리가 '오사' 사모님들의 손길을 멈출 정도로 크게 울렸다. 가슴이 수박 같다는 말은 들어봤어도 팔뚝이 수박이라니…….

레이나의 한 번 터진 웃음보에서 횡격막이 들썩거릴 정도로 쉴 새 없이 웃음이 쏟아져 나왔다. 옆에서 지켜보던 마틴이 그녀의 옆구리를 쿡 찌르며 눈치를 줬지만 어금니를 꽉 깨물며 웃음을 참으려는 노력은 실패로 돌아가고 레이나는 배를 움켜쥐고 낄낄거렸다. 결국 마틴이 레이나를 질질 끌며 트레이너 사무실 안으로 데려갔다.

"레이나 쌤, 왜 저래?"

"난들 알아."

돌아서서 샐쭉 레이나를 바라본 오 여사는 지원에게 시선을 돌렸다.

"총각, 이름이 뭐예요?"

레이나의 웃음에 더욱 기분이 나빠진 지원은 잔뜩 얼굴을 구긴 채 그녀의 말을 무시하고 싶었다. 허나 유독 도해와 비슷한 연령대의 중년 여성에게 약했던 지원은 정중하게 답했다.

"도지원입니다."

"그럼, 자네가 혹시 도도해 사장님 조카?"

"예, 맞습니다."

"그러고 보니 닮았어."

그녀는 지원의 얼굴을 찬찬히 훑더니 안경 너머의 눈매가 도사장의 것과 비슷하다고 생각했다. 아무리 낯짝이 두꺼운 오 여사라지만 상대에 따라 지켜야 할 선은 꼭 지켰다.

"아, 내가 실례를 해버렸네. 미안해요."

동의 없이 손부터 갖다 댈 때는 언제고 오 여사는 몸을 더듬은 것에 대한 사과를 내비쳤다.

"아닙니다."

지원은 '도지원'이란 자신의 이름만으로 태도가 달라지는 그녀를 보며 속으로 쓴웃음을 삼켰다.

"호호호. 훤칠한 외모만큼 심성도 고와."

오 여사는 도해와의 친분을 과시하며 언니 동생 하는 사이라고 더욱 그에게 친근감을 표했다. 그녀는 팔을 붙들며 쉴 새 없이 쏟아내는 말 사이로 그의 신경을 흐트러지게 하고는 휴게실로 이끌었다.

"이리 와, 총각! 이쪽에 앉아."

'넘버 원'이 손을 까딱거리며 지원을 불렀다.

"오늘 아침반 댄스에서 떡을 많이 해와서 좀 남았어. 아직 따끈 따끈하니 맛있어. 우리 총각도 들어."

"괜찮습니다."

떡 파티라도 한 것인지 테이블 위에 온갖 종류의 떡들이 펼쳐져 있었다. 송편, 백설기, 인절미 등등 형형색색 먹음직스런 떡들이 그를 유혹하고 있었다. 눈앞에 음식들이 펼쳐지니 체지방률 조절을 위해 저탄수화물 식단을 하는 지원은 저도 모르게 침을 꿀꺽 삼켰다.

"에이. 하나만 먹어."

"하나 정도는 괜찮지. 안 그래?"

"그럼. 하나는 간에 기별도 안 가. 먹어, 맛있어."

오 여사가 송편을 하나 쥐며 지원에게 내밀었다. 고소한 송편의 참기름 냄새가 코끝을 자극했다. 하지만 참아야 했다. 그는 입술 끝에 미끌미끌한 떡이 닿았지만 한 발 물러서며 유혹을 이겨냈다.

"에이, 하나만 먹어."

자꾸 도망가려는 지원의 발걸음에 맞춰 한발 한발 다가서는 오 여사는 끈질겼다.

"정말 괜……."

오 여사의 손은 LTE급만큼 빨리 움직였다. 확고한 거절을 담아 입을 여는 조그만 틈 사이로 송편을 쏙 밀어 넣었다.

"맛있지? 내가 특별히 주문한 거야."

곤란했다. 입안에서 탱글탱글 돌고 있는 송편 한 알을 씹을 수도 뱉어낼 수도 없는 상황에 이르렀다. 지원의 혀는 본능적으로 송편을 굴려 어금니에 이르게 했고 저작운동으로 인해 눌러진 송편 사이로 깨 설탕의 달달한 꿀이 흘러나왔다. 엄청 달았다. 얼마 만에 느껴보는 꿀맛인가?

순간 이성을 잃어버린 지원은 그녀가 주는 떡을 고분고분 받아 먹고 있었다. 송편을 시작으로 조금 텁텁하지만 씹히는 맛이 고기 같은 백설기와 콩고물 옷을 입은 인절미를 밀어 넣었다.

"맛있어요."

지원은 어느새 자리를 차지하며 엄지까지 치켜들고 그녀들의 비위를 맞춰주고 있었다.

"아이고 총각. 체하겠어. 이거 마셔."

'넘버 투' 사모님이 얼음 동동 띄운 식혜 한 잔을 지원의 손에 쥐어줬다. 꾸벅 감사함을 표한 지원은 식혜를 벌컥 들이켰다.

"어머~ 다들 여기 계셨네요."

등 뒤에서 서늘한 레이나의 목소리가 들렸다. 아니, 유독 살갑게 들리는 애교 섞인 코맹맹이 말투였지만 지원에게는 무시무시하게 들렸다.

"컥헉, 컥."

콩고물이 코로 넘어가며 사레가 걸린 지원은 숨을 삼키며 코로 입으로 콩가루를 뿜어냈다. 그녀의 손이 착 하고 그의 등을 때렸다.

"오늘 아침반 간식 떡이에요? 와~ 종류도 엄청 많네요."

레이나는 테이블 위를 쭈욱 훑으며 환호성을 질렀다. '오사' 삼

총사의 귀엔 '맛있겠다. 나도 좀 주지 치사하게'로, 레이나의 손이 닿아 있는 등줄기에 식은땀이 주르륵 흐르는 지원에게는 '이 많은 걸 다 처먹었냐?'로 들렸다.

"레이나 쌤도 떡 드실라유? 쌤은 줘도 안 먹잖여~"

'넘버 투' 사모님은 다이어트의 가장 큰 적이 떡이라며 기피해야 할 음식이라고 강조하던 것이 떠올라 레이나에게 투덜댔다.

"아니에요. 제가 떡을 얼마나 좋아하는데요. 없어서 못 먹죠."

"그럼 좀 싸줄까?"

"네. 많이많이 싸주세요."

레이나의 애교 섞인 요청에 그녀들은 박스 가득 넘칠 정도로 채워 넣으며 물었다.

"혼자 이걸 다 먹을 수 있겠어?"

"냉동실에 얼려서 먹고 싶을 때마다 꺼내 먹으면 돼요."

"그래? 이거 전부 다 싸줄까?"

"정말요? 전 좋죠."

그녀가 잠시 '오사' 멤버들과 수다를 떠는 사이 지원은 식도에 걸린 듯한 떡을 내려 보내기 위해 주먹으로 가슴을 두드렸다.

"회원님, 죄송한데 저 좀 도와주시겠어요?"

남은 떡을 모조리 챙긴 레이나의 양손에 쥐어진 검은 봉지하고도 박스 하나가 남아 지원을 가리키며 도움을 요청했다.

"내가 도와줄게."

오 여사가 레이나에게 눈을 흘기더니 박스를 들어 올렸다.

"아닙니다. 제가 하겠습니다."

지원은 오 여사 손에 쥔 박스를 빼앗아 들고 레이나를 따라 사

무실에 들어갔다. 굽이굽이 안으로 그녀의 뒤를 따른 곳은 트레이
너들의 탈의실이었다.

"솔직히 말해요. 얼마나 먹었어요?"

레이나가 손에 쥔 비닐봉지를 바닥에 툭 던지며 말했다. 마치
던져진 그 봉지가 지원인마냥 그의 어깨가 움찔거렸다.

"송편 하나."

"하나?"

"백설기 하나…… 랑 인절미 두 개…….."

꽤나 많이도 먹었다. 그녀에게 솔직히 고할 때마다 저절로 고개
가 숙여졌다. 레이나의 손이 그의 앞머리를 가르고 입가에 다다랐
다. 그녀는 지원의 입술 위에 남아 있는 하얀 가루들을 엄지로 털
어냈다.

"음. 알겠어요."

그녀의 말에 지원의 고개가 번쩍 들렸다. 혼날 줄 알았는
데…….

"이게 끝이야?"

"네. 이만 나가봐요."

차분한 목소리로 얼굴엔 미소까지 드리웠다. 그게 더 무서워.

"더 없어? 나 안 혼내?"

매도 먼저 맞는 게 낫지.

"이제 혼자서도 잘하시잖아요."

"응?"

"칼로리 계산하시고 드신 거 맞죠?"

떡 네 조각 먹고 밥 한 공기만큼 칼로리를 섭취했다. 지원은 고

개를 끄덕였다.

"그럼 오늘 트레이너 쌤들이랑 같이 퇴근해야겠네요?"

그녀 말인즉 먹은 양만큼 땀으로 빼고 가란 소리였다. 그럼 그렇지, 레이나가 그냥 넘어갈 리가 없었다.

"트레이너들? 그럼 레이나는 일찍 가?"

"전 오늘 어머니 생신이라서 집에 늦게 들어가요."

레이나는 그의 등을 툭툭 치며 사라졌다.

핑크색 뉴비틀이 목적지에 다다르자 레이나는 시동을 끄고 잠시 후 펼쳐질 무차별 공격에 대비해 마음을 가다듬었다. 한 걸음 한 걸음 다가설 때마다 삼지창 끝처럼 날카로운 문양의 대문 쇠창살이 점점 무시무시해졌다. 3층으로 이루어진 대저택은 대문의 크기만큼이나 으리으리했다. 출장 수업을 하면서 여러 부유층 회원의 저택을 들락거렸기에 웬만해선 풀 죽지 않는 그녀가 웅장한 대문 앞에서부터 겁을 먹고 조심스레 초인종을 누르자 바로 반가운 목소리가 들렸다.

[아가씨 왔어요?]

"네, 언니."

[문 열어드릴게요.]

그녀의 목소리가 끊어지고 바로 대문이 양 갈래로 열렸다. 20년 넘게 그녀가 머물던 곳으로 향하는 발걸음은 무겁기만 했다. 현관 입구에 들어서자마자 구겨졌던 얼굴은 저절로 스르륵 펴졌다. 올망졸망한 꼬마 아가씨들이 레이나의 품 안에 뛰어들었기 때문이다.

"고모~"

"고모~ 왜 이렇게 오랜만에 왔어?!"

"나 안 보고 싶었어?"

"보고 싶었지. 우리 예쁜 아가들."

그녀는 부츠의 지퍼도 내리지 못한 채 할머니 생신을 맞아 드레스로 한껏 멋을 부린 두 공주님들에게 뽀뽀세례를 받고 있었다. 큰오빠와 작은오빠의 소중한 보물로 6살과 8살 꼬마 천사들은 최씨 집안의 무뚝뚝한 남자들이 저절로 미소를 띠게 하는 능력을 지니고 있었다.

"고모는 이제 너에 대한 애정이 식었어."

두 여자아이를 한심한 듯 바라보는 유독 하얗고 말간 피부에 커다란 눈을 지닌 남자아이가 그들에게 다가오며 여자아이 중에 키가 한 뼘 더 큰 아이를 바라보며 말했다. 얄궂게 쏘아붙이는 꼬마는 이제 8살이 된 여자아이의 두 살 많은 오빠이다. 자신의 감정을 표현함에 서투른 아이는 말수가 적으나 유독 자신의 여동생 괴롭히기에는 적극적으로 나섰다.

"고모, '애정이 식었어' 가 무슨 뜻이야?"

큰오빠의 딸인 6살 꼬마 은수가 고개를 갸우뚱하며 물었다. 어떻게 설명해야 하나…….

"음…… 그러니까 고모가 조금 좋아한다는 말이야."

"아니야. 고모는 나 엄청 좋아하거든? 그치?"

"당연하지. 고모는 은수랑 수아랑 엄청 하늘만큼 땅만큼 우주

만큼 좋아해."

레이나는 모아 동생 수아의 질문에 그녀의 코를 살짝 쥐어흔들며 찡긋 웃었다.

"그럼 문턱이 닳도록 드나들던 사람이 반년 만에 나타나?"

"문턱이 뭐야?"

이번엔 수아가 레이나를 향해 물었다.

"바보야, 문턱도 모르냐?"

"나 바보 아니거든?"

자신의 여동생을 놀리며 은근 레이나를 타박하는 이제 겨우 열 살인 어린 조카의 말솜씨는 제 어미를 닮음에 분명하다.

"우리 최모아 군이 고모를 많이 기다리셨나 봐요?"

"내가? 홋!"

어이없다는 콧방귀를 뀌었다. 어린것이 벌써 제 높은 지능을 알고 어른인 척 행동하려는 모아의 모습이 그저 귀여울 따름이었다. 레이나는 살포시 여자아이들을 떼어내고 모아를 향해 다가갔다. 그리고 그를 번쩍 들어 품에 꽉 껴안았다.

"아이~ 귀여워~ 모아야, 어쩜 넌 점점 자랄수록 예뻐지니."

"남자한테 예쁘다니 무례해!"

부드러운 아이의 볼에 대고 부비부비를 하자 모아는 질색을 하며 품 안에서 벗어나려고 버둥거렸다. 하지만 레이나는 모아의 반항을 가볍게 무시하고 번쩍 들어 올려서 빙빙 돌리며 비행기를 태웠다.

"나도~ 나도~"

그 모습을 지켜보는 여자아이들은 부러운 듯 자신도 고모의 품에 안겨 높은 곳에서 빙글빙글 돌고 싶었는지 그녀의 다리를 부여잡고 모아만 즐거움을 느끼지 못하도록 그녀를 멈춰 세웠다. 꼬마들이 그녀를 붙잡고 늘어지자 시누이의 구출을 위해 남매들의 엄마가 나섰다. 나 여린 여자요 하는 가녀린 몸매지만 단아하고 묘한 강인함을 품은 그녀는 모아의 엄마임에 틀림없어 보였다. 둘째오빠의 아내인 다혜였다.

"얘들아, 고모가 불편해하시잖니."

레이나는 모아를 내려놓고 이제 두 여자아이들을 양팔로 껴안으며 흔들었다.

"아, 언니, 괜찮아요. 불편하긴요."

다혜는 시집도 안 간 시누이가 오히려 자신보다 더 엄마처럼 아이들을 다루는 모습에 부럽기도 하고 기특하기도 하고 미안했다. 부모가 일 때문에 바빠 레이나가 오롯이 아이들을 돌봐주었기 때문이었다. 그래서 아이들은 고모의 손길을 더 그리워하는 것일지도 모른다. 지금은 레이나의 일이 바빠져 자주 만나지는 못하지만 아이들은 고모라면 자다가도 벌떡 일어날 정도로 그녀를 좋아했다.

"아가씨, 왔어요? 어머님 아버님께 먼저 인사드리러 가셔야죠."

그때 부엌에서 나온 최씨 집안 첫째며느리인 보영이 아이들을 거실로 이동시키며 말했다.

"네. 근데 오빠들은 어디 갔어요?"

레이나의 물음에 막내 새언니가 불쑥 부엌에서 튀어나오며 대신 답했다.

"큰아주버님은 일이 조금 늦게 끝나서 지금 오시는 중이고요, 작은아주버니랑 그이는 장보러 갔어요."

"아…… 웬일로 무뚝뚝한 남정네들끼리 나섰대?"

법적으론 혼인관계지만 아직 식을 치르지 않은 곧 신부가 될 막내오빠의 아내이자 레이나와 동갑내기인 정인이었다.

"민수 왔니?"

"엄마."

레이나는 순희에게 달려가 그녀를 꼭 껴안으며 목덜미에 코를 박고 부비부비했다.

"얘가 애기처럼 왜 이래? 조카들 보는 앞에서."

"헤헤. 엄마 냄새 좋아서."

"얘 떨어져."

"왜~ 잠시만 이렇게 있자."

순희는 꼭 집에서 막내 티를 내는 레이나가 서른을 앞두고도 여전히 제 눈엔 아기였고 사랑스럽고 품에만 두고 싶었다. 하지만 평생 가둬두고 세상을 가릴 수는 없는 법. 트레이너 길로 들어서며 독립을 해버린 레이나가 새로운 회원을 맡은 후 가뭄에 콩 나듯 집에 드나드는 것이 안쓰럽기도 하고 기특하기도 했다. 순희는 그녀의 머리를 쓰다듬으며 등을 토닥였다.

"민수야, 엄마는 내 꺼다."

순희의 남편인 수종의 등장으로 인해서 절대 떨어지지 않으려 껌처럼 딱 달라붙어 있던 레이나가 그녀를 순순히 풀어주며 아빠에게 엄마를 넘겼다.

으으으.

닭살 커플.

레이나는 팔을 슥슥 문지르며 물러섰다.

현수, 태수, 준수, 민수순으로 '수' 자 돌림 4남매를 둔 금실 좋은 부부로 유명한 부모님은 여전히 서로를 애틋하게 바라보며 애정을 숨기지 않으셨다. 그들은 현관 앞에서 거리낌 없이 버드키스를 나누곤 하신다.

어릴 적엔 그 모습이 쑥스럽고 부끄럽다 생각했지만 지금은 결혼 35년차 부부가 눈만 마주쳐도 사랑이 샘솟기란 쉽지 않음을 아는지라 부모님이 부러웠다. 언제부턴가 부모님이 이상향 부부가 돼버렸다. 엄마 아빠처럼 오순도순 살고 싶었다. 그리고 레이나는 오빠 셋이 제 짝을 찾아 행복하게 사는 모습이 좋았다. 어머니 아버지 오빠 셋에 새언니 셋, 조카들 셋이 한집에 머무는 이곳은 매우 시끌벅적했다. 곧이어 셋째 오빠의 아이가 태어나면 더욱더 북적거릴 것이다.

어머니의 간소한 생일을 맞이하기 위해 오랜만에 다 같이 모였다. 소박한 파티를 좋아하는 김 여사는 가족끼리 도란도란 이야기 꽃을 피우는 것을 더 좋아했다. 대가족이 지내는 만큼 식탁도 넉넉히 스무 명 정도 앉을 정도로 길고 넓었다. 지금의 빈자리도 곧 태어날 조카들과 레이나가 꾸려갈 새로운 가족들이 앉을 예정이었다.

저녁 식사 후 생일축하 노래와 함께 아이들은 서로서로 할머니의 케이크의 59개의 촛불을 끄겠다고 달려들었다. 결국 순희는 아이들에게 양보를 하고 마지막까지 꺼지지 않았던 하나의 초를 입김으로 불었다. 특별 주문으로 솥뚜껑만 한 케이크의 연기가 피어오르는 초를 거둬내니 59개의 구멍이 뽕뽕 파였다.

"어머니, 소원 비셨어요?"

둘째 오빠 태수가 순희에게 케이크 칼을 건네며 물었다.

"응. 올해 우리 손자 건강하게 태어나기를 빌었다. 그리고……."

오랜만에 진수성찬을 앞에 두고 정신없이 젓가락을 옮기던 레이나에게 순희의 시선이 집중되자 레이나는 싸한 느낌에 흠칫 동작을 멈추며 음식을 입안 가득 물며 김 여사 향해 고개를 들었다.

"우리 민수 좋은 짝 만나 빨리 결혼하라고."

"켁!"

달짝지근한 간장을 쪽쪽 빨며 살을 발라 먹던 갈비찜이 목에 걸려 버렸다. 이렇게 갑자기 기습 공격이 들어올 줄이야. 다시 긴장 태세를 갖추었다. 결혼. 트레이너 일. 민감한 두 가지 주제가 나오면 항상 껄끄러운 감정에 뭔가 죄스러운 느낌이 드는지 모른다.

"괜찮아요?"

막내 새언니가 레이나의 등을 두드려 주며 말했다.

"네. 괜찮아요. 엄마, 갑자기 무슨 결혼이에요."

레이나는 물을 벌컥 마시며 가슴을 두드렸다. 한동안 별말 없으시더니…….

"갑자기라니. 네 나이 벌써 스물아홉이다. 여자 나이는 크리스마스 케이크인 거 몰라?"

"무슨! 요즘은 연말파티용 케이크이야. 서른이나 서른하나에도 잘 팔려요."

식도에 걸려 있던 음식물이 다행히 위까지 내려간 듯해 레이나는 다시 갈비에 젓가락을 가져갔다.

"그래서 내년에는 시집간단 말이지?"

분명 작년까지만 해도 시집가지 말고 평생 아빠 곁에 있어달라던 수종 또한 옆에서 김 여사의 말을 거들었다.

"글쎄."

레이나는 어깨를 들썩이며 입매를 평평하게 늘였다.

"짝이 있어야 가죠. 아버지 모르세요? 민수 모태솔로랍니다. 모솔!"

케이크 조각을 한 사람씩 나누어 주던 준수가 입을 열었다.

"오빠!"

"아빠, 모솔이 뭐야?"

가만히 어른들의 대화를 들으며 케이크를 기다리던 은수가 큰오빠 현수에게 물었지만 대답은 막내 준수가 대신했다.

"모태솔로라고 고모처럼 남자친구 한 번도 못 사겨본 사람 말하는 거야."

"나는 유치원에 준수랑 윤후랑 음 또 성준이 있어. 그럼 나는 모솔 아니야?"

"은수는 남자친구가 그렇게 많아? 고모 한 명만 줘라."

웬만해서 입을 열지 않는 현수까지 거들자 레이나는 탕! 하고 수저를 내려놓았다.

아니, 이 사람들이! 레이나는 입안에서 굴러다니는 갈비를 꿀꺽 삼키고 흠흠 헛기침을 하며 목을 가다듬고 말했다.

"나 진지하게 사귀는 사람 있어."

그녀의 말에 레이나를 안주 삼아, 아니, 반찬 삼아 만찬을 즐기던 11쌍의 시선이 레이나에게 모아졌다.

"누구?"

"뭐 하는 놈인데?"

"어떻게 만났어?"

"남자?"

질문들이 쏟아져 나왔다. 사귀는 사람 있다는 말이 그렇게 놀랄 일인가? 작은오빠는 성별까지 의심했다.

"하나씩 물어요."

좀 전만 해도 보내지 못해서 안달이던 사람들이 잔뜩 인상을 찌푸리고는 쉴 새 없이 질문을 퍼부었다.

"뭐 하는 사람이냐?"

잠자코 듣기만 하고 계시던 아버지가 입을 열었다. 오빠 셋 모두가 순희의 시원시원한 이목구비가 두드러진 외모의 유전자를 강하게 물려받았다면 남매로 알아볼 정도로 전체적인 이미지는 비슷하지만 레이나의 끝이 뾰족 치켜든 고양이 눈은 유독 아버지를 많이 닮았다.

"금융 관련 쪽 일해요."

"어떻게 만났어?"

"우리 센터 회원이에요."

레이나의 피트니스 센터에 등록할 정도면 어느 정도 집안의 균형이 맞을 거라 생각했다. 워낙 남자를 만나지 않는 막내 여동생이 같은 직종인 트레이너를 데려오면 어쩌나 걱정이 되었던 그들은 그녀의 대답에 나쁘지는 않다는 의미로 고개를 끄덕였다.

"나이는?"

"저보다 3살 많아요."

"연봉은?"

"네? 그건 저도 잘 모르는데……."

"그걸 왜 몰라?"

"키는 커? 잘생겼어?"

"나 지금 심문당하는 거예요?"

직업병 그거 무시 못한다더니 큰오빠와 아빠는 취조하듯 다다닥 쏘아붙였다. 레이나가 어색한 미소를 띠며 장난스런 말투로 말했지만 이런 질문들이 달갑지 않았다. 부모와 가족 입장에서 당연한 질문이지만 지원이 가진 부와 소유 재산으로 그의 가치가 매겨진다는 것이 껄끄러웠다.

"생시 알아와라. 궁합 좀 봐야겠다."

"궁합?"

"결혼은 궁합에서부터 시작이야."

"결혼이요?"

레이나는 이상하게 단 한 번도 그와의 결혼생활을 상상한 적 없었다. 그와 결혼을 한다면…… 지금처럼 사는 것도 나쁘지 않은 것 같았다. 하지만 지금은 시기가 적절하지 못했다. 이제 막 홀로 사업을 시작하는 단계였고…… 지원이 단 한 번도 결혼이란 단어를 꺼낸 적 없었다.

"그럼 혼기 차고 넘친 남녀가 진지하게 만난다는데 결혼 전제로 사귀는 거 아냐?"

"너무 앞서 나가신다. 저희 아직 그런 단계 아니에요."

엄마는 막내딸 시집 못 보내서 안달이 난 것 같았다.

"뭐야? 그럼 너 혼자 북 치고 장구 치고 하는 거야?"

"그게 무슨 소리야?"

"너는 진지한데 그놈은 널 책임질 생각이 없는 거지."

유독 깐죽거리기 좋아하는 막내 오빠는 오늘도 어김없이 그녀의 신경을 건드렸다.

"아니, 난 연애도 못해보나? 다들 뭐 이렇게 꼬치꼬치 따져 들려 하세요? 이제 막 시작한 사이인데……."

그녀가 손사래를 치며 그만하란 신호를 보내자 옆에서 남편을 거들기 위해 정인이 나섰다.

"아가씨, 전 만나자마자 결혼하자고 프러포즈 받았어요."

"언니! 언니는 오빠랑 선보고 만났잖아요!"

"어쨌든 남자면 책임을 져야죠."

비교할 걸 비교해야지. 그리고 언니 우리 오빠 싫다고 한 달 도망간 거 잊으셨나 봐요? 속말을 곧 태어날 조카를 위해 안으로 삼켰다.

"네가 만난다는 사람 이름이 뭐니?"

아빠 말에 레이나는 아직 그의 이름조차 밝히지 않았단 걸 깨달았다.

"도지원이요."

레이나가 그의 이름을 밝히자마자 침묵에 빠진 오빠와 언니들이 부모님의 눈치를 살피기 시작했다.

"도지원? 어디서 많이 들어본 이름인데……."

"혹시 현성금융 외아들이냐?"

"아…… 네."

"도지원이라……."

어딜 가나 지원의 이름만 대도 그의 존재를 알았다. 그의 이름만 듣고 여자로 착각해 버릴 정도였는데……. 나만 모르고 있었어? 도지원 씨 이렇게 유명했어요?

"현수야, 요즘 준우 뭐 하고 지낸다니?"

잠잠하게 고민을 하던 순희는 현직 검사인 첫째 아들에게 물었다.

"준우 새로 시작한 로펌 일로 못 본 지 꽤 됐습니다."

"들어오는 일이 많아 쉴 틈 없이 바쁘다고 들었어요."

"걔는 뭘 해도 잘해낼 것 같았어."

당황스러웠다. 갑자기 준우 선배가 여기서 왜 나와? 우리 지원 씨 얘기 중이었잖아요. 아직 할 말이 엄청 많은데…….

"난 준우가 참 괜찮더라. 싹싹하고 어른 공경할 줄 알고 변호사 일도 많이 들어온다 하니 먹고살 걱정은 안 해도 되겠어."

"준우 선배가 왜요?"

레이나가 퉁명스런 목소리로 대꾸했지만 전혀 개의치 않는 순희는 계속해서 말을 이어갔다.

"박 의원이랑 송 여사도 품위나 인격이 고상하다고 소문이 자자하지. 준우가 차남이니 맏며느리 노릇 안 해도 되고 얼마나 좋은 짝이냐."

"무슨 말씀이세요? 준우 선배랑 저 엮으려고 그러시는 거예요?"

"왜? 너는 준우가 별로니?"

좋고 싫고 따질 것이 아니라 분명 지원과 만남을 이어가고 있다고 말했다. 한 귀로 듣고 한 귀로 흘려버리셨나?

"준우 선배가 좋은 사람인 건 맞지만 전 지금 지원 씨와 교제 중이거든요?"

"나는 도지원인가 개 별로 맘에 안 든다."

결론은 이거였다. 당사자가 좋다는데 연인 사이에 부모가 왈가왈부할 수 없는 일이라 생각했지만 레이나는 서로가 상처되는 말은 내뱉지 않으려 했다.

"너무해요. 한 번도 안 본 사람을 어떻게 맘에 들고 안 들고 따질 수가 있어요."

레이나의 얼굴엔 실망의 빛이 비춰졌다. 알고 계신 걸까? 지원의 소문이 그리 좋지만은 않다는 걸……. 모두들 한편이 돼서 엄마 아빠는 물론 언니 오빠들까지 난색을 보였다.

"그 지저분한 집안 사정 네가 견뎌낼 수 있을 것 같아?"

순희의 목소리가 높아져만 갔다.

"형제나 마찬가지인 사촌지간끼리 한 여잘 두고 싸웠는데."

"알고 있어요."

그가 그녀를 얼마나 소중히 했고 헤어진 후 얼마나 아파했는지 알아요. 하지만.

"알고 있었어?"

알고 있었음에도 지원과 사귀냐는 매서운 눈초리에 레이나는 점점 죄를 진 사람처럼 작아져만 가는 것 같았다.

"지난일이잖아요."

여운을 보는 것이 껄끄럽기는 하지만 그녀는 이미 유부녀가 됐고, 트레이닝 수업으로 겪은 그녀는 남자 둘을 홀리는 여우가 아니라 늑대에게 휩쓸리는 순한 양일 뿐이었다.

"힘든 일 겪을 때 곁에 있어주는 사람이 진정한 내 편이잖아요. 지원 씨가 그래요. 제가 발 다쳐서 입원해 있을 때……."

"뭐? 너 다쳤었어?"

실수해 버렸다. 부모님께는 평생 숨겨야만 했던 일인데 제 입으로 무심결에 뱉어버렸다.

"아, 별거 아니에요. 운동하다가 발등 찍었어요."

대수롭지 않게 넘어가려던 레이나와 달리 순희는 기회를 놓치지 않고 물고 늘어졌다.

"별거 아닌 일에 입원을 했단 말이지?"

"그냥. 간단한 검사 정도 받으려고 입원한 거예요."

레이나의 핑계도 먹혀들지 않을 정도로 그녀의 이미 닫혀 버린 마음은 점점 단단해졌다.

"엄마랑 약속했다. 트레이너 일할 때 조금이라도 다치는 일이 생기면 두말없이 그만두기로 한 거 알고 있지?"

"엄마……."

"생일 선물 뭐 갖고 싶으냐고 물었지? 엄마 생일 선물은 네가 트레이너 짓거리 그만두고 준우 만나는 거야."

순희가 먼저 식탁에서 자리를 털고 일어섰다. 그녀를 따라 우르르 하나둘씩 자리에서 일어섰지만 레이나는 딱딱하게 석고상처럼 굳어버린 듯 움직일 수가 없었다.

"왔어?"

벌컥 문을 열고 지원과 눈이 마주치자 그의 얼굴에는 꽃처럼 화사한 웃음이 번졌다. 그의 웃음이 가슴을 뜨겁게 하면서도 울컥 치미는 느낌은 뭘까? 레이나는 저절로 눈가에 눈물이 맺혔다.

"왜 그래? 뭔 일 있었어?"

"아니요."

지원은 어머니 생신으로 집에 다녀오겠다는 그녀가 그를 보자마자 울먹거리는 목소리로 희미한 억지미소를 띠자 가슴 한 켠이 찌르르 쓰라렸다.

"들어와."

그녀가 쉽게 말을 꺼내지 않을 것을 파악하고 지원은 더 이상 묻지 않으며 그녀를 반겼다.

"고마워요."

그녀가 안으로 들어오도록 현관문을 받쳐 주는 그가 눈빛만으로 따스한 위로를 건네자 레이나는 더 감정이 북받쳐 오는 것 같았다. 그의 미소만 봐도 이렇게 설레는데 그가 얼마나 깊이 마음속에 자리 잡은 건지 부모님의 반대에도 더 절절한 마음은 멈추질 않았다. 더 애절해지고 갈망하게 되었다. 레이나는 갑자기 그를 끌어당겨 입을 맞추었다. 그리고 지원을 벽 쪽으로 밀면서 그의 셔츠 안으로 손을 밀어 넣었다.

"안 돼."

처음으로 적극적으로 나섰던 그녀의 유혹이 지원의 거부로 실패로 돌아가는 듯했다. 레이나는 실망감을 감추지 못하고 푸시식 바람 빠진 풍선처럼 시무룩해졌다.

"여기선 안 돼요. 침실로 가자."

달콤한 유혹을 뿌리칠 지원이 아니었다. 그는 레이나를 번쩍 들어 올려 입을 맞췄다. 화르륵 불꽃처럼 욕망이 다시 피어올랐다.

"지원 씨……."

레이나가 그의 품에 안겨 그의 가슴골을 쓰다듬으며 말했다.

"응?"

"아니에요."

몇 번의 절정에 다다르며 야릇한 신음을 질렀던 레이나의 쉰 목소리가 걸걸하게 흘러나왔다. 그마저도 색기가 넘쳐 작아졌던 그의 분신이 벌떡 하고 다시 일어섰다.

"말해봐."

"저기…… 아니에요."

"뭔데 그래? 말하기 힘든 거야?"

레이나답지 않게 우물쭈물하는 모습이 낯설었다. 지원은 그녀를 품에 바싹 끌어당기며 무슨 말이든 다 들어주겠다며 그녀를 안심시켰다.

"우리 부모님이 지원 씨 보고 싶어 하세요."

"그래? 언제?"

지원이 거부감을 드러낼 줄 알았는데 흔쾌히 수락하니 오히려 당황한 건 레이나 쪽이었다.

"아직 정해진 건 아닌데…… 난 지원 씨가 거절할 줄 알았거든요."

"내가 왜 거절할 거라 생각했어?"

"부모님 뵙자는 말…… 부담스러울까 봐서요."

"당연히 궁금해하실 거야. 귀한 딸이 홀라당 빠진 놈이 누군지."

피식 레이나가 미소를 흘렸다. 지원은 레이나가 왜 슬픈 표정을 하고 들어왔는지 이해가 갔다.

"미안해."

그가 레이나의 머리칼을 조심스레 한 올 한 올 넘겨주며 속삭였다.

"뭐가요?"

그의 손길에 자신을 맡기던 레이나가 몸을 틀며 그에게 물었다.

"내가 먼저 말 꺼내지 못해서…… 그리고 내가 많이 부족해서."

"그런 말 말아요."

레이나는 그의 자신 없는 말투에 잔뜩 얼굴을 구겼다.

"솔직히 아직은 모든 게 조심스러워."

그가 걱정하는 건 오직 레이나였다. 그녀가 자신 때문에 받을 상처가, 그에게만 쏟아졌던 날카로운 시선들이 레이나한테도 쏟아질까 두려웠다.

"그럼…… 우리 부모님 꼭 안 만나도 돼요."

하지만 그녀의 생각은 그와 조금 달랐다. 멋진 몸매를 되찾고 그의 자신감도 회복되었다 생각했는데……. 그가 나약한 모습을 보이면 너무 속상했다. 아직도 여운에게 받은 상처와 사람들의 시선이 그에게 고통스러운 걸까? 부모님이 가지고 있는 지원에 대한 편견과 선입견을 벗겨내고 싶었다. 당당하게 그를 내 남자라고 소개하고 싶었다.

"아니, 민수 부모님 뵙는 것부터 시작할게."

"성급해할 필요 없어요. 천천히 해도……."

레이나는 아직 준비가 되지 않은 그를 부추겨 오히려 그를 더 힘들게 할 것 같았다. 강경히 반대를 하는 순희를 겨우 달래고 어르며 한 번만 만나보기만 해달라고, 그러면 생각이 조금은 바뀔 거라고 애원했다.

"가서 소중한 딸을 제게 주십시오, 할 거야."

"네?"

지원의 계획은 레이나와 트레이너 관계의 계약 기간이 끝나는 날에 맞춰져 있었지만 조금 앞당겨도 괜찮을 것 같았다.

"평생 잘 데리고 살겠습니다. 허락 맡아야지."

"지금…… 나한테?"

잘못 들은 것이 아니라면 그는…….

지원이 침대 옆 협탁의 서랍을 열더니 조그만 상자를 꺼냈다. 그리고 그녀를 향해 무릎을 꿇더니 상자를 조심스럽게 열었다. 투박한 그의 손이 조심스럽게 가느다란 가락지를 빼냈다. 살포시 그녀의 왼손 약지에 반지를 끼워주며 고백했다.

"나랑 결혼해 줄래?"

두근두근.

심장이 미친 듯이 뛰었다. 결혼 생각이 없다고 했지만…… 막상 그에게 청혼을 받으니 들뜨고 설레었다. 답을 해야 하는데 뇌와 신경이 분리된 레이나는 엉뚱한 말이 툭 튀어나와 버렸다.

"지금 홀라당 발가벗고 나한테 프러포즈하는 거예요?"

레이나의 말에 지원의 광대가 붉어졌다. 그리고 쓰윽 침대 시트를 당기더니 그의 중요부위를 가렸다. 그가 쑥스러워하다니! 덩달아 그녀도 얼굴을 붉혔다.

"대답해야지."

지원은 요리조리 대답을 피하며 애간장을 태우는 레이나가 얄미웠다. 레이나는 간질간질거리고 벅차는 감정에 저절로 입꼬리가 올라갔다.

"좋아요."

13

레이나는 프러포즈를 받은 후 그의 집에서 모든 짐을 챙겨 오피스텔로 옮겼다. 그리고 부모님이 계신 집에 머물면서 피트니스 센터로 출퇴근했다. 순희는 레이나의 없었던 통금시간을 만들어 지원과의 만남을 방해하기 시작했다.

"이번 주 토요일에 송 여사랑 점심 같이 하기로 했다."

순희가 가족들이 모두 모인 저녁식사 자리에서 툭 말을 던졌다.

"준우도 나올 거야. 민수 너 그날 다른 약속 잡지 마라."

"저 그날 약속 있어요."

레이나는 그저 그릇에 시선을 고정하고 꾸역꾸역 밥을 밀어 넣었다.

"취소해."

"그날 도지원 씨 아버지 만나뵙기로 했어요."

"뭐? 누구 마음대로!"

순희가 수저를 식탁 위에 거칠게 내려놓으며 외쳤다. 모녀 사이의 냉랭한 분위기 속에 눈치를 살피며 수저를 뜨던 가족들이 일제히 동작을 멈추고 그들을 바라봤다.

"엄마가 계속 반대하시니까 먼저 아버님부터 뵙기로 했어요."

분명 처음 지원과의 교제 사실을 밝혔을 때 수종이 허락하자 순희도 마지못해 그의 방문을 허락했다. 하지만 다음날 갑자기 마음이 돌아선 순희는 레이나가 지원의 '지' 자도 못 꺼내게 했다.

"얘기했어. 토요일 1시까지 힐튼 호텔로 와."

"엄마, 도대체 왜 그러세요."

말도 안 되는 고집을 부리는 순희에게 레이나는 답답하고 서글픈 마음에 울먹였다.

"나는 걔가 싫다고!"

솔직히 엄마가 이렇게 격하게 반대를 하실 줄은 몰랐다.

"난 좋은데? 엄마가 지원 씨랑 결혼하는 것 아니잖아요."

"결혼?"

"네. 엄마가 바라시던 결혼하려고요."

레이나의 고백에 다들 웅성대기 시작했다.

"그래, 해야지."

순희가 고개를 끄덕였다.

"그럼 지원……."

드디어 지원을 받아들이려 하는 줄 알았다.

"그날 만나서 준우랑 날 잡자."

레이나는 순희의 억지에 무거운 한숨을 내쉬었다.

"준우 선배 얘긴 이제 그만하세요. 그날 나 안 갈 거니까 약속 취소하세요."

화가 난다. 준우, 준우! 엄마가 준우의 이름을 꺼낼 때마다 없던 악감정이 피어오르는 것 같았다.

"민수야!"

"그렇게 준우 선배가 좋으면 엄마가 데리고 살아요. 나랑 엮으려 하지……."

"난 그딴 깡패 집안이랑 사돈 맺는 상상만으로 수치스러워!"

순희가 레이나의 말을 끊으며 자리에서 벌떡 일어섰다.

"너 그날 안 나오면 평생 엄마 볼 생각 마!"

레이나는 돌아서는 순희의 뒷모습을 바라보다 고개를 떨구었다. 왜 그렇게 지원을 극도로 거부하는지 알 것 같았다. 사실은 지원이 아니라 그의 배경과 소문을 받아들이기 힘든 것이었다.

토요일 오후 1시. 레이나는 순희와 함께 준우와 그의 어머니를 마주하고 있었다. 레이나가 도망쳐 버릴까 봐 순희는 전날 저녁부터 레이나의 침대 옆에 자리를 잡으며 감시했다. 일어나자마자 순희에게 이끌려 잔뜩 치장을 한 레이나는 기회를 엿보고 있었다. 지원과 약속한 시간은 지금으로부터 한 시간 뒤, 순희와 준우 어머니 송 여사만 떠나면 준우에게 양해를 구하고 자리를 뜰 생각이었다. 오랜만에 준우와 마주한 상황이 레이나는 어색하기 짝이 없었다. 지원과 사귀기 시작하고 준우와 가끔 안부 인사는 나눴지만 단둘이 만난 적은 단 한 번도 없었기 때문이다. 송 여사와 순희는 법조계 남편을 둔 공통점이 있어서인지 쿵짝이 잘 맞았다. 자연스럽게 이어지는 이야기는 슬슬 끝나가는 듯 보였다.

"근데, 민수는 결혼하면 일은 그만둘 거지?"

초조하게 시계를 바라보며 찻잔을 손끝으로 만지작거리던 레이나는 송 여사의 질문을 듣지 못했다. 순희는 레이나의 허리를 팔꿈치로 쿡쿡 찔렀다.

"네?"

레이나가 움찔거리며 고개를 들었다.

"당연하죠."

순희가 대신 대답을 하며 먼저 선수를 쳤다. 레이나는 어리둥절하며 순희를 바라봤다. 송 여사는 안도의 한숨을 내쉬며 말을 이어갔다.

"아무래도 지금 시기가 대선 앞두고 우리 의원님한테 쏠리는 시선이 많아요. 그래서 준우 짝도 여간 신경이 쓰이는 게 아니거든. 민수는 다 좋은데 직업이……."

직업이 뭐?

송 여사는 큰며느리도 시아버지 뒷받침을 하기 위해 일을 접었다며 둘째 며느리가 될 민수가 트레이너 일을 포기하는 것은 당연지사로 여겼다. 그리고 남사스럽게 며느리가 외간 남자의 몸을 더듬고 팔다리 다 드러내는 스포츠 웨어를 입고 돈을 번다는 자체를 용납할 수 없었다. 레이나는 그녀의 말이 이어질수록 얼굴은 점점 굳어져 갔다. 준우의 아버지인 박 의원은 변호사 출신이었고 준우 형인 첫째 아들은 현직 판사로서 모 그룹의 막내딸과 작년에 식을 올렸다. 그러니 송 여사의 콧대는 하늘을 찌르듯 높게 솟아 있었다.

"어머니."

준우가 송 여사의 말을 끊었다. 레이나는 준우가 그녀를 말리지 않았다면 손에 쥐고 있는 찻잔을 부숴 버렸을지도 몰랐다. 화를 꾹 눌러 담으며 그녀는 바들바들 떨리는 오른손을 움켜쥐었다.

"죄송하지만 저희 둘만의 시간을 가졌으면 좋겠습니다."

준우가 레이나를 힐끗 바라보더니 순희와 송 여사를 향해 정중히 양해를 구했다.

"어머, 그래. 나 주책이야. 자리 비켜줘야 하는데, 내가 눈치가 없어가지고 계속 떠들고 있었네. 미안해, 아들."

"우리 따로 차 한 잔 더 하죠."

순희와 송 여사가 자리를 비켜주며 사라졌다. 레이나는 더 이상 지체할 시간이 없었다. 그리고 더 이상 불편한 자리에 앉아 있을 이유도 없고.

"선배, 저 먼저 일어날게요."

"잠깐만. 우리끼리 할 얘기가 있잖아."

준우는 일어서는 레이나를 붙잡았다.

"미안해요. 제가 약속이 있어서요."

레이나는 애써 미소를 띠며 그의 손을 조심스럽게 떨쳐 냈다. 준우가 잘못한 것은 없었다. 하지만 원인을 알 수 없는 분노가 그를 향해서 끓어오르고 있었다.

"너 사귀는 사람 있다면서?"

"알고 있었어요? 알고도 나왔어요?"

"그러는 너는."

솔직히 준우는 레이나가 나타날 줄은 몰랐다. 설마하며 나온 자리에 그녀를 마주한 순간 준우는 포기했던 레이나를 뺏어올 욕심이 생겼다.

"어쩔 수 없었어요. 엄마가 워낙 강하게 나오셔서."

레이나는 도망갈 틈을 주지 않던 순희를 떠올리며 머리를 쓸어올렸다.

"연애랑 결혼은 다른 거니까."

준우의 말에 레이나는 그만 실소를 머금고 말았다. 준우가 첫사랑의 추억으로 남는 소소한 바람도 싹 달아나 버렸다.

"저 갈게요."

레이나는 매서운 눈초리로 그를 노려보더니 팽하고 돌아섰다.

"같이 가자. 내가 데려다 줄게."

"괜찮아요."

그녀가 극구 거부를 했지만 준우는 끝까지 따라왔다. 1층 로비에 지원이 레이나를 기다리고 있었다. 레이나는 지원을 발견하고 준우에게 인사를 건네고는 그에게로 갔다.

"왔어요? 빨리 가요."

레이나는 어서 출발하려 했지만 지원은 버티며 준우가 다가올 때까지 기다렸다.

"누구? 그때 말한 선배?"

레이나가 고개를 끄덕였다. 사실 그녀의 기억에 지원에게 준우의 이야기를 꺼낸 적이 없었지만 레이나는 눈치껏 행동했다.

"박준우입니다."

"민수 예비 남편 도지원입니다."

준우는 지원의 소개에 피식 웃음이 새어 나왔다. 예비 신부가 나랑 선본 건 아시나? 그의 웃음을 본 지원은 준우보다 더 화사하게 미소를 띠었다. 입은 호선을 그렸지만 그의 눈은 차갑게 식어 있었다. 일종의 기 싸움과 같았다.

"알고 있었어요?"

불꽃 튀는 파장을 예상했던 준우와 지원은 생각보다 흐지부지하게 끝나 버렸다. 서로 명함을 교환하고 각자 돌아섰다. 지원과 나란히 택시에 오른 레이나는 슬쩍 물었다.

"형님이 말해줬어."

"형님?"

"시원 형님."

"시원 오빠요?"

언제 둘이 친해졌지?

"맘 같아선 올라가서 당장 끌고 나오고 싶었지만 참았어. 장모님한테 미운털 박히기 싫어서."

레이나는 지원의 희미한 미소에 덩달아 입꼬리를 올리며 그의 손을 토닥토닥거렸다.


지원의 아버지가 계신 곳은 아담한 한옥이었다. 레이나는 도 회장을 마주한 순간 누가 말하지 않아도 지원의 아버지임을 한눈에 알아볼 수 있었다. 도 회장은 지원의 미래를 판가름할 수 있을 정도로 판박이었다. 갈색의 계량한복 차림에 키는 아들보다 한 뼘 낮았지만 도 회장이 풍기는 기운은 지원을 삼켜 버릴 정도로 근엄

했다. 하지만 레이나가 느끼기에 전설의 주먹으로 유명했다는 도 회장의 첫인상은 그리 차갑지 않았다.

"안녕하세요, 아버님."

레이나가 꾸벅 도 회장을 향해 인사를 건넸다.

"어서 와요."

도 회장은 레이나의 아버님 소리에 껄껄 웃으며 그녀를 반겼다. 그의 눈웃음에 패인 주름이 인상을 더욱 부드럽게 만들었다. 도 회장은 도해에게 미리 언질을 받고 지원의 짝에 대해 알아봤다. 직장에서의 좋은 평판과 레이나의 숨겨진 집안 배경도 만족스러 웠다. 여자 때문에 집에만 박혀서 뒤룩뒤룩 살만 찌우던 아들을 밖으로 끄집어낸 것만도 기특해서 넙죽 절이라도 할 판이었다. 아 들이 도씨 집안에 복덩이를 제대로 데려왔다.

"민수 양은 뭘 좋아하시나?"

"저 아무거나 다 잘 먹어요. 그리고 저한테 편하게 말 낮추세 요."

"그럴까?"

지원은 얼굴만 비추고 금방 떠날 생각이었다. 하지만 끝까지 저 녁을 먹고 가야 한다는 레이나의 요구에 지원은 몇 년 만에 아버 지와 한 식탁에 자리를 잡았다.

"아버님, 골프 좋아하세요?"

"일주일에 한 번은 필드 나가지."

"네. 아버님, 골프 치실 때 특별히 뻐근하거나 불편한 곳 있으세 요?"

"다들 허리가 아프다던데 나는 유독 손목이 시큰거려."

"손목 근육이 약하셔서 그래요. 주먹 한번 쥐어보세요."

레이나는 손등을 위로 한 채 팔을 곧게 뻗어 손목만 꺾어 천천히 아래로 내렸다가 다시 들어 올리는 시범을 보였다. 그리고 도 회장의 동작도 직접 손으로 짚어주며 설명을 했다.

"골프 선수들은 물론 테니스 선수들이 자주 하는 근력운동이에요. 익숙해지면 1kg 덤벨을 쥐고 하셔도 되고요. 이 동작을 반복하시다 보면 손목근육이 강화돼서 통증이 덜하실 거예요."

지원은 아버지와 레이나가 저를 따돌리는 것 같아 썩 기분이 좋지 않았다. 그리고 아버지가 저렇게 웃음이 많은 분이셨나 싶을 정도로 환하게 미소를 짓는 아버지의 얼굴이 도저히 적응이 안 됐다. 그런데 갑자기 레이나가 울음을 터뜨렸다.

"아버지, 뭐라고 하셨어요?"

"나는……."

도 회장도 어리둥절하긴 마찬가지였다.

"아버지!"

레이나의 울음이 멈추지 않자 지원은 버럭 소리쳤다. 어쩐지 너무 화기애애한 분위기로 흘러간다 생각했다. 지원이 레이나를 붙잡으며 일으켜 세우려 하자 레이나는 그를 말렸다.

"아버님이 저 칭찬해 주셨어요."

다이어트 성공시켜 준 것도 고맙고 아들 데려가서 같이 살아주는 것도 고맙다며 다독여 주자 레이나는 꾹 눌러왔던 감정을 터뜨리고 말았다.

"뭐?"

"지금 감동받아서 우는 거거든요?"

사실 레이나도 터져 나오는 울음을 이해할 수 없었다. 그저 따뜻한 말 한마디에 감사해서 울컥했는데 눈물이 뚝뚝 떨어질 줄이야……. 지원은 레이나의 말을 순순히 받아들이진 않았다. 그가 아는 레이나는 눈물을 쉽게 보여주지 않는 여자였다. 쌓아두었던 설움이 터져 버린 것이다. 예상했던 것보다 레이나 집에서 반대가 심했다. 혼자 해결하려는 그녀를 지켜만 봤지만 이제 그가 나설 차례였다. 하지만 그녀의 어깨를 토닥여 주는 것이 지금 그가 할 수 있는 최선의 위로였다.

"그만 울어요."

지원이 귓가에 속삭이며 그녀를 달랬지만 터진 울음은 좀처럼 멈추질 못했다. 레이나는 입술을 깨물고 촉촉한 눈가를 눌러도 봤지만 자꾸만 흘러내리는 눈물 때문에 어쩔 줄 몰랐다.

"죄송합니다, 아버님."

레이나는 울음으로 난처하게 만든 도 회장에게 울먹이며 말했다.

"괜찮다."

도 회장은 눈웃음으로 다독여 주며 물 컵을 레이나 손에 쥐어줬다. 좌 도지원 우 도 회장, 덩치 큰 두 남자가 레이나를 에워쌌다. 레이나의 애써 진정시킨 가슴이 또다시 들썩였다. 입매가 축 처지며 눈물이 흘러내릴 것 같았다. 지원은 아버지 앞이고 뭐고 또 울음이 터지려는 레이나를 껴안았다. 레이나는 그렇게 지원의 품에서 한참을 울었다.

❖

[찾아뵈러 갈 테니까 문만 열어줘요.]

레이나가 울음을 터뜨린 후 지원은 더 이상 기다리지 않겠다고 말했다. 도 회장의 살가운 환영을 받은 저와 달리 가족들에게 환대를 받지 못할 그를 말리기에 레이나도 많이 지쳐 있었다. 그의 말에 동의를 하며 가족들에게 알렸다. 허락을 구하기보다 일방적인 선포였다.

"다들 기다리게 해놓고 왜 안 오는 거야?"

"좀 전에 통화로 오고 있는 중이랬어."

둘째 오빠의 신경질적인 말투에 레이나가 애써 담담한 척 말했다.

"그때가 벌써 두 시간이나 지났다."

시계를 바라보던 수종도 혀를 찼다. 시간 약속을 지키는 것을 인간관계에서 유독 중요하게 생각하는 아버지까지 거들자 레이나는 나지막한 한숨을 내쉬었다.

"조금만 더 기다려 주세요. 반드시 올 거예요."

레이나는 애써 차분하게 대꾸를 했지만 속은 바짝 타들어가고 있었다. 그의 휴대폰은 꺼져 있고 그의 집 전화는 계속 신호음만 들렸다. 지원 씨, 도대체 어디 있는 거예요?

불과 몇 시간 전만 해도 그녀에게 옷차림을 점검받던 그가 증발해 버렸다. 약속한 시간 저녁 6시에서 네 시간이나 지나서도 나타나지 않았다. 기다리다 지쳐 한둘씩 떠나고 자정이 되어서도 결국 그는 나타나지 않았다.

아무리 맘에 들지 않는 사윗감이라지만 처음 만나는 자리라 순희와 새언니들이 도우미 아줌마 도움 없이 직접 차린 진수성찬들은 말라비틀어졌다. 레이나는 그를 위한 음식들을 쓰레기통에 밀어 넣으면서 눈물을 흘리지 않으려 어금니를 꽉 깨물었다.

"급한 일이 있었나 봐요."

둘째 새언니 다혜는 연락도 없이 사라져 버린 지원이 괘씸했지만 제일 속상한 사람은 누구보다 시누인 것을 알았다. 다혜는 레이나의 등을 두드려 주며 다독였다.

"급한 일? 여기 오는 것보다 뭐가 더 급해? 그 자식이 우리 집을 얼마나 만만하게 봤으면 이렇게 물 먹일 수 있냐고."

애써 다혜가 레이나를 진정시켰건만, 눈치 없이 태수가 잠잠해진 불씨에 바람을 불어넣으며 활활 태우고 있었다.

"여보, 혹시나 예상치 못한 사고가 났을 수도 있잖아요."

다혜가 남편을 째려보며 그를 꾸짖었다.

"사고?"

레이나는 생각지 못한 그녀의 말에 순간 섬뜩해졌다.

"정말 사고라도 난 거 아니에요? 어떡하지? 병원, 아니다. 119에 먼저 전화해 봐야 해요?"

그가 다쳤을지도 모른다는 생각에 금세 안절부절못하며 허둥지둥 당황해하자 다혜가 차분하게 대꾸했다.

"그저 최후의 추측일 뿐이에요. 도지원 씨 가족 중에 아시는 분 없어요? 보통 사고나면 가족들한테 먼저 연락이 가잖아요."

"아! 여운 씨 번호 알아요."

하지만 여운도 전화를 받지 않았다. 레이나가 고개를 설레설레 흔들자 다혜가 다른 분은 없냐고 물었다. 지원의 고모인 도도해의 번호를 알고 있지만 먼저 연락한 적은 없었다. 자정이 훌쩍 넘은 시간이었지만 순간 따질 새가 없어 바로 그녀에게 전화를 걸었다.

"안녕하세요. 저 레이나인데요. 혹시 도지원 씨 연락 받으신 적 있으세요? 네? 병원요? 아…… 네. 네."

레이나가 도해와의 통화가 길어질수록 점점 표정이 굳어져만 갔다. 옆에서 지켜보던 부부도 병원이란 단어가 나오며 그녀의 표정이 심각해지자 미운 감정보다 걱정이 앞섰다.

"뭐래? 정말 사고났대?"

태수가 걱정스런 말투로 그녀에게 물었다.

"아니."

레이나는 혼이 빠진 사람처럼 멍하게 대꾸했다.

"그럼 무슨 일로 병원을 갔대?"

"몰…… 라."

"뭐야? 지가 다친 것도 아닌데 병원엔 왜 갔냐고!"

태수는 순간 걱정스런 마음이 사라지고 가라앉혔던 분노가 다시금 피어올랐다. 결혼까지 결심한 놈이 이보다 더 중요한 일이 뭐가 있냐고! 풀이 죽어 눈물까지 글썽이는 여동생을 보자 당장 그놈을 찾아가 멱살을 쥐고 흔들고 싶었다.

"그놈 지금 어디 있어?"

"진정해요."

"지금 진정하게 생겼어? 우릴 갖고 논 거야 뭐야?"

당장 뛰쳐나갈 기색을 보이는 태수를 다혜가 붙들어 맸다.

"오빠, 나 좀 쉴게."

레이나는 지끈거리는 이마를 짚으며 그에게 부탁했다. 흥분해서 날뛰는 태수 덕에 부엌으로 한둘씩 모이는 가족들을 뒤로하고 그녀는 아무 말 없이 자신의 방으로 향했다. 침대 위에 털썩 몸을 누이고 베개에 얼굴을 파묻었다. 오랜만에 공들여 꾸민 메이크업이 그녀의 눈물에 녹아 시커멓게 베개 커버를 적셨다.

[우리 며느리가 예정일이 3주나 남았는데 갑자기 양수가 터져서 지원이가 병원에 데려갔네.]

도해의 말을 몇 번이나 되짚어보았다.

이해할 수 있어. 하필이면 도해와 여운의 남편이 일본으로 출장을 간 날에 여운이 의지할 사람은 지원밖에 없었을 것이다. 부모님도 지방에 계신다고 했고……. 그래, 이해할 수 있어. 이해돼.

하지만 왜? 전화 한 통만으로도 충분히 알려줄 수 있는 일이잖아?

머릿속으로는 이해한다고 몇 번을 되뇌었지만 가슴으론 자꾸만 배신감이 일렁였다.

도대체 왜 여운에게 가버린 거야? 정말 날 가지고 놀았던 거예요? 사랑한다고 속삭이던 말도 모두 거짓이었어요? 그의 마음속에 아직도 여운이 남아 있는 건 아닐까? 자신과 사귀는 이유는 시선을 가리는 방패막이 아닐까?

거기까지 생각이 미치자 레이나는 헛구역질이 몰려왔다. 그를 기다리며 긴장되고 떨리는 마음에 한 끼도 제대로 먹지 못한 그녀였다. 간간이 새언니와 엄마가 간을 보라며 한 주먹씩 들이밀던

잡채와 각종 나물 무침이 다였다. 그것조차 소화되지 못하고 가슴에 걸려 있었는지 화장실로 뛰어간 레이나는 입으로 들어갈 때 형태가 유지된 음식물을 게워냈다.

"더러워."

변기를 휘감고 내려가는 이물질들을 보며 레이나가 중얼거렸다.

더러워. 더러워.

레이나는 내장이 뒤집힐 정도로 털어내고 있었다.

지원은 레이나에게 집에서 출발한다는 말을 끝으로 전화를 끊고 3년 동안 차고 신세를 지고 있던 페라리 이탈리아에 올라탔다. 첫 주식 투자의 성공기념으로 자신에게 바치는 선물이었다. 재택근무를 시작한 후 특별한 날에만 운전을 했다. 그리고 살이 찐 후로는 그저 애물단지에 불과했던 페라리가 드디어 그 진가를 발휘할 때가 왔다.

레이나의 집에 초대된 후 옷차림과 자동차 그리고 선물까지 꼼꼼하게 살폈다. 장모님은 망고를 좋아하신다 했다. 한겨울에 신선한 망고를 구하기가 쉽지는 않았지만 백화점을 뒤져 겨우 마음에 드는 하나를 구했다. 또 푸른색 아이리스 꽃을 좋아하신다는 말을 얼핏 들은 기억에 레이나 몰래 아이리스 꽃 한 다발도 과일바구니 옆에 가지런히 놓았다.

좋아하는 걸 선물로 드리면 그리 박하게 대하진 않으실 거다.

지원은 떨리고 걱정도 되었지만 레이나를 낳아주신 부모님을 뵈러 가는 설렘에 슬며시 미소를 띠었다.

신호를 기다리며 내비게이션의 남은 거리를 확인했다. 그녀의 집까지 1km. 지원은 룸미러를 통해 비뚤어진 넥타이의 자리를 바르게 잡았다.

흠흠, 목을 가다듬고 연습도 했다.

"안녕하십니까. 도지원입니다."

연습일 뿐인데도 간단히 이름만 말하는데 말꼬리가 흔들렸다. 너무 긴장했나? 지원은 크게 숨을 들이마시고 내뱉으며 다시 시도를 하려 했다.

"안녕하……."

그때 지원의 휴대폰 벨소리가 울렸다. 운전 중인 그는 당연히 레이나인 줄 알고 확인 없이 바로 통화 버튼을 눌렀다.

"다 와가요. 이제 5분 거리……."

[오…… 빠.]

"누구…… 세요?"

스피커폰으로 희미하게 들리는 목소리는 레이나가 아니었다. 그리고 레이나는 자신을 '오빠'라 칭하지 않으니까.

[오…… 빠, 나 애기가…….]

"전화 잘못 거셨습니다."

지원은 미간을 찌푸리며 전화를 끊으려 했다. 중요한 일을 앞두고 잘못 걸려온 전화라니, 심기가 불편했다.

[끊지 마! 오빠, 나 여운이야.]

"지금 통화할 시간 없……."

[애기가 나오려나 봐. 하아……. 양, 양수가 터진 것 같아. 어떻게 해? 으윽.]

"그걸 왜 나한테 말해? 옆에 지혁이 없어?"

[끄응. 하, 하아, 하. 지, 지혁 씨…… 어머님이랑 출장…… 으윽!]

"119 불러."

[오빠가 와주면 안 돼? 아하…… 아아악.]

그녀의 고통스런 신음 소리에 잠시 마음이 흔들렸지만 지원은 돌아설 수 없었다. 바로 앞에 레이나의 집 대문이 보였다.

"나 지금 바빠. 그러니까……. 여보세요? 여보세요! 여운아?"

뚝하고 전화가 끊어졌다.

아, 미치겠네.

그는 애써 미용실에서 다듬은 머리를 헝클었다. 잔뜩 얼굴을 구긴 채 대문과 휴대폰을 노려보더니 결국 그는 핸들을 돌렸다. 먼저 레이나에게 전화를 걸었다. 하지만 그녀는 통화 중이었다. 급한 마음에 레이나에게 대충 문자를 남기며 여운에게 전화를 걸었지만 그녀 역시 전화를 받지 않았다.

죽는 거 아니야?

충분히 가능성이 있는 이야기다. 지원의 어머니도 지원을 낳다가 돌아가시지 않았는가? 아이를 낳다가 여운도 죽을지도 모른다는 생각이 들자 마음이 조급해졌다.

119에 연락을 하고 지원은 여운이 있을 도해의 집으로 향했다. 입구에 들어서자마자 거실에 쓰러져 있는 여운을 발견했다. 그녀의 하얀 임부복을 따라 핏빛 붉은 얼룩이 이어져 터진 양수와 피가 섞여 흥건하게 바닥에 고여 있었다. 지원이 허둥지둥하며 그녀를 일으켜 세우는 사이 119 대원들이 들이닥쳤다.

지원은 그들과 함께 구급차에 오르며 도해에게 연락을 했다. 여운의 소식을 듣고 한국행 비행기를 기다리고 있는 중이라 했다. 지원은 손목시계를 들여다봤다. 오후 6시. 위급한 상황에서도 레이나와 약속한 시간이 지났음을 인지했다. 급한 일이 생겨 조금 늦을 수도 있다는 메시지를 남겼지만 레이나보다 여운을 택한 죄책감이 몰려왔다. 욕심일지도 모르겠지만 레이나면…… 이해해 줄 것 같았다.

'조금만 기다려 줘요. 금방 갈게요.'

잠시 기절해 있던 여운이 깨어나며 신음을 내뱉었다. 지원은 아무 말 없이 그녀의 손을 잡아줬다. 그의 손끝에서 여운의 고통이 고스란히 느껴지자 엄마가 되는 일이 얼마나 힘든 일인지 새삼 깨달았다. 그의 계획은 병원 도착하면 바로 레이나에게 향하는 것이었지만 생각대로 이뤄지지는 못했다. 입원 수속을 밟고 얼떨결에 보호자가 되어버린 지원은 벗어날 타이밍을 놓쳤다. 진통에 앓는 소리를 내는 여운을 두고 갈 만큼 냉정하지 못했다.


"오빠…… 미안해요."

여운이 진통을 5시간째 버티고 있을 때 진이 다 빠져 버린 그녀가 힘없는 목소리로 말했다.

"괜찮아."

지원은 조카 태어나는 데만 집중하라며 그녀를 다독였다.

"오늘 중요한 약속 있었던 것 아니에요?"

흐트러진 그의 화이트칼라 셔츠와 넥타이와 얼룩덜룩 핏물이 배어 있는 소매 끝자락까지 시선이 흐르자 이기심에 결국 그에게 빚을 또 지고 말았음을 깨달았다. 여운이 다시 사과의 말을 뱉으려는데 지혁과 도해가 병실 안으로 들이닥쳤다. 지혁이 먼저 달려가 여운을 살피며 연신 미안하다며 울먹였다.

"내가 곁에 있어야 했는데, 출장 따위 가지 말았어야 했는데⋯⋯."

"어쩔 수 없었잖아요. 우리 아기가 아빠 얼굴을 빨리 보고 싶었나 봐요."

그녀가 달랬지만 지혁은 울음을 터뜨렸다. 다시 여운의 산통이 시작됐기 때문이다. 자궁의 입구가 출산 준비를 마쳤다는 간호사의 말에 여운은 분만실로 이동했다. 그 뒤를 졸졸 따라가는 지혁의 모습이란⋯⋯. 지원은 처음 보는 지혁의 모습에 흥미로운 듯 미소를 띠었다.

"너 레이나한테 연락은 했니?"

도해는 애 낳는 게 죽을병이라도 걸린 줄 아냐며 지혁을 타박하며 그를 보내고 지원에게 물었다.

"네?"

"나한테 전화 왔었어. 너 어떻게 된 거냐고 사고라도 난 거 아니냐고 워낙 다급하게 물어서⋯⋯."

"메시지 남겼었는데⋯⋯."

도해의 말을 들은 순간 당황스러웠다. 분명 출발하기 전에 보냈다. 잠시 잊고 있던 휴대폰을 주머니에서 꺼냈다.

부재중 통화 20개.

모두 레이나에게서 온 것이었다. 그가 보낸 줄 알았던 문자 메시지도 임시 보관함에 저장되어 있을 뿐 전송되지 않았다. 지원은 황급히 그녀에게 전화를 걸었지만 '지금은 받을 수 없다'는 음성 메시지만 귓가에 울렸다. 또다시 시도했지만 같은 소리만 반복해서 들렸다. 레이나는 그를 거부하고 있었다.

## 14

 8년, 트레이너로서 여러 사람들을 만나면서 산전수전 다양한
경험을 모두 겪었다고 생각했다. 어느 누구를 만나던 내 사람으로
만들 자신이 있었다. 어떤 비난을 퍼붓든 거칠게 거부를 하며 밀
쳐도 달래고 어르며 그 고비만 넘기면 완벽하게 게임은 그녀의 승
리로 끝난다. 이때까지 그래 왔고 앞으로도 계속 그럴 줄만 알았
다.

 악재가 끼었나? 레이나는 어디 굿판이라도 벌여야 될까 싶었
다.

 결혼하겠다고 청혼한 남자는 아무리 형수가 되었을지라도 전
애인이었던 여자를 찾아가지를 않나, 시간과 정성을 쏟아부운 회
원의 어머니한테 내연녀 취급을 당하고 앉아 있으니……. 안 그래
도 도지원 때문에 머리가 복잡한데 수진의 어머니까지 괴롭히니

정말 미쳐 버릴 것 같았다.

레이나는 이번만큼은 지원을 쉽게 용서할 수 없었다. 믿었던 그의 배신으로 입은 상처보다 그로 인해 가족들을 실망시킨 것에 대한 상처가 더욱 컸다. 뒤늦게 레이나의 집의 문을 두드리며 용서를 빌었지만 이번엔 순희보다 레이나의 닫힌 마음이 더 단단했다. 하루에만 수십 통씩 날아오는 지원의 문자와 전화 그리고 레이나 방에서 내려다보이는 그의 얼굴을 마주할 때마다 흔들렸다. 하지만 그를 받아들이기엔 가슴속 응어리가 똘똘 뭉쳐져 있었다.

"짜증나."

빨리 이 자리에서 벗어나고 싶은 마음이 가득해 답답한 한숨을 내쉬었다. 말로 해서 통하지가 않으니 그저 입을 다물 수밖에 없었다.

"어디서 배워먹은 버르장머리야?"

레이나는 박 여사의 벌처럼 쏘아대는 말에도 가만히 침묵을 유지했다. 변명할 것도 해명할 것도 없었다.

"이래도 내뺄 작정이야? 명백한 증거가 있어."

그녀가 사진 몇 장을 내밀었다. 중년의 남성과 젊은 여자가 호텔에서 나오는 사진이었다. 파파라치 컷이지만 상당히 고가의 카메라를 썼는지 해상도가 높아 호텔 이름까지 선명하게 드러났다. 여자의 얼굴은 모자와 선글라스, 목도리로 감춰져 있어 레이나라고 판단하기도 힘들었다.

젊은 여자라고 추측할 수 있는 것은 그저 그녀의 옷차림으로 파악하는 정도였다. 이걸 지금 증거라고 대는 거야? 레이나는 그 사진 속의 여자가 자신이 아니라 누군지 모르는 당사자인 그녀도 사진을 보며 비웃었을 것이다.

"사모님, 저 정말 아니에요."

"하. 이게 끝까지 아니라고 하네!"

그녀가 열을 내며 테이블을 내리치자 호텔 카페의 사람들의 이목이 한곳으로 집중됐다.

아, 진짜 미치겠네.

레이나는 르제텔레콤의 수진의 어머니 박 여사가 만나자는 연락에 단순하게 응하고 마틴과의 점심 약속을 포기하고 이 자리에 앉게 된 것을 뼈저리게 후회하고 있었다. 그냥 마틴의 말대로 전화도 받지 말 걸 그랬어.

"뭔가 오해가 있으신 듯한데…… 사모님, 저 정말 회장님 사적으로 뵌 적 없어요. 그리고 솔직히 이 사진으로는 저라고 확신하기에 무리가 있습…… 니다?"

그녀는 다시 사진에 시선을 두고 사진 속 여자를 가리키다 미간을 찌푸렸다. 가방! 사진 속 여자가 메고 있는 가방이 보였다.

"다시 보니까 네가 보여? 그리고 말이야, 너 멍청하게 우리 남편 카드로 결제하면서 네 이름으로 사인했더라?"

그녀의 품에서 카드 명세서들이 후두둑 쏟아져 나왔다. 흰 종이 끝자락에는 모두 '레이나'의 이름이 박혀 있었다. 레이나는 종이를 하나씩 손에 들고 점점 일그러지는 얼굴에 표정 관리가 안 됐다.

"사모님, 이걸로는 부족하죠."

레이나는 종이를 다시 테이블 위에 던지며 자리에서 일어섰다. 더 이상 할 말도 들을 말도 없었다.

"이 정도 자료로는 간통죄 고소도 못해요. 증거 불충분으로 기각되겠어요."

"뭐야?"

"더 확실한 것 잡아서 저한테 보여주세요."

그녀가 내민 사진 속 여자의 차림과 가방만 보고 추측했을 때 사모님이 추궁해야 할 여자는 요가 담당인 유나였다. 유나한테 뒤통수를 맞았다. 감히 나를 사칭하며 불륜을 저질렀단 말이지?

"하! 나 참 기가 차서. 너 뭘 믿고 그렇게 당당해?"

"사모님, 저 이만 가보겠습니다. 점심시간이 다 끝나가서."

평소의 레이나였다면, 고분고분 그녀의 말을 고개를 주억거리며 새겨듣고 굽신댔을 테지만 그녀의 심신은 많이 지친 상태였다.

"어디서 어른이 말하고 있는데 건방지게! 앉아."

"죄송합니다."

그녀가 예의상 고개를 숙이며 돌아서려 할 때였다. 뒤에서 치고 들어온 비겁한 공격은 잽싼 레이나 그녀마저도 피하지 못했다. 박여사가 레이나의 머리를 양손으로 움켜쥐고 흔들어대기 시작했다.

"왜 이러세요!"

레이나가 팔을 꺾으며 말렸지만 그녀는 더욱 세게 흔들었다. 머리카락이 송두리째 뽑혀 나가는 듯한 아픔보다 레이나가 회원들과 점심 약속으로 자주 드나드는 호텔에서 모든 이들의 시선을 받아내자 설움에 눈물이 고였다.

"몰라서 물어? 이 파렴치한 꽃뱀아! 너 때문에 남편이 이혼하자잖아!"

나보고 어쩌라고. 레이나는 힘겹게 그녀를 밀쳤다. 그녀의 머리에서 떨어진 박 여사의 손엔 머리카락 뭉텅이가 한 주먹 가득 쥐어져 있었다.

가뜩이나 머리숱 없는데……. 아까운 내 머리카락.

레이나는 헝클어진 머리를 다듬으며 흥분에 눈이 벌게져서 노려보는 박 여사에게 말했다.

"사모님, 나중에 후회하지 마시고 이쯤에서 끝내세요. 저도 그 여자 찾는 데 도우, 윽!"

이번엔 그녀의 매서운 손이 사정없이 그녀의 볼을 내려쳤다. 모녀간에 뺨 때리는 데 취미가 있으신가 보다. 레이나는 볼에서 쓰리는 아픔을 느꼈지만 허탈한 웃음을 내뱉었다. 정말 엄마 말대로 트레이너 일을 그만둘 때가 됐나?

"이게? 웃어?"

다시 한 번 그녀의 손이 올라갔다. 레이나는 더 이상 참지 않기로 했다. 그녀의 손을 막으려는 순간 익숙한 목소리가 들렸다.

"지금 뭐 하시는 겁니까?"

박 여사의 손목을 움켜쥔 남자는 도지원 그였다.

"당신 누구야?"

그녀는 지원에게 붙잡힌 손을 빼내려 손목을 비틀었다.

"이 여자랑 결혼할 사람입니다만?"

"뭐야? 이거 놔."

지원은 더러운 걸 잡은 것처럼 불쾌한 표정으로 그녀의 손목을 내팽개치고 레이나에게 향했다. 일주일이나 보지 못했던 그녀는 많이 야위어 있었다.

"박 여사님, 저 분명 아니라 말씀드렸습니다. 그리고 저 오늘 일 그냥 넘어가지 않겠습니다."

레이나는 지원을 없는 사람 취급하며 오직 박 여사를 바라보며 말했다.

"뭐? 어째?"

"명예훼손과 폭력혐의로 여기 CCTV 확보해서 당신 고소하겠습니다."

굽신굽신하며 저자세로 나왔던 레이나가 당당하게 나오자 박 여사는 당황해서 입을 쩍 벌렸다.

"감히…… 네가!"

"화풀이는 남편분께 하세요. 박수도 두 손이 마주쳐야 소리가 난다 하잖아요?"

레이나는 뒷목을 움켜쥐며 거품을 무는 박 여사를 뒤로하고 걸음을 옮겼다.

"괜찮아?"

지원은 재빨리 그녀를 뒤따르며 발갛게 부풀어 오른 그녀의 뺨을 향해 손을 내밀었다. 갑자기 뺨에 손길이 닿아 당황함에 굳어 있던 것도 잠시 레이나가 지원의 손을 거칠게 쳐냈다.

"누가."

레이나의 목소리가 어느 때보다 매섭게 그의 귓가를 때렸다.

"민수……."

"누가 결혼한다고?"

그가 상처받은 눈으로 그녀를 바라봤지만 그녀의 냉랭함은 조금도 누그러지지 않았다.

지원이 한 발짝 다가서면 레이나는 두 발 물러섰다.

"나랑 얘기 좀 하자."

"난 더 이상 당신과 할 말 없어."

"민수야……."

"레이나 선생님이라 불러요."

심하게 거부감을 드러내는 레이나가 충격적이었는지 지원은 더이상 말을 잇지 못했다. 조금은, 아니, 많이 박 여사를 이해할 수있을 것 같았다. 지금 눈앞에 여운이 나타난다면 갈기갈기 찢어버리고 싶을 정도였다. 뺨 몇 대 때리는 건 약과지. 하지만 선택은그가 했다. 자신과의 약속보다 여운을 더 우선순위로 삼았다는 생각이 계속해서 맴돌았다. 밉고 또 미웠다.

"뭐예요? 내려놔!"

그를 무시하며 돌아서는 그녀의 허리를 강한 팔이 둘러쌌다. 지원은 그녀를 들어 올려 어깨 위로 걸쳤다. 하지만 호락호락하게당하고 있을 레이나가 아니었다. 그녀는 지원의 어깨 위에서 버둥거리며 그의 등을 세게 쳤다. 그녀의 반항에도 그는 손을 놓지 않고 더 단단하게 조여 안으며 엘리베이터로 향했다.

레이나는 머리로 쏠리는 혈액으로 벌겋게 달아올라 숨 쉬기가힘들었고 위를 짓누르는 지원의 딱딱한 어깨가 구토를 일으킬 것같았다. 그가 호텔 객실의 문을 열고 들어설 때까지 그녀는 공중에 떠 있었다. 침대 위로 던져진 레이나는 호흡이 제대로 돌아오자 가다듬을 새 없이 그를 향한 분노가 불꽃처럼 화르륵 타올랐다.

"왜 이래……. 읍!"

레이나는 공격적으로 부딪혀 오는 그의 입술에 의해 말문이 막혔다. 힘으로 거칠게 밀고 다가오는 그를 밀어냈다. 명백한 거부에도 억지로 탐하려 하자 그녀는 그의 입술을 꽉 깨물었다.

"윽!"

그의 입가에 흐르는 붉은 피. 드디어 그와 시선을 마주했다. 화가 난 레이나가 그를 쏘아봤다. 그의 눈은 분노로 번들거렸다.

"그깟 일로 나랑 헤어지겠다는 거야?"

그녀를 응시한 채 그가 흐르는 피를 혀로 핥으며 물었다. 처음 보는 지원의 폭력적인 모습에 속으로 바들바들 떨었지만 겉으로 끝까지 태연한 척하며 날카로운 목소리를 내뱉었다.

"먼저 배신한 건 도지원 씨 당신이에요."

"미안해. 내가 잘못했어. 하지만!"

매일 문전박대를 당하면서도 용서를 구하기 위해 그녀의 집을 찾아갔다. 레이나의 심정을 이해하면서도 한편으로 그녀는 왜 자신의 상황을 조금도 이해하려는 시도조차 하지 않을까 답답함도 늘었다.

"누구라도 그 상황에서 선택을 하라면 임산부에게로 갔을 거야."

"그 임산부가 2년 동안 망가져 가며 집 안에 박혀만 있게 만들었던 원흉이라면 얘기가 달라지겠죠."

레이나는 기어코 참았던 울음을 터뜨리고 말았다. 그깟 일? 당신이 말한 그깟 일이 나에게 얼마나 소중한 기회였는지 알아요?

"믿었어요. 완벽하게 정리된 줄 알았어요. 온전히 내 사람이 된 줄 알았다구요!"

울부짖는 그녀의 모습에 그의 미간이 저절로 좁혀졌다. 울컥 솟아올랐던 분노는 사그라지고 괴로움을 토로하는 그녀를 바라보기만 해도 아픈 슬픔이 가슴을 짓눌렀다.

"내 몸에 손대지 마."

하지만 레이나의 오해를 벗겨주기 위해서는 어영부영 넘어가기보다는 확실하게 짚고 가야 했기에 애써 덤덤한 척 말했다.

"당신, 친오빠랑 섹스할 수 있어?"

"무슨 소리예요?"

빨갛게 충혈된 눈으로 그를 쏘아봤다.

"나는 여운이랑 사귀는 3년 가까이 긴 시간 동안 한 번도 키스 그 이상의 진도를 나간 적 없어. 친구들이 고자라고 놀려도 나는 지켜야만 한다고 생각했거든."

그가 레이나의 곁에 엉덩이를 걸치며 말했다.

"그만해요. 듣기 싫어."

레이나는 그와 여운의 과거 이야기 따위 알고 싶지 않았다. 양손으로 귀를 틀어막으며 고개를 저었다.

"들어, 들어줘."

"싫어."

지원은 강하게 거부하는 레이나의 손을 얼굴에서 떼어내며 그 위에 자신의 손을 겹쳐 등 뒤에서 그녀를 감싸 안았다. 그리고 계속해서 그녀의 귓가에 대고 누구에게도 꺼낸 적 없던 그의 심정을 고백했다.

"난 어릴 적에 한 번도 외롭다 생각한 적 없었어. 어머니 대신 고모님이 계셨고, 사촌 형이지만 지혁과 친형제처럼 지냈기 때문에 형제 있는 애들 부럽지도 않았어. 하지만 고모님이 아무리 나를 아들처럼 여겨 아껴주셔도 어머니가 될 수 없듯이 지혁도 사촌형이지 좀 더 진한 피를 나눈 친형이 될 순 없었지. 가족이지만 나도 모르는 사이 선을 긋고 있었어. 그런데 여운이를 만난 순간 문득 그 생각이 들더군. 진짜 가족. 나만의 가족을 만들자."

"당신 러브 스토리 들으라고 나 여기에 가둬두는 거예요? 비켜요."

레이나가 그의 품에서 벗어나려 버둥거렸지만 지원이 그녀를 더욱 옥죄며 막았다.

"난 한 가지만 볼 줄 알았거든. 먼저 독립을 해야만 했어. 그러면 아버지의 반대와 찬성 여부 상관없이 혼자 힘으로 결혼할 수 있다고 믿었거든. 일에 미쳐서 나는 여운이와 점점 멀어지는 것조차 느끼지 못했어. 그렇게 서로 소원해지던 사이에 여운이 형을 만났나 봐."

지원은 마른침을 삼키며 잠시 뜸을 들였다. 그녀의 작은 배려와 이해를 바라는 의도로 시작한 고백은 뿌옇게 흐려져 있던 그의 과거를 정리하는 작업이 되어가고 있었다.

"여운의 배신? 지혁의 배신? 무엇보다 충격에 빠뜨렸던 건 지혁에게 졌다는 패배감이었어. 난 항상 형보다 앞서 있다 생각했거든. 다른 사람이었으면 그렇게 괴로워하진 않았을 거야."

그녀가 자신의 고백에 귀를 기울이고 있다는 것을 느낀 지원은 팔을 느슨하게 풀어 그녀를 놓아주었다.

"이번에 여운이가, 아니, 형수가 아이를 낳는 걸 지켜보면서 깨달았어. 나는 형수를 그저 귀여운 여동생으로 생각했다는 것. 확연히 달라. 당신과 형수를 비교하는 것 자체가 모순이야."

지원은 레이나의 손을 끌어당겨 손등에 입을 맞추었다. 헤어지겠다던 그녀의 약지에는 그가 끼워준 반지가 빛나고 있었다. 그가 반지 위에도 입을 맞추자 레이나는 흠칫 가슴께로 손을 당겼다.

"안 빠져서 계속 끼고 있었던 것뿐이에요."

"다행이네."

"흥. 저리 비켜요."

고해성사를 하면 다 용서해 줄 줄 아나? 오산일세!

레이나는 그를 있는 힘껏 거세게 밀어내며 침대에서 벗어났지만 눈 깜짝할 사이 그의 손에 붙잡혀 침대 위로 엉덩방아를 찧었다.

"당신만 보면, 여기도 입 맞추고 싶고, 여기 그리고 여기, 전부 샅샅이 다 먹어버리고 싶어."

지원이 레이나를 껴안으며 몸을 더듬었다.

"내가 순순히 화가 풀릴 줄 알았나 보죠?"

"벌써 다 풀린 거 아니었어?"

"웃기지 말아요."

"웃긴 적 없는데……."

"이 사람이 아직도 정신을 못 차리고! 내가 당신 때문에 가슴앓이 한 것 분이 풀릴 때까지 접근 금지예요!"

"설마…… 그러겠어?"

"진짜거든요?"

그의 입술이 목덜미를 내려오며 어깨에 이르자 레이나는 고개를 뒤로 젖히며 뒤통수로 그의 코를 가격했다.

"윽! 아프잖아."

"진즉에 놓아주셨어야죠."

"피나."

얼마나 세게 쳤는지 그의 코에서 쌍코피가 흐르고 있었다.

"정말요? 어떡해~ 호들갑 떨 줄 알았어요? 자, 휴지. 알아서 닦아요."

레이나는 사각 티슈 박스에서 두세 장 뽑아 들더니 그의 손에 쥐어주고 쌩하니 룸을 빠져나가 버렸다.

발 없는 말이 천 리를 간다던가? 발 없는 말은 지구 한 바퀴를 돌고도 지친 기색 하나 없이 멀쩡했다. 퍼스널 트레이너 레이나가 르제텔레콤 회장과 불륜 관계에 도지원과 양다리를 걸치고 있다는 소문과 르제 사모님 현성의 도지원과 내연관계였는데 그사이에 레이나가 끼어들었다는 소문까지 지구 반대편 은아가 있는 곳까지 퍼져 나갔다. 두 가지 헛소문 중 사람들은 전자에 더 많은 신빙성을 두었지만 절친이라는 은아만은 달랐다.

[도지원 씨가 사실 진짜 정말 르제 박 여사 건드렸어?]

"무슨 자다가 봉창 두드리는 소리야?"

[나 안 자는데. 여기 오후 8시야.]

"여긴 새벽이야. 시차 생각 좀 하고 걸어라. 끊어."

[잠깐만, 너 결혼한다며?]

"누구한테 들었어?"

[누구긴 누구야, 네 피앙세지.]

"나 결혼 안 해."

[도지원 씨가 결혼 날짜까지 알려주던데.]

"그게 무슨 소리야?"

[뭐야. 그럼 진짜 도지원 씨가 르제 사모님이랑 그렇고 그런 사이?]

은아의 얼토당토않은 헛소리의 꼬리를 자르며 통화 종료버튼을 눌러 버렸다. 새벽 두 시 잠결에 그녀의 전화를 받고 아침까지 잠 못 들고 말똥말똥 눈만 뜨며 꽤나 심기가 불편해 있을 때 자명종 소리가 울렸다.

아침 7시.

지원은 매일 아버지 수종과 약수터에 오르기 위해 그녀의 집 앞에 나타났다. 처음엔 문도 열어주지 않고 쫓아내더니 일주일이 지난 지금은 수종이 먼저 그를 기다리는 듯했다. 정치와 경제 분야에 전문가나 다름없는 지원이 그의 유일한 말상대가 되어주었기 때문이다. 아버지 수종을 시작으로 지원은 하나둘 그의 편으로 만들고 있었다. 그리고 무엇보다 그를 받아들일 수밖에 없었던 사건이 있었다.

박 여사의 사건 이후 레이나는 자신이 피트니스 대표이사라는 것과 에벤마트 회장이 엄마라는 사실을 모두에게 밝혔다. 명예훼손죄와 폭력혐의에 대해서는 단순히 엄포로 끝내려 했으나 지원이 증인으로 나서며 강경하게 밀어붙였다. 게다가 검사 오빠의 인맥으로 마주한 레이나의 변호사는 유연함이 없었다. 박 여사는 이번 고소 건을 단순한 벌금형으로 쉬이 넘기지 못하게 되었다.

어쨌든, 순희는 이 과정에서 옆에서 도와주는 지원을 다시 보게 됐다. 집에만 박혀 세상을 모른다 하던 남자가 딸을 위해 발 벗고 나서서 곁을 지켜주는 것을 보니 순희도 조금씩 지원을 받아들일 준비를 했다. 순희는 대문을 열어 그의 출입을 허락하는 것부터 시작했다.

레이나는 지원이 자초지종을 설명하며 약속을 어길 수밖에 없었던 이유를 대면서 무릎을 꿇고 불편한 자세로 부모님에게 사과를 하는 것까지는 좋았다. 약간 감동을 받았다. 허나 감동은 딱 거기까지였다.

"사실 저희 살림 먼저 차렸습니다."

지원이 핵폭탄을 터뜨렸다.

"뭐?"

수종은 잘못 들은 게 아닌가 싶어 귀를 후벼 팠다. 하지만 곧이어 터뜨린 연속 폭탄에 그들을 지켜보고 있던 가족들은 모두 화들짝 놀랐다.

"함께 동거한 지 6개월 넘었습니다."

"이게 정말 사실이냐? 민수야?"

수종의 사전상 혼전 동거라니 있을 수가 없는 일이었다. 그의 코에서 분노의 콧김이 뿜어져 나오기 시작했다.

"아니 저, 그러니까 아빠, 그게 아니라."

지원은 레이나가 변명할 틈을 주지 않았다.

"사실입니다, 장인어른."

"난 자네 장인이 아닐세."

"장인어른, 허락해 주십시오."

"허허, 이보게!"

수종은 절을 하며 이마로 바닥을 찧는 지원을 보며 콧방귀를 뀌었다. 가만히 지켜만 보고 있던 오빠들도 그를 향해 혀를 끌끌 찼다. 그러게 왜 약속을 어기고 병원에 갔나? 동거를 하면서 부부라여겼으면 민수한테 왔었어야지……. 팔은 안으로 굽는다고 최씨집안 남자들의 눈엔 그가 어떤 변명을 댔을지라도 곱게 보일 리없었다.

"책임지겠습니다. 민수를 저한테 주십시오."

"민수가 물건도 아니고 내 소유물도 아닐세. 자네한테 주냐 마냐 결정할 수 있는 게 아니야."

그의 집안 배경부터, 과거 연인인 여운의 일까지 지원은 벌써 투 아웃이었다. 원 스트라이크 투 볼 삼진아웃을 코앞에 두고 있는 도지원 타자는 볼카운트에 상관없는 파울볼만 때려대고 있었다.

"그럼 제가 데려가서 잘살겠습니다. 지켜봐 주십쇼, 장인어른."

"거참, 하지 말라는데도."

"미리 연습하는 것도 나쁘지 않습니다, 장인어른."

수종이 그만하라는 데도 지원은 끈질기게 꼬리를 붙였다.

"도지원 군, 지금 우리 놀리는 거예요?"

그를 호되게 꾸짖기는커녕 오히려 당하고만 있는 남편을 보다못한 김순희 여사가 나섰다. 준우보다 지원에게 딱 하나 맘에 차는 건 딸의 직종을 존중해 주는 이해심이었다. 순희는 지원의 동거 발언이 유독 거슬렸다.

"아닙니다, 장모님."

"그리고 동거라니! 내가 듣기론 민수가 퍼스널 트레이너로 도지원 군을 만났고 합숙하게 되었다던데, 자네 말로는 6개월이 그저 동거에 불과했나? 자극적인 단어로 우리 딸의 직업을 격하시켜 버리는 이유가 뭔가?"

역시 어머니는 위대했다. 한 방에 스트라이크를 날려 버렸다. 지원은 순간 말문이 막혔다. 만만치 않을 거라 생각은 했지만 이렇게 예리하게 파고드실 줄은 몰랐다.

"죄송합니다. 홈 트레이닝도 큰 틀에서 보면 동거(同居)라 여기고 실수를 범했습니다. 결코 따님의 직업을 격하시키려는 의도가 아니었습니다."

"어쨌든, 자네가 우리 딸과 결혼하려고 하는 것은 단순히 동거인으로서 책임 때문이란 말이지?"

"아닙니다."

"대답만 꼬박꼬박 잘하면 뭐 하나? 자네에게 진심이 느껴지지 않아."

순희의 매서운 질책에 지원은 질끈 어금니를 깨물었다. 투 스트라이크 투 볼이다. 한 번만 더 그녀의 스트라이크 공격이 먹혀들면 그는 이대로 아웃이 되고 만다.

"진심입니다. 레이나와 민수의 이상형이 되려고 식스팩도 만들었습니다. 보십시오!"

지원이 벌떡 일어나더니 와이셔츠의 아래쪽 단추를 몇 개 풀고 옷을 걷어 올렸다. 그러자 선명하게 박힌 식스팩이 눈앞에 드러났다. 순희는 그의 돌발행동에 당황한 나머지 입을 쩍 벌리고 있었고 나머지 지켜보던 레이나의 오빠들과 새언니들은 모두 웃음을 참느라 두 볼에 공기가 가득 찼다.

"픕!"

"푸훗!"

"지원 씨!"

레이나는 지원이 셔츠를 들어 올릴 줄은 정말 몰랐다. 뒷감당을 어찌하려고 저러는고! 순희와 레이나만 웃음기 가신 메마른 얼굴로 그를 바라봤다. 스트라이크로 들어온 공을 지원이 시원하게 한방 홈런을 날렸다. 그의 홈런은 레이나와 함께 보낸 6개월도 허송세월로 보내지 않았음을 증명하는 식스팩이었다.

"장모님! 진짭니다. 만져 보십시오!"

여전히 진지하기만 한 지원은 복근에 힘을 주며 더욱 선명한 식스팩을 보이더니 순희 가까이 배를 들이댔다. 저 사람이 진짜! 피트니스 센터에서 울퉁불퉁 복근으로 사모님들과 친해지더니…… 엄마한테도 그 방법이 통할 줄 알았나! 레이나는 한숨을 내쉬며 관자놀이를 짚었다.

"됐네. 이 사람아!"

순희가 그의 복근을 보지 않으려 손으로 눈을 덮어버리자 모두들 참았던 웃음이 빵 하고 터져 버렸다.

"푸하하하하!"

"아하하하!"

레이나의 기억으로 그때 당시 제일 큰 소리로 웃었던 사람은 아버지 수종이었다. 여전히 지원에게 쌀쌀맞은 순희와 달리 수종은 벌써 그를 사위로 여기고 있었다. 지원의 말로는 약수터에 오를 때마다 마주치는 지인들에게 그를 사위로 소개한다고 했다.

하지만 지원은 정작 중요한 것은 모르는 것 같았다. 결혼은 한 가정과 또 다른 가정의 만남이라지만 결혼하는 배우자를 먼저 챙겨야 되는 거 아냐?

아빠랑 결혼하려고 하나?

매주 매일 7시 딱 정각에 맞춰 찾아오면서 간단한 눈인사만 건네고 쌩하고 수종과 떠나 버렸다. 이것도 그의 고도의 전략인가? 아직 화가 덜 풀렸다며 툴툴대는 것도 이젠 그의 안중에 없었다.

"저기 지원 씨."

"왜요?"

이렇게 성의 없는 대답 정말 싫다.

"아니에요."

그냥 불러봤다.

"아참, 오늘부터 센터 출근하죠?"

레이나는 박 여사 사건과 유나의 배신으로 당분간 휴가를 냈었다. 마틴은 레이나 사칭과 내연관계로 물의를 일으켰던 유나가 조용히 일을 그만두는 것으로 마무리했다. 지원은 유야무야 덮어버리려 하는 레이나 옆에서 답답함을 호소했다. 하지만 레이나는 무리하게 법적 절차를 밟으며 유나를 벌하고 싶지 않았다. 유나가 자신을 사칭한 일이 괘씸하긴 했지만 사실을 모두 알게 된 박 여사에게서 더 끔찍한 보복을 당하고 있을 거라 생각했다.

"네."

"그럼 이따가 센터에서 봐요."

그렇게 지원은 뒤도 돌아보지 않고 사라졌다. 그나저나 거리감 느껴져서 싫다더니 꼬박꼬박 존대는 뭐야? 레이나는 입을 삐쭉 내밀더니 출근 준비를 하기 위해 집 안으로 들어섰다.


  피트니스 센터에 도착한 레이나는 끊임없는 축하 세례를 받고
있었다. 레이나와 지원의 결혼 소식이 벌써 센터 직원은 물론 회
원들에게까지 퍼져 나갔기 때문이다. 이미 눈치 채고 있던 동료들
도 있었고…… . 레이나는 답답했다. 주위에서 축하받으면 뭐 해.
정작 결혼할 당사자들은 점점 서먹해지고 있는데.
  "휴……."
  레이나는 저도 모르게 한숨을 내쉬었다.
  "레이나 쌤, 웬 한숨?"
  "벌써 남편 보고 싶어서 그러는구나?"
  "곧 올 텐데 뭐."
  레이나의 속사정을 알지 못하는 그들은 질투 어린 시선을 보냈
다.
  "안녕하세요."
  그때 지원이 트레이너 사무실의 문을 열고 얼굴을 배꼼 들이밀
었다. 직원들은 저마다 그에게 반가운 인사를 건네며 레이나를 눈
짓으로 가리켰다.
  "레이나 쌤, 잠시."
  "네. 어서 데려가세요."
  주위의 부추김에 얼떨결에 일어서기는 했지만 레이나는 뚱한
표정으로 그의 뒤를 따라나섰다. 그가 사람이 많이 다니지 않는
건물 비상계단으로 향했다. 그리고 아래위를 살피며 다시금 사람
이 없는지 확인을 하고선 돌아서서 레이나에게 물었다.

"접근금지 해제됐어?"

"네?"

"해제했냐고."

"지금 그때 내가 말한 것 때문에 나 피해 다녔던 거예요?"

레이나는 당분간 접근금지라고 외쳤던 것을 떠올렸다. 약속도
참 잘 지켜. 화 풀릴 때라고 했지, 서운한 감정들 때까지라고 말한
적은 없었다.

"피해 다닌 적은 없는데……."

"집에 오면 나랑 눈도 안 마주치려고 했잖아요."

당연하지. 장모님이 계속 주시하고 계신데 조심해야지. 지원은
순희에게 잘 보이기 위해서 순한 양이 되어갔다. 그녀가 따로 지
원을 부르면서 당부하길 레이나의 트레이너 일을 계속할 수 있게
옆에서 도와준다면 결혼에 찬성하겠다 말했다. 그리고 부부는 서
로 존중해야 한다며 높임말 사용을 권했다.

"참느라 피가 마르는 줄 알았어."

지원은 레이나를 껴안으며 그녀의 그리웠던 살 내음을 한없이
들이켜 마셨다. 온몸을 꽉 조이는 그의 포옹이 나쁘지는 않았는
지, 아니, 엄청 들뜨게 만들어서 레이나의 얼굴이 스르륵 풀어져
버렸다.

"키스해도 돼?"

그런 걸 왜 물어봐, 그냥 하면 되지. 레이나는 대답 대신 입술을
쭈욱 내밀었다. 냉큼 그녀의 입술을 덮친 지원은 물어 당기고 잘
근잘근 씹어댔다.

"이제 정말 나랑 결혼해 주는 거지?"

막 그의 혀가 들어오며 치아를 훑고 차츰 호흡이 흐트러질 때 그의 입술이 떨어졌다.

지금 키스로 밀당해요?

"모르죠. 하는 거 봐서."

레이나의 반쯤 풀린 눈을 보며 약간은 흐트러졌다고 생각했는데 그녀는 어영부영 넘어가지 않았다.

"잘할게."

지원이 다시 그녀를 품 안에 가두며 그녀의 귓가에 속삭였다. 레이나는 지금 무엇보다 하다만 키스가 더 중요했다.

"레이나 선생님, 평생 저만의 퍼스널 트레이너가 되어주시겠습니까?"

그의 시나리오에는 그녀가 감동받으며 울먹일 줄 알았는데 오히려 화를 내고 있었다.

"알겠으니까 하던 거 마저 해요!"

"잠깐…… 아직 말……."

지원의 뒷말은 더 이상 이어지지 못했다. 레이나의 입술이 지원의 입술을 덮었기 때문이다.

 에필로그

6년 후.

"완아, 엄마 잘 지키고 있었어?"

"응. 근데 엄마가 방에서 안 나와."

지원은 레이나를 쏙 빼닮은 아들이 품에 뛰어들자 안아 올리며 물었다. 얼굴은 레이나를 많이 닮았지만 또래 아이들보다 한 뼘 더 큰 키와 차분한 성격은 지원의 유전자를 물려받았다. 고모 도 해 말씀으론 지원의 어릴 적과 완이 판박이라고 했다. 남자아이치 고 너무 얌전해 한편으로 걱정이 되기도 했다.

"엄마가 왜 안 나오시지?"

지원은 침실로 다가가 문고리를 돌렸다. 끄덕끄덕 흔들어도 열 리지 않는 문은 잠겨 있었다. 문에 귀를 대어봐도 작은 인기척조차 들리지 않았다.

"문 잠그고 뭐 해요?"

"엄마 뭐 해요?"

완이 지원의 말을 따라 하며 고사리 같은 손을 접어 주먹으로 문을 톡톡 두드렸다. 완의 노크 소리에 그제야 안에서 부스럭거리는 비닐의 소리와 후다닥 발걸음 소리가 들렸다.

"완아, 큰일 났다. 엄마, 또 시켰나 보다."

"큰일 났다, 큰일 났어. 아까 빨간색 아저씨 다녀갔어요."

그때 벌컥 문이 열리며 레이나가 나타났다.

"도완, 너 엄마가 아빠한테 비밀이랬지?"

"아 맞다."

완은 레이나의 말에 잊어버렸다며 배시시 웃었다. 레이나는 그런 아들을 보며 웃는 놈 패줄 수도 없고 그저 얄미운 리틀 지원을 게슴츠레 눈을 가늘게 뜨고 째려봤다. 지원은 완이를 내려놓으며 레이나 앞에 손을 내밀었다.

"줘."

"뭘?"

"내놔."

"뭐를?"

레이나는 지원의 요구에 모른 척하며 어깨를 들썩였다. 그러자 지원은 가벼운 한숨을 내쉬더니 그녀의 입가를 향해 손을 뻗었다.

"칠칠맞지 못하게 다 묻히고 아닌 척할래요?"

손가락으로 입가에 묻은 양념을 닦아주며 꾸짖었다. 레이나는 그의 손길을 피하며 손등으로 입가를 쓸었다.

"이거……."

그녀의 손등에도 주황빛 기름이 묻어 나왔지만 끝까지 아니라고 핑계를 댈 참이었다.

"아빠, 찾았어요."

그때 완이 침대 밑에 레이나가 숨겨두었던 상자를 꺼내 들며 외쳤다. 치킨집 직원인 빨간색 아저씨가 가져다준 불닭이 담긴 상자였다.

"잘했어! 우리 아들 탐정해도 되겠다."

지원은 완이에게서 상자를 받아 들며 아들의 머리를 쓰다듬어 줬다.

"그럼 나 코난이에요?"

요즘 아들이 빠져 있는 탐정만화의 주인공이 코난이었던가?

"완이는 코난이 좋아?"

"네!"

"그럼 거실에서 코난 보고 있을래? 엄마랑 아빠 얘기 좀 하게."

정해진 시간에만 TV를 볼 수 있었던 완이 지원의 특별 보상으로 만화시청을 허락하자 들떠서 침실을 나섰다.

"네. 근데 아빠."

문을 닫고 나가는가 싶더니 완이 빼꼼 고개를 내밀고 지원을 불렀다.

"응?"

"너무 화내지 마세요. 엄마가 매운 음식 먹는 거 다 동생 때문이랬어요."

완이 엄마와 한 약속을 어겨서 미안한 마음에 조심스레 말을 꺼냈다.

레이나는 완의 귀여운 애교에도 입을 삐죽거렸다. 도완, 이미 엎질러진 물이야. 이 엄마는 아빠한테 또 하루 종일 잔소리 듣게 생겼다.

"알았어, 우리 아들. 아빠 화 안 낼게. 나가서 TV 보고 있어."

"네."

완이 문을 닫고 사라지자 지원은 그제야 레이나에게 시선을 돌렸다.

"지난번에 응급실에 실려가 놓고 또 시켜 먹었어?"

레이나가 둘째를 임신하고 나서 유독 매운 음식만 찾아 먹었다. 완이 임신했을 때는 입덧이 심해서 먹는 족족 토해내더니 이번엔 신기하게 입덧은 사라졌다. 대신 혀끝에만 대도 화르륵 타오르는 맵고 짠 음식들만 찾았다. 초기엔 레이나의 잘 먹는 모습이 좋아서 그녀가 원하는 음식들을 밤낮 가리지 않고 구해 바쳤다. 하지만 새벽에 배를 움켜쥐고 응급실을 다녀온 이후 지원은 레이나가 고춧가루가 들어간 음식에 절대 손도 못 대게 했다.

"그땐 빈속이어서 그랬죠. 지금은 괜찮아요."

"그래도 안 돼."

지원이 불닭이 담긴 상자를 비닐봉지에 넣고 꽁꽁 싸매 버릴 태세를 보이자 레이나는 아쉬워하며 입맛을 다셨다. 겨우 닭다리 하나 뜯었는데…….

지원이 현성금융으로 출퇴근을 하게 된 이후 감시 역할을 아들 완에게 맡겼지만 이도 소용이 없었다.

"먹고 싶은 것도 못 먹게 해. 짜증나."

팽하고 토라진 레이나가 투덜댔다.

"다 당신 생각해서 그러는 거 알잖아."

"몰라~ 몰라."

레이나가 입을 삐죽이 내밀며 고개를 저었다. 그리고 돌아서선 침대에 털썩 몸을 뉘었다.

"먹자마자 누우면 안 되지. 일어나요."

지원이 레이나의 몸을 세우며 말했다. 하지만 레이나는 일어나지 않으려 이불을 둘둘 말며 버텼다.

"싫어. 잘 거야."

"먹고 누우면 음식 역류해서 식도염 위험 있는 거 몰라? 그리고 이대로 자버리면 살찐다."

"임산부는 원래 살쪄요."

"이제 겨우 14주차 들어섰는데 벌써 8킬로 늘어난 거 알아?"

"지금 내 몸무게까지 관리하는 거예요?"

지원이 흔들며 일으켜 세우려 해도 꿈적도 안 하던 레이나가 벌떡 일어나며 외쳤다. 몸짱 완벽 S라인 대명사인 스타강사 레이나가 D라인 임산부가 되니 신경이 유독 날카로워졌다. 레이나는 둘째 임신으로 푸석푸석한 피부와 퉁퉁 부운 얼굴 덕에 어딜 가나 아줌마 소리를 들었다. 그러나 원인 제공을 한 남편은 여전히 식스팩이 박힌 몸매를 유지하고 있었다. 낼 모레 마흔에 들어서는 지원이지만 이십대 후반이라고 해도 사람들은 믿었다. 지원이 완이를 껴안고 있으면 삼촌이냐며 총각 취급을 했다. 그런 그가 호통을 치자 레이나는 더 서러워졌다.

"난 걱정돼서 그래."

지원이 레이나 옆에 자리를 잡으며 그녀의 어깨를 감쌌다. 첫째
때는 뭣도 모르고 입덧이 끝나고 그저 맛있게 먹는 그녀를 지켜만
봤었다. 그때 20kg가량 체중이 증가해 완이 낳고 나서 다이어트
로 고생하는 아내를 지켜봤었기에 지원은 이번엔 그녀의 퍼스널 트
레이너가 되기로 결심했다.

　"애정이 식었어."

　레이나는 그의 팔을 뿌리치고 등을 돌려 누웠다.

　"무슨 소리야."

　"맞잖아요. 내가 살찌니까 싫어졌죠?"

　"누가 그래?"

　"내가 그렇게 느껴요."

　레이나는 제 입으로 말을 꺼내니 더 우울해졌다. 지원이 저를
생각해서 퍼스널 트레이너를 자처했음을 알지만 자꾸만 살! 살!
살을 운운하는 그가 미웠다.

　지원이 레이나 곁에 몸을 뉘이며 그녀의 겨드랑이 사이로 팔을
밀어 넣었다. 그리고 레이나를 품 안에 끌어당겨 꼭 껴안아주며
말했다.

　"어째서? 나 솔직히 지금 당신 모습이 더 좋은데……."

　"뻥치시네."

　레이나는 콧방귀를 뀌며 그의 품에서 벗어나려 버둥거렸다.

　"포동포동 뜯어 먹고 싶잖아."

　지원은 그녀의 티셔츠를 끌어 내리며 어깨에 이를 박았다. 호르
몬 덕에 풍만해진 레이나의 가슴도 조물거렸다.

　"비켜요."

"나도 불안하다. 이렇게 사랑스런 당신 누가 훔쳐 갈까 봐."

임산부를 누가 데려가?

"그래도 어쩌겠어. 내 욕심만 채울 수 없잖아. 둘째 낳고 빨리 복귀하려면 내가 악마가 돼야지."

지원이 레이나의 보록한 배를 쓰다듬으며 목덜미에 입을 맞추었다. 이어지는 지원의 애무에 또 뒤틀렸던 심사가 스르륵 풀리기 시작했다.

"엄마 아빠, 산책 갈 시간이에요."

오랜만에 분위기를 잡으려는데 방해꾼이 불쑥 나타났다. 운동을 생활화하는 레이나가 하루에 한 번 가족 산책 시간을 만들었다. 오후 8시 비바람과 폭설이 몰아치는 날만 아니면 꼬박꼬박 세 식구가 집 앞 공원으로 향했다. 하필 지금이야? 레이나는 순간 자신이 정한 규칙에 대해 처음으로 후회를 했다.

"완아, 아빠가 들어올 때 노크하라고 했지?"

지원이 아쉬운 마음에 애꿎은 아들에게 버럭 소리를 질렀다. 착실한 아들은 코난이란 사탕을 던져 줬는데도 8시 정각이 되자마자 안방으로 들이닥쳤다.

"노크했는데……."

"크게 했어야지. 아빠 못 들었잖아."

"엄청 크게 쾅쾅 두드렸어요."

완은 지원이 왜 화를 내는지 몰랐다. 아빠가 큰소리로 뭐라 하자 완은 금세 시무룩한 표정을 지었다.

"'들어가도 돼요?' 말도 했어야지."

"그것도 했는데……. 근데 아빠 쉬 마려워?"

완이 지원의 부풀어 오른 앞섶을 보고 물었다. 아빠가 쉬 마려워서 짜증을 내나?

"어? 어."

지원이 완의 질문에 말문이 막혀 버렸다. 5살짜리 아이한테 이겨보겠다고 용쓰는 지원을 향해 레이나는 혀를 쯧쯧 찼다. 레이나는 옷을 추스르며 침대에서 일어섰다. 아쉽게 하다가 멈춘 것은 완이 잠들면 마저 하면 되니까. 티격태격거리는 두 남자를 달래며 밖으로 나갔다.

"불닭 짜내러 갑시다."

## 외전

도지원.

그를 처음 만난 건, 새 학기가 시작되는 한국대학교 캠퍼스에서였다. 경상북도 고령군 시골 산골짜기에서 태어나 줄곧 그곳에서 자라며 학교를 다니고 전교생 겨우 100명 남짓한 고등학교를 졸업한 여운에겐 사람들이 북적북적하고 차들이 가득 차 있는 도로는 텔레비전에서만 보던 진풍경이었다.

복잡하게 얽힌 지하철은 몇 번을 손가락으로 되짚어봐도 도착지를 제대로 찾지 못하고 꼭 미로를 헤매는 것 같았다. 우여곡절 끝에 학교 입구 역에 도착한 여운은 지상에 올라와 두리번거렸지만 정문은 보이지 않고 높은 빌딩과 네거리의 팔차선만 눈에 펼쳐졌다.

기숙사에서 머물게 된 여운은 부모님과 한 번 학교를 방문한 적 있었다. 그때는 장작 5시간이 걸려 아버지 트럭에 몸을 싣고 학교 정문 앞에 도착했기 때문에 대중교통의 지리는 전혀 알지 못했다. 그래서 미리 인터넷을 뒤져 지하철과 버스 노선을 알아놨지만 출근길의 2호선 지하철은 그녀의 혼을 쏙 빼놓고 말았다. 버스를 갈아타야 하는 것을 잊고 사람들 사이에 끼여 헤쳐 나오기만 하면 바로 학교 정문이 바로 보일 거라 생각했다.

'어떡하지?'

지하철 출구 계단 옆에서 발만 동동 굴렸다.

'아 맞다!'

그제야 여운은 학교 가는 길을 적어둔 쪽지가 생각난 듯 주머니를 뒤졌다. 하지만 손에 잡히는 건 딱딱한 교통카드 한 장과 휴대폰이 다였다. 분명 지하철 안에서 봤는데……. 교통카드를 꺼낸다고 종이도 같이 흘려버렸나 보다.

여운은 점점 울상이 되어갔다. 지나가는 사람들에게 물어보면 쉽게 해결될 일인데 말이 쉽게 나오지 않았다. 분명 같은 한글을 사용하는 대한민국임에도 주변에서 울리는 말소리는 외계어처럼 들렸다. 하지만 이곳에선 자신의 사투리가 모두의 이목을 끌 것 같았다. 우물거리며 말을 걸어보기 위해 입을 달싹이다 침을 꿀꺽 삼키며 마침 옆을 지나가던 아주머니를 붙잡을 때였다.

"이거 네 꺼 맞지?"

그녀의 어깨를 툭 치며 다가온 손과 함께 굵직한 남자의 목소리가 귓가에 울렸다. 그의 손엔 잃어버린 줄만 알았던 종이가 쥐어져 있었다.

"에에? 감사합니다."

어떻게 알았을까? 여운은 낯선 남자의 친절함에도 미심쩍음을 숨기지 못했다. 남자의 키는 엄청 컸다. 턱을 끝까지 추켜들고서야 그의 얼굴을 볼 수 있었는데, 해를 등지고 서 있는 그의 이목구비에 역광이 비춰 자세하게 보이진 않았다.

언제부터 따라왔을까? 그리고 처음 본 사람한테 웬 반말? 아무리 어려 보여도 이제 대학생이 된 여운은 성인이고 낯선 사람이 보자마자 반말을 내뱉는 것이 못마땅했다.

"아까 계속 불렀는데 못 듣는 것 같더라고."

"아, 네. 감사합니다."

여운은 불편한 기색을 드러내며 꾸벅 고개를 숙였다. 어차피 다시 안 볼 사람이고 종이만 줍지 않았으면 그와 마주칠 일도 없을 거다.

"이여운."

"네?"

몸을 틀어 돌아서려는데 그가 내 이름을 불렀다. 순간 소름이 돋았다.

어떻게 알았지?

여운이 눈을 동그랗게 뜨고 겁에 질린 표정을 하자 남자는 그녀의 백팩 손잡이에 적힌 그녀의 이름을 가리켰다. 아, 바보! 습관적으로 자신의 물건에 이름을 적는 여운은 입학선물로 부모님이 사주신 백팩에도 이름을 써 넣은 것을 잊고 있었다.

"이름 예쁘다. 또 보자."

그렇게 그는 사라졌었다. 그리고 그의 말대로 우린 다시 만나게 되었다.

그 도지원.

지원을 신입생 환영회에서 다시 마주쳤을 때 얼마나 깜짝 놀랐던지. 신입생 오리엔테이션을 참석하지 못한 여운이 다른 새내기들과 잘 어울리지 못하고 소주잔만 들어 홀짝이고 있는데 그가 '이여운'이라고 불렀을 때 들고 있던 소주잔을 떨어뜨릴 뻔했다.

여운의 옆자리를 차지한 지원은 친절하게도 비운 소주잔을 채워주고 있었다. 그는 여운이 떨어뜨린 종이에서 사회대 건물을 발견하고 어쩌면 후배가 될지도 모른다 생각했다고 말했다. 그제야 이해가 된 듯 여운은 고개를 끄덕였다.

그 후 그와 종종 수업시간에 마주치곤 했다. 그는 분명 3학년이었음에도 그녀가 듣는 수업 강의실에 항상 한자리를 차지하고 있었다.

자신보다 6살이나 위인 지원은 복학생이었다. 2년의 휴학과 2년의 군복무 뒤 다시 찾아온 학교임에도 불구하고 그를 알아보는 사람이 많았다. 손만 대면 '금(金)'이 쏟아진다는 별명인 손금선배 지원은 한국형 헤지펀드(Hedge Fund)의 소문난 신예 펀드매니저였다. 기가 막히게 상승세를 보일 기업의 주식을 사들여 높은 수익을 터뜨렸다.

그와 더불어 준수한 외모와 훤칠한 키 덕에 한국대 경제학과에서 그는 모두의 우상이었다. 그런데 그가 시골뜨기 평범한 새내기에게 관심을 보이자 여운에게 날카롭게 쏟아지는 아이들의 눈초리는 그녀가 감당하기에 너무 벅찼다.

여운은 큰 기복 없이 잔잔하고 조용한 대학생활을 하고 싶었다.

캠퍼스 낭만? 그건 배부르고 등 따신 한량들이나 외치는 소리. 그녀에겐 해당되지 않았다. 그저 좋은 학점을 받아 일찍 학사학위를 받고 취업하는 것이 목표였다.

그런데 언제부턴가 자연스럽게 그와 손을 잡고 같이 공부하고 함께 밥을 먹고 단둘이 여행을 다니고……. 어느 순간 지원과 여운은 연인이 되어 있었다.

그가 보여주는 다정함과 배려가 좋았다. 지원은 장학금을 받고도 남은 등록금을 내기 위해 아르바이트를 구하려는 그녀에게 공부만 매진하라며 선뜻 돈을 내밀기도 했다.

여운은 자존심 때문에 거절했지만 그의 설득에 마음이 약해진 그녀는 어쩔 수 없이 받아들였다. 시작하기가 어렵지 한 번 그의 도움을 받고 나니 어느 순간 그에게 상당히 많은 것을 의지하기 시작했다. 머리부터 발끝까지 그가 사준 물건들로 치장을 하고 일주일 용돈도 꼬박 받았다.

하지만 인간의 육체적 기초 위에 꽃피는 남녀 간의 자연스런 애정이 연애라 정의를 내리면 그들은 연애를 하기보단 우정을 나누는 친구였다. 여운의 입장에선 그렇게 느꼈다. 지원에 비해 모든 면에서 뒤처진다고, 어느 정도 수준이 맞아야지 한쪽이 너무나 기울어져 있다며 주변에선 항상 그들이 헤어질 거라 수군거렸다.

곧 흥미를 잃고 시들해져 버리겠지, 언제 그가 날 떠나게 될까 불안의 연속이었다. 당연하게만 여겼던 물질적 풍요로움도 언젠가 사라질 물거품 같았다. 그렇게 시간은 흐르고 그가 졸업을 한 뒤 아버지와 갈등으로 일이 바빠진 그와 여전히 학생이었던 그녀의 만남은 뜸해지고 점점 이별을 준비하는 듯했다.

"크다고 좋은 것만은 아니야. 우리 오빠는 작지만 야무져."

과 동기 친구들 넷과 카페에 조별 과제 토론 때문에 모였지만 남자친구가 바뀐 지 갓 한 달이 된 친구의 서두로 서로서로 남자 친구에 대해 한마디씩 입을 열기 시작하더니 점점 은밀한 19금까지 나오기 시작했다. 여운은 너무 생소한 이야기들에 얼굴을 붉히며 친구들의 대화가 옆 테이블에까지 들릴까 조마조마하며 눈치를 살폈다.

"근데, 왜 남자들은 구멍이란 구멍은 다 넣고 싶어 하는지…….
오빠가 또 이상한 야동 한 편에 꽂혔는지 자꾸 나한테 해보려 하는 거 겨우 말렸어."

"어디? 항문?"

"어."

"으으, 에널은 정말 상상도 하기 싫어."

"나도. 얼마 전에 알바하는 데서 보건증 필요하대서 만들러 갔거든? 항문을 면봉으로 쑤시는 것도 얼얼하던데 똥꼬에 거시기는 왜 넣나 몰라. 드럽게."

여운은 이렇게 자연스럽게 성에 대한 이야기를 꺼내는 것이 너무나 낯설고 어색했다. 남녀의 성관계가 무엇인지는 알지만 보수적인 가정에서 자랐고, 지원과의 진도는 가벼운 스킨십이 다였으니 겪어보지 못한 여운에게 그녀들과 공감대 형성은 무리가 있었다.

"그건 약과야. 내 남친은 내가 혼자 하는 걸 보여달래."

"뭐?"

"혈……."

"풉."

연달아 어이없다는 의성어들 사이를 가르며 여운은 입안에 가득 물고 있던 아메리카노를 뿜어버렸다. 맞은편에 앉아 있던 친구의 흰색 블라우스에 까만 점들이 후두둑 박히자 그녀는 꽥 하고 소리를 질렀다. 조심 좀 하지. 티슈로 자국을 닦아내며 눈을 흘기던 그녀는 가만히 듣기만 하고 있던 여운의 짝에 대해 넌지시 물었다.

"너 지원 선배랑 어땠어? 키가 크니까 거기도 크겠다."

그와 사귄 지 3년이 다 되어갈 즈음이니까 당연히 사랑을 나눴다 생각하는 친구는 태연하게 물었지만, 여운은 얼굴을 붉히며 모른다고 대답했다.

"하긴, 큰지 작은지는 비교를 해봐야 알지."

그녀들 사이에서 홀로 한 남자와 제법 장기간 연인 관계를 이어가는 여운을 은근슬쩍 놀리며 깔깔깔 넘어가는 친구들 사이에서 여운의 얼굴엔 어색한 미소만 감돌았다. 여운의 어정쩡한 태도를 본 친구는 눈을 게슴츠레 흘기며 미심쩍은 표정으로 물었다.

"설마…… 아직?"

그녀의 물음에 여운은 귀까지 벌겋게 달아올랐다.

"진짠가 봐! 이게 젤 쇼킹이다!"

"정말이야?"

여운은 몰아치는 분위기에 휩쓸려 고개를 끄덕였다. 그녀의 반응에 다들 놀란 눈치였다.

"혹시, 지원 선배 거기 문제 있는 거 아냐?"

"그건 아닐 거야. 예전엔 선배 별명이 '손금' 아니라 '거마도'

라고 들었어."

"거마도?"

"거부할 수 없는 마력의 도지원. 오는 여자 안 막고 가는 여자
안 잡는 다는 카사노바였대."

"그래서 여운이 네가 부러웠지. 왜 그런 거 있잖아. 바람둥이가
사랑하는 한 여자를 만나 그 여자만 바라보고 정착하는 스토리 로
맨틱하잖아."

"근데 그 정도로 혈기 왕성했던 선배가 왜?"

여운은 지원이 가벼운 스킨십에서 더 이상의 진도를 나가지 않
는 것은 아직 어리다고 생각한 그녀를 위한 배려라 생각했다. 너
란 존재가 너무 소중해서 만지면 깨질까 불안하다며 습관처럼 내
뱉던 그의 말에 설레며 감동받았던 여운은 친구들의 대화가 이어
질 때마다 점점 침울해져만 갔다.

나 여자로서 매력이 없나? 거기까지 생각이 미치자 연락이 뜸
해지는 지원이 의심되기 시작했다. 혹시 숨겨둔 여자가 있진 않을
까? 지원을 향한 신뢰가 금이 가기 시작했다.

그 틈 사이로 기막힌 타이밍에 비집고 들어온 건 남편인 서지혁
이었다. 여운은 지원의 추천으로 낙하산처럼 현성금융의 인턴사
원으로 입사했다. 그런데 그저 행정직 말단 사무보조일이 다였던
여운에게 이사직을 맡고 있는 지혁과 이상하게도 사사건건 그와
부딪히는 일이 많았다. 이제껏 잘 보이지 않았다는 구내식당에서
도 그녀의 옆자리를 차지했고 회식 자리도 빠짐없이 나왔다. 지나
칠 정도로 친절한 그가 부담스러웠지만, 지원의 사촌임을 알고 그
저 예의상 그녀를 반겨주는 거라 여겼다.

지원의 얼굴을 못 본 지 한 달쯤 된 것 같았다. 그는 일에 미친 중독자 같았다. 그의 목소리라도 듣고 싶어 전화를 걸면 투자자들과 통화 중이었고, 찾아가면 그는 모니터에만 빠져 있었다. 정말 그는 나를 사랑하긴 하는 걸까?

자신과 결혼을 하기 위해서 아버지의 도움 없이 그만의 기반을 잡기 위해 일에 매진한다지만 여운은 점점 홀로 외로워져만 갔다.

회사 전체 회식이 있던 날, 그날따라 여운은 무슨 용기로 권하는 술을 족족 다 받아 마셨는지 몰랐다.

"여운 씨, 많이 취했네."

"도지원. 울 지원 오빠 불러죠오."

여운은 술에 잔뜩 취해 지원을 부르며 보고 싶다는 말과 알아들을 수 없는 원망 섞인 말들을 웅얼거렸다. 회식 자리가 끝날 때쯤 하나둘씩 자리에서 일어나는데 여운은 누가 봐도 위태위태해 보였다.

"도지원. 당장 안 와? 이 나쁜 짜식아."

흐느적거리며 허공에 대고 주정을 부리자 여운의 동기는 그녀의 휴대폰을 뒤져 지원의 전화번호를 찾았다. 하지만 여전히 그는 통화 중이었다. 그때 그녀를 지원에게 데려다 준다며 지혁이 다가와 그들을 먼저 택시에 태워 보내고 여운을 부축했다.

"괜찮아요? 이여운 씨?"

"어? 이게 누구야? 또지원 아니야? 그로케 바쁘다 바쁘다아 하더니."

혀가 꼬여 발음이 샜지만 지혁은 여운이 술기운에 판단이 흐려져 자신을 지원이라 칭함을 알 수 있었다.

"우, 우읍! 우~ 웩."

갑자기 여운이 구토를 하기 시작했다. 그녀를 부축하던 그의 아르마니 정장에 토사물이 튀었다. 지혁은 손수건을 꺼내 그녀의 입을 닦아주고 자신의 옷에 묻은 이물질도 털어냈다. 불쾌함으로 잔뜩 일그러진 지혁의 얼굴이 당혹함으로 펴진 건 여운의 따뜻한 손이 그의 두 볼에 닿을 때였다.

"내가 매녀이 업써?"

"뭐라 했습니까?"

지혁이 미간을 찌푸렸다.

"매녁! 매녁!"

"아…… 매력이요?"

"그래, 매녁."

지혁은 피식 웃음을 터뜨리며 가볍게 그녀의 손을 떼어냈다. 그리고 그녀의 어깨를 감싸 부축하고 지원에게 다시 전화를 걸었다. 통화 중 알림이 아닌 수신음이 두 번째 반복해서 들렸을 때 지원의 목소리가 들렸다. 하지만 통화는 길게 이어지지 못했다. 여운이 그의 휴대폰을 빼앗아 들었기 때문이다.

"이노무 휴대편 업애 버려야 대."

여전히 그가 지원이라 착각을 한 여운은 그의 휴대폰을 내던지고 비틀거리며 발로 짓밟았다. 술에 취한 사람이 맞는지 워낙 순식간에 일어난 일이라 지혁은 그녀를 말리지 못했다.

"이봐."

그녀의 8센티 힐의 공격으로 박살나 버린 휴대폰을 주우며 슬슬 화가 나려는 지혁의 목소리가 높아졌다.

"자자."

여운이 고개를 푹 숙인 채 그의 슈트 소맷자락을 움켜쥐며 중얼거렸다.

"네? 가자구요? 집에 갑시다. 여운 씨 집이 어딥니까?"

"지베 안 가."

"그럼 어디로 갈까요?"

지혁은 그녀가 제정신으로 내뱉은 말이 아님을 알지만 꼬박꼬박 대답해 주고 있었다. 그녀는 엉덩이를 빼고 바닥을 질질 끌며 가지 않으려 버텼다. 서로 줄다리기를 하듯 밀고 당기기를 하다 여운은 초인적인 힘을 끌어올려 그를 바싹 당겼다. 그의 허리를 팔로 두르더니 꽉 껴안았다. 그리고 그의 품에 얼굴을 부비더니 흐리멍덩한 눈을 하고 입을 달싹였다.

"나랑 해. 우리 사랑하자."

또박또박 한 자 한 자 그의 귓가에 단어들이 정확하게 박혔다. 여운은 당혹스런 눈빛으로 바라만 보고 있는 그의 목을 끌어당겨 입을 맞추었다.

여운은 몸에 통증을 느끼며 잠에서 깼다. 엎드린 채 베개에서 고개를 번쩍 들었다. 푹신하지만 그녀의 향기가 배인 자취방 침대가 아니었다. 그리고 자신을 몸을 내려다보니 그녀는 실오라기 하나 걸치지 않은 벗은 몸이었다. 화들짝 놀란 여운은 허리에 걸쳐 있던 침대보를 목까지 끌어 올려 몸을 가렸다.

"깼어?"

"이, 이사님?"

지혁이 맨몸에 가운을 입고 그녀의 앞에 서 있었다. 여운은 한동안 얼어붙은 듯 그 자리에서 움직일 수 없었다.

"괜찮아?"

그의 손이 얼굴로 다가오려 하자 살짝 뒤로 물러서며 손길을 거부했다. 그런 그녀를 보는 그의 눈엔 상처받은 기색이 가득했다.

"네? 네. 어떻게 된 일이죠?"

기억이 없다. 왜 자신이 호텔 같은 곳에서 발가벗고 있는지 꿈속에서 달콤하게 속삭이던 지원이 아닌 지혁이 눈앞에 서 있는 건지……. 그리고 왜 이렇게 아래가 바늘로 찌르는 것처럼 아픈지 모든 게 의문투성이였다.

"처음…… 이더군."

그의 말에 잠시 미간을 좁히며 그 뜻을 파악하던 여운은 몇 초 뒤 눈이 튀어나올 정도로 동그랗게 커졌다. 처음. 첫 경험. 그러니까 지혁과 관계를 맺었다는 의미인가? 믿을 수 없었다. 여운은 자신의 나체를 가리고 있던 시트를 들추며 증거를 찾았다.

"치웠어."

지혁이 여운의 손을 잡으며 그녀를 말렸다. 그들의 정사 흔적은 깨끗이 사라져 버렸기 때문이다.

제발 꿈이었으면, 꿈이길 바랐다.

온몸이 부들부들 떨리고 눈에서 하염없이 눈물이 차올랐다. 그가 지혁이 아니라 지원이었다면! 눈물이 볼을 타고 뜨겁게 흘러내렸다.

지혁의 손을 거칠게 떼어냈다.

어떻게 술에 취한 여자를 덮칠 수 있냐고 따지고 싶었지만 퍼즐 조각처럼 흩어져 있던 기억이 하나둘씩 맞춰지자 밀어내는 그에게 안아달라고 매달리며 애원하는 자신의 모습이 보였다. 주체할 수 없는 눈물을 두 손으로 덮고 서럽게 울었다.

"제발. 비밀로 해줘요. 부탁이에요."

"난⋯⋯."

오묘한 표정의 지혁으로부터 무슨 말이 튀어나올지 몰라 그의 말을 잽싸게 가로챘다.

지원이 몰랐으면 좋겠다. 아니, 몰라야 한다. 눈물을 훔치고 여운은 시트를 세게 움켜쥐었다.

"잊어요. 이건 없던 일이에요."

여운의 일생에서 이때만큼 빠른 판단을 내린 적은 없었다.

"지금 대화가 필요해."

"무슨 대화요?"

"어제 우리⋯⋯."

"그만해요! 당신과 나 아무 사이도 아니에요."

그때 벨이 울렸다. 더럽혀진 그들의 옷이 세탁되어 배달이 왔다. 지혁은 옷을 받아 들고 그녀에게 내밀었다. 여운은 깊은 곳에 숨어 있던 냉철함을 알게 됐다. 차근차근 옷을 껴입고 블라우스 단추를 끝까지 채울 때까지 단 한 마디도 오가지 않았다. 계속 머릿속으로 되뇌었다. 아무 일도 없었어. 괜찮아.

담담하게 나가려던 여운은 지원이 입사 선물이라며 신겨준 정장 구두에 발을 끼워 넣자 멈췄던 눈물이 다시 떨어지기 시작했다. 오빠 나 떠나보내고 싶어서 구두 선물해 준 거야? 왜 그랬어? 속으로 외치며 지원을 원망을 했지만 결론적으로 배신한 건 그녀였다.

다시 격해지려는 울음을 참기 위해 입을 틀어막고 가슴을 부여잡았다. 숨을 깊게 들이마시고 내뱉으며 조금 진정이 된 듯해 여운은 가차없이 몸을 돌려 객실을 나와 버렸다.

그렇게 지혁과 헤어진 후 여운은 정말 아무 일도 없었던 것처럼 지냈다. 되도록 회사에서 지혁과 마주치지 않으려 노력했다. 그도 자신을 피하는 것 같았다. 점점 시간이 지날수록 여운은 그가 비밀을 지켜줄 거라는 확신이 들었다.

그렇게 한 달이 지나갔다.

"우리 만난 지 '천 일' 되는 날…… 받고 싶은 거 있어?"

"음…… 없어요."

지원이 천천히 여운의 등을 감싸 안았다. 그의 일이 어느 정도 체계적으로 자리를 잡고 여유가 생기자 적어도 일주일에 세 번은 데이트를 할 수 있었다. 여운은 지금이 이 순간이 너무나 행복했다. 첫 경험은 아프기만 했다. 지원이 왜 그녀의 순결 지켜주고 있었는지 알 것 같았다.

"곰곰이 생각해 봐."

그녀의 어깨에 턱을 기대고 귓가에 속삭였다.

"그럼 오빠는 뭐 받고 싶어요?"

자주 만나지는 못해도 기념일만은 꼬박꼬박 챙기는 그가 이미 줄 선물을 정해놓은 것을 서로 알고 있음에도 지원은 여운에게 물었다.

"네가 선물을 받고 기뻐해 줬으면 좋겠다. 그게 나한테 최고의 선물이야."

"그럴 줄 알았어. 미리 다 준비해 놓고 또 물으면 어떡해요?"

"또 사주면 되지."

"돈도 참 많아요."

"없는 것보다 좋지?"

여운은 장난스럽게 그를 밀쳤다. 그러자 더욱더 팔을 옥죄며 당겼다. 그의 품에 안겨 온기를 나누던 여운은 코끝을 스미는 애프터 쉐이브 향에 울컥하고 아래에서 덩어리가 식도를 타고 올라왔다.

우읍.

토기가 올라와 몸을 들썩이는 여운은 그를 뿌리치고 화장실로 달려갔다. 변기 뚜껑을 열고 변기에 머리를 집어넣자마자 지원과 함께한 식사의 증거물이 쏟아져 나왔다. 지원은 황급히 따라 들어와 그녀의 등을 두들겨 줬다.

"괜찮아? 체했구나. 그러게 천천히 먹지 그랬어."

여운은 겨우 진정이 되나 싶었지만, 토닥여 주는 그의 움직임에 향기가 훅 불어 들어오자 이번엔 헛구역질이 올라왔다.

"나가 있어요. 우욱."

계속 등을 쓸어주려 하는 그를 밖으로 쫓아내며 화장실 문을 잠그고 계속해서 쓴물을 쏟아냈다. 위벽을 긁어 남아 있는 한 방울까지 모두 털어내고 있었다. 여운의 눈가에 촉촉하게 이슬이 맺혔다. 그녀는 변기에 물을 내리고 찬물로 입안을 게워냈다. 그리고 털썩 욕실 매트에 주저앉고 말았다.

지원이 잠긴 문고리를 흔들며 따뜻한 물 한잔 마셔야 한다며 재촉했지만 그의 목소리는 전혀 귀에 들어오지 않았다. 여운은 규칙적으로 한 달마다 찾아오는 마법이 올 때가 예정 날짜보다 2주나 지나 있다는 것을 깨달았다. 그녀는 깊은 한숨을 내쉬며 양 무릎 사이에 얼굴을 파묻었다. 결국 터져 버린 울음이 잇새 사이로 흘러나왔다.

어떡해. 어떡해. 이제 어떡하냐고!

쿵쿵쿵!

지원이 문을 두드리는 소리가 심장을 때리고 있었다. 여운은 도망치듯이 지원의 집에서 나와 바로 약국을 찾았다. 부들부들 떨리는 손으로 소변을 받아 결과를 기다렸다. 임신 테스트기에는 선명하게 두 개의 빨간 줄이 나타났다. 그녀는 지혁의 아이를 가져 버린 것이다.

여운은 병원에서 정확한 임신 진단을 받은 후 집 안에서 한 발짝도 나서지 않고 며칠을 눈물바다로 보냈다. 회사에 병가를 내면서 지원에겐 출장을 간다고 거짓말을 하며 며칠간 만나지 못할 거라고 했다.

혼자만의 생각할 시간이 필요했다. 어떤 선택을 하던지 간에 결론은 지원에게 상처를 준다는 것이었다. 괴롭고 막막하고 무서웠다. 끝없는 생각들이 머릿속을 둥둥 떠다녔다.

그녀가 먼저 떠오른 해결책은 중절수술이었다. 하지만 성교육 시간에 낙태에 관한 비디오를 본 적 있었는데, 그때 의사가 집게로 자궁 속의 아이의 머리를 부수며 꺼내어냈던 끔찍한 장면들이 아른거려 등골이 오싹해졌다.

결국 마지막엔 아이의 아버지를 지원으로 둔갑시키는 것으로 이르게 되었다. 어떻게 그를 유혹해 잠자리를 갖고 임신했다고 알리면 되지 않을까? 여운은 점점 악의 구렁텅이에 빠지며 패륜을 합당하게 정당화시키고 있었다.

병가 휴가가 끝났음에도 여운은 회사에 출근하지 못하고 가만히 침대에 누워만 있었다. 임신 사실을 확실하게 알게 된 후 미친 듯이 입덧이 몰려왔다. 입덧은 모계유전이라더니 여운의 모친은 물 한 모금도 제대로 못 마실 정도로 유독 심했다고 하더니 지금 그녀의 상태가 딱 그 꼴이었다.

몸을 움직이면 어디선가 비릿한 냄새가 올라왔다. 냄새만 맡아도 역한데 당연히 먹을 수 있는 음식도 극히 적었다. 사실은 먹고 싶지가 않았다. 굶어서 영양부족으로 아이가 죽어버렸으면 좋겠다고…… 그녀는 정말 극한 상황까지 이르렀었다.

그녀가 육체적으로도 정신적으로 말라가고 있을 때 그녀의 집으로 누가 찾아왔다. 지혁이었다. 여운은 지독히 벨을 울리며 성가시게 하던 문을 열어주고 현관에서 그를 마주했을 때 얼음장 같은 눈에서 느껴지는 살기에 그만 온몸이 얼어붙고 말았다.

"내 아이 맞지?"

그의 물음은 대답을 바라는 것이 아니었다.

"어디 나갔다 왔어?"

여운은 외출복 차림 그대로 침대에 앉아 멍하니 생각에 잠겼다가 지혁의 목소리에 번뜩 상념에서 벗어났다.

"병원에요."

시간여행도 함께요. 여운은 희미한 웃음과 함께 마음속으로 중 얼거렸다. 그의 옷을 받아 들고 옷걸이에 걸었다.

"오늘 정기검진 받는 날이었나? 내가 알기론 내일인데……."

지혁은 넥타이를 풀어 그녀에게 건네며 고개를 갸우뚱했다. 임 신 5개월째 들어섰을 때부터 서로의 마음을 확인한 후 그는 꼬박 꼬박 빠지지 않고 그녀와 산부인과를 동행했다.

아들놈의 심장 소리를 듣고 오목조목 이목구비가 또렷하게 보 이는 입체 초음파 사진을 받아 들면 따뜻한 감동이 밀려왔다. 그 런 경험을 여운만 차지하고 왔다는 사실에 서운한 기색을 숨기지 못했다. 분명 지혁이 기억하는 날짜는 내일이었다.

"맞아요, 내일. 오늘은 레이나 선생님 보고 왔어요."

"한 번 병문안 갔음 됐지. 병균 득실거리는 병원엔 왜 또 갔어?"

여운은 살짝 토라진 기색을 띠는 지혁에게 잠옷을 건네주며 말 했다.

"도련님도 만나고요."

"지원이 만났어?"

"네. 레이나 쌤 기사 노릇 돈독히 하고 있었어요. 둘 사이가 점 점 가까워져 가는 것 같기도 하고."

지원이 레이나를 안아 들고 병실로 옮기는 모습이 떠올랐는지 여운은 슬며시 미소를 지었다. 편안한 옷으로 갈아입은 지혁은 살 포시 그녀를 안아 들었다. 이제 그녀가 사촌 이름을 꺼내도 덤덤 했다.

"어머니랑 다니는 거 힘들지 않아?"

그의 가슴에 등을 기대게 하고는 배를 쓰다듬으며 말했다.

"아뇨. 재밌어요."

"이제 예정일 한 달밖에 안 남았어. 항상 조심해야 돼."

"네. 조심하고 있어요."

여운은 임신한 몸으로 배우겠다며 도해를 따라 모임이란 모임은 다 참석하고 있었다. 첫 번째 아이가 그들의 곁을 떠나고 나서 허울만 부부였던 그들은 위태위태해 보였다.

하지만 다시 찾아온 두 번째 희망은 그들을 더 가깝게 만들었다. 서로의 마음을 확인하고 행복해질 수 있다는 가능성을 열어줬다. 하지만 여운은 마냥 기쁘지만은 않았다. 응어리처럼 가슴속에 맺혀 있는 지원이 항상 마음에 걸렸다.

"당신이 죄책감 가질 필요 없어. 모든 게 다 내 탓이니까."

지혁은 여운이 흔들릴 때마다 항상 이렇게 말해준다. 여운은 그의 손 위에 자신의 손을 살포시 겹쳤다.

"그리고 이제 그만 혼자 찾아가. 가려면 나랑 같이 가자."

여운은 자잘하게 고개를 끄덕이며 그의 손을 토닥였다.

the End ★

　　원더걸스 'Nobody'의 총알 춤, 소녀시대 'Gee'의 개다리 춤이 한창 유행을 할 때 저는 강사로 춤을 가르치고 있었습니다. 춤과 바디 웨이트닝에 빠져 있던 그때. 잠자는 시간을 제외하고 하루 종일 운동만 하던 그때. 지금은 댄스 강사와 전혀 상관없는 길을 걷고 있지만 가끔 그때가 그리울 때도 있습니다.

　　그래서 쓰기 시작한 글이 '내 사랑 식스팩'입니다. 레이나와 지원이의 일상을 그려보면서 저도 추억에 잠기곤 했어요. 강사로 활동하기엔 어울리지 않는 몸매 덕에 다이어트를 죽어라 했었습니다. 지원이처럼 식욕을 이기지 못해 짜장면은 아니지만 '딸기'를 먹고 혼난 적이 있었죠.

　　딸기가 왜? 당도가 높은 과일은 절대 못 먹게 했거든요. 그래서 그때 크게 혼난 뒤 저는 지금도 딸기를 보면 거부감이 듭니다.

　　다이어트에 관한 상식과 더불어 트레이너들의 숨겨진 뒷이야기들을 많이 담고 싶었습니다. 많이 알고 있다고 생각했지만 글을 쓰

다 보니 모르는 것이 더 많았어요. 그래서 모대학교에서 '운동과 건강'이란 교양수업도 들어보고 근육 가이드 책도 참고하고 제가 다니는 피트니스 센터의 팀장님에게 이것저것 많이 물어도 봤죠. 사실 다이어트에 성공한 지원의 모델은 팀장님이에요. 키 크고 몸 좋고 잘생…… 훈, 훈남이세요. 이미 품절남이므로 눈요기만 하겠습니다.

글 쓰는 작가와 거리가 멀었던 제가 2년 전 무턱대고 '내 사랑 식스팩' 연재를 시작했을 당시에 시놉은 없었습니다. 그땐 시놉이라는 것도 몰랐었죠. 대학원 준비로 고시원과 독서실을 오가는 시기에 잠시 연재를 중단한 적도 있었습니다. 그러다 2013년 새해 목표로 결자해지를 외치며 이번엔 완결을 목표로 재연재를 하게 됐어요. 운 좋게 제 첫 종이책 출간 제의가 들어왔고 지금 이렇게 후기를 쓰고 있게 되었네요.

감사할 분들이 많습니다. 우선 저 때문에 많은 속앓이를 하셨던 예원북스 유경화 님께 감사의 말씀 올립니다. 너무 고생 많으셨어요. 흑흑!

또 레이나 본명을 빌려준 절친 민수야, 고마워. 이번에 꼭 합격할 거야. 쑨 네 이름은 다음 기회에 빌려 쓸게. 그리고 은아! 사랑니 4개 중 하나도 너에게 주지 못해서 미안하다. 풍당풍당 당일 때 신촌

놀러 갈게. 바쁜 와중에도 리뷰해 준 뽀잉이 고마워. 넌 영원한 신화 창조! 내년에는 너랑 나랑 민수랑 꼭 흰 가운 입자!

그리고 마지막으로 가족들 모두 사랑합니다. 부모님, 효도할게요. 동생들, 용돈 많이 줄게. 언젠가는……

봄인가? 눈 내리는 4월.

소르빈 배상.

**예원북스**에서는
로맨스 작가님의 소중한 원고를 기다립니다.


투고해 주실 메일 주소는
yewonbooks@naver.com 입니다.
많은 관심 부탁드립니다.